KB273593

김유정의 문학산맥

필자

김예리(金禮利, Kim, Yerhee) 강원대 국어국문학과 조교수
김종성(金鍾星, Kim, Jongseong) 고려대학교 세종캠퍼스 문화창의학부 조교수
김종회(金鍾會, Kim Jonghoi) 경희대학교 국어국문학과 교수
방민호(方珉昊, Bang, MinHo) 서울대학교 국어국문학과 교수
손유경(孫有慶, Son, Youkyung) 서울대학교 국어국문학과 조교수
신제원(申制沅, Shin, Chewon) 상명대학교 강사
우한용(禹漢鎔, Woo, Hanyong) 서울대학교 국어교육과 명예교수
이만영(李萬英, Lee, ManYoung) 고려대학교 국어국문학과 박사과정 수료
정진석(鄭珍錫, Jeong, Jin Seok) 강원대학교 국어교육과 조교수
정하늬(鄭하늬, Jung, Hanie) 카이스트대 강사
진용성(陳勇成, Jin, yongseong) 고려대학교 국어교육과 박사과정
차희정(車姬貞, Cha, Heejung) 아주대학교 강사

김유정의 문학산맥

초판 인쇄 2017년 3월 20일 **초판 발행** 2017년 3월 29일
엮은이 김유정학회 **펴낸이** 박성모 **펴낸곳** 소명출판 **출판등록** 제13-522호
주소 서울시 서초구 서초중앙로6길 15, 1층
전화 02-585-7840 **팩스** 02-585-7848 **전자우편** somyungbooks@daum.net **홈페이지** www.somyong.co.kr

값 25,000원 ⓒ 김유정학회, 2017
ISBN 979-11-5905-154-8 93810

이 책은 춘천시 문화재단의 '2017문화예술지원사업'에 의하여 출판되었습니다.

김유정의 문학산맥

Literary Mountains of Kim, Yoo-joung

김유정학회 편

김예리 김종성 김종회 방민호 손유경 신제원
우한용 이만영 정진석 정하늬 진용성 차희정

소명출판

우수가 가깝다. 우수가 오면 경칩이 잇대어 오고 그러면 대동강 강물도 풀린다고 한다. 그래서 사람들은 경칩 이후부터를 봄이라고 한다. 그러나 우수에 풀렸던 대동강 강물이 경칩에 다시 얼어붙는다는 말, 경칩에 김칫독이 얼어터진다는 말도 있는 것을 보면 봄은 좀 더 기다려야 될 듯싶다. 경칩에서 좀 더 기다리면 청명이 온다. 진정한 의미에서의 봄은 청명 전후로 보인다.

청명을 전후해서 생강나무 꽃(동백꽃)들이 피어나기 시작한다. 적어도 봄에 대한 확인은 생강나무 노란 꽃 송아리들이 봄봄봄, 소보록하게 피어나는 것을 보아야 한다. 생강나무 꽃이 이울 무렵 봄철 김유정학회 학술연구발표회가 개최된다.

김유정학회가 창립되고 이번에 여섯 권 째 책『김유정의 문학산맥』을 선보인다. 이번에 발간되는 책자는 모두 다섯 부분으로 되어 있다. 제1부에서는 김유정과 그의 친구 문인들을 관련시켜 본 연구논문들이다. 김유정의 친구 이상, 안회남, 박태원들의 작품과 김유정의 작품을 비교하거나 김유정작품과 친구들의 작품 사이의 공통점과 차이점을 찾아보고 있다. 제2부에서는 김유정 소설 속에 나타난 폭력이나 욕망의 구조와 그 의미를 찾아본 것이고 제3부는 문학교육현장에 나타난 김유정문학에 대한 연구, 제4부는 김유정이 생존 시에 번역하여 사후에 발표된 바 있는 번역작의 저본에 대한 탐색이다. 제5부에서는 김유정작품의 문화 산업적 고찰에 대한 연구논문과 김유정 문화콘텐츠로서 창작소설이 배치되었다.

이제 이들『김유정의 문학산맥』에 수록된 논문들의 개요를 보기로 한다.

방민호 교수는 「김유정과 이상」에서 두 사람의 각별한 관계와 그들의 작가로서의 공통적인 문제의식, 나아가 두 사람의 작품을 근거로 그들이 지향했던 사상적 가치를 추적한다.

김유정은 문학의 이유가 자기 구원과 사랑에 있다고 했다. 김유정이 말하는 사랑은 '크로포트킨'의『상호부조론』에서 영향 받은 것. 김유정은 '인생을 위한 예술'을 주장했다. 방 교수는 '크로포트킨'의 저작과 러시아 문학작품들, '로맹롤랑'의『민중예술론』을 번역한 '오스기 사카에'를 주목한다. 오스기 사카에는 7개 외국어로 된 책을 번역한 언어의 천재였다. 이상은 일본으로 가기 전 7개 외국어를 배워오겠다고 했는데 이는 오스기 사카에를 연상시킨 다는 것, 이상의 「공포의 성채」에서 보이는 '민족'의 재발견,『시와 소설』발간시에 '기교의 미학'에 대한 이상의 고민, 「날개」에서 보이는 '맑스, 말사스, 마드로스'로 이어진 구절에서 방 교수는 크로포트킨의 상호부조론이 배태되어 있음을 지적한다. 특히 「실화」에서는 식민지 지식인의 자기 인식이 보인다는 것이다. 따라서 김유정과 이상이 그들 작품에서 지향하던 사상적 가치는 '비 마르크스주의적인 새로운 문학의 꿈'이었다. 그러나 아쉽게도 두 사람 모두 요절함으로 그들의 꿈도 사라져 버리고 말았다고 지적한다.

손유경 교수는 「취약한 자들의 윤리」에서 김유정을 기록하는 관찰자 안회남의 시선을 분석, 안회남이 '타자'와의 관계를 중심으로 '자기'를 서사적으로 재구성하는 작업이 갖는 미학적·윤리적 함의를 고찰하려고 했다.

　　손 교수는 안회남의 수필 및 소설에 나타난 김유정에 대한 '낭비벽'의 묘사가 실은 안회남 자신의 낭비벽과 동일함을 자인하고 있다고 본다. 한편 안회남 서사에 지속적으로 나타나는 아버지 안국선의 모습, 안회남 신변소설에 나타난 낭비와 탕진의 모티브는 결국 '유전적 탕진'에 기인하는 것으로 본다. 안회남은 「겸허-김유정」에서 김유정의 불행이나 안회남 자신의 낭비벽을 모두 유전적인 것, 운명론적인 것으로 그렸다는 것이다. 이것을 달리 말하면 철저하게 자신을 탈중심화하는 것이다. 결국 안회남이 그리는 인물의 세계인식은 자신의 탈중심성을 깨달은 존재의 고통과 관련된다. 그리고 이와 같은 자조와 자학의 서사에서 안회남은 독자에게 '내가 너에게 어떻게 함부로 할 수 있겠느냐'는 묵직한 윤리적 질문을 제시하고 있다고 지적한다.

　　김예리 교수는 「김유정 문학의 웃음과 사랑」에서 김유정 문학의 웃음과 사랑을 전통적인 맥락과 근대성의 맥락에서 추적, 새로운 의미의 가능성을 추출하고, 이 의미를 통해 김유정에 대한 이상의 사랑은 또 어떤 맥락에서 펼쳐진 것인지 추적했다. 김 교수는 펴 결핵환자였던 김유정과 이상은 자신의 죽음을 객관화하는 메타적 정신의 소유자로 본다. 이상의 텍스트는 지속적으로 마조히즘적 태도를 보인다. 반면 김유정은 진심 가득한 바보들의 이야기를 통해 따뜻한 웃음의 제조자로 보이며 특히 들병이를 통해 자본의 천박함 속에서 아름다운 사랑을 그린다. 한국근대문학의 기원이 선험적 상실의 경험에 있다면, 이상 문학은 진짜가 상실된 세계에서 진짜를 찾아 헤매는 비극적 영웅의 근대적 모험담을, 김유정은 극복불능의 세계의 틈을 무화(無化)시켜 현실 속에 존재하는 숭고한 사랑을 그린 것으로 본다. 이상이 동경에서 죽어가며 '메론'을 찾았던 것은 김유정이 「땡볕」에서 아내에게 '채미(참외)'를 사주려던 것을 연상시킨다는 것이다.

마침내 김 교수는 인간 김유정과 그의 문학이 작가 이상의 근원적 존재였음을, 뿐만 아니라 비극적 우리시대의 삶과 사유에 대한 원천이 되고 있다고 주장한다.

정하늬 교수는 「경성을 배회하는 지식인 청년과 假裝의 시선」에서, 서술자의 신분과 모티프가 비슷한 김유정의 「심청」, 박태원의 「소설가 구보씨의 일일」에서 도시를 배회하는 지식인의 '경성'과 '경성인'이 어떻게 그려지고 있는지를 비교하고 대조한다. 정 교수는 「심청」의 서술자가 종로의 뒷골목 도시 하층민들에게, 「소설가 구보씨의 일일」에서는 경성의 북촌 지역에 있는 사람들의 경제적인 문제에 관심을 갖고 있음에 주목한다. 그리고 당시 총독부에서는 대경성 만들기의 일환으로 청소와 명랑화 작업을 병행하던 시기, 김유정의 화자는 「심청」에서 도시의 낡은 단층집과 걸인을 퇴출시키려는 정책에 대해 동조하는 듯 하나 실은 그 자신도 퇴출 대상(인텔리 룸펜)임을 알고 있기에 '대도시 명랑화' 정책에 대해 '명랑'을 가장하고 있다고 본다. 이에 비해 박태원은 북촌지역의 '명랑'이 실은 '명랑'을 가장한 것이고 화자 또한 신경증적 증세를 가진 지식인 청년이라는 가면에 명랑함을 덧씌워 조선인을 감시하는 총독부의 시선과 경성의 자본이 총독부를 향해 가고 있음을 지적한다. 그리고 이 작품에 나타난 경성은 식민지 조선의 수도 경성의 '대경성'의 이미지에 가려져 있던 경성 사람들의 모습을 보여준 것이라고 지적한다.

신제원 선생은 「김유정 소설의 가부장적 질서와 폭력에 대한 연구」에서 김유정 소설에서 가부장제하의 인물들이 겪는 폭력과 고립에 주목, 이때 폭력과 고립이 가부장이 행사하는 처벌이자 가부장적 질서의 통제와 구속을 강화하는 지배기제임을 밝힌다. 그리고 김유정 소설의 가부장제는 지배자의 경제적 편익을 최우선으로 하는 효율 위주의 지배체제라는 점에서 자본주의체제와 공통점을 갖고 있다고 본다.

신 선생은 김유정 소설에서 가부장적 지배기제와 처벌구조는 그의 금 삼부작과 자전적 서사 속에서도 발견되며, 금 삼부작 등은 자본주의체제에 도전하는 노동자들에게는 처벌의 양상을, 자전적 서사에서는 아버지에게 도전하는 자식에게 가해지는 징벌의 양상을 보여주는 것에 주목, 결론적으로 김유정 소설 서사가 보여주는 지배질서는 견고하여 가부장적 질서의 전복 불가능성, 그 질서에 도전하는 것의 비극성, 그 질서에 적응하는 것의 일상성을 보여주고 있기에 작가는 긍정적인 어떤 전망도 제시하지 못하고 있다고 보았다.

차희정 선생은 「김유정 소설에 나타난 한탕주의 욕망의 실제」에서 김유정 소설의 중요한 배경이 식민통치체제하에 동화주의에 있음을 지적한다. 일제가 주장한 동화주의의 실상은 조선인 차별의 의미가 내포된 것이다. 김유정 소설의 빈농들은 돈과 황금의 욕망은 높되 정확한 정보의 수집능력과 판단능력의 부재로 인해 그들의 가치는 전도·왜곡되면서 해학을 발생시킨다. 이때 이들이 만든 해학은 충동적 주인공의 좌충우돌이 야기 시킨 모순과 무질서에 기인한 것이다.

「소낙비」의 춘호는 도박으로 판돈을 끌어 모아 서울에서 한 살림을 마련하려 하지만 그 자체가 무모한 도전이고 「금따는 콩밭」의 영식과 영식의 처, 수재의 욕망이 충돌하면서 보여주는 어이없음은 30년대 금광열풍의 이면을 보여준다. 「만무방」의 응칠은 규범으로부터 탈출하지만 이것이야 말로 현실의 파괴된 질서와 허위를 증언하는 것이다. 결국 위에서 언급한 세 작품 속의 인물들이 가진 한탕주의 욕망과 그에 따른 실천 자체가 식민현실의 교란된 질서를 보여주고 있다는 것이 차 선생의 주장이다.

정진석 교수의 「「동백꽃」의 '나'를 믿지 않게 가르치기」에서는 「동백꽃」의 '신빙성 없는 화자'에 주목, '신빙성 없는 화자'에 대한 종래의 개념과 이에 대조되는 신빙성에 대한 판단문제를 제기한다.

정 교수는 문학교육과정에서 '시점'에서 '말하는 이'로, '소설의 제반 이론 인지'에서 '읽기와 창작, 소통 행위'로 발전하는 모습을 추적한다. 그리고 소설교육에서 신빙성 없는 서술자의 수용은 소설에 대한 독자의 수사적 읽기와 서술자의 인격화까지를 포함하게 됨을 본다.

종래의 「동백꽃」에 대한 해석은 인지서사적 관점에서 보았을 때 주인공 남녀를 순수함, 어리석음 등 정해진 틀 안에서 재단하고 있을 뿐만 아니라 단방향 소통과 미적 수사학 신빙성 판단 등에서 탈가치화된 모습을 보여 왔다. 정 교수는 신빙성 없는 서술자의 수용맥락은 수사적 접근을 바탕으로 하되 텍스트를 통해 작가와 독자 사이의 상호작용의 필요성이 절실함을, 뿐만 아니라 문학작품에 대한 다양한 해석의 비교, 소통의 목적이 재미 외에도 가치 지향적 윤리적 차원의 접근까지 확대되어야 한다고 주장한다.

진용성 선생은 「김유정소설의 국어교육적 활용에 관한 연구」에서 현행 중학교 국어교육 16개 검인정 교재 중 11개 교재에 작품이 수록된, 수능시험에서도 언어영역에서 「동백꽃」과 「만무방」이 출제된 김유정작품의 높은 위상에 주목한다. 진 선생은 이와 같은 김유정문학에 대한 위상 문제가 학습자인 학생들에게서도 동일한지 여부를 확인하기 위해 고등학교 1학년 학생(실험집단 315명)을 대상으로 설문조사를 한다. 한편 교사용 지도서를 대상으로 학년군 편성으로 보면 중학교는 1, 2학년에 교육과정 성취 기준별 항목에서는 김유정 작품이 고르게 분포되어 있음을 찾아낸다. 교수 학습 활동의 층위에서는 작품을 매개로 한 작가와 독자의 소통이 단선적이고 다양한 해석과 능동적 의미 생성부분에서 많은 문제점이 있음을, 작가론 관련 부분에서도 2007 개정 교사용 참고 서에서 보여준 수준 이상으로 나아가지 못했음을 지적한다.

진 선생의 논문에서 주목할 것은 그의 제안이다. 첫째 김유정 소설의 학년군별 적용방법의 연구(「동백꽃」은 중1에서 고1까지 교재에 수록되어 있다) 와 둘째 김유정 작품에서 아직 수록되지 못한 동화 「두포전」의 초등학 교급 적용이 필요하다는 것이다.

이만영 선생은 「김유정의 「귀여운 少女」 번역 저븐의 발굴과 그 의미」 에서 김유정 사후 발표된, 김유정의 번역동화 「귀여운 少女」의 원작 및 저본을 확정하고, 그 번역이 갖는 의미를 밝히려한다. 이는 한국 근대 번 역문학사에서 아직은 공백상태인 번역가 김유정의 자리 매김에 유효할 것이기 때문이다.

이만영 선생은 「귀여운 少女」의 줄거리에서 배경, 주요인물, 인물의 서사와 같은 중요부분을 고려한 결과 이 작품이 찰스 디킨스의 『오래된 골동품 상점』을 원작으로 삼고, 무라오카 하나코가 일본어로 축역한 「소녀 네리」를 저본으로 삼은 번역물임을 밝혀낸다. 그리고 김유정의 번역 목적이 일차적으로 경제난 타파를 위한 것이었고 평소 그의 문학적 신념과 완벽하게 부합하지는 않은 작품이었다고 본다. 그럼에도 불구하 고 이 작품에 대한 번역사적 의미는 찰스 디킨스의 『오래된 골동품 상 점』을 우리말로 번역한 최초의 텍스트라고 본다. 디킨스 작품 속의 리얼 리즘적 요소는 김유정 작품 세계의 그것과 맞닿아 있다. 따라서 향후 김 유정의 문학세계를 연구함에 있어 찰스 디킨스의 작품 세계와 연관시켜 봄도 의미 있는 연구가 될 것이라고 제안한다.

　　김종회 교수의 「김유정 소설의 문화산업적 활용방안 고찰」은 제6회 김유정학회 학술연구발회에서 발표된 주제논문이다.

　　김종회 교수는 김유정 소설의 문화산업적 활용방안을 탐색하기 위해 먼저 김유정의 작품 세계를 개관하고 표준작품으로 「동백꽃」을 선정, 그 속에 들어 있는 해학성과 서정성, 당대 현실에 대한 비판정신을 추출, 그 표현 전략에 골계미와 해학성이 기능하고 있음을 추출한다. 그리고 한 작가를 현창하는 사업으로 작가의 테마파크를 조성할 때 이들 작품의 특성이 특화되어야 하고 그 사업 설계는 중장기적 안목으로 시행되어야 함을 주장한다. 김유정의 작품의 경우 예술성은 지적욕구의 충족을, 서정성은 정동적 감응력을, 해학성은 현실적 생활반경과의 연계로 이루어져야 하며, 지적욕구 충족은 독서토론, 에세이 쓰기 등, 정동적 감응력은 고백하기의 형식 마련이나 기념이 될 문건의 구비 등을 추천한다. 그 외에도 작품의 후일담 쓰기, 작품의 특성을 살린 패러디 작품 창작, 장르를 시 · 희곡 · 시나리오 · 수필로의 교체, 전문적 영역에서 OSMU로의 개발까지 추천한다. 뿐만 아니라 문학촌 내부의 콘텐츠와 지역 환경과의 조화를 고려하고 탐방객의 수요에 부응하는 프로그램 개발, 나아가 작품의 보급과 독자 및 동호인의 확대까지 추천한다.

　　김종성 교수와 우한용 교수의 글은 김유정관련 문화 콘텐츠의 일환인 창작소설이다.

　　김종성 교수의 「바다울음」은 청송에서 궁촌까지 야반도주 해온 천례네를 중심으로, 소주 양조장에서 나온 아래기(술지게미)를 배급 받으러 나온 궁촌 사람들과 사택촌 사람들의 갈등, 사택촌사람들은 돼지 먹이로, 궁촌사람들은 가족이 먹기 위해 아래기를 사이에 두고 갈등한다. 그런가 하면 해명공단 화학공장에서 쏟아져 나온 매연과 오염된 폐수는 궁촌의 농사를 망쳐놓아 농민들과 공단측이 갈등을 일으킨다. 사택촌의 '새마을양돈특성화단지' 사업으로 더 이상 아래기를 받지 못하게 된 궁촌 사람들은 사택촌의 장포댁 돼지우리를 급습. 돼지를 잡아 해체하여 고기를 나누고 자동차를 가져온 정육업자에게 돼지를 넘긴다.

금점꾼이었다가 진폐증에 걸린 남편은 천례 모녀를 궁촌까지 데려다 놓고 고향 떠난 지 13년, 천례 혼자 몸으로 해순이와 끝순이를 양육하나 돼지먹이 아래기를 먹지 않겠다던 끝순이는 끝내 죽으면서 작품이 끝나게 된다. 마치 현대판 「노다지」의 더팔이나 꽁보의 후일담을 듣는 듯한, 김정한의 「사하촌」의 한 장면을 보는 듯한 감동을 준다.

우한용 교수의 창작소설 「마누라에 대한 현상학적 환원 시고」는 일명 가방끈이 긴 부부의 애환을 그리고 있다. 문학박사 학위 소지자인 주인공은 실업자. 지도교수 눈치만 보다가 학원 강사로, 철근조립 노동자로 일해 보지만 여의치 않아 아내가 노인도우미로 들어가서 생계를 이어 나간다. 객관적으로 보면 더할 수 없이 비극적인 상황임에도 불구하고 일인칭 화자의 시점은 자신의 존재를 메타화한다. 마치 김유정의 「두꺼비」에서 일인칭 화자가 자신의 중심으로부터 벗어나 제3자적 입장에서 자신을 냉정하게 해부하고 코믹하게 그리듯이 우 교수의 소설 속 화자도 자신을 그렇게 바라보며 낙천적인 시선을 접지 않는다. 그의 이야기 투는 판소리 사설처럼 요설과 언어유희가 변주된다. 역시 가방끈이 긴 아내 또한 들병이처럼 남편과 자식을 위해 생활전선에 뛰어들어 조문장 교수의 애인이 되기도 하고 조무장 노인의 집사가 되기도 한다. 아내는 시력을 상실한 조무장 노인의 저금을 찾아주기 위해 같이 은행에 다녀왔다는 사실 하나 만으로 조 노인의 저금통장 비밀번호를 사기꾼에게 전달해 주었다는 누명을 쓰고 입건된다. 착한 사마리안을 기다리지만 그것은 희망사항일뿐 전세 보증금을 모두 월세로 꺾어 넣은 바람에 집을 내놓아야 하는 기한, 아내는 경찰서 유치장에 있는데 이삿짐을 실은 트럭과 인부가 들어와 미처 이삿짐을 싣고 갈 곳도 없는 주인공의 집을 겨냥해 쳐들어오면서 소설의 대단원은 막을 내린다.

그동안 김유정학회에서 내놓은 김유정 전문연구서적은『김유정의 귀환』,『김유정과의 만남』,『김유정과의 산책』,『김유정과의 향연』,『김유정의 문학광장』에 이르는 다섯 권이었다. 이들은 봄에 진행되는 김유정 학술연구발표회 가을에 금병산 실레이야기길에서 진행되는 김유정학술세미나에서 발표된 연구논문 원고를 모아서 엮은 자타가 공인하는 수준 높은 김유정 전문연구서적이다.

김유정학회에서 해마다 발간한 이 연구서적의 특징은 학술연구서적으로서의 높은 수준, 김유정관련 문화콘텐츠 작품으로서 창작 작품이 수록되어 있다는 것이다. 지금까지는 문화콘텐츠에 소설 창작품에 한정 수록되었지만 앞으로는 장르를 확대할 계획이다.

이 봄에 지난 1년간 학술연구발표회에서 발표되었던 논문들을 수록하여 엮은『김유정의 문학산맥』을 김유정 선생과 김유정 선생을 사랑하는 모든이에게 바친다. 논문 집필자와 김유정학회 회원 여러분, 학회에 관심을 가져주신 분들 그리고 이 책을 엮어주신 소명출판 여러분께도 감사드린다.

2017.2.14 김유정학회장

유인순

차례

책머리에   3

제1부 김유정과 그의 친구들

방민호 김유정과 이상
1936~1937

1. 들어가면서 – 요절한 두 천재와 1930년대의 문학의 기로   19
2. 김유정 문학과 크로포트킨, 오스기 사카에   23
3. 예술을 위한 예술이냐, 다른 것이냐   36
4. 죽음이냐, 새로운 문학이냐   43

김예리 김유정 문학의 웃음과 사랑
김유정 문학에 나타난 죽음충동과 에로스

1. 김유정 문학에서의 '웃음'과 '슬픔'의 위상학   55
2. 웃음과 사랑의 연금술 – 김유정의 희극성   61
3. 이상 문학의 원천으로서의 김유정   70
4. 김유정 문학의 웃음과 사랑의 의미   77

손유경 취약한 자들의 윤리
김유정과 안회남의 우정을 중심으로

1. 들어가며   80
2. 타자가 남긴 부채(負債)   82
3. 「겸허 – 김유정전」에 드러난 취약한 자들의 윤리   91
4. 결론   95

정하늬 경성(京城)을 배회하는 지식인 청년과 가장(假裝)의 시선
김유정의 「심청」과 박태원의 「소설가 구보씨의 일일」을 중심으로

1. 식민지 조선의 수도 '경성'과 지식인 청년   96
2. '대도시' 경성과 '명랑'을 권하는 사회   101
3. 불온한 관찰자의 신경증적 시선   107
4. 가장(假裝)된 '명랑'의 시선   114
5. 결론   123

제2부 **김유정 소설의 폭력과 욕망** ······················

신제원 **김유정 소설의 가부장적 질서와 폭력에 대한 연구**
  1. 서론 131
  2. 김유정 소설에 드러난 가부장제의 모습과 존속원리 137
  3. 김유정 소설의 가부장적 체제와 처벌의 공포 148
  4. 결론 157

차희정 **김유정 소설에 나타난 한탕주의 욕망의 실제**
  「소낙비」, 「숲따는 콩밧」, 「만무방」을 중심으로
  1. 머리말―식민지배의 허위와 긴장 163
  2. 매춘과 도박, '평범한 악'이 되는 현실의 은유 169
  3. 황금 열풍과 욕망의 상충 175
  4. 계획된 토지, 예상된 소출, 악착한 농민의 출연 181
  5. 위악(僞惡)한 해학과 풍자를 통한 식민 질서의 진동 187

제3부 **김유정 문학과 문학교육현장**

정진석 **「동백꽃」의 '나'를 믿지 않게 가르치기**
신빙성 없는 서술자의 수용에 나타난 소설교육의 인지적 프레임 읽기

1. 「동백꽃」의 예전화와 신빙성 없는 서술자의 수용 197
2. 해석의 전략으로서 서술자의 신빙성 판단 202
3. 소설교육은 신빙성 없는 서술자를 왜 수용하였는가? 206
4. 소설교육에서 「동백꽃」의 '나'는 어떻게 신빙성을 잃었는가? 212
5. 「동백꽃」의 '나'와 대화하기 ─ 신빙성 없는 서술자에서 서술자의 신빙성 판단으로 222

진용성 **김유정 소설의 국어교육적 활용에 관한 연구**
중학교 교과용 도서를 중심으로

1. 들어가며 228
2. 학생들의 인식 속의 김유정 소설 232
3. 학교 교육 속의 김유정 소설 237
4. 나오며 249

제4부 **김유정의 번역작업**

이만영 **김유정의 「귀여운 少女」 번역 저본의 발굴과 그 의미**
번역 저본의 신자료에 관한 내용을 중심으로

1. 서론 ─ 김유정과 번역문학 255
2. 「귀여운 少女」의 원작 및 번역 저본 260
3. 「귀여운 少女」의 번역 경위와 그 의미 270
4. 결론 282

제5부 **김유정과 문화콘텐츠** ···

김종회 **김유정 소설의 문화산업적 활용 방안 고찰**
1. 머리말 289
2. 김유정의 작품 세계와 「동백꽃」의 특성 292
3. 김유정 소설의 문화산업적 활용 방안 297
4. 마무리 303

김종성 **바다울음** 307

우한용 **마누라에 대한 현상학적 환원 시고** 335

필자 소개 366

제1부 / 김유정과 그의 친구들

김유정과 이상

1936~1937

방민호

1. 들어가면서 – 요절한 두 천재와 1930년대의 문학의 기로

김유정이 세상을 뜬 것은 1937년 3월 29일, 그의 죽음에 관한 기사가 조선일보에 간략히 실렸다.[1] 곧이어 일본에서도 이상의 부음이 전해졌다. 이 소식 역시 『조선일보』에 실렸다.[2] 이 기사에 게재된 이상의 한복 입은 사진을 김유정의 사진에 나란히 놓으면

金裕貞氏長逝

일즉이 본보에 「소낙비」라는 작품으로 일등당선이된 작가김유정(金裕貞)씨는 그동안 폐환으로 신음하면서도 연해력작을 만히내여 일반의 기대와 촉망이컷든바 지난이십구일오전필시예 료양하려가잇는 광주군중부면 상산곡리(廣州郡中部面上山谷里)에서 요절하야 즉일 다비 (茶毗)에부첫는바 향년은 삼십이라고한다

---

1 「김유정씨 장서」, 『조선일보』, 1937.3.31.
2 「고 이상 씨 유골 귀향 – 문단 제씨 역에 적영」, 『조선일보』, 1937.5.1.

두 사람의 거리는 우리가 흔히 아는 것과는 달리 그렇게 멀어 보이지 않는다. 이상이 김유정 쪽에 근접한 인상이다.

이어서 김유정과 이상 두 사람을 위한 문단 추도회가 열렸다.[3] 이 추도회의 발기인은 아주 많았다. 이광수를 필두로 하여, 이은상, 주요한, 김동환, 함대훈, 최재서, 이헌구, 안회남, 정지용, 이원조, 정인택, 김상용, 김기림, 백철, 엄흥섭, 이태준, 모윤숙, 이기영, 김환태, 구본웅, 이선근, 김문집, 이무영, 노천명, 박태원 등 당대의 중요 문단적 경향을 대표하는 문학인들이 이들의 죽음을 계기로 한데 모였다.

1937년 봄은 조선문학의 한 기로였다고 할 수 있다. 카프 제2차 검거 사건을 계기로 좌익 문학인들은 침잠 가운데서 새로운 모색을 기약하고 있었다. 이상이 "아당 만세"를 불렀던 구인회 성원들 역시 뿔뿔이 흩어져 제 길을 찾았다. 이광수, 주요한, 김동환, 모윤숙 등으로 연결되는 또 한 줄기의 문학인들은 이광수와 모윤숙, 김일엽, 나혜석 등의 복잡한 관계를 연출하며 새로운 구원을 위한 문학을 희구하고 있었다. 바야흐로 신세대 문학인들, 김동리, 서정주 같은 이들이 문단에 등장하면서 새로운

---

3   「김유정 이상 양 씨 추도회 래 십오일 거행」, 『조선일보』, 1937.5.11.

문학의 논리를 준비하고 있었지만 그들의 진로는 지극히 불투명했다.

곧이어 중일전쟁이 발발하도록 예정되어 있었다. 또 1937년 6월부터 는 전쟁을 앞두고 수양동우회 검거 선풍이 불었다. 정세와 문단적 상황 이 모두 복잡할 때 김유정과 이상은 세상을 떠났고, 그로써 중일전쟁을 앞둔 식민지 조선문학의 암운을 상징하는 존재로 떠올랐다.

두 문학인이 모두 단편 중심의 작가였고, 또 폐결핵으로 요절했다. 그들의 죽음은 당대 조선문학의 다가올 운명을 상징하는 듯했다. 이후 일제 강점기 한국문학은 새로운 대일협력이라는 문제를 현안으로 사고 하지 않을 수 없는 시대로 접어들게 된다.

이러한 문학적 변침점 앞에서 그들은 자신들의 시대를 어떻게 이해 했고 어떤 지향점을 가지고 있었던 것일까? 그러나 이 두 작가가 모두 구인회 회원이었다는 사실, 폐결핵 환자였다는 사실 같은 것을 제외하 고 이들에게서 어떤 공통적 문제의식을 발견할 수가 있기는 있는 것일 까? 또는 이 두 작가를 비교할 만한 어떤 현실적인, 작품상의 근거는 있 는 것일까?

최근 들어 이 두 작가의 문학 세계에 대한 비교적 관점을 제공하는 몇 편의 주목할 만한 논문들이 있다. 권채린의 「한국근대문학의 자연표상 연구－이상과 김유정의 문학을 중심으로」(경희대 박사논문, 2010), 김영아 의 「1930년대 소설에 나타난 카니발리즘의 양상 연구－채만식, 김유정, 이상의 소설을 중심으로」(공주대 박사논문, 2005), 표정옥의 「놀이의 서사 시학－1930년대 김유정, 이상, 채만식의 놀이성(Ludism)을 중심으로」(서 강대 박사논문, 2003) 등이 그것이다.

여기서는 권채린의 논문에 관해서만 간단히 검토해 보는데, 당연히 그렇게 생각할 수 있듯이, 김유정과 이상에게 자연이 어떤 표상적 의미를 지니고 있었는가 하는 문제는 김유정과 이상 문학의 차이를 이해하는데 있어 핵심적인 사안 가운데 하나라고 할 수 있다. 권채린은 이상과 김유정에 있어 자연을 '해체적 자연'과 '향토적 자연'으로 대별하면서, "반시대적 기호를 각인한 전위적인 근대성의 산물로서의 이상의 자연이 그 내부에 자신의 기획에 대한 해체와 초극을 품고 있다면, 전통적이며 '자연 그 자체'로 보여지는 김유정의 자연은 고도의 근대적 조탁과 통어에 의해 구축되었다"고 평가했다. 그는 여기서 두 문학의 역설적 존재 방식을 찾았고, 바로 이 점에서 "이상과 김유정의 문학은 이질적인 재현 양상 이면에 첨예한 근대적 의식의 심층을 공유한다고 말할 수 있다"고 진단했다.[4]

이 논문이 유행적인 근대성 담론의 주위를 맴돌고 있다는 점을 감안할 필요가 있다. 그에 다르면 이상의 문학은 근대적이지만 근대 해체적인 요소를 품고 있으며, 김유정의 문학은 일견 전근대적이지만 근대적인 창작 의식의 산물이라는 것인데, 이러한 논의는 두 문학인의 텍스트들에 내재한 그들의 고민을 그 구체적인 양상으로부터 떼어내 내용 '없는' 추상화로 이끌어 올리는 경향이 없지 않다.

그러나 이러한 논의가 두 문학인을 대칭적인 비교의 시각 위에 올려놓는 의의만큼은 컸다고 할 것이다. 이 글은 이러한 선례를 바탕으로 김유정과 이상의 문학세계를 그들이 어떤 사상적 가치를 향해 움직이고 있던가를 중심으로 비교의 시각 속에서 논의해 보고자 한다. 이는 1937년을 전후로 한 당대 조선 문학의 고민과 모색을 재검토하는 문제이기도 할 것이다.

4　권채린, 「한국근대문학의 자연표상 연구—이상과 김유정의 문학을 중심으로」, 경희대 박사 논문, 2010, 187쪽.

2. 김유정 문학과 크로포트킨, 오스기 사카에

김유정의 문학적 스타일에 대해서는 최근 몇 년 사이에 상당히 깊이 있는 진전을 이룬 것으로 보인다. 유인순의 「김유정의 우울증」(『현대소설연구』35, 2007)이나 김화경의 「말더듬이 김유정의 문학과 상상력」(『현대소설연구』32, 2006)은 이 점에서 아주 인상적이었다. 두 논문은 김유정의 "염인증"과 "내면화된 말더듬증"을 김유정 문학의 기저적 요인으로 효과적으로 설명해 보였다. 그는 확실히 "말없는 우울"[5]의 인, "염인증"이라는 이름의 "고질"을 앓는 사람이었다. 또 문학은 이 "고질"을 고치기 위한, 그것으로부터 놓여나기 위한 수단이었다.[6] 우울증, 말더듬증은 이 점에서 김유정 문학의 근저적 동력으로 자리를 잡을 수 있으며, 현재 '김유정학'은 김유정 문학을 그러한 질병의 치유 과정으로 위치지운다. 예를 들어, 유인순은 다음과 같이 이 과정을 요약했다.

1930년 4월 연전 문과에 입학한 김유정은 어느 봄날 청계천 야시장에서 박녹주와 이별하고 춘천으로 와서 들병이와 어울린다. 젖먹이를 데리고 생활 전선에 뛰어든 여성들, 당장 먹고 살기 위해 성을 상품으로 내어놓은, 그래도 삶에 대해 절망하지 않는 풀뿌리 인생들의 강인한 삶 앞에서, 수려하고 험준한 강원도 산천이 보여주는 '엄숙하고 유창한 풍경', '건실한 시인의 서정시를 읽는 것과 같이 그렇게 아련하고 정다운 풍경' 앞에서 유정의 병든 마음은 서

---

5   김유정, 「어떠한 부인을 마지할까」, 『여성』, 1936.5, 5쪽. 전신재 편, 『원본 김유정전집』, 한림대 출판부, 1987, 406쪽.

6   김유정, 「병상의 생각」, 『조광』, 1937.3, 위의 책, 449~450쪽.

서히 치료되어 가기 시작한다. 이른바 인식의 전환이 이루어지기 시작한 것이다. 그는 상경하여 1931년 보성전문상과에 입학하나 자퇴하고 춘천 실레 마을로 와서 야학당 일을 보기 시작한다. 이 해에 안회남이조선일보 신춘문예를 통해 등단했다. 이미 강원도의 산천과 그곳에서 강인하게 살아가는 사람들의 삶을 본 김유정은 천품으로 박힌 염인증, '그 고질을 손수 고쳐보기 위하여' 글을 써볼 생각을 한다. 예술 활동의 근저를 이루는 것은 욕망의 실현이다. '자신의 감정상태를 정확하게 표현하는 기쁨은, 그 감정이 고통스러운 것인 경우에도 자존감과 유능감을 증진'시켜 정서적 성숙을, 곧 우울증으로부터의 치유과정으로 들어서게 되는 것이다.[7]

이에 따르면 김유정은 자신의 고질적인 우울증을 삶의 전환, 그 새로운 경험의 축적 과정을 통해 치유해 나갔다. 이 치유를 또한 김화경은 다음과 같이 진단한다.

김유정 소설의 유머에 대해서는 이미 많은 연구가 진행 되어 있다. 주로 해학의 구현양상과 기능에 대한 것인데, 판소리의 수용이나, 비극적 현실을 희화하며 연민과 동정을 순화시켰다는 평가, 선한 바보열전의 세계라는 논리가 중심에 있다. 그런데 김유정의 작품을 읽어가며 한 가지 떨쳐버릴 수 없는 생각은 그가 글을 통해 자신의 말더듬에서 잃었던 소통의 길을 찾음은 물론, 자신의 상황을 놀이처럼 즐기고 있다는 것이다.[8]

이에 따르면 김유정은 자신의 문학을 놀이로 만듦으로써 내면화된

---

7   유인순, 「김유정의 우울증」, 『현대소설연구』 35, 2007, 134~135쪽.
8   김화경, 「말더듬이 김유정의 문학과 상상력」, 『현대소설연구』 32, 2006, 85~86쪽.

말더듬증에 대한 치유의 방법을 찾아 나갔다.

이처럼 한 작가의 문학을 그들이 처한 정신적 상황에 대한 대응 또는 승화의 방식으로 이해하는 관점은 유구하며 그만큼 설득력이 있다. 그러나 여기에는 어떤 매개가 필요하다고 필자는 생각해 오곤 했다. 문학은 무의식의 산물이기도 하지만 그만큼이나 의식의 산물이다. 따라서 김유정이든 이상이든 그들의 문학은, 그들의 무의식의 산물이거나 정신적, 육체적 질병에 대한 반응 양식일 뿐만 아니라, 바로 그러한 상황을 딛고 어딘가로 나아가려는 의식적 고투의 산물이기도 하다.

이 점에서 하나의 시사점을 제공해 주는 것은 김유정을 모델로 삼아 쓴 안회남의 소설이다. 안회남은 신변잡기를 쓰는 작가이기는 하지만 그의 「겸허」(『문장』, 1939.10)만은 말쑥한 플롯을 보여주지 못하는 가운데서도 김유정의 인간됨과 문학적 지향점을 밀도 높게 파헤친 작품이라고 할 수 있다. 여기에서 그는 김유정의 문학을 자기 운명에의 겸허라는 것으로 요약한다. 그에 따르면 김유정은 말년에 머리맡에 겸허라는 두 글자를 써서 붙여두었다는 것인데, 그것은 바로 김유정이 인식한 자기 운명에의 겸허였다는 것이다.

작중 스토리 전개가 다소 산만하기 때문에 우리는 이 김유정의 운명이라는 것이 무엇인지를 재정리해서 요약해 볼 필요가 있다. 그것은 작중 '나'인 안회남이 『개벽』사에 있었을 때 춘천 사람 차상찬(車相瓚) 씨에게 들었다는 김유정 집안의 내력에 관한 것이다. 즉, 김유정은 조부대에 양반으로서 "그저 함부로 잡어다 주리를 틀구 불기를 때리구 해서, 그 큰 재산을 모았으니까"[9]하는 방식으로 부를 축적했으며, 때문에 유

정은 회남에게 "춘천 우리 고향에서는 우리 집안이 망하는 것을 좋아한
다"[10]고 말하기도 했다는 것이다. 실제로 유정의 가문은 부친이 일찍 세
상을 떠난 후 몰락과 파산의 길을 걸었는데, 김유정은 자신의 삶까지 포
함하여 이것을 조부대부터 짊어져 내려온 운명의 부담으로 인식했다는
것이다.

　— 운명
　— 나를 꽉 누르고 어떻게 할 수 없게 하는 그 그림자.
하고 탄식하던 유정은 참 가엾다. 그러나 지금 내가 어느 생각을 한 가지 하
고 있는 것처럼, 그는 자기의 운명의 모양을 잘 보아 안다 할 수 있을는지. 유
정이가 문학을 하려니까, 애처럽게 폐병에 걸리었다고 보겠지만, 유정의 병
은 유정의 문학보다 훨씬 먼저 있던 것이 아닌가 하는 것이다. 연애에 실패하
고, 사업에 실패하고, 마지막으로 문학에 정열을 쏟아놓으려니까, 병과 주검
이 눌러 덮었다는 것보다 병과 주검의 그림자에 벌써부터 엄습을 당하여 있
는 그가 그 속에서 고야니 허덕지덕 사랑이다, 농촌교육이다, 예술이다 하고
앙탈을 했던 것이 아닐러냐. 즉 그것은 유정이 병상에 눕기 이미 오래 전서부
터 작정되었던 것이요, 우연적인 것이 아니라, 피치 못할 운명적이었던 것이
라고 생각된다.

　여기서 회남은 김유정이 벌인 일들을 자기 운명에의 "앙탈"이었다고
표현하고 있는데, 이러한 감상 또는 피상성은 김유정의 의식을 과소평
가하게 만들 위험이 있다. 그렇지 않아도 지금 김유정학은 병리학적인

쪽에 관심을 기울이고 있음을 유의해야 한다. 즉, 김유정에 있어 폐병과 이른 죽음이 그의 문학에 앞서 먼저 하나의 운명으로 선행해 있었다는 것은 탁견이겠지만, 그로부터 김유정이 벌인 일들을 하나의 "앙탈"에 불과한 것으로 본다면, 그 말이 지닌 문학적 효과에도 불구하고 김유정 문학의 능동적, 창조적 측면이 간과될 위험도 없지 않다.

이러한 회남의 회상 가운데 한 단면에 주목해 보자. 회남은 유정의 부질없는 연애, 불가능했던 연애, 서투르기 짝이 없던 연애에 대한 회상 끝에 다음과 같은 장면을 기억해 낸다.

> — 인류(人類)의 역사(歷史)는 투쟁(鬪爭)의 기록이다.
>
> 한참 좌익 사상이 범람할 임시 누가 이런 말을 하자, 옆에 있든 유정(裕貞)은
>
> — 그러나 그것은 사랑의 투쟁의 기록이다.
>
> 하고 이렇게 대답한 일이 있다. 이 유정의 말이 옳고 그른 건 차치하고, 이 말과 그의 한 생애를 함께 생각하여 볼 때엔 유정이야 그 전부가 그냥 사랑의 투쟁의 기록이 아닌가 하는 것이다.[11]

인류의 역사가 투쟁의 기록이라고 한 어느 좌익 '사상가'의 말에 김유정은 그러나 그것은 사랑의 투쟁의 기록이라고 응수했다는 것이다. 이 응수는 매우 날카롭게 들리는데, 그것은 이 말이 자신에게 드리운 운명의 그림자에 묻혀 신음하는 유정의 이미지와는 다른 면모를 드러내고 있기 때문이다. 김유정의 응수는 그가 날카로운 세계인식과 가치 평가 척도를 지닌 사람이었음을 알려준다. 그렇다면 이제 우리는 김유정의

---

11 위의 책, 56쪽.

편지글도 단순한 연서가 아닌 비평적 산문으로 읽을 수 있는 시각을 확보하게 된다.

오늘은 순전히 어지러운 난장판일 줄 압니다. 마는 불행중에도 행이랄가, 한쪽에서는 참다라운 인생(人生)을 탐구하기 위하야 자기의 몸까지도 내여버리는 아름다운 히생이 쌓여감을 우리가 봅니다. 이런 시험이 도처(到處)에 대두(擡頭)되어 가는 오늘날, 우리가 처할 길은 우리 머릿속에 틀 지어 있는 그 선입관부터 우선 두드려내야 할 것입니다. 그리고 나서 새로히 눈을 떠, 새로운 방법으로 사물을 대하여야 할 것입니다.

그러나 그 새로운 방법이란 무엇인지 나역 분명히 모릅니다. 다만 사랑에서 출발한 그 무엇이라는 막연한 개념이 있을 뿐입니다. 사랑, 하면 우리는 부질없이 예수를 연상하고, 또는 석가여래(釋迦如來)를 곳잘 들추어냅니다. 허나 그것은 사랑의 일부발현(一部發現)은 될지언정 사랑 거기에 대한 설명은 되지 못할 겝니다.

그 사랑이 무엇인지 우리는 전혀 알 길이 없읍니다. 우리가 보았다는 그것은 결국 그 일부일부의, 극히 조꼬만 그 일부의 작용(作用)밖에는 없읍니다. 그리고 다만 한 가지 믿어지는 것은 사랑이란 어느 시대, 어느 사회에 있어, 좀더 많은 대중(大衆)을 우의적으로 한끈에 꿸 수 있으면 있을스록 거기에 좀더 위대한 생명을 갖게 되는 것입니다.

오늘 우리의 최고 이상(最高理想)은 그 위대한 사랑에 있는 것을 압니다. 한동안 그렇게도 소란히 판을 잡았든 개인주의(個人主義)는 니체의 초인설(招引說) 마르사스의 인구론(人口論)과 더부러 머지 않어 암장(暗葬)될 날이 올 겝니다. 그보다는 크로보토킨의 상호부조론(相互扶助論)이나 맑스의 자본론(資本論)이 훨신 새로운 운명(運命)을 띠이고 있는 것입니다. [12]

여기서 김유정은 현실이 난장판이기는 하지만 참다운 인생을 탐구하기 위해 자기 몸을 아끼지 않고 희생하는 시험들이 또한 대두하고 있음을 지적하면서 새로운 방법으로 사물을 대하는 태도가 필요하다고 한다. 이 새로운 방법의 실체는 아직 명료하게 드러나지 않았는데, 다만 그것은 사랑이라는 문제에서 출발해야 한다. 앞에서 김유정은 인류의 역사를 사랑의 투쟁의 기록이라고 보았던바 그것과 일맥상통하는 인식이라고 할 수 있다.

이제 문제는 어떤 사랑이냐 하는 것이 된다. 그리고 여기서 참고해 볼 말한 소설이 하나 있다. 김유정이 소설에 '등신대'로 출현하는 소설이 두 편 있는데, 그 하나가 앞에서 살펴본 안회남의 「겸허」(『문장』, 1939.10)라면, 다른 하나는 이상의 「김유정」(『청색지』, 1939.5)이다. 그보다 앞서, 김유정의 산문에 이상이 직접 등장한 적도 있었다고 하면, 이는 과다한 추론이 작용한 것일까?

"오냐! 봄만 되거라"
"봄이 오면!"
나는 이렇게 혼잣소리를 하며 뻔찔 주먹을 굳게 쥐었다. 한 번은 옆에 있든 한 동무가 수상스러워서 묻는 것이다.
"㉮ 김형! 봄이 오면 뭐 큰 수나 생기십니까?"
"그럼이요!"
하고 나는 제법 토심스리 대답하였다. 내 자신 역 난데없는 그 수라는 것이 웬놈의 순지 영문도 모르련만, 그러자 봄은 되었다. 갑자기 변하는 일기로 말

---

12 김유정, 「병상의 생각」, 『조광』, 1937.3, 전신재 편, 『원본 김유정전집』, 한림대 출판부, 1987, 448~449쪽.

미아마 그런지 나는 매일같이 혈담을 토하였다. 밤이면 불면증으로 시난고
난 몸이 말랐다.

　이렇게 병세가 점점 악화되어 갈제 그 동무는 나를 딱하게 쳐다본다.
　"김형! 봄이 되었는데 어째."
　"글세요!"
　이때 나의 대답은 너머도 무색하였다. 그는 나를 데리고 술집으로 가드니
　"인젠 그렇게 기다리지 마십시오. 그거 안됩니다."
　㉯ 하고 넘겨집는 소리로 낮에 조소를 띠는 것이다. 허나 그는 설마 나를 비웃지는
　않았으리라. 왜냐면 그도 또한 바뀌는 철만 기다리는 사람의 하나임을 나
　는 잘 안다. 그는 수재의 시인이었다. ㉰ 거츠러진 나의 몸에서 그의 자신을 깨
　닫고 그리고 역정스리 웃었는지도 모른다.[13]

　이 산문에 등장하는 김유정의 "동무"가 이상이라고 짐작되는 이유는
두 가지다. 하나는 명백한 것으로서 둘 다 폐결핵을 앓았다는 사실에 기
반한 것으로 위의 강조된 ㉰의 문장이 그 증빙 역할을 한다. 다른 하나는
㉯의 문장 중에 나타나는 "조소"다. 이상은 많은 문인들이 회상해 보여주
듯이 웃음의 사나이, 그것도 냉소, 홍소, 조소의 사나이였다. 마지막 하
나는 ㉮의 문장에 나타나는 "김형"이라는 호칭이다. 김유정과 이상은 서
로를 "김형"이라고 불렀다.[14] 물론, 이상의 본명이 김해경이기 때문이다.
　이 대목에 나타나는 인물이 이상임을 수긍하고 나면, 두 사람의 관계
에서 이니셔티브를 쥐고 있는 사람은 이상이다. 그는 폐결핵에 시달리

13　김유정, 「행복을 등진 정열」, 『여성』, 1936.10, 29쪽; 위의 책, 415~416쪽.
14　이상, 「김유정」, 『청색지』, 1939.5, 권영민 편, 『이상전집』 2, 뿔, 2009, 373쪽, 참조.

며 오지 않을 행복을 갈구하는 김유정을 술집으로 데려가 술을 먹이는 가학적인 짓을 서슴지 않는다. 또 그는 김유정을 향해 "조소"를 날리며 그런 것은 없다고, 오지 않는다고, 단념하라고, 악마적인 진단을 내려준다. 그것은 그 스스로의 페시미즘을 위한 것이기도 했다.

그러나 이상의 소설 「김유정」에 따르면 김유정 역시 이상에게 상당한 친밀감을 표현했던 것 같다. 그는 창문사에서 교정 일을 하는 이상을 찾아가기도 했고, 친구들을 데리고 이상의 집을 찾아들어 술을 마시자 청하기도 했다. 이상은 그런 김유정을 어떻게 보았던 것일까? 그에 따르면 김유정은 말보다 주먹이 앞서는 성미 급한, 다혈질의 인이었다. 이상은 김기림, 박태원, 정지용, 김유정을 각기 다음과 같이 묘사했던 바, 김유정은 행동이 가장 앞서는 사람이었다.

암만 해도 성을 않낼뿐 아니라 누구를 대할 때든지 늘 좋은 낯으로 해야 쓰느니 하는 타잎의 우수한 견본이 김기림이다.

좋은 낯을 하기는 해도 비례를 했다거나 끔찍이 못난 소리를 했다거나 하면 잠잫고 속으로만 꿀꺽 없으녁이고 그만두는 그러기 때문에 근시안경을 쓴 위험인물이 박태원이다.

업스녁여야 할 경우에 "이놈! 네까진 놈이 뭘 아느냐"라든가 성을 내면 "여! 어디 뎀벼봐라"쯤 할 줄 아는, 하되, 그저 그럴 줄 알다 뿐이지 그만큼 해 두고 주저앉는 파에, 고만 이유로 코 밑에 수염을 저축한 정지용이 있다.

모자를 휙 버서 덮이고 두루마기도 마고자도 민첩하게 턱 버서덮이고 두 팔 홀떡 부르것고 주먹으로는 적의 벌마구니를 발길로는 적의 사타구니를 격파하고도 오히려 행유여력에 엉덩방아를 찟고야 그치는 희유의 투사가 있으니 김유정이다.[15]

　이상의 눈에 비친 김유정은 행동적이고 열정적이다. 그는 이광수 문학의 가치를 둘러싼 논쟁 끝에 S군과 육탄전을 벌인다. 이상과 김유정의 또 다른 친구인 B가 중재를 하려 하지만 소용이 없다. 여기 등장하는 S와 B가 누구냐를 쉽게 특정할 수는 없다. 다만, 이와 비슷한 술 친구들 이야기 모티프가 안회남의 「겸허」에도 나타난다. 여기에는 실명들이 나오는데, 정인택이며, 김환태며, 이상이 어울려 안회남 집에 찾아와 술을 사달라 졸랐다는 것이다.[16] 정인택이나 김환태는 1909년생이고 이상은 1910년생이니 김유정과 동년배들이라고 할 수 있고, 따라서 제법 한데 어울렸을 만하다. 이 가운데 정인택은 이상의 소설 「환시기」(『청색지』, 1938.6)에 등장하는 송군이라는 해석이 설득력이 있어, 영문 이니셜 S로 통한다.

　그러나 단정할 수는 없다. 다만 어째서 이광수 문학의 화제로 떠올랐을까를 생각해 볼 수는 있다. 1930년대 중반 전후라면 이광수는 『흙』(『동아일보』, 1932.4.12~1933.7.10), 『유정』(『조선일보』, 1933.10.1~1933.12.31)에서, 『그 여자의 일생』(『조선일보』, 1934.2~6, 1935.4~9), 『이차돈의 사』(『조선일보』, 1935.9.28~1936.4.12), 『애욕의 피안』(『조선일보』, 1936.5~1936.12) 등으로 연결되는 시대다. 그런데 이때는 이광수와 모윤숙과의 '스캔들'이 세간의 화제로 떠오르면서 이광수 문학의 통속성에 대한 비판이 고조되던 때다. 이광수는 『동아일보』에서 『조선일보』로 자리를 옮기고 장남을 잃고 모윤숙과의 '사랑'이라는 문제를 해결해야 하는 인생의 기로에 서 있었다. 그 무렵 김동환은 『삼천리』에 부단히 나혜석을 등장시켜 "金東煥씨는 羅惠錫 天使仙女로 아는지 뼉다구를 게먹드시 再湯三湯으로 三千里誌 號마

15　위의 책, 371~372쪽.
16　안회남, 「겸허」, 『문장』, 1939.10, 63쪽.

다 울거먹는다"[17]는 악평을 들어야 했는데, 나혜석과 김우영, 최린의 스캔들은 다시 이광수와도 모종의 관련성을 가진 것이었다. 1930년대 중반을 전후로 한 시기는 카프 인사들에게는 암중모색, 구인회 문인들에게는 진로의 탐색, 신인들에게는 새로운 문학 실험의 장이었지만 이광수, 나혜석, 김일엽 같은 제1세대 작가들에게는 영혼의 사랑인가, 영육의 사랑인가 하는 인생론적인 이슈가 영향력을 행사하고 있었으며, 이것이 이후에 나혜석의 미발간 장편소설 『김명애』로, 모윤숙의 『렌의 애가』로, 이광수의 『사랑』으로 나타나게 된다.

이상 소설 「김유정」에 따르면 김유정은 이러한 믄단적 상황에 열정적으로 반응하고 있었음을 알 수 있다. 그가 이광수 문학의 가치문제를 둘러싸고 지인들과 육박전을 벌이는 모습은 그가 문단적 가치 판단을 다혈질적으로, 날카롭게 응대하는 작가였음을 말해준다. 모든 가치 있는 창작들이 그 이면에 날카로운 비평적 의식을 거느리고 있는 것이라면, 김유정 문학은 바로 그와 같은 비평 의식의 차원에서 새롭게 검토될 필요가 있다.

나아가 김유정은 이 산문에서 크로포트킨(1842.12.9~1921.2.8)의 『상호부조론』과 마르크스의 『자본론』이 개인주의, 니체주의, 맬서스주의 같은 사상들을 대체할 것이라고 예견하고 있음에 유의해야 한다. 그는 이것들이 "사랑"의 새로운 방식일 수도 있다고 보았던 것이다. 그런데, 이 둘 가운데 마르크스의 사상은 안회남의 「겸허」에서 보이는, 어느 좌익 '사상가'의, "인류의 역사는 투쟁의 기록"이라는 선언으로 통하는 것이다. 그리고 이것을 김유정이 "인류의 역사는 사랑의 투쟁의 기록"으로 수정하고 있었음을 우리는 이미 살펴보았다. 따라서 김유정이 크로포

---

17 「백인백화」, 『개벽』, 1934.11, 117쪽.

트킨과 마르크스를 함께 거론하고 있다고 해도 그가 보다 유력한 가치 정향으로서 머릿속에 그리고 있는 것은 크로포트킨 류의 상호부조론적인 "사랑의 투쟁"이었다고 생각해 볼 수 있다.

크로포트킨의 사상은 한국에서는 1920년 전후부터 지식 청년들의 관심의 대상으로 부각되기 시작하여 1920년대 전반기 내내, 그리고 1920년대 후반기에까지 마르크시즘 등과 더불어 일종의 '개조' 사상으로서 이른바 진보적 사상운동가들의 탐구 대상으로 자리를 잡았다.[18] 특히 일본의 크로포트킨 '주의자'라 할 수 있는 오스기 사카에(大杉榮, 1885.1.17~1923.9.16)의 번역 작업 등을 매개로 삼아 신문, 잡지 등에 그의 사상이 여러 번에 걸쳐 반복적으로 소개되기에 이른다.

이러한 크로포트킨 사상의 요점은 그의 주저인 『상호부조론』에 압축되어 있듯이, 다윈의 진화론 깊숙이 개입해 있는 맬서스주의적인 생존 경쟁 개념을 비판하고 진화와 존속의 방법으로서 상호 협동의 측면을 강조한 것이다. 이러한 논점은 『상호부조론』의 첫 장 「동물의 상호부조」 첫 머리부터 명확하게 표현되어 있다. 여기서 크로포트킨은 다윈의 진화론이 "모든 개체 사이마다 경쟁이 벌어진다는, 맬서스의 협소한 개념"으로부터 "생존 경쟁" 개념을 도입하고 있음을 지적하고, 다윈에 있어 이 용어가 다소 불명료하고도 양의적으로 사용되어 있음을 거론하면서, 자연계를 관찰해 보면 생존경쟁뿐만 아니라 상호 부양 및 보호가 각각의 동물 집단의 존속에 결정적인 역할을 한다고 주장한다.

상호부조야말로 상호투쟁과 맞먹을 정도로 동물계를 지배하는 법칙이라고

---

18 박양신, 「근대 일본의 아나키즘 수용과 식민지 조선으로의 접속―크로포트킨 사상을 중심으로」, 『일본역사연구』 35, 2012.6, 146~147쪽, 참조.

말해도 무리가 없는 듯하다. 아니, 진화의 한 요인인 상호 부조는 어떤 개체가 최소한의 에너지를 소비하면서 최대한 행복하고 즐겁게 살 수 있게 해준다. 게다가 종이 유지되고 더 발전하도록 보증해주면서 그러한 습성과 성격을 발전하게 해주기 때문에 어쩌면 상호투쟁보다 더욱 중요할 수도 있다.[19]

크로포트킨에 의하면 자연은 생존경쟁만큼이나 상호 부조를 근본적 원리로 삼아 작동된다. 이러한 요점을 가진 『상호부조론』 1장은 일본에서는 오스기 사카에의 「동물계의 상호부조」(1915.9)로 집중 소개되었고, 이는 다시 조선의 윤자영에 의하여 「상호부조론」(『아성』 3~4, 1921.7 및 1921.10)으로 번역되고 있음을 볼 수 있다.[20]

물론 김유정이 이 오래 전의 번역 글들을 직접 접했을 것 같지는 않고, 오히려 차라리 일본에서 거듭 출판된 오스기 사카에 등 번역의 『상호부조론』을 접했을 가능성이 크다. 그런데, 여기서 문제는 김유정이 말하는 "사랑"은 크로포트킨의 상호부조와 어떻게 관련되는가 하는 것이다. 크로포트킨은 상호부조를 생존경쟁 같은 원리와 대등한 차원에서 작용하는 '진화론적' 원리로 제시하고자 했으므로, 그것은 사랑이나 동정심 같은 감정의 문제와는 다른 것이라고 주장했다. 『상호부조론』 서문에 이와 같은 생각이 분명하게 나타난다.

사랑, 동정심 그리고 자기희생은 분명히 우리의 도덕적인 감정이 꾸준히 발전하는데 중대한 역할을 한다. 그러나 인간 사회의 근간이 되는 것은 사랑도

---

19 P. A. 크로포트킨, 김영범 역, 『만물은 서로 돕는다─크로포트킨의 상호부조론』, 르네상스, 2005, 31~32쪽.
20 박양신, 앞의 글,

심지어 동정심도 아니다. 그것은 인간의 연대의식 — 본능의 단계에서만 존재하는 것이기는 하지만 — 이다. 이는 상호부조를 실천하면서 각 개인이 빌린 힘을 무의식적으로 인정하는 것이며 각자의 행복이 모두의 행복과 밀접하게 의존하고 있다는 점을 무의식적으로 받아들이기는 것이기도 하다. 마지막으로 이는 각 인간마다 자기 자신뿐 아니라 다른 모든 사람들의 권리도 존중해 주는 의식 즉 정의감 혹은 평등의식을 무의식적으로 인정하는 것이다. 이 폭넓고 필수적인 기반 위에서 보다 높은 수준의 도덕 감정이 발전된다.[21]

이와 같이 크로포트킨에 있어 상호부조는 사랑 같은 "도덕 감정"을 밑받침해 주는 "필수적인 기반"이다. 앞에서 크로포트킨 운운한 김유정의 산문을 읽어보면 그가 말하는 "사랑" 역시 크로포트킨과 마르크스가 주장하는 어떤 원리 위에 구축되어야 하는 것임을 알 수 있다.

3. 예술을 위한 예술이냐, 다른 것이냐

「병상의 생각」은 여러 모로 문제적인데, 김유정의 예술관이 구체적으로 표현되어 있는 점에서도 그 문제성을 논의해 볼 수 있을 것이다. 여기서 그는 두 가지 문학 유파를 신랄하게 비판하면서 자신의 문학관을 제시해 나간다. 그 하나는 신심리주의며 다른 하나는 예술을 위한 예

---

21 P. A. 크로포트킨, 앞의 책, 17쪽.

술이다. 다음의 인용에서 ㉮는 신심리주의 비판 대목이며 ㉯는 예술을
위한 예술, 즉 예술지상주의 비판 대목이다.

㉮

예술의 생명을 잃은 그들에게 가장 중요한 간판으로 되어 있는 것이 그 형
식, 즉 기교입니다. 마는 오늘 그들의 기교란 어느 정도까지 모든 가능을 보
이고 있읍니다. 여기에서 그들이 더 나갈 길은 당연히 괴벽하야진 그 취미와
병행하야 예전보다도 조곰 더 악화된 지엽적 탈선입니다. 그들은 괴망히도
치밀한 묘사법으로 인간 심리를 내공하야, 이내 산 사람으로 하여금 유령을
만들어 놓는 걸로 그들의 자랑을 삼읍니다.

(…중략…)

어느 누구는 예술의 목적이 전달에 있는가, 표현에 있는가, 고 장히 비슷한
낯을 하는 이도 있읍니다. 이것은 마치 사람이 먹기 위하야 하는가, 살기 위
하야 먹는가, 하는 이 우문에 지나지 안읍니다. 표현이란 원래 전달을 전제로
하고야 비로소 그 생명이 있을겝니다. 다시 말하면 그 결과에 있어 전달을 예
상하고 계략하야 가는 그 과정이 즉 표현입니다.

그러나 오늘 문학의 표현이란 얼마나 오용되어 있는가, 를 내가 압니다. 그
들이 갖은 노력을 경주한 치밀한 그 묘사가 얼른 보기어 주문의 명세서나 혹
은 심리학 강의, 좀 대접하야 육법전서의 조문해석 같은 지루한 그 문짜만으
로도 넉히 알 수 있으리라.[22]

---

22 김유정, 「병상의 생각」, 『조광』, 1937.3, 전신재 편, 『원본 김유정전집』, 한림대 출판부, 1987,
446~447쪽.

㉯

당신이 화려한 그 화장과 고급적인 그 교양을 남에게 자랑할 때 그들은 자기의 작품이 얼마나 예술적인가, 다시 말하면 인류생활과 얼마나 먼 거리에 있는가를 남에게 자랑하고 있는 것입니다. 그 결과는 애매한 코날을 잡아 늘리기도 하고, 또는 사람 대신의 기계가 작품을 쓰기도 하고 하는 것입니다. 그러므로 그들에게 예술가적 열정이 적으면 적을수록 좀더 높은 가치의 예술미를 갖게 되는 것입니다.

예술가에게는 예술가다운 감흥이 있고 그 감흥은 표현을 목적하고 설레는 열정이 많습니다. 이 열정의 도가 강하면 강할스록 그 비례로 전달이 완숙하야 가는 것입니다. 그리고 예술이란 그 전달 정도와 범위에 많아 그 가치가 평가되어야 할 겝니다.

(…중략…)

그들은 모든 구실이 다하였을 때 마즈막으로 새롭다는 문자를 먼저 들고 나옵니다. 그러나 그 의미가 무엇인지, 그들의 설명만으로는 도저히 이해키가 어렵읍니다. 새롭다는 문짜는 다만 시간과 공간의 전환만에 그칠 것이 아니라, 좀 더 나아가 우리 인류사회에 적극적으로 역할을 가져오는데 그 의미를 두어야 할 것입니다. 얼른 말하면 쪼이스의 「율리시스」보다는, 저 봉근 시대의 소산이던 홍길동전이 훨적 뛰어나게 예술적 가치를 띠이고 있는 것입니다.[23]

㉮와 ㉯의 비판에 나타난 내용을 종합해 보면 김유정은 인류사회에서 적극적인 역할을 할 수 있는 내용의 문학, 또 그러한 내용을 전달력

---

[23] 김유정, 「병상의 생각」, 『조광』, 1937.3, 전신재 편, 『원본 김유정전집』, 한림대 출판부, 1987, 447~448쪽.

있게 표현할 수 있는 문학을 주장하고 있음을 알 수 있다. 그는 기교가 넘쳐 난해에 흐르는 문학을 경계하면서 넓은 의미에서 인생을 위한 예술의 편에 서고자 했다.

「병상의 생각」의 말미 부분에서 김유정은 자신이 고질적인 "염인증"을 앓는 사람이라면서 그것을 고쳐보고자 하는 것이 현재의 자신의 생활이며, 또 금점판을 떠나 문학으로 길을 바꾼 것도 그 때문이라고 했다. 앞에서도 언급했듯이 그에게 있어 문학은 일종의 자기 치유적 기능을 가진 것이다. 그는 "내가 문학을 함은 내가 밥을 먹고, 산뽀를 하고, 하는 그 일용생활과 같은 동기요, 같은 행동입니다. 말을 바꾸어 보면 나에게 있어 문학이란 나의 생활의 한 과정입니다"[24]라고 했다.

그런데 이처럼 문학을 생활의 과정으로 간주하고자 한 것은 예의 크로포트킨이나 그를 번역하고 또 사상적 교호를 이루었던 오스기 사카에의 것에 통한다. 그 두 사람은 모두 예술지상주의를 비판하면서 인류 사회에 공헌할 수 있는 보편적인 전달력을 가진 예술로 나아가야 한다고 역설했다.

우선, 크로포트킨은 전문적인 문학인은 아니었으나 문학에 조예가 깊었고 문학적인 자서전의 저자이기도 했다. 그는 이른바 "생의 예술"[25]을 주창한 사람이었고, 『러시아 문학―그 이상과 현실(*Russian Literature ―Ideals and Realities*)』(1905)에서 살펴 볼 수 있듯이, 톨스토이의 예술론 등을 매개로 '예술을 위한 예술'의 기교 치중에 비판을 가하면서 보편적인 감응력을 갖춘 예술을 요청한 사람이었다.

---

24 위의 글, 449~450쪽.
25 류서, 「크로포트킨의 문예관」, 『동광』, 1926.9, 10쪽.

어찌 되었든 『예술이란 무엇인가?』에서 톨스토이는 '예술을 위한 예술'론과 전반적으로 결별하였다. 그리고 앞선 장들에서 자세히 설명한 생각의 편에서 공개적인 태도를 표명했다. 그가 예술가들이란 항상 자신들이 자연이나 인간 생활에서 경험한 감정을 항상 다른 이들과 나누어 가지려 한다고 말했을 때 그는 단지 예술의 범주를 더욱 정확하게 정의했을 뿐이었다. 체르니세프스키가 말한 바 '설득하는 것'이 아니라 그 자신의 '감정'을 다른 이들에게 '감염시키는 것', 그것이 아마도 더 정확할 것이다.

(…중략…)

예술 작품의 가치에 관한 톨스토이의 신념에 따르면 그것은 모든 면에서 아주 사납게 공격당하고 또 조롱당해 온 다수의 사람들에 대한 접근가능성에 따라 측정되는 것이었다. 이 주장은, 아주 잘 표현되지는 못했지만, 그럼에도 불구하고, 내가 생각하기에는, 조만간 더 명확하게 될 위대한 생각의 씨앗을 함축하고 있었다. 모든 예술 형식이 그 자신을 표현할 어떤 전통적인 방식들, 즉 '그 예술가의 감정들'을 다른 이들에게 감염시킬 방법들을 가지고 있음은 분명하다. 가장 단순한 예술형식조차도 그것을 옳게 이해하고 또 그것에 영향을 받는 데는 상당한 숙련이 요구된다는 사실을 간과한 점에서 톨스토이는 거의 옳지 못했고, 그렇기 때문에 '보편적 이해'라는 그의 척도 또한 설득력을 얻지 못하는 것처럼 보였다.

그러나 그가 말한 것 속에는 심원한 생각이 가로놓여 있다. 성경이 왜 아직까지, 모든 이들에게 접근 가능한 예술 작품으로서의 지위를 빼앗기지 않았는가를 물었다는 점에서 톨스토이는 명백히 옳다.

(…중략…)

그 이유는 자명하다. 예술이 너무 인공적이었기 때문이다. 즉 주로 부자들을 위한 것이었기 때문이고, 극소수에 의해서만 이해되도록 그 표현 방법을 너무나 전문화시켰기 때문이다. 이 점에서 톨스토이는 절대적으로 옳다.

(…중략…)

민요가 베토벤 소나타보다 '위대한' 예술이라고 말하는 것은 옳지 못하다. 우리는 베토벤의 음악에서 발견하게 되는 것에 상응하는, 알프스 산맥에 몰아치는 폭풍 및 그것에 맞선 투쟁을, 특정한 민요에 상응하는, 맑고 조용한 한여름 날의 건초 만들기에 비교할 수는 없다. 그러나 진정으로 위대한 예술은 그 깊이와 그 고원한 비상에도 불구하고, 모든 농투성이들의 오두막 속으로 뚫고 들어가면서도 또 높은 개념의 사상과 삶을 가진 모든 이들에게 영감을 줄 수 있을 것이다. 그러한 예술이 진정으로 요망된다. 나는 그것이 가능하다고 믿는다.[26]

또한, 오스기 사카에는 크로포트킨의 문학예술론이라 할 『러시아 문학—그 이상과 현실』을 번역하기도 했으며, 프랑스 로맹 롤랑(1866. 1. 29~1944. 12. 30)의 민중예술론을 참조한 비평문들, 예를 들어 「새로운 세계를 위한 새로운 예술(新しき世界の爲めの新しき藝術)」, 「민중예술의 기교(民衆藝術の技巧)」 등과 같은 평론을 통하여, 특권적인 소수만을 위한 예술을 부정하고 다수 민중을 위한 평이한 형식의 예술을 옹호했다.

바야흐로 예술은 이기주의와 혼란에 시달리고 있다. 소수의 사람들이 예술을 그 특권으로 가져가고 있다. 민중은 예술로부터 멀리 떼어놓아져 있다. 국민 중 가장 수가 많고, 그리고 가장 활력 있는 부분이, 이미 예술 속에 하등의 표현도 가지고 있지 않다. 이리하여 사상은 몹시 빈약해지고, 예술을 위해

---

26 Peter Kropotkin, *Russian Literature — Ideals and Realities*, University Press of the Pacific Honolulu, 2003, pp.324~326.

서는 중대한 위험이 박두해 있다.

예술을 어느 한 계급의 독점적 향락으로서 끝맺는 것은 이 예술을 탈취당한 계급의 사람들로 하여금 머지않아 예술을 증오케 하고 또 파괴케 하는 일을 초래하는 것이다.

예술을 구하기 위해서는 예술에 생명의 문호를 열어젖히지 않으면 안 된다. 일체의 사람들을 그곳에 수용하지 않으면 안 된다. 평민에도 발언권을 부여해 주지 않으면 안 된다.[27]

새로운 생명은 복잡한 심리나, 정치한 감정이나, 어렵고도 불분명한[晦澁] 상징을 가지지 않는다. 큰 몸짓, 큰 선으로 강하게 잡아 끄는 모습, 단순하고도 힘찬 리듬의 단순 감정, 비[篝]로 그려놓은 듯한 거친 표현, 이것이 새로운 생명 그대로의 모습이다. 동시에 또한 이것이 바로 민중예술의, 따라서 또한 그 기교상의 근본적인 원칙이지 않으면 안 된다.[28] 이와 같은, 크로포트킨과 오스키 사카에의 주장들 속에서 신심리주의와 예술지상주의 미학의 기교 치중을 비판하고 감응력, 전달력 있는 표현을 갖춘 보편적인 문학을 주장한 김유정의 목소리를 발견하는 것은 그다지 어렵지 않다. 최근에 발견된 김유정의 새로 쓴 동화 「홍길동전」(『신아동』 2, 1935)을 위시하여 그가 발표했던 여러 농촌소설들의 내용 및 형식들은 이와 같은 관점에서 새롭게 조명될 필요가 있을 것이다. 이에 따른 작품분석은 발표 이후에 보충할 것이다. 또한 그가 고향인 실레 마을에서 벌였다는 농민들을 위한 야학 실험 또한 이러한 사상적 귀추의 맥락 속에서 재조명된다면 새로운 의미를 부여받을 수도 있을 것이다. 김유정이 야학을 하던

27　大杉栄,「新しき世界の爲めの新しき藝術」,『大杉榮全集』1, 大杉榮全集刊行會, 1925, 600쪽. 번역은 인용자.
28　大杉栄,「衆藝術の技巧」, 위의 책, 631쪽. 번역은 인용자.

시기, 그리고 농촌소설을 써나간 때는 최용신의 브나로드적 헌신이 펼쳐지던 때이기도 하고, 이광수가 『흙』을, 심훈이 『상록수』(1935)를 쓰던 무렵이기도 하다. 이광수가 관계하던 『동광』이나 『동아일보』에서는 크로포트킨의 사상과 예술론 등이 여러 번에 걸쳐 수록, 연재되기도 했다.[29]

4. 죽음이냐, 새로운 문학이냐

안회남의 「겸허」는 도쿄로 떠나기 전의 이상이 김유정을 찾아가 동반 자살을 청했던 사건을 다음과 같이 전달하고 있다.

어느 날 병상에 누워 있는 그에게서 엽서가 와 찾아가보니까, 유정이 내 귀에다 입을 대고 李箱 兄의 걱정을 하면서,
"혹시 자살을 할지도 모른다. 네가 눈치 좀 떠보렴."
하길래, 놀래여 자세이 알아보니, 李箱 홀로 裕貞을 방문하여 와서 우리 두 사람 사정이 딱하기 흡사하니, 이 세상 더 살면 뭐 그리 신통하고 뾰죽한 게 있겠소, 둘이서 같이 죽어버립시다, 하더라고―.
그러나 裕貞은 살고 싶었다. 그는 끝끝내 죽으려 하지 않았다. 그래서 유정이 싫다고 하니까 李箱은 무안을 당해 표연히 돌아갔다는 것이다. 裕貞의 말

---

29 권구현, 「맑쓰 경제론과 크로포트킨의 비판」, 『동아일보』, 1932.2.10~1932.3.3 등. 1920년대 후반의 이향, 「예술가로서의 크로포토킨」, 『동아일보』, 1928.2.7~1928.2.10 등도 참조할 만하다.

을 듣고 李箱을 만나보니까, 그는 껄껄 웃으며,

"안형, 제가 동경 가서 일곱 가지 외국어를 배워가지고 오겠습니다"

하며, 그 시커먼 아래턱을 손바닥으로 비비는 것이었다.[30]

여기서, 도쿄에 가서 일곱 가지나 되는 외국어를 배워 오겠다고 한 것은 어딘지 모르게 오스기 사카에를 떠올리게 하는 면이 있다.

弱冠 "22세의 봄으로부터 30餘歲가 넘도록까지 나왔다가 드러갓다가 하엿다"고 한다. 이러케 하는 동안에 1回 1語의 원칙을 세워가지고 한번 드러갈 때마다, 1외국어를 修得하엿다. 英佛語는 물론 잘 하엿스나 에스語 獨語, 伊語, 露語까지에도 통달하엿다고 한다. "30세 되기까지는 반다시 10개국 언어를 더듬어 보고 십다"고 하고 "다른 재능은 아모것도 업스나 6개국의 歐洲語 가트면, 여른 것 연한 것 할것업시 무엇이던지 마음대로 번역한다"고 獄中記에 말한 바이다, 大杉榮의 筆書와 번역은 單本行으로 출판된 것이 24種이나 된다. 비교적 짧은 39의 일생으로 보와서만 아니라, 다른 학자처럼 생활이 온유하고 연구할 자유와 시간이 업는 몸으로서는 참으로 多産이라고 안흘 수 업다.[31]

오스기 사카에 역시 외국어에 밝은 사람이었던 것이다. 그런가 하면 이 오스기 사카에는 김유정처럼 말을 더듬었다. 위의 인용글과 같은 곳에 "어려서부터 그는 말더듬 병으로 長成한 뒤에는 더욱 심하야 때로는 노-트와 연필로서 자기의 의사를 表示하얏스나 外語에 잇서서는 한말

---

30 안회남, 「겸허」, 『문장』, 1939.10, 63쪽.
31 亨潤, 「大杉榮의 追憶」, 『삼천리』, 1933.9, 36~37쪽.

더듬는 일이 업시 靑山流水가치 유창하엿다 한다"[32]는 문장이 있다. 그러나 이러한 비교는 한갓 호사취미에 지나지 않는 것이다. 화제를 김유정과 이상의 1936년 가을의 만남으로 되돌려 이상은 이를 어떻게 회상하고 있는지 살펴보도록 하자.

> 밤이나 낮이나 그의 마음은 한 없이 어두우리라. 그렇나 兪政아! 너무 슬퍼마라. 너에게는 따로 할 일이 있느니라.
>
> 이런 紙碑가붙어있는 책상앞이 兪政에게있어서는 生死의岐路다. 이 칼날같이 슨 한 地点에 그는 앉지도 서지도 못하면서 오즉 내가 오기를 기다렸다고 울고 있다.
>
> "喀血이 여전하십니까?"
>
> "네— 그저 그날이 그날같습니."
>
> "痔疾이 여전하십니까."
>
> "네— 그저 그날이 그날같습니다."
>
> 안개속을 헤매던 내가 불연듯키 나를 위하야는 마쓰— 두갑, 그를 위하야는 배 십전어치를, 사가지고 여기 裕貞을 찾은 것이다. 그렇나 그의 幽靈같은 風貌를 蔪晦하기 위하야 裝飾된 茂盛한 花瓶에서까지 石炭酸 내음새가 나는 것을 知覺하얏을때는 나는 내가 무엇하러 여기왔나를 追憶해 볼 기력조차 도 없어진 뒤였다.
>
> "信念을 빼앗긴 것은 健康이 없어진 것 처럼 죽엄의 꼬염을 받기 마치 쉬운 경우드군요."
>
> "李箱兄! 兄은 오늘이야 그것을 빼앗기셨읍니까? 인제 – 겨우 – 오늘이야 –

겨우— 인제."

俞政! 俞政만 싫다지않으면 나는 오늘밤으로 치러버리고 말작정이였다. 한 개 妖物에게 負傷해서 죽는 것이 아니라 二十七歲를 一期로 하는 不遇의 天才가되기 위하야 죽는 것이다.

俞政과 李箱— 이 神聖不可侵의 찬란한 情死— 이 너무나 엄청난 거즛을 어떻게 다 주체를 할 작정인지.

"그렇지만 나는 臨終할때까지도 거즛말을 해줄 決心입니다."

"이것 좀 보십시오."

하고 풀어 헤치는 俞政의 젖가슴은 草籠보다도 앙상하다. 그 앙상한 가슴이 부풀었다 구겼다 하면서 斷末魔의 呼吸이 서긇다.

"明日의 希望이 이글이글 끓습니다."

俞政은 운다. 울 수 있는 外의 그는 왼갖 表情을 다 忘却하야 버렸기 때문이다.

"俞兄政! 저는 來日 아침 車」로 東京가겠읍니다."

"……"

"또 뵈옵기 어려울 껄요."

"……"

그를 찾은 것을 몇 번이고 後悔하면서 나는 俞政을 하직하얏다. 거리는 느젓다. 房에서는 姸이가 나 대신 내 밥상을 지키고 앉어서 아직도 수없이 지니고있는 秘密을 만지작만지작 하고 있었다. 내 손은 姸이뺨을 따리지는 않고 來日아침을 위하야 짐을 꾸렸다.

"姸이! 姸이는 야웅의 天才요, 나는 오늘 不遇의 天才라는 것이 되려다가 그나마도 못 되고 도루 도라왔오. 이렇게 이렇게! 응?"[33]

33　이상, 「失花」, 『문장』, 1939.3, 권영민 편, 『이상 전집』 2, 뿔, 2009, 356~358쪽, 참조.

이 장면에서 특기할 만한 것은 이상이 김유정을 "兪政"으로 명명하고 있다는 점이다. 이것은 소설 「金裕貞」과 비교해 보았을 때 확실히 달라 보이며, 어떤 상징적 의미를 도입하고 있음을 가늠하게 해준다. 이 "兪政"의 한자 뜻풀이는 다시 한 번 말년의 김유정의 사상적 지향점을 가늠해 보게 한다. 이상은 이태준과 상의하여 김유정을 구인회에 이끌어 들였을 만큼 그의 존재적 가치를 미리 알아보았고,[34] 또 여러 삶의 동질성으로 말미암아 밀접한 관계를 형성하고 있었던 만큼 김유정의 무정부주의적 정견을 이미 간파했을 가능성이 크다.

그러나 이처럼 반체제적인 사상을 겨냥하고 있었던 것은 단지 김유정만이 아니었다. 이상에게 있어서 1935년에서 1936년을 거쳐 1937년에 다다르는 과정은 현실인식이 크게 새로운 눈을 뜨는 과정이자 그에 따른 문학상의 창작방법론의 변화를 도모하는 과정이기도 했다. 이상의 고투를 시사하는 몇몇 대목들을 상기해 볼 수 있다.

한때는 민족마저 의심했다. 어쩌면 이렇게도 번쩍임도 여유도 없는 빈상스런 전통일까 하고.

하지만 결코 그렇지는 않았다.

가족을 미워하는 것부터 시작해서 그는 또 민족을 얼마나 미워했는가. 그러나 그것은 어찌 보면 '대중'의 근사치였나 보다.

사람들을 미워하고―반대로 민족을 그리워하라, 동경하라고 말하고자 한다.

커다란 무어라고 형용할 수 없는 덩어리의 그늘 속에 불행을 되씹으며 웅크리고 있는 그는 민족에게서 신비한 개화를 기대하며

---

34 장영우, 「구인회와 한국현대소설」, 『현대소설연구』 54, 2013, 11~12쪽, 참조.

그는 레브라와 같은 화려한 밀탁승의 불화(佛畵)를 꿈꾸고 있다.

새털처럼 따뜻하고 또한 사향처럼 향기짙다. 그리고 또 배양균처럼 생생하게 살아 있다.[35]

이 문장이 들어 있는 「공포의 성채」는 이상 일문 노트의 '통장르적', '간장르적' 성격상 반드시 수필이라고만 볼 수 없고, 어떤 소설적 구상을 담은 스케치일 가능성도 있다. 그러나 집필 날짜가 1935년 8월 3일로 되어 있는 이 글에 나타나는 '그'가 이상 자신을 가리키고 있을 가능성은 상대적으로 높다. 이 시점에 그는 자신이 의심하고 미워하던 "민족"을 재발견하고 있다. 이 재발견은 그의 문학의 '세계문학적' 또는 '보편주의적' 성격에 변모를 가져올 가능성이 농후한 것이었다. 또한 구인회 기관지 『시와 소설』을 편집한 1936년 3월경 그는 기교라는 문제를 성찰하고 있다. "어느 時代에도 그 現代人은 절망한다. 絶望이 技巧를 낳고 技巧 때문에 또 絶望한다. 李箱"[36]이라는 문장은 그가 자신을 포함한 구인회 그룹의 '기교주의'를 정당화하면서도 그에 대한 고민이 깊어지고 있음을 보여준다. 「날개」(『조광』, 1936.9)는 그와 같은 인식의 변화가 점입가경을 형성한 일대 장면이라고 할 수 있다. 여기서 그는 "윗트와 파라독스를 바둑포석처럼 느러놓오"[37]라는 문장으로 압축되는 기교의 미학을 완성시켰으며, 현대성 탐구라는 보편주의 미학을 자신의 문학의 정점에 올려놓았다. 이 알레고리 소설에서 이상은 그 자신을 '데포르메'해 놓았다고도 말할 수 있는 주인공으로 하여금 '아내'의 진의를 의심하도록 한다.

---

35 이상, 「공포의 성채」, 최상남 역, 『문학사상』, 1986.10, 김주현 편, 『이상 전집』 3, 소명출판, 2005, 200~201쪽.
36 이상, 『시와 소설』, 1936.3.
37 이상, 「날개」, 『조광』, 1936.9, 권영민 편, 『이상전집』 2, 뿔, 2009, 258쪽.

내가 잠을 깨였을 때는 날이 환―히밝은뒤다. 나는 거기서 일주야를잔것이다. 풍경이 그냥 노―랗게 보인다. 그 속에서도 나는 번개처럼 아스피린과 아달린이 생각났다.

아스피린, 아달린, 아스피린, 아달린, 맑스, 말사스, 마도로스, 아스피린, 아달린.

아내는 한달ㅅ동안 아달린을 아스피린이라고 속이고 내게 먹였다. 그것은 아내 방에서 이 아달린갑이 발견된 것으로 밀우어 증거가너무나확실하다.

무슨 목적으로 아내는 나를 밤이나 낮이나 재웠어야 됐나?

나를 밤이나낮이나재워놓고 그리고 아내는 내가자는동안에 무슨짓을 했나?

나를 조곰식조곰식 죽이려든 것일까?[38]

이 인용문의 강조되어있는 대목에 유의해 볼 필요도 있다. 여기 등장하는 마르크스와 맬서스는 크로포트킨적 무정부주의의 주된 비판 대상인 것이다. 다윈 진화론에 흡수된 맬서스의 생존경쟁 사상에 대한 반감이 크로포트킨의 상호부조론을 배태한 점에 대해서는 이미 논의한 바다. 크로포트킨은 또한 마르크스의 정치경제학을 "사회생리학"[39]으로 대체하고자 했다. 그는 또한 마르크스 경제학의 근간을 이루는 노동가치설에 비판을 가하였으며,[40] 나아가 그는 마르크스의 유물사관, 자본집중설, 계급투쟁설 등을 고루 반박했다.[41] 이러한 맥락에서 보면 위 인용에 등장하는 마르크스와 맬서스 운운은 첨예한 사상적 논점을 가리키고 있음을 깨닫게 된다.

즉, 이 소설은 자본주의적 현대성으로부터의 탈출 문제를 알레고리

---

38 위의 글, 280쪽.
39 권구현, 「맑쓰 경제론과 크로포트킨의 비판」 1, 『동아일보』, 1932.2.10.
40 권구현, 「맑쓰 경제론과 크로포트킨의 비판」 7~8, 『동아일보』, 1932.2.20~1932.2.21, 참조.
41 권구현, 「맑쓰 경제론과 크로포트킨의 비판」 9, 『동아일보』, 1932.2.28, 참조.

적으로 그려낸 것이다. 간략하게 말하면 '나'는 탈출을 꿈꾸는 자이며, '아내'는 그런 '나'를 체제 내적으로 잡아끄는 자, 그 자본주의적 메커니즘 자체일 수도 있다. 수면제 아달린과 '각성제' 아스피린이란 체제 내에 무의식적으로 머무느냐, 그것으로부터 의식적으로 이탈해 가느냐 하는 문제를 가리키며, 이 문제는 맬서스적 진화론의 자본주의 정당화와 그에 대한 마르크스주의적 비판 모두를 상대해야 하는 난경을 통과해야 하는 성질의 것이다. 위 인용 대목은 1936년 하반기 시점에서 이상이 이 문제를 날카롭게 의식하고 있었음을 알려준다. 그리고 이 강조되어 있는 부분에 끼어 있는 "마도로스"란 외항선원을 가리키는 말이니만큼 또 하나의 탈출구로서의 일본행을 암시하고 있다. 필자는 다른 논문에서 이상이 「날개」에서 「실화」에 이르는 과정을 분석했던 바, 그 사이에 개입해 있는 이 일본행은, 현해탄 건너기라기보다는 새로운 사유의 조건을 마련한다는, 일종의 '망명' 행위로 해석될 수 있는 것이었다.[42]

1936년 하반기의 시점에서 이상은 현실에 대한 새로운 인식 및 자신의 문학의 길에 대한 깊은 고민을 안고 과연 무엇이 새로운 타개책이 될 수 있는지 좌고우면하고 있었다. 폐결핵이라는 무서운 병과 가난과 불안정한 결혼생활, 이 모든 것이 사방에서 그를 옥죄어 들어오는 상황에 그는 한편으로 죽음이 이 모든 문제의 '해탈'일 수도 있다는 느낌에 사로잡혀 있기도 했다. 죽음이냐, 새로운 문학이냐 하는 기로에서 이상은 그 자신이 깊은 동병상련을 느끼고 있던 김유정을 향해 충동적인 동반자살, 그 더블 수이사이드의 권유를 해보지만 이상보다 더 깊은 병세의 진행 속에서 폐결핵과 결핵성 치질을 앓으면서도 삶에 대한 애착을 버

---

42 방민호, 「한복을 입은 이상」, 『이상 소설 작품론』, 역락, 2007, 참조.

릴 수 없었던 김유정은 이를 간단히 거절하고 만다. 오히려 김유정은 이상이 혼자만이라도 자살을 감행할지 모른다는 불안감 속에서 안회남 등을 불러 이상을 찾아보도록 한다.

이상은 1936년 10월 하순경 서울을 떠나 도쿄로 향했다. 그곳에서 이상은 「권태」와 「종생기」와 「실화」 등을 차례로 써나가는 영웅적인 투쟁을 벌이며, 그 자신이 "검정 外套에 造花를 단, 땐서—한 사람. 나는 異國種 강아지올시다"[43] 하는 식민지 지식인으로서의 뼈아픈 자기 인식을 드러내고 있다. 그는 이제 인공적인 기교의 '꽃', 곧 "造花"를 잃고 "이국종 강아지"의 비애 속에서 새로운 길을 모색하지 않으면 안 되었다. 그러나 그는 그의 자각을 알아차리기라도 한 듯한 일경에 체포되어 죽음을 재촉당하고 말았으니, 그 이유는 사상이 불온한 자라는 혐의였다. 본명이 아닌 이름을 가지고 있고, 불온한 서적을 소지하고 있고, 노트에 불경한 생각을 써놓았다는 이유라 했으니, 그는 필시 사회주의자 또는 무정부주의자로 '오인'된 것이다. 그러나 이것은 단순한 오인만은 아니었을 수도 있다. 1936년 늦겨울에서 1937년 초겨울로 넘어가는 시기에 이상은 자신의 과거의 문학에 '종생'을 고하고 그렇게 '꽃'을 잃어버린 '최초의' 땅에서 새로운 문학을 일구고 싶어 했다. 그리고 그 문학의 사상적 거점이 무엇이었는가를 우리는 아직 확신하지 못한다. 다만, 김기림의 회고담만이 그가 사상이 불온한 이들과 어울렸음을 말해주고 있다.

이상이 일본으로 떠나 도쿄 심보초의 누옥에서 추위에 시달리다 일경에 체포되어 갈 무렵 김유정은 생사의 기로에서 헤매고 있었다. 1937년 1월 10일에 탈고된 것으로 나타나는 「병상의 생각」이 보여주듯이, 죽음

---

43 이상, 「날개」, 『조광』, 1936.9, 권영민 편, 『이상전집』 2, 뿔, 2009, 360쪽.

을 앞둔 겨울에 문학에 대한 김유정의 생각은 오히려 굳세어지고 날카로워졌다. 그러나 죽음의 신은 그에게 문학적 창조를 위한 시간을 부여해 주지 않았다. 때때로 자살 충동에 시달리며 그것으로 죽음에 대한 공포에 역설적으로 저항하고자 했던 이상과 달리 김유정은 최후까지 살아남고자 했다. 안회남에게 편지를 써 탐정소설을 번역하겠노라고, 그것으로 돈 백 원을 만들어 닭이라도 고아 먹고, 살모사 구렁이라도 잡아먹겠다고 했다. 그러나 그는 살아나지 못했다. 그가 먼저 세상을 떠나고 곧이어 이상이 세상을 떠남으로써 그들이 암중 모색했던 비 마르크스주의적인 새로운 문학의 문은 끝내 닫혀버렸다. 그들의 비운의 문학사적 역할이 막을 내렸다. 이제 조선 문학은 본격적인 위기에 직면해야 했다. 변질을 강요당하면서 살아남아야 하는 식민지 문학의 마지막 장이 바야흐로 열리려 하고 있었다.

참고문헌

1. 기본자료

전신재 편, 『원본김유정전집』, 한림대 출판부, 1987.

안회남, 「겸허」, 『문장』, 문장사, 1939.10.

이상, 『시와 소설』, 창문사, 1936.3.

____, 「날개」, 『조광』, 1936.9, 권영민편, 『이상전집』 2, 뿔, 2009.

____, 「김유정」, 『청색지』, 청색지사(창문사발행), 1939.5.

____, 최상남 역, 「공포의 성채」, 『문학사상』, 1986.10, 김주현 편, 『이상전집』 3, 소명출판, 2005.

「김유정씨 장서」, 『조선일보』, 1937.3.31.

「고 이상씨 유골 귀향―문단 제씨역에 적영」, 『조선일보』, 1937.5.1.

「김유정 이상 양씨 추도회 래 십오일 거행」, 『조선일보』, 1937.5.11.

2. 논문

권구현, 「맑쓰 경제론과 크로포트킨의 비판」, 『동아일보』, 1932.2.10~1932.3.3.

권채린, 「한국 근대문학의 자연표상 연구―이상과 김유정의 문학을 중심으로」, 경희대 박사논문, 2010.

김영아, 「1930년 3대 소설에 나타난 카니발리즘의 양상 연구―채만식, 김유정, 이상의 소설을 중심으로」, 공주대 박사논문, 2005.

김유정, 「병상의생각」, 조광, 1937.3.

김화경, 「말더듬이 김유정의 문학과 상상력」, 『현대소설연구』 32, 현대소설학회, 2006.

류서, 「크로포트킨의 문예관」, 『동광』, 동광사, 1926.9.

박양신, 「근대 일본의 아나키즘 수용과 식민지 조선으로의 접속―크로포트킨 사상을 중심으로」, 『일본역사연구』 35, 2012.6.

방민호, 「한복을 입은 이상」, 『이상소설작품론』, 역락, 2007.

유인순, 「김유정의 우울증」, 『현대소설연구』 35 현대소설학회, 2007.
이향, 「예술가로서의 크로포토킨」, 『동아일보』, 1928.2.7~1928.2.10.
장영우, 「구인회와 한국 현대소설」, 『현대소설연구』 54, 현대소설학회, 2013.
편집실 편, 「백인백화」, 『개벽』, 1934.11.
표정옥, 「놀이의 서사 시학—1930년대 김유정, 이상, 채만식의 놀이성(Ludism)을 중심으로」,
　　　　서강대 박사논문, 2003.
亨潤, 「大杉榮의追憶」, 『삼천리』, 삼천리사, 1933.9.

3. 단행본

大杉栄, 『新しき世界の爲めの新しき藝術」』, 大衫榮全集1, 大衫榮全集刊行會, 1925.
P. A 크로포트킨, 김영범 역, 『만물은 서로 돕는다—크로 포트킨의 상호부조론』, 르네상스,
　　　　2005.

김유정 문학의 웃음과 사랑

김예리

1. 김유정 문학에서의 '웃음'과 '슬픔'의 위상학

김유정은 1930년대 식민지 조선 민중들의 궁핍하고 고달픈 삶을 전통적이고 토속적이면서도 해학적인 정서로 표현하여 희극성이 강하게 표출되는 작가로 평가된다. 그래서 김유정 문학을 이해하는데 있어 중요한 키워드 중 하나는 '웃음'이며, 실제로 김유정 소설에서 '웃음'이 어떤 문학적 의미를 형성하는지에 대한 많은 연구가 진행되었다.[1] 김유정 문학이 갖고 있는 희극성의 독특함은 비슷한 시기의 이상 문학의 아이

---

[1] 대표적으로 김유정탄생100주년기념사업추진위원회 편, 『한국의 웃음문화』, 소명출판, 2008; 김미영, 「병상(病床)의 문학, 김유정 소설에 형상화된 육체적 존재로서의 인간」, 『인문논총』 Vol.71 No.4, 서울대 인문학연구원, 2014.

러니나 채만식 소설의 풍자성과 비교해볼 때 더욱 분명하게 감지된다. 이상이나 채만식의 텍스트가 구사하는 웃음이 매우 공격적인, 이른바 '이빨 달린 웃음'[2]이라면, 김유정의 텍스트가 구사하는 '웃음'은 이들에 비해 그것의 공격성이 매우 약하다고 할 수 있기 때문이다. 이러한 점은 김유정 소설이 대체로 상황 판단력이 조금 모자란 바보 같은 인물을 내세우고 있기 때문이라 판단된다. 이런 맥락에서 이재선은 김유정의 소설 미학을 '바보의 미학'이라 규정하기도 했다.[3]

그러나 김유정은 또한, 채 30년을 채우지 못한 짧은 삶의 시간 동안 정서적이고 육체적인 결핍을 지속적으로 경험한 삶의 아픈 이력을 갖고 있는 작가이다.[4] 김유정 문학의 많은 연구는 이러한 김유정의 결핍된 삶에 주목하여 그의 문학적 글쓰기가 감정적, 정신적, 육체적 결핍에 대한 반응 및 치유로서의 글쓰기임을 논증한다.[5] 뿐만 아니라 이런 이력의 김유정이 해학적인 문체로 표현하고 있는 전통적이고 토속적인 세계는 기실 식민지 하에서의 왜곡된 근대화로 인해 전통적인 공동체적 공간이 이미 와해되고 해체된 병든 세계이다. 심지어 김유정 소설 속 대부분의 인물들은 마치 운명의 굴레에서 결코 벗어나지 못하는 비극 속의 인물처럼 탈출로를 찾지 못한 채 폐허 속에 단단히 결박되어 있다.

2　김소연, 「1990년대 이후 한국영화에서 '코믹 모드'의 문제」, 『영화연구』 60호, 한국영화학회, 2014.6, 32쪽.

3　이재선, 「바보의 미학과 정치학―김유정 소설의 희극적 인간상」, 『한국의 웃음문화』, 소명출판, 2008.

4　이에 대한 구체적인 내용은 유인순, 「김유정과 우울증」, 『김유정과의 동행』, 소명출판, 2014 참조.

5　이를테면 유인순은 김유정이 '염인증'이라는 고질병을 고쳐보겠다는 마음으로 글을 써볼 생각을 했다고 말하며, 노지승은 김유정이 '자기서사'의 글쓰기를 하는 작품을 분석하면서 모성결핍이 박녹주에 대한 사랑으로 표현되었고, 이러한 결핍된 자아를 묘사함으로써 자기분석을 시도한다고 말한다(유인순, 위의 글; 노지승, 「맹목과 위장, 김유정 소설에 나타난 자기(self)의 텍스트화 양상―「두꺼비」와 「생의 반려」를 중심으로」, 『현대소설연구』 54집, 현대소설학회, 2013).

이를테면 '들병이', '잠채꾼', '도박꾼'과 같은 김유정 소설의 인물형들이 보여주는 것처럼 김유정 소설 속에 등장하는 대부분의 인물들은 빈궁한 삶으로 내몰리면서 자신들이 거주하던 삶의 장소를 상실한 존재들이지만, 이들이 실제로 머물고 있는 곳은 여전히 그들이 정주민으로서 살아가던 시골 농촌의 바로 그곳이다. 뿐만 아니라 삶의 장소를 상실한 이들이 유토피아적 희망을 품고 떠난 경성 역시 가난한 삶으로부터 탈출할 수 있는 길은 열려있지 않다. 다시 말해 김유정의 문학적 세계는 일제의 식민 정치와 근대 자본주의 경제라는 이중의 억압을 감당하고 있는 매우 비극적인 세계이기도 하다.

그래서 '서글픈 해학', '아픈 웃음, 어두운 해학', '아픔을 삼키기 위한 강인한 웃음'[6]과 같은 표현이 말해주는 바, 김유정 문학 연구는 그의 문학이 마냥 가볍고 유쾌한 성질의 것이 아니라 슬픔과 해학이 공존하는 민족적 '한'의 정서와 교통한다는 점을 지적하기도 했다. 김유정의 해학성의 원천을 판소리나 전통적인 구비서사에서 찾는 연구 관점은 비극적인 측면과 희극적인 측면이 공존하는 김유정 소설의 문학적 특질과도 밀접한 연관성을 갖는 것으로 보인다. 김유정의 해학성이 극한의 궁핍으로 인한 고통을 승화시켜 절망으로 좌초되지 않게 하는 역할을 수행한다고 보는 김종호의 견해가 대표적이다.[7] 또한 김병익은 김유정 문학의 해학성이 "전통적 정서와 현대적 상황인식간의 교묘한 조화"[8]라고 했고, 이선영은 민중들의 "어려운 삶을 해학적으로 표현함에 있어 우리

---

6   김유정 문학의 해학성의 이러한 특성에 대한 연구사 정리는 김명숙의 논문(「김유정 소설미학의 블랙유머적 특징」, 『한국학연구』 28집, 인하대 한국학연구소, 2012.10)을 참조함.

7   김종호, 「김유정 소설에 나타난 '들병이'에 대한 일 고찰」, 『한민족어문학』 43집, 한민족어문학회, 2003.

8   김병익, 「땅을 잃어버린 시대의 언어」, 전신재 편, 『김유정 문학의 전통성과 근대성』, 한림대 아시아문화연구소, 1997, 143쪽.

의 전통과 민중문학의 하나인 판소리 사설이나 고전 소설의 표현 방법을 자연스럽게 수용"[9]하는 가운데 김유정 문학의 해학성이 형성되었다고 주장한다. 특히 김유정 소설에서 웃음을 유발하는 인물형이 '바보형 인물'이라는 점에 주목하여 한만수는 이러한 인물형들이 한국 전통서사의 일원론적 흐름 속에 흡수될 수 있는 계보학적 전통을 지니는 것[10]이라 주장하기도 했다.

그러나 다른 한편으로 김유정 문학을 전통성의 맥락 속에 위치시키는 이와 같은 견해에 대해 비판적으로 접근하며, 김유정 문학의 근대성을 읽어내는 시도를 하는 연구도 있다.[11] 이런 논의가 설득력 있게 다가오는 이유는 김유정의 소설에서 웃음의 이면을 감당하고 있는 슬픔과 아픔은 인물들의 개별적인 운명 혹은 행동에서 비롯된 것이 아니라 그들을 감싸고 있는 식민자본주의라는 근대적 환경에서 비롯된 것이기 때문이다. 근대성의 관점으로 김유정 문학에 접근하고 있는 한 연구가 전통적 해학성의 전통에 김유정이 문학을 위치시키는 관점에 비판적인 태도를 취하는 것도 이 때문이다. 즉, 김유정의 해학과 웃음을 '판소리'와 같은 전통적 예술 형식이 감당하고 있는 정신과 연결시키는 작업은 자칫하면 김유정 소설이 함유한 이질적이고 다양한 특질들을 간과하는 결과를 낳는다는 것이다.[12]

그런데 문제는 근대성의 맥락에서 접근함으로써 김유정 소설에서 웃

---

9   이선영, 「민중문학과 자기 인식」, 전신재 편, 앞의 책, 62쪽.

10   한만수, 「한국서사문학의 바보인물연구―바보민담, 판소리계 소설, 김유정 소설을 중심으로」, 동국대 박사논문, 1991(권채린, 「한국 근대문학의 자연표상 연구―이상과 김유정의 문학을 중심으로」, 경희대 박사논문, 2010, 144쪽에서 재인용).

11   대표적인 논의로 권채린, 앞의 글; 안미영, 「김유정 소설의 문명비판 연구」, 『현대소설연구』 11집, 한국현대소설학회, 1999; 이경, 「자본주의보다 먼저 온 실패의 예후와 대안적 윤리」, 『코기토』 73, 부산대 인문학연구소, 2013.2.

12   권채린, 위의 글, 144쪽.

음이 감싸고 있는 근대의 비극적인 삶의 질서가 드러나면 드러날수록 '슬픈 웃음'이라는 김유정 문학만의 특수한 문학적 형상이 사라지고, 근대식민자본주의를 비판한 식민지문학 일반의 형상으로 드러난다는 점에 있다.[13] 이러한 연구적 시선의 특징은, 김유정의 문학이 근대의 왜곡된 질서와 그 질서에 의해 재배치되고 있는 민중의 고통스런 삶은 해학적 목소리에 의해 감싸져있고, 따라서 김유정의 해학적 목소리를 임의적으로 걷어내고 보면 바로 김유정 문학의 본령이라고 할 만한 것이 드러날 것이라는 전제가 작동하고 있는 듯하다. 문제는 김유정의 근대적 질서에 대한 비판적 견해가 주목될수록 김유정의 문학에서 '웃음'은 자주 풍자나 조롱 혹은 복수나 저항과 같은 공격성이 강한 비판적 웃음으로 의미화 된다는 점에 있다. 이는 당연한 귀결인데 근대성의 맥락에서 김유정의 '웃음'은 비극적인 세계에 대한 작가의 대응방식이고, 따라서 이 세계에 대한 작가의 비판적 태도가 분명해지면 질수록 그의 '웃음'은 근대에 대한 비판의 형식이 되기 때문이다.[14]

하지만 다시 이런 해석적 시선을 걷어내고 김유정의 텍스트를 들여다보면 그의 '웃음'에는 이런 연구의 목소리들이 말하는 것만큼의 공격성이나 저항성이 내포되어 있지는 않아 보인다. 일차적으로 김유정 소

---

[13] 이런 시각의 문제점에 대해 방민호 역시 지적하고 있다. 그는 근대성의 맥락에서 이루어지는 논의가 "텍스트에 내재한 그들의 고민을 그 구체적인 양상으로부터 떼어내어 내용 '없는' 추상화로 이끌어 올릴 위험성도 없지 않다"고 지적하며 김유정과 정신적 유대관계가 깊었던 이상과 그의 문학을 김유정 문학과 동시적으로 검토한다(방민호, 「김유정, 이상, 크로포트킨」, 『한국현대문학연구』 44호, 한국현대문학회, 2014.12).

[14] 김유정의 '웃음'이 비판적 성격을 갖게 되는 해석결과를 보여주는 것은 '들병이'와 같은 존재에 주목하면서 김유정 문학을 여성주의적인 비판적 관점으로 접근하는 연구들에도 동일하게 해당된다. 최원식 역시 김유정 문학에 대해 "1930년대의 참담한 민족현실 또는 민중생활과 격절된 철부지 목가로 보는 관점과, 작품을 감싸는 해학적 소란함을 사회학의 언어로 번역하려는 또 다른 관점, 김유정을 보는 이 두 관점이 다 적실하지 않다"고 비판하며 이 두 관점을 가로지르는 새로운 독법의 필요성을 주장한바 있다(최원식, 「모더니즘 시대의 이야기꾼」, 『민족문학사연구』 43집, 민족문학사연구소, 2010.8).

설에서 '웃음'은 다소 모자란 듯한 인물들의 순진한 행동에서 발생하고, 그래서 여기에서 발생하는 '웃음'은 안타까움이 묻은 연민과 동정의 감정에 가깝기 때문이다. 이재선의 말처럼 김유정 문학의 웃음은 우월적인 조소나 비난의 웃음이 아니라 비속한 삶의 생태나 행태들과 함께하는 지평의 웃음 그리고 포용과 연민적인 아픔과 애타와 결속의 웃음에 더 가깝다.[15] 그렇다고 해서 김유정의 문학을 단순히 '해학적 전통'이나 '원초적인 자연성의 표출'이라는 맥락 속에 위치시키기에 김유정은 너무나 근대적인 작가이다. 최원식의 김유정에 대한 정교한 분석이 보여주고 있는바, 김유정은 소설 속에서 '내포작가의 역할을 놀라운 자제력으로 수행하는 작가적 의식'을 보여준다.[16] 다시 말해 김유정 소설에 등장하는 인물들의 순진함은 해학적 전통의 분위기 속에서 자연스레 표출된 것이 아니라 김유정의 작가의식의 표출이고, 그런 까닭에 순진한 인물들과 그런 인물들이 생산하는 '웃음'의 감정은 김유정을 김유정답게 만드는 작가적 정체성을 구성한다. 따라서 김유정 문학의 본령은 '웃음'의 가면을 쓰고 있는 '슬픔'의 정서에 있는 것이 아니라 오히려 '웃음'이라는 이 가면에 있는 것인지도 모른다.

본 논문은 이러한 문제의식을 바탕으로 기존 연구에서 '해학'과 같은 전통적인 맥락이나 근대성의 맥락에서 '슬픔'과 같은 정동으로 의미화된 김유정의 '웃음'의 새로운 가능성을 검토해보고자 한다. 미리 말하자

---

15 이재선, 앞의 글, 앞의 책, 397쪽.
16 최원식, 위의 글 참조. 또한 김유정의 언어 의식을 세심하게 분석하고 있는 전상국의 논의에 따르면 김유정은 "문학적 언어와 비문학적 언어를 철저하게 구별해 쓸 정도의 언어감각"을 지녔다(전상국, 「김유정 소설의 언어와 문체」, 전신재 편, 앞의 책, 287쪽). 김유정 문학의 근대성을 분석하고 있는 권채린 역시 "김유정의 언어는 '체질적인 어법'이라기보다 그만의 섬세하고 사려깊은 '조탁'과 '가공'의 산물이라 보는 편이 옳다"고 주장한다(권채린, 앞의 글, 160쪽).

면 그것은 사랑이 불가능한 시대에 사랑의 현존을 증명하는 힘으로 의미화된다. 그리고 이러한 김유정의 '웃음'의 의미를 통해 김유정에 대한 이상의 사랑이 어떤 맥락에서 펼쳐진 것인지도 살펴볼 수 있을 것이라 기대한다.

2. 웃음과 사랑의 연금술 – 김유정의 희극성

가라타니 고진은 프로이트의 「유머론」을 통하여 일본의 특수한 문학 장르인 '사생문학(寫生文學)'이 왜 하필 하이쿠 작가였던 마사오카 시키에서 시작되었는가에 대해 이야기한 바 있다.[17] 가라타니에 따르면 그것은 마사오카 시키가 바로 죽음을 언제나 염두에 두어야 했던 폐결핵 환자였기 때문이다. 마사오카 시키는 죽음이라는 공포의 대상과 대결해야만 했고, 이런 대결의 도정에서 마사오카 시키는 자기를 이중화하여 자신의 죽음을 객관적으로 볼 수 있는 메타적인 정신적 위치에 올라설 수 있었다는 것이다. 그리고 가라타니는 프로이트가 설경한 유머의 정신적 자세와 동일한 구조를 '자기의 이중화'라는 마사오카 시키의 정신적 태도에서 읽어낸다. 그것은 자신의 정신을 숭고한 위치에 올려놓음으로써 죽음이라는 유한한 인간의 조건에 매어있는 육체성으로부터 자유를 획득하는 정신승리의 태도이다. 이것은 이상이 시 「아침」에서 '아침 공기

---

17 가라타니 고진, 이경훈 역, 「유머로서의 유물론」, 『유머로서의 유물론』, 문화과학사, 2002, 125~132쪽.

를 마시는 것은 폐환자에게 해롭다. 아침 공기는 새까맣기 때문에'와 같은 식으로 병을 유머의 대상으로 치환시키며 마치 남의 일인 양 말하는 바로 그 숭고한 태도이기도 하다. 이상 문학에 나타나는 웃음의 성격과 의미를 설명할 때 자주 원용되곤 하는 프로이트의 유머론은 마사오카 시키처럼 폐결핵으로 고통받았던 이상의 이력과 밀접하게 연결되어 있다.

하지만 김유정 소설에서 나타나는 웃음은 이런 숭고함과는 다소 거리가 있어 보인다. 그의 소설에서 발견되는 희극적인 장면에는 오히려 너무나 쉽게 속아 넘어가는 바보 같고 우스꽝스러운 인물이 자주 등장한다. 김유정 소설에서 등장하는 바보 같은 인물들은 세계를 바라보는 시야가 너무나 협소하여 오직 자신이 설정한 목표를 향해 주위 상황의 변화를 살피지도 않고 우직하게 일직선으로 곧장 달려가는 이들이다. 스스로의 죽음조차 '객관적'인 자세로 유머러스한 태도를 취할 수 있었던 이상 역시 「종생기」, 「실화」, 「동해」와 같은 소설에서 사랑하는 여자에게 속아 절망하는 바보 같고 우스꽝스러운 남자를 등장시키지만, 사실 이상 자신이라고도 할 수 있는 이 소설들의 인물들은 끊임없이 의심하고 의심의 대상을 심문한다. 그러니 이상의 소설에는 상호간에 속고 속이는 팽팽한 긴장감이 형성될 수밖에 없고, 이상 소설에서 웃음은 바로 이 긴장감이 무너질 때 발생하는 패배자를 향한 조롱의 웃음이다. 이상은 이렇게 스스로를 조롱하는 것으로 유희를 즐기는 마조히즘적인 태도를 취한다.

그러나 김유정의 소설 속 인물들은 이상 소설의 인물들과 달리 별로 의심이 없거나 의심의 여지가 생기더라도 금세 그 의심을 거둔다. 「봄·봄」이나 「동백꽃」이 천진하고 순진한 아이의 목소리로 진행되는 독특한 시점임에도 불구하고 김유정의 소설 전체의 문체에서 도드라지게 이질적으로 느껴지지 않는 것은 김유정 소설 속 인물들의 태반이 어린 아이처럼 순진하면서 시야가 좁은 어린아이 같은 모습을 보여주기 때문일 것이다. 이런 우직한 성격이 극대화되어 표현된 것은 「총각과 맹꽁이」의 덕만이다. 그는 농사를 지을 수 없는 땅이라는 사실을 마을의 모든 사람이 알지만 스스로 농사를 잘못 지어 그렇다고 생각을 하고, 조금의 가능성도 없는 들병이와의 결혼을 상황이 종료될 때까지 믿는다. 재미있는 것은 순진한 덕만을 교활한 뭉태가 속이고 바보 같은 덕만이 뻔히 보이는 뭉태의 거짓말에 순진하게 속는 내용으로 서사가 진행되는 듯 보이지만, 정작 덕만을 우스꽝스럽게 만드는 이 이야기가 끝까지 지속될 수 있게 하는 힘은 우직할 정도로 끝까지 유지되는 덕만의 믿음에서 나온다는 사실이다. 소설에서 뭉태는 덕만을 속이는 인물로 등장하는 듯 보이지만, 소설의 서사에서 뭉태가 덕만을 속이기 위해 능동적으로 계획하는 것은 아무 것도 없다. 심지어 들병이와 결혼하고 싶다는 말을 먼저 꺼낸 것도 덕만이다. 뭉태는 덕만이 스스로 짜 놓은 판이 깨지지 않도록, 다시 말해 덕만의 환상이 지속될 수 있도록 보조역할을 할 뿐이다.

> 그는 무거운 숨을돌랏다. 닭을 여페감추고 나는듯튀여나왔다. 그리고 뭉태집으로 내달리며 그의 머리에 공상이 한두가지가아니엇다. 뭉태가입부달 때엔 어지간히 출중난게집일게다. 이런걸데리고 술장사를 한다면 그박게더 큰수는업다. 뒤해만 잘하면 소한바리쯤은 락자업시떨어진다. 그리고 아들도 곳 나야할텐데 이게 무엇보다 큰걱정이엇다.[18]

---

18 김유정, 「총각과 맹꽁이」, 전신재 편, 『김유정 전집』, 도서출판 강, 2007, 33쪽(앞으로 김유정 소설 인용시 이 전집판본에서 인용하며 본문에 작품명과 수록면 표시도 인용표시를 대신한다).

봉당아래 하얀 귀여운 신이 납죽노혓다. 덕만이는 유심히보앗다. 돌아안
저서 남이 혹시보지안나 살핀다. 그리고 퍼드러진 시커먼 흙발에다 그신을
꾀고는 눈을 지긋이 감어보앗다. 게집의 신이다. 다시버서 제발에꾀고는 짝
업시 기뻐한다. (34쪽)

홍미로운 점은 이상의 소설과는 달리 김유정의 소설에서 희극적인
지점은 바로 이 순진한 믿음이 '깨질 때'가 아니라 오히려 이 믿음이 '지
속될 때'라는 점이다. 덕만은 들병이의 얼굴도 보지 못한 상태에서 들병
이와 함께할 미래를 꿈꾸고, 뭉태를 비롯한 마을 청년들에게 희롱당하
고 있는 들병이를 보면서 몰래 자신의 발에 들병이의 조그만 신발을 포
개어 본다. 덕만을 우스꽝스럽게 만들고 독자로 하여금 실소를 자아내
게 하는 그의 이런 상식 밖의 행동은 '들병이와 결혼할 수 있다'는 덕만
의 강력한 믿음 덕분에 서사상의 설득력을 확보한다. 다시 말해 김유정
소설에서 웃음은 인물의 환상과 그 인물이 보지 못하는 실제 현실의 격
차에서 발생하는데, 이 격차를 만드는 것은 뭉태가 아니라 덕만이며, 그
런 점에서 덕만은 우리의 통념처럼 웃음의 대상이 아니라 오히려 웃음
의 주인이라고 할 수 있다. 우리는 덕만의 우스꽝스러움'을' (비)웃는 것
이 아니라 덕만의 우스꽝스러움 '덕분에' 웃는다.

　인물의 이런 강력한 믿음에서 발생하는 웃음은 「솟」에서 다시 한 번
반복된다. 들병이와의 사랑을 꿈꾸는 남편 근식은 들병이와 함께 살기
위해 부엌에 붙어 있는 가마솥까지 떼어내 훔치는 철부지에 어린 아이
와 아내의 삶에 대한 가장으로서의 책임은 전혀 없는 난봉꾼이다. 그는
오직 들병이 게숙과의 새로운 삶에 들떠있다. 「총각과 맹꽁이」와 더불
어 「솟」에도 여지없이 등장한 뭉태의 방해가 잠깐 있기도 했지만, 들병

이와의 미래를 포기할 만큼은 아니다. 그런데 문제가 생겼다. 뭉태 때문에 추운 밖에서 너무 오랜 시간 떨었던 근식은 그만 잠에 깊게 들고 만다. 들병이 게숙 옆에서 자다가 살짝 잠에서 깨었을 때, 근식은 게숙의 어린 아들과 놀고 있는 게숙의 남편을 발견한다. 원래 들병이라는 존재가 남편 있는 여자가 가난 때문에 매춘을 하는 여자라고 하더라도 들병이와 희롱을 주고받는 남자의 입장에서는 들병이에게 남편이 없다는 것을 전제로 들병이와 관계하는 것이 강원도 들병이들의 문법이다.[19] 그러니까 들병이에게 남편은 일종의 부재의 형식으로 존재하는 대상인 셈이다. 그러니 게숙의 남편의 존재는 인정하지만, 게숙과의 알콩달콩한 삶을 꿈꾸는 근식의 환상 속에 들병이 게숙의 남편이 들어설 자리는 없다. 그러므로 게숙의 남편의 등장은 근식의 입장에서는 환상의 깨짐이다. 그런데 등장한 남편 때문에 잔뜩 긴장한 근식에게 남편은 예상과는 달리 근식 옆으로 간 어린 아이를 꾸짖으며 “어여들 편히자게유!”(152쪽)라는 말을 던진다. 심지어 게숙과 함께 떠날 차비를 하면서 남편은 근식에게 얼른 가자고 손짓까지 한다. 「솟」의 웃음은 바로 여기에서 터진다. 어리둥절해진 근식에게 들병이 남편의 이런 태도는 근식의 환상이 금이 가 약간 위태한 상태지만 여전히 지속되게 만든다. 남편 근식이 솟까지 훔쳐 들병이에게 간 것을 안 근식의 아내가 자신의 솟을 가져가는 들병이 가족에게 “왜 나의 솟을 빼가는 거야이도적년아”라고 소리치자 근식은 귀신한테라도 홀린 듯 “아니야 글세, 우리솟이 아니라니깐 그러네 참—”하고 중얼거릴 뿐이다. 근식은 들병이에게 속은 것이 아니라 다만 들병이와의 사랑을 ‘솟’과 함께 떠나보냈을 뿐이다.

여기서 주목할 것은 김유정이 소설 속 인물들을 통해 웃음을 만들어

---

19 김유정, 「강원도 여성」, 『여성』, 1937.1(전신재 편, 『김유정 전집』, 444~447쪽).

내는 방식이다. 김유정 소설 속 인물들은 분명 뭔가 모자라고 그래서 우스꽝스럽지만 이들이 세계를 향해 보여주는 태도는 일단 환상에 대한 믿음이 가득하기에 이들이 아무리 바보 같은 모습을 보이더라도 이들을 향한 웃음에는 조롱기가 섞이기가 쉽지 않다. 김유정은 진심이 가득한 바보의 시점과 그것은 바로 거짓과 환상일 뿐이라는 실제 현실의 시점을 한 작품 안에 동시적으로 드러나게 함으로써 웃음을 만들어내는 것이다. 여기서 역설적인 것은 그 어느 편도 가치 있어 보이지 않지만(이를테면 바보의 진심은 그의 협소한 시각이 그를 우스꽝스럽게 만들고, 바보를 놀리는 현실은 바보의 진심을 너무나 가볍게 만든다), 이 둘의 시점이 합쳐질 때 발생하는 웃음에는 한 순간이나마 그 인물에 대한 안타까움, 혹은 동정과 같이 타인을 이해할 때만 발생하는 정동이 생성된다는 점이다. 김유정은 진심이지만 협소한 바보의 세계와 진심이라고는 없는 비정한 현실의 세계라는 무가치한 두 세계를 마주치게 함으로써 따듯한 감정이 묻어있는 웃음을 만들어내는 연금술사인 셈이다.

우스꽝스럽고 아무런 가치도 없는 것에서 오히려 타자를 이해하는 긍정적인 힘을 발견하게 만드는 김유정의 웃음 제조법은 그가 '들병이'라는 존재에 왜 그렇게 관심을 가졌는가에 대해서도 짐작해볼 수 있게 한다. '들병이'는 남편이 있지만 가난 때문에 매춘을 하는 여성 일반을 가리키는 말이지만, 김유정의 문학을 '들병이 문학'이라고 해도 좋을 정도로 김유정에게 특화된 모티프라 할 수 있다.[20] 김유정이 그리고 있는

20 　김윤식은 "김유정 문학의 출발점에 놓인 것이 바로 들병이 사상이 아니었을까. 들병이란 무엇인가. (…중략…) 말하자면 조선판 집시인 셈이지요. 이들이 저지르는 부정적 측면과 긍정적 측면을 골고루 알고 이에 대한 미묘한 윤리적·미학적 감각에 형언할 수 없는 표현의욕을 실었던 것, 여기에 김유정 문학의 출발점이 있지 않았을까"라고 말하며 김유정 문학을 '들병이 시학과 알몸의 시학'이라 명명하기도 했다(김윤식, 「들병이 시학과 알몸의 시학」, 『김윤식 선집』 5, 솔, 1996, 298~311쪽).

소설적 인물들이 근대식민자본주의의 억압을 받고 있는 존재들이라면, 이 중에서도 특히 여성인물들은 여기에 더해 가부장적 폭력에 노출된 존재들로, 사회적으로 가장 밑바닥의 자리에 놓여있다고 할 수 있으며, 그런 점에서 '들병이'는 근대식민자본주의와 가부장적 폭력이 구체적으로 물화된 형상이라고 할 수 있다.

대낮에는 마치 없는 것인 양 구석진 곳에 숨어 있다가 일상적인 노동이 끝난 밤의 시간에만 화려하게 나타나는 도시의 매춘부와 달리 김유정 소설의 '들병이'는 일상적인 삶의 공간에 깊숙하게 침투해있다. 매춘부가 사회로부터 배척되고 내몰려있는 반면, 김유정 소설에서 '들병이'는 정숙해야 하는 가족 구성원으로서의 아내와 육체를 파는 매춘부를 구분 불가능하게 만드는 존재인 셈이다. 「총각과 맹꽁이」, 「솟」, 「산ㅅ골 나그내」는 들병이를 아내로 받아들이려고 하는 이야기이고, 「가을」, 「안해」, 「소낙비」는 반대로 아내를 들병이로 만들려는 이야기이다. 단순하게 생각해본다면 도덕적으로 전자는 그리 크게 문제될 것이 없어 보인다. 사회로부터 배척된 타자를 공동체 내부로 수용하는 것이기 때문이다. 문제는 빈곤함이 주는 고통을 견딜 수가 없어 아내를 물건처럼 팔아버리는 후자의 이야기이다. 노골적으로 말하자면 이는 인신매매와 다를 바 없다. 특히 「가을」에서는 아내를 상품처럼 가격을 매겨 사고파는 자본주의의 추잡한 맨얼굴이 고스란히 드러난다.

매매계약서

일금 오십원야라

우금은 내 안해의 대금으로써 정히 영수합니다.

갑술년 시월 이십일

조복만

황거풍 전 (194~195)

하지만 김유정 소설이 단지 근대식민자본주의와 폭력적인 가부장제의 이중, 삼중으로 뒤얽혀 있는 억압구조와 이러한 구조가 만들어내는 추악한 현실을 고발한다고 하기에는 소설에서 설명되지 못하는 것들이 있다. 이를테면 「가을」은 황거풍은 동시에 사람을 돈을 주고 사는 비도덕적인 행위로 조복만의 가족으로부터 아내를 강탈하는 사람이지만, 또 어찌 보면 들병이로 내몰린 여자를 가족으로 받아들이는 사람이기도 하다. 돈을 주고 산 아내가 도망간 상황에서 "잃어버린 돈이 아까운게 아니라 그런 게집을 다시 맞나기가 어려워서"(199) 우는 황거풍의 속내는 이 추악함 속에서도 인간적 진심이라는 것이 남아있다는 것을 보여주는 것 같기도 하다. 또한 소설 속에서는 분명하게 서술되고 있지 않지만, 황거풍에게 팔려간 복만의 아내는 다른 남자에게 자기를 판 남편 복만과 어린 아들에게로 되돌아간 것으로 추측된다. 「산ㅅ골 나그내」 또한 떠돌이 들병이는 끝내 병든 남편이 있는 곳으로 돌아간다. 다시 말해 김유정 소설은 파괴된 조선의 농촌사회와 그 속에서 살아가는 민중들의 뒤틀린 삶을 형상화하고 있지만, 비극적 현실의 재현으로 끝내는 것이 아니라 모든 것을 녹여버린다는 자본주의의 비극적 현실조차 끝내 파괴하지 못하는 숭고한 사랑의 한 조각을 그의 소설은 더 말한다는 것이다. 그리고 김유정이 더 말하고 있는 바로 이것이 김유정을 다른 30년대 작가들과 차별성을 갖게 한다. 그것은 우스꽝스러운 인물과 아무런 가치 없는 현실적 상황에서 타인을 이해하고 안타까워하는 공감의 웃음이 생산되는 순간이기도 하고, 자본의 추잡한 맨얼굴이 노골적으로 드러난 상황에서도 끝내 파괴하지 못하는 사랑의 순간이기도 하다.

여기서 중요한 것은 김유정 소설에서 비참한 현실이 끝내 파괴하지 못하는 사랑의 순간이 비천한 존재인 '들병이'를 통해 형상화된다는 점이다. 좀 더 정확하게 말하자면 김유정은 성이 상품화됨으로써 숭고한 사랑이라는 것이 절대적으로 불가능해진 존재인 바로 그 '들병이'에게서 오히려 고귀한 사랑을 우리에게 보여주는 것이다. 김유정에게 이것이 가능했던 이유는 '들병이'의 독특한 존재형식 덕분이다.

'들병이'는 앞서 말한 것처럼 근대식민자본주의와 가부장적 폭력이 구체적으로 물화된 형상이다. 위에 인용된 「가을」의 매매계약서만 보더라도 여자가 '들병이'가 되는 순간 그녀는 더 이상 인간이 아니라 교환 가능한 상품이 된다. 그리고 상품이 된다는 것은 그것의 존재 이유를 구매자의 욕망에 귀속시킨다는 것을 의미한다. 우리는 흔히 교환이 등가교환이라고 생각하지만, 마르크스의 가치론은 등가교환이라는 것은 불가능하다는 것을 알려준다. 어떤 물건의 가치는 물건에 있는 것이 아니라 그 물건을 사려고 하는 쪽의 욕망의 크기에 달려 있기 때문이다. 구매자의 욕망이 존재해야 물건은 비로소 상품이 되고, 상품이 된 이상 그것의 가치는 그것을 구입하려고 하는 구매자의 욕망의 크기에 따른다. '들병이'는 인간이 아니라 상품이다.

그러나 김유정은 그의 작품에서 '들병이'를 '화폐'에서 욕망을 가진 '인간'으로 이동시킨다. 물론 타자의 욕망에 사로잡혀버린 「소낙비」의 '춘호처'와 같은 인물도 없진 않지만, 「가을」에서 조복만의 아내는 자신을 산 황거풍으로부터 도망을 치는 것으로 스스로 '들병이-화폐'의 자리에서 빠져나오고, 「산ㅅ골나그내」에서 '나그내'는 풍족하진 않더라도 그나마 먹고 살 수 있는 환경을 버리고 병든 남편에게 돌아가면서

‘들병이’의 삶을 스스로 선택함으로써 누구도 침범하지 못하는 주체적 사랑을 보여주며, 「안해」는 아내를 들병이로 만들기 위해 들병이 교육을 하는 남편의 모습을 보여주지만, 소설 자체는 아웅다웅 하는 부부의 모습을 보여주면서 오히려 이들의 사랑을 읽는다. 그리고 어김없이 김유정은 이런 장면들에서 희미하지만 따뜻한 웃음을 발생시킨다. 이렇게 정숙해야 하는 ‘아내’와 몸을 파는 ‘매춘부’ 사이의 차이를 구분불가능하게 만드는 ‘들병이’의 독특한 존재 형식은 교환의 법칙이 통용되지 않는 자본주의 체계의 외부를 끊임없이 만들어낸다. 김유정은 무가치하고 우스꽝스러운 것에서 인간의 이해를 이끌어내고, 자본의 가장 천박한 얼굴에서 아름다운 사랑을 읽어내는 작가이며, 그런 그에게 ‘들병이’란 그의 문학정신이 그대로 육화된 존재인 셈이다.

3. 이상 문학의 원천으로서의 김유정

김유정은 무가치하고 우스꽝스러우며 비천한 것에서 우리가 위안의 웃음을 터트릴 수 있게 하고, 그런 웃음을 통해 어떤 비극적 상황이라도 끝내 파괴하지 못할 사랑의 순간을 그려낸다. 비록 웃음은 순간적이고, 압도하는 비극적 현실 속에서 사랑 역시 희미하게 비칠 뿐이지만, 김유정 소설에서 웃음이 작동하는 이러한 방식이나 ‘들병이’와 같은 존재의 등장은 한국근대문학에서, 특히 근대성의 맥락에서, 매우 독특한 장면이라는 점이 주목될 필요가 있다.

한국근대문학에서 '상실'의 문제는 그것이 선험적 경험이라는 점에서 기원적이다. 한국 근대시의 시작이라고 할 만한 김소월의 수많은 이별시나 주요한의 「불노리」가 알려주는 바, 근대라는 세계는 전근대적인 공동체적 삶으로부터 벗어난 각성된 주체가 '내면'이라는 형식을 갖게 되는 것으로 경험되고, 근대적 주체의 '내면'이라는 형식은 주체가 스스로를 분열시킴으로써 차이를 발생시키는 인식의 전도를 통해 구성되며, 근대라는 세계는 근대적 주체의 '내면'의 형식을 통과한 것으로만 현상된다.[21] 다시 말해 근대적 주체에게는 '내면'이라는 거울에 반영되어 재현된 현상으로서의 세계만 주어지며, 총체적 세계에 대한 직접적인 경험은 더 이상 불가능하다.

그런데 근대적 주체의 이와 같은 선험적 상실의 경험은 어떤 물건이 상품이 되는 과정과 유비적 관계에 놓여진다. 앞서 서술한 것처럼, 어떤 물건이 상품이 된다는 것은 자신을 비추는 거울에 의해 가치를 부여받는다는 것을 의미한다. 이것은 상품의 가치가 곧 그 물건의 존재론적 의미와 동일한 것은 아니라는 것을 의미한다. 가치는 물건에 있는 것이 아니라 그 물건을 구입하려는 타자의 욕망에 의해 정해지는 것이기 때문이다. 즉, 어떤 물건이 상품이 된다는 것은 타자에 의해 가치를 부여받는다는 것을 의미하며, 타자에 의해 가치를 부여받는다는 것은 자기가 있는 장소에서 타자가 있는 장소로 이동한다는 것을 의미한다. 이런 이동 가능성이 없다면 교환가치는 성립되지 못하며, 교환가치가 성립되지 못한다는 것은 물건이 상품이 되지 못한다는 것을 의미한다. 이것은 어떤 물건이 진열대 위에 오르는 순간에는 자신의 본래적 의미를 상

---

21 근대문학에서 상실의 경험에서 탄생되는 '내면'에 관련된 논의는 김예리, 「1930년대 한국 모더니즘 문학·예술 개념의 탈경계적 사유와 그 가능성」, 『개념과 소통』 제12호, 2013.12 참조.

실하는 경험을 동반할 수밖에 없다는 것을 의미하는 것이기도 하다.[22] 다시 말해 어떤 소유자도 한 상품의 사용가치와 교환가치를 동시에 향유할 수 없고,[23] 따라서 타자의 욕망의 반영태로 존재하는 교환가치의 세계, 즉 근대 자본주의의 문법이 작동하는 세계에서 물건 자체의 가치는 고려대상이 되지 않는다.

이렇게 구조적으로 극복불가능하게 벌어진 세계 사이의 틈은 근대적 주체에게는 세계 상실의 경험을 가져왔고, 김소월의 시는 바로 이런 상실의 경험에 대한 다양한 변주들이라 할 수 있다.[24] 이러한 점은 이상 문학에서도 동일하게 적용되며, 이와 같은 극복 불가능한 세계의 틈에 대한 이상적 은유는 '다마네기 여자'[25]이다. 신범순은 「실화」에 대해서 다음과 같이 서술한다.

여인의 얼굴을 '다마네기'라고 하지만 사실은 그 자신을 포함해서 세상의 모든 것이 그러하다는 것을 폭로하는 것이 이 소설의 주제이다. 껍질을 벗기면 나중에는 아무 것도 없다. 감추고 숨기는 껍질들 속에서만 이 시대의 모든 것은 존재한다. 그 껍질 때문에 비밀이 생기고 그것을 재산처럼 여기는 것이 세상에 남은 삶의 유일한 의미이다. 이 허무주의는 그의 소설 전체에 스며있다. 과연 이 세상에서 어떤 여인과 진정한 사랑을 설계할 수 있단 말인가? 아무리 껍데기를 벗겨도 진정한 사랑의 실체가 남아 있을 그러한 사랑이 과연 가능한가? 그는 이렇게 불가능한 물음을 묻는다. 그의 소설은 바로 이 물음

---

22 김예리, 『이미지의 정치학과 모더니즘』, 소명출판, 2013, 224쪽.
23 김홍중, 「멜랑콜리와 모더니티」, 『한국사회학』 40집 3호, 한국사회학회, 20006, 18쪽.
24 이에 대한 자세한 내용은 신범순, 「김소월의 「시혼」과 자아의 원근법」, 『20세기 한국시론』 1, 글누림, 2006 참조.
25 이상, 「실화」, 『이상문학전집』 2, 소명출판, 2005, 350쪽.

에 대한 세속적 탐구이다.[26]

이상이 죽기 직전 발표되거나 사후에 발표된 소설들, 이를테면 「동해」, 「종생기」, 「단발」, 「실화」 등은 공통적으로 불가능한 연애로서의 숭고한 사랑을 형상화하고 있고,[27] 「날개」는 '안해'와 '나'의 관계를 균형이 맞지 않은 '절름발이' 이미지로 그려냄으로써 도달 불가능한 타자와의 격차를 형상화하고 있다.[28] '윗방'과 '아랫방'이라는 「날개」의 집의 구조가 말하고 있는바, 이 소설에서 '안해'와 '나' 사이에는 극복할 수 없는 벽이 가로놓여있다. '나'는 언제나 '안해'가 외출을 해야만 그녀의 방에 가서 놀 수 있으며, '안해'가 외출에서 돌아오면 어김없이 '나'의 방으로 밀려난다. 이런 '나'와 '안해'를 매개하는 것은 다름 아닌 '반짝이는 화폐'이고, 이상 소설에서 사랑은 이런 '화폐'를 매개로 해서만 가능해진다. 교환관계 과정에서 물신이 되어버린 화폐처럼 근대 자본주의 사회에서 사랑은 환상 속에서만 작동하는 것이다. 이 환상을 걷어내면 진짜 사랑이 솟아오르는 것이 아니라 사랑 자체가 사라져버리고 만다. 「실화」의 '다마네기 여자'라는 이미지는 근대 자본주의 사회에서 불가능해져버린 사랑에 대한 은유인 셈이다.

즉, 이상 문학은 가짜만 남아 있는 세계 속에서 진짜를 찾아 헤매는 비극적 영웅의 근대적 모험담이라고 할 수 있다. 이상을 비극적인 존재로 만드는 것은 근대 자본주의 사회에서 진짜의 세계라는 것이 이미 불가능

---

26 신범순, 『이상의 무한정원 삼차각나비』, 현암사, 2007, 128쪽.

27 이상 소설에 나타나는 연애의 '숭고한 사랑'에 대한 분석은 서영채, 『사랑의 문법』(민음사, 2004) 참조.

28 특히 이러한 '절름발이' 이미지는 그의 등단작인 『12월 12일』부터 등장하고 있으며, 그의 작품 전반에서 반복적으로 등장하는 이미지다.

한 것으로만 경험되는 선험적 상실의 경험이고, 이상의 모험담을 근대적인 것으로 만드는 것은 그가 찾아 헤매는 진짜 사랑이란 이 세계에서는 불가능하다는 사실을 이상 스스로가 이미 알고 있다는 사실이다. 그럼에도 불구하고 이 진짜의 세계로 향하는 마음을 멈추게 할 수 없는 충동적인 움직임의 궤적이 곧 이상 텍스트 그 자체이고, 바로 이러한 점에서 이상은 기괴하지만 숭고한 어떤 것으로 향유할 수 있는 문학적 대상이 된다.

그런데 존재하지 않아서 절대로 도달할 수 없는 저 '너머'의 세계를 그럼에도 불구하고 향하려는 이상 텍스트의 욕망의 궤적은, 지배기표나 지식으로 환원될 수 없는 전복성을 갖는 동시에 끊임없는 불만족을 통해 그것을 피해가는 '히스테리적 주체'[29]의 욕망의 궤적과 일치한다. 헤겔의 비극론은 비극적 영웅이 실체나 기표로 환원될 수 없는 주체의 공간을 열지만 이것을 끝없는 불만족의 공간으로 바꾸어 실체의 결핍을 숨긴다는 점에서 히스테리적 주체와 같다는 점을 말해준다. 비극적 주체가 불만족한 상태를 넘어 이미 항상 다른 곳에서 만족하고 있는 주체의 가능성을 전제한다면, 희극은 상실로 경험되는 이 가능성의 영역이 사실은 '정오의 그림자'[30]처럼 비극적-히스테리적 주체가 서 있는 이 세계와 완전히 겹쳐진다는 것을 보여줌으로써 비극적 주체의 불만족을 한순간에 만족의 상태로 전환시켜 놓는다. 그런 점에서 희극은 비극의 재현불가능한 것에 대한 기원이라 할 수 있으며, 헤겔이 희극적 자기 분열이 '모든 예술의 소멸'이라고 하는 것은 바로 이러한 의미에서이다.[31]

그런데 이러한 관점에서 김유정의 텍스트를 다시 읽으면 그의 텍스

---

29 민승기, 「정신분석의 윤리학—욕망이 비극을 넘어 사랑의 희극으로」, 『열린시학』 제21권 제3호(통권 제80호), 2016.8, 336쪽.

30 희극에 대한 이 비유는 알렌카 주판치치의 『정오의 그림자』(도서출판b, 2005)에서 가져왔다.

31 헤겔의 비극론을 라캉의 정신분석인 관점으로 읽는 이러한 논의에 대한 것은 민승기, 앞의 글 참조함.

트에 등장하는 '들병이'야말로 헤겔이 비극적 주체의 근원이라고 말한 희극적 주체의 전형을 보여준다고 할 수 있겠다. 김유정의 소설에서 '들병이'는 자본의 차가운 시장 바닥에 돌멩이처럼 굴러다니는 하찮은 존재이지만, 그들을 비천한 존재로 만드는 자본주의의 문법을 무화시키면서 사랑의 현존을 보여주는 존재들이기 때문이다. 이상이 근대 자본주의의 결핍을 재현 불가능한 숭고한 사랑으로 보여준다면, 김유정은 이 극복 불가능한 세계의 틈을 무화시켜버리는 '들병이'라는 존재를 통해 사랑이란 다다를 수 없는 저 '너머'의 숭고한 것으로 있는 것이 아니라 속된 이 현실 속에서 솟아오르는 것이라는 점을 우리에게 보여준다.

김유정과 이상 이 두 작가의 이러한 거리는 아리랑과 육자배기 소리의 거리라고도 할 수 있다. 김유정의 소설에서 아리랑이 남편이 아내를 들병이로 만드는 이 말도 안 되는 우스꽝스러운 상황에서 흘러나오는 소리라면, "속아도 꿈결 속여도 꿈결 굽이굽이뜨내기 세상"이라는 육자배기는 금홍이를 끝내 받아들일 수 없었던 이상이 금홍과 헤어지는 슬픈 장면에서 흘러나오는 소리이다. 이상은 소설 「김유정」에서 김유정이 부르는 강원도 아리랑에 대해 "천하일품의 경지"라고 말하기도 했다. 온갖 난해한 방법으로 거울 실험을 해보지만 끝내 차단한 거울 벽에 막혀 악수를 할 수 없는 상태로 절망했던 이상이 김유정을 대상으로 소설을 쓰고, 동반자살을 권유하고, 그의 죽음을 슬퍼하다 마치 김유정을 따라가듯 한 달 뒤 죽음에 이를 정도로 김유정에 대한 정신적 유대가 강했던 것은 이 불가능한 물음에 대한 어떤 응답의 가능성을 김유정의 문학에서 읽었기 때문일지도 모른다. 또한 이상이 수필 「혈서삼태」에서 적고 있는 '성모과 구별이 되지 않는 매춘부'의 이미지, 혹은 일문시 「조감도」 연작의 「Le Urine」, 「광녀의 고백」, 「흥행물 천사」에 등장하는 타락한 여성 이미지들은 이상 스타일로 변주된 김유정의 '들병이'라고 할 수 있을 것이다.

그렇다면 이상의 그 불가능한 작업을 김유정은 어떻게 가능한 작업으로 만들 수 있었을까. 그 힘은 바로 김유정의 '웃음'에 있다. 프로이트는 농담(wit)과 희극(comic)과 유머(humor)을 구분하면서 농담의 쾌락은 리비도의 '억제비용의 절약'에서, 희극의 쾌락은 '표상비용의 절약'에서, 유머의 쾌락은 '감정 비용의 절약'에서 비롯된다는 점을 보여준 바 있다. 이상이 복잡하고 난해한 방식으로 탈출하려고 했던 근대의 거울 감옥을 김유정은 우스꽝스럽고 비천한 존재를 통해 유연하게 빠져나갈 수 있었다. 그리고 이상은 김유정의 문학에서 바로 이 '웃음'의 힘을 읽어낸다. 세상에 알려진 이상의 모습이 우스꽝스럽고 희극적인 모습일 뿐 아니라 이상이 「자상(自像)」에서 그리고 있는 얼굴 역시 매우 우스꽝스럽다. 이상이 동경에서 숨을 거두며 먹고 싶다고 한 '메론'은 김유정의 소설 「땡볕」에서 남편 '덕순'이 죽어가는 아내에게 사주고 싶어 했던 "채미(참외)"를 떠올리게 한다. 이상은 어쩌면 김유정의 소설 속 인물들을 흉내내고 싶었는지도 모르겠다. 희극이 비극의 원천이라는 헤겔의 말을 반복해보자면, 김유정의 코믹한 모습을 그리고 있는 소설 「김유정」은 간단하고 단순한 소품이 아니라 이상의 문학적 사유의 원천이라고 할 수 있을 것이며, 인간 김유정은 작가 이상의 근원적 존재라고도 할 수 있을 것이다.

4. 김유정 문학의 웃음과 사랑의 의미

김유정은 다소 모자라고 순진한 인물을 주인공으로 내세우면서 그들을 조롱하고 비웃는 것이 아니라 그 우스꽝스러운 모습에서 사랑의 지점을 읽어내는 독특한 소설적 세계를 보여준다. 그가 형상화하는 세계는 폐허 같은 세계이지만 김유정의 웃음은 폐허 속의 사랑을 기어코 발견해낸다. 이 '폐허 속의 사랑'이란 이상이 금홍이와의 연애를 통해, 빛보다 빠른 사람의 속도와 같은 시적 상상을 통해, 거울의 기묘한 기하학적 구조를 통해 찾아내려고 했던 그 진짜의 세계이며, 껍질을 벗기고 나면 끝내 아무것도 남지 않는 '다마네기 여자'의 은유처럼 도달 불가능한 세계로 형상화할 수밖에 없었던 바로 그것이다. 이상의 이 불가능한 작업을 김유정은 바로 '웃음'을 통해 실현한다. 김유정은 무가치하고 우스꽝스러우며 비천한 것에서 우리가 위안의 웃음을 터트릴 수 있게 하고, 그런 웃음을 통해 어떤 비극적 상황이라도 끝내 파괴하지 못할 사랑의 순간을 그려내는 작가인 것이다. 특히 김유정은 비참한 현실이 끝내 파괴하지 못하는 사랑의 순간을 비천한 존재인 '들병이'를 통해 형상화한다. 김유정의 소설에서 '들병이'는 자본의 차가운 시장 바닥에 돌멩이처럼 굴러다니는 하찮은 존재이지만, 그들을 비천한 존재로 만드는 자본주의의 문법을 무화시키면서 사랑의 현존을 보여주는 존재들이다. 김유정은 숭고한 대상을 아래로 끌어내림으로써 웃음을 만들어내는 것이 아니라 반대로 숭고한 것과 비천한 것이 구분불가능하다는 점을 보여주면서 웃음을 만들어낸다.

김유정의 문학이 보여주는 웃음과 사랑의 의미는 김유정 옆에 이상을 세울 때 더욱 분명해진다. 이상이 근대 자본주의의 결핍을 재현 불가능한 숭고한 사랑으로 보여준다면, 김유정은 이 극복 불가능한 세계의 틈을 무화시켜버리는 '들병이'라는 존재를 통해 사랑이란 다다를 수 없는 저 '너머'의 숭고한 것으로 있는 것이 아니라 속된 이 현실 속에서 솟아오르는 것이라는 점을 우리에게 보여준다. 이상 문학은 가짜만 남아 있는 세계 속에서 진짜를 찾아 헤매는 비극적 영웅의 근대적 모험담이라고 할 수 있다. 이상은 상실로만 경험되므로 결코 도달할 수 없는 저 '너머'의 세계를 끊임없이 욕망하는 모습을 보여주며, 이런 욕망의 궤적은 곧 이상 문학이 된다. 그러나 김유정은 바로 이 극복 불가능한 세계의 틈을 웃음으로 무화시켜버리며, 이상이 복잡하고 난해한 방식으로 탈출하려고 했던 근대의 거울 감옥을 우스꽝스럽고 비천한 존재들의 사랑을 통해 유연하게 빠져나간다. 정지용이나 박태원, 김기림 등 자신의 문학적 동지들에 대한 단상이나 소박한 일화를 적고 있는 이상의 이 짧은 소설의 타이틀이 다른 누구도 아닌 오직 '김유정'인 이유는, 자신의 문학적 사유가 끊임없이 향하고 있는 알 수 없는 저 '너머'의 세계에 바로 '김유정의 웃음'이 자리하고 있다는 것을 이상이 알아차렸기 때문일지도 모른다. 그런 점에서 김유정은 이상의 원천이다. 나아가 이상의 비극적 삶이 김기림의 말처럼 "축쇄된 한 시대의 비극"[32]이라면, 김유정과 그의 텍스트는 비극적인 우리 시대의 삶과 사유에 대한 원천으로 자리하고 있다고도 할 수 있을 것이다.

---

[32] 김기림, 「고 이상의 추억」, 『김기림 전집』 5, 심설당, 1988.

참고문헌

1. 논문

권채린, 「한국 근대문학의 자연표상 연구—이상과 김유정의 문학을 중심으로」, 경희대 박사논문, 2010.

김소연, 「1990년대 이후 한국영화에서 '코믹 모드'의 문제」, 『영화연구』 60호, 한국영화학회, 2014.6.

민승기, 「정신분석의 윤리학—욕망이 비극을 넘어 사랑의 희극으로」, 『열린시학』 제21권 제3호(통권 제80호), 2016.8.

최원식, 「모더니즘 시대의 이야기꾼」, 『민족문학사연구』 43집, 민족문학사연구소, 2010.8.

2. 단행본

김유정, 전신재 편, 『김유정 전집』, 도서출판 강, 1997.

서영채, 『사랑의 문법』, 민음사, 2004.

신범순, 『이상의 무한정원 삼차각나비』, 현암사, 2007.

유인순, 「김유정과 우울증」, 『김유정과의 동행』, 소명출판, 2014.

이상, 권영민 편, 『이상 전집』 1~4, 도서출판 뿔, 2005.

柄谷行人, 이경훈 역, 「유머로서의 유물론」, 『유머로서의 유물론』, 문화과학사, 2002.

Zupančič, Alenka, 조창호 역, 『정오의 그림자』, 도서출판b, 2005.

취약한 자들의 윤리[*]

김유정과 안회남의 우정을 중심으로

손유경

1. 들어가며

김유정(1908~1937)과 회남 안필승(1909~?)이 깊은 우정을 나눈 사이라는 것은 문학사적으로 널리 알려진 사실이다. 안회남의 자전적 소설 「고향」(『조광』 5, 1936.3)을 보면 휘문고보 재학 당시 김유정과 안회남은 마지막 학기 수업료를 술값으로 다 써 버리고 대신 '막걸리 수업'을 함께 받았음을 알 수 있다. 김유정이 세상을 뜨기 전 안회남에게 보낸 편지의 한 구절 "나로 하여금 너의 팔에 의지하여 광명을 찾게 하여다우"[1]에 집

---

[*] 이 글은 2016년 4월에 출간된 필자의 책 『슬픈 사회주의자』의 제3장 2절 「빚진 주체들의 탕진」 일부분을 그대로 발췌하거나 수정 후 인용하여 구성한 것입니다.

[1] 김유정, 「필승前」, 전신재 편, 『원본 김유정 전집』(개정증보판), 강, 2012, 474쪽.

약적으로 드러난 그들의 우정은 무엇보다도 안회남이 쓴 소설 「겸허－
김유정전」(『문장』1권 9호, 1939.10)이 지닌 가치에 새삼 주목하게 만든다.

안회남의 「겸허－김유정전」은 김유정 개인의 불행에 대한 기록일 뿐
아니라 작가가 쓴 작가론으로서도 큰 의미를 갖는 텍스트이다. 김유정
과 안회남의 교유 관계에 주목했던 기왕의 논저들에서 자주 거론되었
던 「겸허－김유정전」에는 출생과 성장, 가문, 가족 관계, 연애 문제, 질
병 등에 얽힌 김유정의 고통과 외로움이 매우 상세하게 그려져 있다. 거
기에는 불우한 가정사, 특히 형과 누나로부터 김유정이 받았던 온갖 정
서적·신체적 폭력이나, 기생 박녹주를 향한 그의 절절한 애정, 그리고
병마에 시달리면서도 '겸허'라는 좌우명을 끝내 간직했던 "비창하면서
도 유순한 표정"의 김유정이 생생하게 묘사되어 있다.

이 글은 「겸허－김유정전」의 내용을 토대로 김유정의 문학과 삶을
이해하기보다는 김유정의 문학과 삶을 기록하는 관찰자 안회남의 시선
자체를 분석하는 데 주안점을 두려고 한다. 안회남이라는 거울에 맺힌
김유정의 상(이미지)이 아니라 그것을 비추는 거울의 특징에 주목하고
자 하는 것이다. 이러한 접근법을 통해 이 글에서는 한 인간을 환자 / 방
탕아 / 예술가 등으로 만든 타자들의 자국, 그리고 그것이 상징하는 관
계성의 본질을 사유하고, 타자와의 관계를 중심으로 '자기'[2]를 서사적으
로 재구성하는 작업이 갖는 미학적·윤리적 함의에 대해서도 아울러
고찰하게 될 것이다.

---

2   여기서 '자기'라는 용어는 "'자기'와 '역사' 사이의 심연"이라는 화두로 안회남의 문학 세계를
설명한 박헌호의 해설(박헌호 편, 『안회남 선집』, 현대문학, 2010, 249~261쪽)에 착안하여
도입한 것이다. 노지승의 「맹목과 위장, 김유정 소설에 나타난 자기(self)의 텍스트화 양상」
(『현대소설연구』 54, 2013) 및 임정연의 「자기서사의 말하기 방식과 슬픔의 윤리」(『현대소
설연구』 56, 2014)도 김유정의 자전적 소설을 '자기 서사'라는 개념에 비추어 설명한 경우로,
함께 참조할 만하다.

2. 타자가 남긴 부채(負債)

안회남의 수필 「병고」(『문장』 1권 5호, 1939.5)에는 관절염을 앓고 있는 '내'가 화자로 등장한다. 병상에 누워 있던 '나'는 지난여름 적리(赤痢−이질)에 시달렸던 친구 한 명을 떠올리는데, 그렇지 않아도 낭비벽이 있던 그 친구는 시골집에서 넉넉히 부쳐준 돈으로 "나가서는 그저 비루도 먹고 빙수도 먹고 요리도 먹고 차도 마시고 그러고는 인저 샤쓰라 넥타이라 책이라 구두라 화병과 꽃이라 탁상시계라 마음 내키는 대로 돌아다니며 아주 흡족히 물건을 사"고 나서는 "적리인가 뭔가 자연 쾌차가 되었"던 인물이다. 낭비병환자인 그 친구를 부러워하던 '나'는 "낭비의 효험"을 테스트해보지만 관절염환자인 '나'는 아무리 낭비를 해 보아도 관절염이 낫지 않더라는 것이 이 짤막한 수필의 요지이다. 낭비와 탕진을 일삼는 안회남 소설의 주인공을 환기하는 '나'는 실컷 돈을 쓰고 나면 웬만한 병은 다 낫는다는 자신의 친구를 낭비병환자라고 비난하는 듯하지만 자세히 보면 건강했을 때의 '나'야말로 그러한 성향의 소유자임을 금세 알아차릴 수 있다.

건강한 때엔 나는 그 동무와 함께 잘 나다닌다. 본정통으로 명치정으로 다방 식당 영화관 서점 백화점 양품점 이런대로 횡행하며, 또한 서로 돈 쓰기에 허푼 성격들이다. 그런 때 그는 주머니만 두둑하고 그놈을 흥껏 쓰고 하면 웬만한 잔병쯤은 삽시간에 달아난다고 곳잘 대언장어를 하고 했었다.[3]

---

3   안회남, 「병고」, 『문장』 1권 5호, 1939.5, 160쪽.

안회남 소설에서 반복되는 주인공의 낭비와 탕진의 의미를 탐색하기 위해서는 별 것도 아닌 일에 한턱을 내라고 서로 부추기며 "돈 쓰기에 허픈" 인물들이 등장하는 「안해의 탄식」과 「상자」, 「우울」, 「화원」, 그리고 「모자」 등의 작품을 살펴볼 필요가 있다. 「안해의 탄식」(『신가정』11, 1933.11)에는 다시는 술을 안 먹겠다고 맹세하지만 번번이 약속을 어기고 "술고래 노릇"을 하는, 선량하지만 무능한 남편이 등장한다. 동물원 구경을 가라며 남편이 돈 1원을 주지만 아내인 '나'는 방세로 모인 돈 4원이 너무 아까워 사양한다. 그러나 그날 밤 남편은 술값으로 4원을 거의 다 쓰고 63전을 달랑 남겨 들어온다. 낙상하여 퍼렇게 멍든 채 자고 있는 남편 모습에 너무 화가 난 '나'는 남편의 볼기짝을 두 번 힘껏 때린다. 해장국을 사러 갔다가 길 한복판에서 눈물을 씻으며 아내는 "내가 팔자가 기박한 년이 되어서 남편 볼기 때린 안해가 되고 말엇구나!"라고 탄식한다.

「상자」(『조선문단』 24, 1935.7)의 주인공은 혼인한 지 며칠 되지도 않아 할머님이 신부(아내)에게 예물로 내린 귀중품들을 몰래 전당포에 맡겨 생긴 돈 110만원으로 친구 박군을 도와주고 남은 돈으로 '바'에 가서 맥주를 마신다. "탐스럽게 비루 거품이 유리잔 위를 흘러내릴 때 나에게는 자꾸 안해의 비녀와 가락지가 생각나서 되도록 돈을 절약하고 쓸 데 써야겠다는 비겁한 마음이 들기 시작하였다." 그러면서도 양품점에서 넥타이를 사고 희락관으로 구경을 갈 뿐 아니라 일한서방에 들러 탐정소설도 산다. 걷잡을 수 없이 돈을 낭비했다는 후회가 들자 '나'는 "점점 우울하였다." 아내에게 들킬 것이 염려되어 종로 금은방에서 도금 비녀와 가락지를 사기는 하지만 또다시 '나'는 다방 '멕시코'에 들러 돈을 쓴다. 다음 날에도 '나'는 백화점에 들렀다가 아스팔트 위, 악기집, 차방(다방)으로 돌아다니며 소일한다. "나와 같이 유일도일 무위하게 이처럼 살아

나가는 존재야말로 값어치 없고 누추하기가 흡사 도금 비녀, 도금 가락지 같은 것이라고 오늘은 한층 더 자책하는 마음이 들었다.” ‘나’는 아내 물건에 손을 댈 때마다 상자 밑에 편지를 파묻어 놓는데, 앞에서 살펴보았던 작품 「수심」이 왜 다짜고짜 “돌아가신 우리 아버님께서 약주를 잡수셨기 까닭에[sic] 나도 술을 먹는거요”라는 남편의 변명으로 시작되는지 짐작이 가는 대목이다. 「수심」의 남편이 아내 몰래 방세를 꺼내 술값으로 탕진했다가 볼기짝을 얻어맞은 인물이었음을 기억한다면 「상자」에서 남편이 왜 아내에게 세 통씩이나 편지를 쓰는지 그 이유가 헤아려진다.

「상자」의 주인공은 이처럼 보기에도 딱할 만큼 자책과 후회를 거듭하면서도 도저히 절제되지 않는 낭비벽으로 스스로를 궁지로 몰아넣는다. 이런 주인공들 곁에는 기회만 생기면 한턱내거나 얻어먹는 것을 낙으로 삼는 친구 무리가 있다. 이들은 갚을 수 없는 빚을 아들에게 남긴 「차용증서」(『비판』 7, 1931.11)의 아버지를 대신해, 주인공으로 하여금 끊임없이 빚의 늪에서 허덕이게 만든다.

빚을 지고 차용증서 쓰기를 반복하는 「우울」(『중앙』 30, 1936.4)의 주인공도 여기서 헤어 나오지 못하는 인물이다. 끊임없이 ‘나’를 찾아와 돈을 빌리려는 이들에게 둘러싸인 ‘나’는 월급과 원고료를 받아 봤자 빚 갚고 술 마시고 돈 꾸어주는 데 다 써버려 늘 쪼들린다. 점차 시력이 나빠져 가는데도 불구하고 취직 턱을 내라는 친구들 탓에 안경 구입은 늘 우선순위에서 밀린다. 조실부모하고 폐병까지 얻은 소설가 김군, 전남 광주로 시집갔다가 실직한 남편 때문에 생활고를 겪는 누이동생, 생일을 맞은 장인, 졸업을 앞두고 담임에게 줄 선물 살 돈이 없어 애쓰는 동무, 안팎이 바람을 피우는 행랑집의 아범에 이르기까지 돈 꾸어달라는 사람은 끝도 없이 나타난다. 그럴 때마다 이 사람만은 꼭 도와주어야 하지 않나 하는 생각을 하지만 정작 '내'가 하는 일은 술을 먹고 돌아다니는 것이다. 고리대금업자가 된 팔촌형의 흉내를 내어 '돈 돈' 하게 되는 자신의 모습을 자조하기도 한다. "나는 이달에도 월급타고 빚을 졌고 눈이 점점 나빠가는데 안경도 또 다음기회로 밀게 되었구나 옷을 벗으며 생각하였다. 어떻게 하던지 동생의 식구만은 돌아가신 아버님을 대신하야 내가 살려야겠다 하면서 나도 모르게 돈 돈 하며 팔촌형의 흉내를 내보았다."

　지나간 과거가 되기를 거부한 죽은 부친이 '내' 몸에 살아 있는 것과 마찬가지로 '나'는 늘 '나' 아닌 것들에 속박되며 그들에 의해 움직인다. 자전적 소설 「명상」(『조광』 15, 1937.1)에는 (1936) 2월 9일 아들 병휘가 태어난 것을 계기로 자신의 아버지에 대해 회상하는 주인공이 등장한다. "기왕에 내가 간구한 살림을 하면서도 마르크스주의의 문예이론에 반기를 들고 만 것은 전혀 나의 연애지상주의 때문"이라면서 어린아이에 대한 '나'의 애정은 아내에 대한 자기 나름의 지극한 사랑을 훨씬 뛰어넘는다고 당당히 고백한다. 옛날 자신의 아버지도 '나'를 그렇게 극진히 사랑하셨겠지 하는 짐작과 함께 '나'를 위해 낚시를 하던 아버지를 떠올리는데 아버지의 극진한 사랑을 추억하며 '나'는 눈물을 머금는다. 안회남의 부친 안국선의 생애를 축약해놓은 듯한 서사, 즉 귀양살이, 결혼, 사업 실패, 기독교 입문 등의 내력도 기록된다. 안국선의 소설 일부분이 인용된 대목에서는 '농구실주인'으로서의 면모도 부각된다. 가산을 탕진한 후 낙향하여 "'이 세상은 귀찮다' '일생을 이대로 살다죽겠다' '자식이나 잘길르겠다'"하던 "그분의 음성이 들리는 것 같다"면서 '나'는 어머님을 따라 자기도 아버지를 향해 주정뱅이라고 욕하던 때를 후회하기도 한다. "히믄고보"에 입학한 외아들인 자신에게 아버지는 희망을 걸었을지 모르나, '나'는 김유정과 함께 4학년에서 낙제를 하고 혼자 한 학기분의 월사금을 "신정유곽에 가서는 소비를 하고 학교에다 퇴학원 서를 제출"했던 불효자였다. 다른 모든 사랑은 베풀어도 아들의 문학적 재능만은 인정해 주지 않았던 아버지("어렸을 적의 것일망정 선생님께 칭찬을 받은 나의 작문이 아버님께 푸대접을 당하게 된 것")에 대한 원망이 적지 않았던 모양이다. 그래도 그 분 인생에도 한 때 행복한 시절이 있었으리라면서 '내'가 어린 놈 병휘의 재롱을 보며 기뻐하듯 아버님도 갈범(내 아명)을 보며 기뻐하셨을 터라고 짐작한다. 그러나 '나'는 김군[김유정]과 하루 종일 한강에서 헤엄치고 돌아오느라 아버님 임종도 하지 못했다.

이 소설의 압권은 "아버님의 백골은 땅속에 잠기어 무상하지마는 그 분의 영혼은 아들의 몸에 옴기여 깃드리고 있는 것인가"라는 이 소설의 마지막 문장이다. 아버지에 대한 그리움을 토로하는 듯한 이 텍스트의 이면에서 발설되지 않은 화자의 어떤 공포를 읽어낼 수 있다면 그것은 "죽되 죽지 않"은 아버지의 존재가 일종의 유령처럼 보이기 때문일 것 이다. 어떤 의미에서 이 부재하는 아버지는 "생물학적으로 사망했기 때 문에 생존해 있지 않으나 아직 상징적으로 매장되어 처리되지 못했기 때문에 끊임없이 회귀하여 주체의 영혼에 출몰하여 강박적 무게로 작 용하는 모호한 망령"[4]과도 같은 존재이다. 그의 아버지는 죽은 채로 지 금의 '나'를 살고 있다. 안회남의 자기-서사에는 끊임없이 죽은 아버지 가 출몰한다. 이 아버지는 아직 과거가 되지 못한 인물, "시대착오로서 줄곧 현재 안으로 끼어드는"[5] 일종의 집단적 에토스 같은 존재라고 해

4　김홍중,『마음의 사회학』, 문학동네, 2009, 371쪽.
5　주디스 버틀러, 양효실 역,『윤리적 폭력 비판—자기 자신을 설명하기』, 인간사랑, 2013, 14쪽.

도 좋을 것이다.

> 자기를 응시하기 문학 10년 맨 끝에 가서 다다른 것은 내가 생남을 하고 선친을 생각하며―돌아가신 아버님은 지금의 나와 흡사하고 지금의 나의 어린 아이는 옛날의 나와 같으다 그러면 그 아버지는 죽되 죽지 않고 생명과 모양과 마음이 그 아들에게 전하야 산천초목이 옛과 다름없듯 영원히 불멸하는 것이 아닌가―하는 경지입니다.[6]

아버지는 과거가 되기를 거부하며 현재 살아 있다. '나'는 이미 훼손되고 침해된 존재로 세상에 던져진 것이다. '나'에게 기리 주어진, 나를 초과하며 나에게 선행하는 '조건들'에 대한 섬뜩한 환기를 위해 안회남은 지속적으로 현재에 개입해 들어오는 아버지라는 기표를 내세운다. 안회남이 자신을 설명하는 방식은 철저하게 나 아닌 것에 의해 속박된 존재로 자기 자신을 그리는 것이다. 「명상」 말미에 등장하는, 아버지의 영혼이 깃든 자기 몸은 이처럼 자족적인 '나'를 비울 수밖에 없는, 저당잡히거나 침식당한 존재에 대한 탁월한 형상화이다.

안회남 소설에서 차용증서를 쓰는 인물들의 탕진은 이처럼 풍족한 자기를 비우는 형식이 아니라 애초에 자족적이지 못한 비어 있는 자기 존재를 한 번 더 증명하는 형식으로 형상화된다는 점이 중요하다.

이 인물들의 번민은 헤어나기 어려운 '관계'들에서 비롯되는데, 시야를 조금 넓히면 안회남과 같은 시대를 살았던 이상(1910~1937)의 글이 새삼 눈에 띈다. 그는 안회남이 느꼈을 법한 '관계'의 문제를 아래와 같이 표현해 놓았다.

6 　안회남, 「자기응시10년」, 『문장』 2권 2호, 1940.2, 15쪽.

모든 것이 변한다. 아무리 그가 이 방 덧문을 첩첩 닫고 일 년 열두 달을 수염도 안 깎고 누워 있다 하더라도 세상은 그 잔인한 '관계'를 가지고 담벼락을 뚫고 스며든다.[7]

나는 참 세상의 아무것과도 교섭을 가지지 않는다. 하느님도 아마 나를 칭찬할 수도 처벌할 수도 없는 것 같다.[8]

세상 어느 틈바구니에서라도 그와 관계없이나마 세상에 관계없는 짓을 하는 이가 있어서 자꾸만 자꾸만 의미 없는 일을 하고 있어 주었으면.[9]

그 양상과 수준은 다르다 하더라도 신변소설 혹은 사소설이라는 끈으로 이상과 안회남을 묶어서 볼 수 있다면, 자기 자신을 철저히 유폐시켰던 이상 소설의 주인공들과 관계의 늪에 빠져 허우적대는 자기 자신을 자조적으로 바라보는 안회남 소설의 주인공들 사이에는 간과하기 어려운 심정적 결속을 발견하게 된다. 안회남의 「명상」을 읽고 "계발받은 바 많"았다면서 그에게 편지로 감사의 뜻을 전했던 이상은 "친구, 가정, 소주 그리고 치사스러운 의리"[10] 때문에 서울로 돌아가지 못한다면서 안회남에게 자신의 고독을 토로한다. 이상과 안회남에게는, 가부장적 권력을 지닌 큰아버지나 아버지, 그리고 돈 없어 쩔쩔 매는 여러 친우와 지인들이야말로 자신의 삶을 "잔인한 관계" 속으로 빨아들이는 블랙홀이었는지 모른다. 이때 안회남이 우리에게 보여준 삶의 방식은 이

---

7 이상, 「지주회시」(『중앙』, 1936.6), 권영민 편, 『이상전집 2 – 단편소설』, 뿔, 2009, 73쪽.
8 이상, 「날개」(『조광』, 1936.9), 위의 책, 96면.
9 이상, 「지도의 암실」(『조선』, 1932.3), 위의 책, 25쪽.
10 이상, 「서신 8」(1937), 권영민 편, 『이상전집 4 – 수필』, 뿔, 2009, 176쪽.

를 속수무책으로 전적으로 정직하게 받아들이는 것이었다. 안회남에게 보내는 위 편지에서 이상이 앞으로 고독과 싸우면서 "정직하게 살겠"다고 다짐한 대목이 의미심장하게 읽히는 까닭이다. 이상과 안회남은 "나란 나와 너의 관계(I'm my relation to you)"[11]라는 구절로 표현되는 상황으로부터의 절망적 도주와 그것의 자조적 수용 양상을 각각 보여준다.

김남천의 「처를 때리고」(1937)로 대변되는 1930년대 전향문학이 전향한 사회주의자의 굴욕적 삶과 우울한 내면을 포착하고 있음은 널리 알려진 사실이다. 비슷한 시기, 신변소설이라는 영예롭지 못한 이름으로 불렸던 안회남 소설에는 전향이라는 파국적 상황이 연출되지 않고도 이미 항상 굴욕적인 지식인 남성의 벌거벗은 자화상이 담겨 있다. 이들의 삶에는 비루해질 수밖에 없었던 어떤 계기 같은 것이 존재하지 않는다. 전향했기 때문에 비참해졌다는 말에는, 전향 전에는 탁월했다는 자기 합리화나 전향했음에도 다시 탁월해지고 싶다는 욕망이 숨어 있다. 계기 없는 타락만큼 비참한 것이 있을까? 안회남의 신변소설에 자주 등장하는 낭비와 탕진의 모티프는 '나'를 초과하며 '나'에게 선행하는 조건으로서의 탕진이라는 점에서 주체의 욕망에 선행한다. 이 주체는 탕진을 욕망하는 것이 아니라 탕진할 수밖에 없는 구조에 붙박인 자이다. '나'는 이것을 '유전적 탕진'이라고 말한다. "나는 이런 놈이다"라는 구절을 반복함으로써 '내'가 환기하려는 것은 이처럼 '나' 아닌 것에 붙들린 '나'의 존재 방식이다.

'할 수 없다!' 하는 생각으로 나는 가득하였다. 나의 피가 그런가부다 했다. 나의 조부님도 대주객이었으며, 나의 아버님도 두주를 불사하시는 어른이였

---

11 주디스 버틀러, 앞의 책, 142쪽.

다. 두 분 다 술로 인하여 실패하고 술로 인하여 단명했고, 술로 인하여 그와 그의 가족이 불행했었든 것이다. 이러한 술에 빠지고 마는 습성 그리고 아무 돈이나 헤처버리고 마는 낭비성, 취한 후에는 기어히 탈선하고 마는 변질적인 향낙성, 이러한 것이 모다 혈액으로써 나에게 유전하여저, 어쩔 수 없는 것인가부다. 나는 부모가 물려주신 유산 ― 그것도 아버님께서 모다 탕진해버리시니까, 조모님이 자기명의로 떼어두었든 것이다 ― 을 거이 다 없었다[sic]. 가족들을 말할 수 없는 불안함 속에다 몰아넣었다. 여기저기 신용을 잃고, 채무관계로 하여 부끄러운 일이 비일비재이다.[12]

자책과 결심을 반복하는 '나'의 내면은 이토록 황폐하지만 진짜 문제는 '내'가 자신의 향락벽과 낭비벽을 유전의 결과로 돌리는 대목에 있다. '나'의 낭비벽을 '나'는 소유하고 있지 않은 것이다. 안회남 소설 속 주인공들의 굴욕은 이처럼 '내'가 '나'의 주인이 아니라는 사실, 즉 자신이 철저히 탈중심화되어 있다는 사실에 대한 인식을 수반한다. 이처럼 안회남의 신변소설은, 그 안에 자기의 신변을 그리는 자의 충족감이 아니라 '나'를 초과하고 '나'에게 선행하는 조건들에 종속된 자의 절망이 드리워져 있는 인간적 번민의 기록이다.

---

12 안회남, 「모자」, 『춘추』 30, 1943.7, 137~138쪽.

3. 「겸허─김유정전」에 드러난 취약한 자들의 윤리

탕진을 모티프로 하는 일련의 작품을 거론하면서 빠뜨릴 수 없는 것이 안회남과 김유정의 우정이다. 이들의 관계를 문학사적으로 특기할 만한 사건으로 꼽게 하는 것은, 마지막 학기 수업료를 술값으로 다 써 버리고 대신 막걸리 수업을 받았다고 회상하는 안회남 소설 「고향」의 한 구절 때문만은 아니다. 이 둘의 우정에서 우리가 주목해야 하는 것은 김유정의 삶을 기록하는 관찰자 안회남의 시선 그 자체이다. 안회남이 쓴 「겸허─김유정전」은 이러한 맥락에서 중요한 분석 대상이 된다. 김유정의 거듭된 불행을 세세히 서술할 때의 안회남은 김유정에게 운명적으로 주어진 불행의 총량이 있었다고 생각한 듯하다.

(유정이 그저 살아 있드라면!)

그렇더라도 그는 결단코 행복스럽지 못했을 것 같이 생각된다. 상상도 할 수 없는 다른 불행이 그를 엄습하지 않았을가.

― 운명.

― 나를 꽉 누르고 어떻게 할 수 없게 하는 그 그림자.

하고 탄식하던 유정은 참 가엾다. 그러나 지금 내가 어느 생각을 한가지 하고 있는 것처럼, 그는 자기의 운명의 모양을 잘 보아 안다 할 수 있을는지. 유정이가 문학을 하려니까 애처럽게 폐병에 걸리었다고 보겠지만 유정의 병은 유정의 문학보다 훨씬 먼저 있던 것이 아닌가 하는 것이다. 연애에 실패하고, 사업에 실패하고, 마지막으로 문학에 정열을 쏟아놓으려니까, 병과 주검이 눌러 덮었다는 것보다 병과 주검의 그림자에 벌써부터 엄습을 당하여있는 그가 그 속에서 고야니 허덕지덕 사랑이다, 농촌교육이다, 예술이다 하고 앙탈을 했던 것이 아닐러냐. 즉 그것은 유정이 병상에 눕기 이미 오래 전서부터 작정되었던 것이요, 우연적인 것이 아니라, 피치 못할 운명적이었던 것이라고 생각된다. (60~61쪽)

김유정이 겪은 폭력과 가난, 실패, 불운은 모두 그가 주체적으로 무엇을 도모하다가 꺾인 결과가 아니라 무언가를 꿈꾸기 훨씬 이전부터 이미 그를 엄습하고 있었다는 위의 구절은 자신의 낭비벽을 설명하던 안회남의 문장들과 정확히 조응한다. '내'가 초래한 결과가 아니라 그러한 결과가 나오게 되는 조건으로서의 불행(김유정)이나 낭비벽(안회남)이라는 관점은 탈중심화된 자기 자신에 대한 예민한 인식에서 형성된 것이라고 봐야 한다. 안회남의 자기-서사에서 작가의 분신으로 등장하는 화자가 자신의 몸에서 살고 있는 부친의 존재를 감지한다고 했듯 「겸허」에 등장하는 김유정 또한 "나의 몸은 아버님의 피요, 어머님의 살이며, 우리 조상의 뼈"이며 자신은 "내 힘으로 할 수 없는 무슨 커다란 그림자"에 눌려 평생을 지냈다고 토로한다. 안회남의 자기-서사에서 주인공들이 아버지의 부채에 시달리는 것과 마찬가지로 「겸허」의 김유정은 양반이었던 선조들이 인근 백성에게 저질렀던 포악을 자기 대에서 씻어야 한다는 무거운 짐을 짊어지고 있다.

이들이 여기서 한결같이 입에 담고 있는 선조의 피와 살은, 자신의 자아중심성을 보증하는 것이 아니라 자기의 탈중심성을 환기하는 증표이다. 이들 작품에서 주인공의 몸을 타고 내려온 선대의 뼈와 살과 정신은 '나'의 기원으로 격상되는 것이 아니라 '나'에게 선행하며 '나'를 초과하고 있는 타자들의 현존으로 의미화된다. 버틀러가 말하는 '나' 아닌 것들에 속박된 '나'의 존재란 바로 이런 것이 아니었을까? 따라서 '겸허'라는 이 소설의 타이틀은 텅 빈 자아 혹은 탈중심화된 자아의 형상과 기막히게 잘 맞아떨어진다.

흥미롭게도 김유정의 삶을 회고하는 안회남의 시선은 "우리 삶을 총체적으로 파악하자면 사실 성장은 없고 일반적 총량의 유지만이 있을 뿐"이며 "성장은 파괴의 보충물에 다름 아니"[13]라는 바타이유의 사유와 놀랍도록 흡사하다. 생산과 성장이 아니라 모든 형타의 에너지의 낭비와 분출로써 생명(체)을 설명했던 바타이유의 논법을 따른다면 행복과 불행의 관계에 대해서도 비슷한 유추를 할 수 있다. 다시 말해 김유정이 열정을 쏟아 부었던 연애와 문학, 사업 등은 그의 생산과 성장을 촉진시킨 삶의 과정이 아니라 총량으로 이미 주어진 불행의 보충물일 따름이었다는 해석 말이다. 훨씬 이전부터 '주어진' 불행의 에너지가 그 총량을 넘어서는 순간 단지 그것을 조금 상쇄하기 위해 동원된 행복의 에너지라는 관점. 안회남의 김유정전에는 그의 이러한 독특한 사유의 편린들이 곳곳에 드러난다.

아버지의 부재와 고아의식으로 특징지어지는 이광수와 그의 후예들이 우리 근대문학의 기틀을 다져왔다는 것은 의문의 여지없는 사실이다. 누구 / 무엇에게도 빚지지 않은 주체들이었을 이들에게는 자기 자신을 설명해야 할 필요나 욕망이 그렇게 크지 않았을 것이다. 그러나 아버지의 부채와 세대의식으로 갈등했던 안회남 같은 우리 문학사의 비주류들은 '아버지로 대변되는 타자들이 남긴 자국'으로 한 인간이 존재하는 방식을 우리 눈앞에 펼쳐준다. 이들은 자신이 너딛는 발걸음이 늘

---

13 조르주 바타이유, 조한경 역, 『저주의 몫』, 문학동네, 2000, 74쪽.

첫걸음이라고 자부하는 이광수들과 달리 걷는 존재로서의 자신의 좌표 찾기에 목말라 했다. 그리고 이들이 우리에게 보여준 것은 주체의 내용(내면)이 아니라 주체의 어떤 형식(좌표)들이었다. 즉 안회남의 인물들은, 관계성을 본질로 하는 '나'란 '나' 아닌 것에 의해 철저히 속박되어 있으며 '나'의 설명가능성은 '나'로부터 오는 것이 아니라는 점을 지속적으로 환기했다.

물론 특히 안회남에게는 아도르노의 경고대로 "내가 자신의 사회적 조건에서 분리된 채 이해되고, 자신의 사회적이고 역사적인 조건들 — 결국 자신의 출현의 일반 조건들을 구성하는 — 에서 초연히 떨어져서 순수한 직접성 — 자의적이거나 우연적인 — 으로 떠받들어지는 실수"[14]가 발견되지 않는 것은 아니다. 그러나 '자기'와 역사, '자기'와 사회의 관계를 물어야 한다는 주류 리얼리스트의 요구에 대해 아마도 안회남은 도리어 이렇게 질문하고 싶었는지도 모르겠다. '자기' 자체가 관계인 마당에 어떻게 '자기'와 '자기 바깥'의 관계를 물을 수 있겠느냐고 말이다. 그에게는 '나'를 넘어 타자들의 세계로 가는 길이 아니라 '나'를 포위한 너무 많은 타자들 속에서 '나'를 세우는 길 찾기가 좀 더 절실한 임무였을는지 모른다.

안회남 소설에 나타나는 이른바 '연애지상주의'적 면모 역시 아버지라는 기표로 대변되는 타자에 대한 작가의 인식과 어떤 형태로든 결부되어 있지 않을까? 안회남이 그리는 인물의 세대의식은 자기의 뿌리를 찾는 자가 느끼는 나르시시즘적 행복이 아니라 자기의 탈중심성을 깨달은 존재의 고통과 관련되어 있다. 그런데 흥미롭게도 이들의 작품에

14　주디스 버틀러, 앞의 책, 17~18쪽.

서 등장인물들이 겪는 연애의 경험 역시 자기 자신이 자신 안에서 지배자가 아니라는 사실, 즉 자신이 탈중심화되어 있다는 사실을 강렬하게 깨닫게 하는 계기로 작용한다는 점을 기억할 필요가 있다. 안회남 소설의 남성 주인공들에게 자기는 세계와 불화하는 것이 아니라 세계와 분리되지 않은 채이며 이들의 내면은 바깥 세계에 요새를 쌓고 홀로 침잠해 들어가는 것이 아니라 끊임없이 외부화되고 관계에 의해 침식당한다.

4. 나가며

강박적 자기-서사라는 안회남 특유의 미학적 실천이 창안한 이 나약하고 취약한 존재들은 결국 우리로 하여금 다음과 같은 첨예한 윤리적 질문과 대면하게 만든다. '내'가 '나'의 주인이 아니라는 사실은 남에게 어떤 행위를 해도 좋다(어차피 '내'가 한 일이 아니므로)는 면죄부를 '나'에게 부여하는 것인가? 주디스 버틀러의 견해를 한 번 더 빌려오자면 위 질문에 대한 대답은 아마도 '아니요'일 것이다. '내'가 '나'의 주인이 아니라는 말은 '나'는 이미 '너'라는 사실을 의미하므로. 그러니 어떻게 '내'가 '너'에게 함부로 대할 수 있겠느냐는 말이다. 안회남이 그런 대답을 제시했다고 단언하기는 힘들지만 적어도 그의 소설이 우리에게 중요한 질문거리 하나를 던져준 것만은 분명하다. 자조와 자학으로 점철된 안회남의 자기-서사는 역설적이게도 지금 우리에게 이토록 묵직한 윤리적 질문을 던지고 있다.

경성(京城)을 배회하는 지식인 청년과
가장(假裝)의 시선

김유정의 「심청」과 박태원의 「소설가 구보씨의 일일」을 중심으로

정하늬

1. 식민지 조선의 수도 '경성'과 지식인 청년

김유정의 「심청」[1]과 박태원의 「소설가 구보씨의 일일」은 두 작품 모두 '지식인 청년'이 '경성'이라는 도시를 배회하면서 겪는 일을 골자로 하는 소설이다. 좀 더 정확하게 말하자면, 정현숙의 지적처럼 「심청」은 "종로거리를 배회하는 룸펜 인텔리의 시선을 통해 서울의 도시화가 내재한 파행적 국면을 담아내"고 있는 소설[2]이고, 「소설가 구보씨의 일일」은 고현학을 하겠다고 하며 노트를 끼고 경성을 거니는 지식인 청년이

---

1 「심청」은 1936년 1월, 『중앙』지에 발표된 작품이지만, 탈고일은 1932년 6월로 알려져 있다.
2 정현숙, 「김유정 소설과 서울」, 『현대소설연구』 53, 2013, 328쪽.

'명랑'이라는 시선을 가장하고 경성에서도 북촌 지역을 배회하는 소설이라고 할 수 있다. 이렇게 비슷한 인물 설정, 배경을 갖고 있지만, 「소설가 구보씨의 일일」이 '고현학(考現學)' 내지는 '산책가' 등의 논의가 많았던 것에 비해 「심청」은 작품에 대한 논의 자체가 매우 적다. 이는 김유정의 소설에 대한 그동안의 논의가 「동백꽃」, 「봄·봄」 등의 농촌을 배경으로 한 소설 중심으로 이루어졌기 때문이기도 하며, 전신재가 지적한 것처럼 「심청」이 "발표된 작품 중에서 가장 먼저 씌어진 작품"이지만 습작기의 작품으로 처녀작으로 하기에 부족하다"[3]고 보일 수 있는 지점 — 감정의 과잉, 중심 서사의 부재 등 — 이 있기 때문이다. 그렇지만 김유정의 도시소설의 시작점이기도 한 「심청」에는 분명 주의 깊게 살펴봐야 할 장면들이 존재한다.[4] 특히 비슷한 시기의 비슷한 도시 공간을 배경으로 하고, 지식인 청년이 도시를 배회하는 모티프가 사용되었다는 점에서 「심청」과 「소설가 구보씨의 일일」은 충분히 비교해볼 만한 가치가 있다. 게다가 「심청」은 도시를 배회하는 '산책가' 유형의 소설로 잘 알려져 있는 「소설가 구보씨의 일일」(1934)보다 앞서 식민지 조선의 수도 '경성'의 북촌 지역을 '관찰'한 지식인의 내면을 보여준다는 점에서

---

3 김유정, 「심청」, 전신재 편, 『원본 김유정 전집』, 개정증보판, 강, 2012, 180쪽. 편자 주.
4 김유정은 1936년 이후 도시를 배경으로 한 소설을 여러 편 발표하였다. 30여 편에 이르는 김유정의 소설 중 도시 특히 서울을 배경으로 한 소설은 11편에 달할 정도로 적지 않은 분량을 차지한다. 「심청」은 발표일자 순으로 봤을 때, 1936년부터 발표된 김유정의 도시소설의 시작이기도 하다. 정현숙은 김유정이 서울의 문제를 그려내는 것으로 소설 창작을 시작했다고 보았다(정현숙, 앞의 글). 그러나 김유정의 도시 소설에 대한 논의는 매우 적다. 김유정이 농촌의 빈궁 문제를 다루는 데 탁월한 재능을 보여서 그의 소설에 대한 논의 대부분이 농촌과 빈궁, 농촌의 삶 등의 문제에 집중되었기 때문이다. 그러나 중요한 것은, 김유정의 도시소설에서도 배경이 도시일 뿐 농촌을 배경으로 한 소설에서 보였던 문제의식은 동일하게 나타난다. 특히 정현숙은 이 소설을 김유정 소설 속 1930년대 서울의 재현을 살펴볼 때 중요한 소설로 보았다. 서울의 도시화 특히 남촌과 북촌의 분할과 도시 개발의 불균형 등 도시화의 내적 메커니즘을 김유정 소설이 예민하게 관찰하고 이를 특유의 반어적 기법으로 담아낸 소설 중 하나라는 것이다(위의 글).

주목을 요한다.[5]

　　본고에서 논의하고자 하는 두 편의 도시소설에서는 식민지 조선의 수
도인 '경성'과 경성인들의 삶을 그리고 있다. 경성은 조선의 전통적인 수
도 공간인 ― 그래서 조선인들의 공간으로 인식되었던 ― 북촌과 일본
인들이 들어와 자리 잡은 남촌으로 그 구역이 크게 둘로 나뉘는데, 「심
청」과 「소설가 구보씨의 일일」에서 주인공이 배회하는 공간을 경성의
북촌 지역으로 한정해 볼 수 있다. 조남현은 김유정의 도시소설이 서울
중에서도 특히 북촌에 집중했는데, 보신각 옆, 우미관 옆, 광화문 근처,
청진동, 원남동, 연건동, 사직동, 신당리 등을 배경으로 거지, 학생, 여급,
기생, 행랑어멈, 전차운전수, 지게꾼, 소설가(지망생) 등 조선의 서민을
주인공으로 설정[6]하였다고 논한 바 있다. 「심청」에서는 특히 북촌 중에
서도 가장 중심적인 공간이라고 할 수 있는 '종로'를 배경으로 한다. 박태
원의 「소설가 구보씨의 일일」도 북촌을 중심으로 이야기를 전개하지만,
「심청」이 종로에 한정한 것과 달리, 전찻길을 따라 경성역에서 종로에
이르는 북촌의 전반적인 구역을 배경으로 하고, 남촌에 이르는 장곡천
정까지도 간다. 그러다보니 '나' 종로 뒷골목의 하층민 ― 거지, 깍쟁이
― 에 집중한 반면, '구보'는 전차와 백화점, 경성역 등지에서 여러 사람
들, 친구들, 카페의 여급 등 다양한 계층의 다양한 사람들을 만나고 관찰
하였다. 이렇게 도시를 배경으로 다양한 도시인들의 삶을 그려낸다는
것은, 이들이 '도시'로 대표되는 '근대'에 많은 관심을 가지고 있었다는 것

5　물론 김유정의 「심청」이 박태원의 「소설가 구보씨의 일일」보다 먼저 창작되었다는 것만으
　　로 중요하다고는 볼 수 없다. 그러나 김유정과 박태원이 '구인회'로 교집합을 갖는다는 점에
　　착안한다면, 비슷한 문학적 경향을 가지고 있던 또 문학에 대해 여러 부분을 공유하고 있던
　　두 작가가 약 2년의 시간 차이를 두고 비슷한 시기의 비슷한 공간을 각기 다른 방식으로 관찰
　　하고 보여준다는 점에서는 충분히 비교할 가치가 있다고 본다.
6　조남현, 「김유정 소설과 동시대소설」, 김유정학회 편, 『김유정의 귀환』, 소명출판, 2012, 18쪽.

을 의미한다. 박태원의 「소설가 구보씨의 일일」이야 '근대' '도시' '경성'과 그것을 바라보는 지식인의 시점에 대해 다양한 논의가 있었지만, 김유정의 「심청」은 비슷한 주제의식을 지니고 있으나 이 소설이 갖고 있던 김유정의 도시 현실의 모순에 대한 관심은 제대로 논의되지 못했다. 김유정 소설 속 '도시' 역시 김유정의 "첨예한 근대적 의식의 심층"이 드러나 보이는 곳이라 할 수 있다.[7] 그렇다면, 이러한 도시 공간을 '누가' '어떻게' 보는가가 중요한 문제가 된다. 본고에서는 이렇게 비슷한 면이 많은 두 작품을 특히 '지식인 청년'이 어떠한 시선으로 도시와 도시인들의 삶을 바라보는지를 살펴보겠다.

「심청」의 거지와 다를 바 없는 행색의 초라한 청년 '나'나 「소설가 구보씨의 일일」의 일정한 직업이 없는 청년 '구보'는 '룸펜'이자 '지식인'이다. 지식인은 쉽게 규정하기 어려운 계층이다. 그들은 특권계급에 속할 수도 있고 무산계급에 속할 수도 있으며, 이도저도 아닌 채로 중간에서 방황하는 무리의 일원일 수도 있다.[8] 지식인은 어느 계급에도 딱 들어

---

7   최근의 김유정 소설과 관련된 논의는, 김유정의 소설을 다양한 시각으로 보는 논의가 많다. 방민호는 김유정을 현실의 모순에 깊은 관심을 갖고 크로포트킨이나 마르크시즘 등에 대해 자신의 관점을 수립하고자 한 작가로 볼 수 있다고 했고(방민호, 「김유정, 이상, 크로포트킨」, 『한국현대문학연구』 44, 2014), 권채린도 김유정 소설이 근대적 의식의 심층을 보여주고 있다고 논의했다(권채린, 「한국근대문학의 자연표상 연구―이상과 김유정의 문학을 중심으로」, 경희대 박사논문, 2010, 187쪽).
8   이러한 청년의 모습은 1930년대의 다른 소설에서도 찾아볼 수 있다. 특히 신세대 작가에 속했던 김동리의 경우, 「廢都의 詩人」(『映畵時代』, 1935)이나 「술」(『조광』, 1936.8)에서는 일정한 직업이 없이 심신이 약한 지식인 청년 ― 염세주의자 시인(「폐도의 시인」), 술독에 빠져 사는 허무주의자(「술」) ― 이 등장한다. 특히 「술」도 도심 배회 모티프가 사용되었는데, '구부러진 허리에 해골같이 야윈 모습'을 하고 스스로를 '구데기 항아리'라고 하는 주인공인 '나'는 「심청」이나 「소설가 구보씨의 일일」의 주인공처럼 낮(부터) 배회하는 것이 아니라, 낮에는 하숙집에 누워만 있다가 밤이 되면 밖으로 나가 돌아다닌다. 과거 사상운동을 했으나 더 이상 이념을 좇아 행동할 수 없는 지식인 청년이 일종의 자학으로 '구데기 항아리'인 자신에게 술을 들이붓는 것이다. 이렇게 '캄캄한 어둠'을 틈타 도시의 술집을 전전하는 「술」의 '나'는 「심청」의 대쪽 같은 주인공 '나'나 「소설가 구보씨의 일일」의 냉철한 관찰과 탐구로 자신의 내면과 바깥의 사회를 분석하지만 명랑한 룸펜을 가장한 '구보'와 달리 훨씬 더 허무주의

맞지 않지만 또 어느 계급에도 속할 수 있는, '계층 없는(classless)' 존재이다. 일정 수준 이상의 교육을 받은 이 지식인들은 사회의 요구에 따라 사회에서 한몫을 담당할 것으로 기대되는 존재들이지만, 실상 1930년대 조선에서 식민지의 지식인 청년들은 사회 지도층이 될 수 없었다. 일자리라도 갖고 있는 지식인 청년은 매우 적었고, '룸펜'으로 전락하는 경우가 더 많았다. 박태원의 「소설가 구보씨의 일일」에서는, 구보가 "지금 세상에서 월급자리 얻기가 얼마나 힘드는 것인가" 말해도, 그 어머니는 보통학교만 졸업하고 고등학교만 졸업해도 일자리가 있는 사람이 많은데 동경에서 대학공부를 하고 온 아들이 일자리를 구할 수 없다는 것을 믿을 수 없다고 말하는 장면이 나온다. 고등교육을 받은 '지식인'이 공부한 지식을 활용해 한몫을 담당하기 힘든 것이 식민지 조선의 현실이었고, 결국 구보처럼 또 구보가 다방에서 만나는 숱한 청년들처럼 조선의 지식인 청년들은 '룸펜'으로 살 수밖에 없었다.

이러한 지식인 청년의 시선은 1930년대 서울을 어떻게 재현하는가. 여기에는 1930년대 식민지 조선의 정치사회적 배경과 당대 지식인 청년들의 현실이 고스란히 드러난다는 점에서 주목을 요한다. 특히 종로 거리를 걸으며 다양한 조선인과 마주치는 김유정의 소설 「심청」 속 지식인 청년(서술자)은 종로 일대를 배회하며 관찰하고 기록하였던 박태원의 「소설가 구보씨의 일일」 속 '구보'의 모습과도 겹치고, 스스로를 따라지와 다를 것 없이 여기는 김동리의 「술」 속 염세주의적 지식인 청년의 모습과도 겹친다. 특히 본고에서 주목하고자 하는 것은 '명랑을 가장(假裝)'한 채 서울을 배회하는 김유정의 '그'(「심청」)와 박태원의 '구보'(「소설가 구보씨의 일

적이고 무력한 지식인 청년의 모습을 보여준다.

일」)이다. 특히 이들은 경성, 그 중에서도 북촌 부근을 배회하면서 '대경
성'이 되어가는 과정, 또 그 도심의 이면을 지식인 특유의 시선으로 바라
본다. 특히 '도시빈민모티프'를 취하는 김유정의 도시소설에서, 작가는
이들 도시빈민을 부정적인 존재로 보거나 연민의 시선을 보내는 것이 아
니라 "예상 외의 작가적 시선"[9]을 보낸다. '관찰자'의 시선인 듯하지만 여
기에서는 대상과 객관적 거리를 유지하는 시선이라기보다도 신경증적
인 시선을 보낸다. 이는 박태원의 '관찰' — 후술하겠지만, 외부 관찰이
내부 관찰로 바뀌는 식의 '관찰' — 의 시선과는 다른 신경증적인 시선이
다. 이에 본고에서는 「심청」과 「소설가 구보씨의 일일」의 도시를 배회하
는 '그'들의 '경성'과 경성인들을 향한 이 시선이 어떻게 같고 다른지를 비
교하여 살펴보려고 한다.

2. '대도시' 경성과 '명랑'을 권하는 사회

　　일본의 조선 병합으로 인해 조선의 수도 한성, 즉 식민지 수도인 경성
은 큰 변화를 맞이하게 된다. "병합 이전 형성되었던 경운궁 중심의 공
간적 구성은 식민지 권력 주체에 의해 전용"되어 경운궁 앞쪽에는 조선
은행 본점, 경성부, 총독부 등 식민지배의 권력이 형성되었다.[10] 경운궁
을 중심으로 한 북촌 일대는 조선인들의 공간으로, 남촌은 일본인들의

9　　조남현, 앞의 글, 33쪽.
10　　염복규, 『서울은 어떻게 계획되었는가』, 살림, 2006, 16쪽.

공간으로 나뉘어 있던 구도는, 총독부가 경복궁 자리로 이전하면서 바뀌게 된다. 그리고 총독부 신청사 완공을 기념하여 1929년, 총독부가 주최한 조선박람회(1929.9.12~10.31)가 열리게 되었는데, 이 박람회의 준비를 위해 일제는 규율권력을 강화하고 사회질서 확립을 위해 노력했다. 특히 경성을 중심으로 토막민 철거와 걸인, 부랑자 단속에 심혈을 기울였는데, '부랑자=비위생적 / 불결'로 인식되면서 이러한 조선의 하층민은 범죄자로 취급되었다고 한다.[11] 남기웅은 조선박람회의 성격을 분석하면서, '식산흥업'이라는 표면적 목적 외에도, 일제는 "식민지 완성"이라는 궁극적인 목적을 조선박람회를 통해 달성하려 했다고 보았다. 이를 위해 일본 경찰은 분할 경계 태세에 들어갔고 경성부와 경기도 당국은 경성의 범죄와 토막민 대책을 시행하였다고 한다. "조선인들을 근대화로 편입시키는 동시에 근대화에 방해가 되는 조선인들을 배제"하면서 "토막을 철거하고 걸인과 부랑자를 단속하며 위생행정을 강화하는 가운데 경성은 근대적 도시로 꾸며졌고, 만들어졌"다는 것이다.[12] 총독부의 이전과 조선박람회 개최 등으로 1920년대 중후반, 경성의 북촌의 가로 경관은 도로 정비, 전차 노선의 변화 등 갑작스럽게 많은 변화를 겪게 되었다. 그러면서 도심부 대로변의 땅값과 이면의 땅값이 엄청난 차이를 보였다고 한다.[13] 게다가 '경성'에는 동화주의 이데올로기를 표면에 내세운 총독부뿐 아니라 집단이기주의적 권익 향상을 목표로 이익정치를 전개했던 재경성 일본인들의 알력이 '대경성계획'[14]에

---

11 남기웅, 「1929년 조선박람회와 식민지 근대성」, 한양대 석사논문, 2007.
12 위의 글, 13쪽.
13 위의 글, 281~283쪽.
14 김백영에 따르면, 1920~30년대 '대경성계획'이란, 공식적으로 입안되거나 실행된 어떤 특정한 도시계획안이나 사업을 지칭하는 것이 아니라, 1920~30년대에 경성을 대도시로 발전시키기 위한 여러 가지 발전계획 일반을 포괄하는 광의의 계획을 뜻하는 다소 모소한 의미의

반영되었다고 한다. 총독부가 북촌으로 옮겨오면서 북촌의 대다수 조선인들에게는 '문명'에 대한 기대감보다는 "일본인들이 조선인들을 내쫓고 북촌마저 차지하게 될지도 모른다는 침탈에 대한 불안감과 피해의식"이 증폭되었고, 이에 조선인들은 본거지인 북촌마저 빼앗기고 주변부로 축출당할 수도 있다는 위기감을 느꼈다고 한다.[15]

탈고시기를 중심으로 봤을 때 「심청」이 그려낸 종로의 모습은 권력의 일제 단속과 배제에 의해 뒷골목으로 밀려난 조선인의 현실을 보여주는 것이다. 종로는 「심청」의 주인공인 '그'의 눈에도 "시끄럽고 더"러운 곳이다. 이미 대로변 안쪽 뒷골목으로 몰렸던 조선인들의 불안감은 뒷골목까지 밀려들어오는 제국의 정책으로부터 자유로울 수 없었다. "대도시를 건설한다는 명색으로 웅장한 건축이 날로 늘어가고 한편에서는 낡은 단청집을 수리좇아 허락하지 않는다. 서울의 면목을 위하야 얼른 개과천선하고 훌륭한 양옥이 되라는 말이었다"[16]라는 「심청」의 서술은 이렇게 조선인의 구역의 뒷골목까지 진행된 제국식 대도시 프로젝트가 얼마나 조선적인 것을 배제하였는가를 보여준다.

1920년대부터 진행된 대경성 계획과 1929년 박람회를 전후한 시기의 경성 '청소'에 이어, 1930년대에 들어서 총독부는 조선을 식민지 체제에 따라 개편하고 조선인을 통제하기 위해 '명랑화' 작업에 '본격적으로' 착수했다. 총독부가 정책을 설명하는 과정에서 '밝고 까끗한 상태'를 의미하는 '명랑화'라는 표현을 자주 사용한 것이 그 시초였다. 1930년대 들어

표현으로, 시중에서 널리 사용되었던 말이라고 한다(김백영, 「1920년대 '대경성(大京城)'을 둘러싼 식민권력의 균열과 갈등」, 공제욱·정근식 편, 『식민지의 일상 지배와 균열』, 문화과학사, 2006, 266쪽).

15 위의 글, 277~278쪽.

16 김유정, 「심청」, 전신재 편, 『원본 김유정 전집』, 개정증보판, 강, 2012, 181쪽. 앞으로 이 소설의 인용은 이 책에서 하며, 인용 말미에 쪽수만 표시하기로 한다.

총독부가 '명랑화'를 내세운 가장 큰 이유는, 경성이 근대적 대도시로 발전하고 있었기 때문이다. 짧은 시간에 도시가 커지자 여러 도시 문제들이 잇따랐고, 주택·보건·위생·치안·교통 등의 문제를 해결하는 것이 '도시를 명랑하게 하는 것'이라는 명분이 필요했다. 이러한 총독부의 '도시 명랑화' 작업은 두 가지 방향으로 전개되었는데, 하나는 도시인의 생활·교양·위생 등을 위한 시설을 갖추는 것이고, 다른 하나는 도시인의 생활과 도시 문화 향상 및 증진을 방해하는 것들을 퇴치하는 것이었다고 한다.[17] 여기에는 비위생적 환경을 드러내는 지표인 '악취'를 없애는 환경개선 작업과 함께, 걸인을 없애는 것도 포함되어 있었다.[18]

「심청」에서 묘사하고 있는 종로 뒷골목의 모습은 이렇다.

대도시를 건설한다는 명색으로 웅장한 건축이 날로 늘어가고 한편에서는 낡은 단청집을 수리좇아 허락지 않는다. 서울의 면목을 위하야 얼른 개과천선하고 훌륭한 양옥이 되라는 말이었다. 게다 각상점을 보라. 객들에게 미관을 주기 위하야 서루 시새워 별의별짓을 다해가며 어떠한 노력도 물질도 아끼지 않는 모양같다. 마는 기름때가 짜르르한 헌 누데기를 두르고 거지가 이런 상점앞에 떡 버티고서서 나리! 돈한푼 주,─하고 어줍대는 그꼴이라니 눈이시도록 짜증 가관이다. 이것은 그상점의 치수를 깎을뿐더러 서울이라는 큰 위신에도 손색이 적다 못할지라. 또는 신사숙녀의 뒤를 따르며 시부렁거리는 깍쟁이의 행세좀 보라. 좀 심한 놈이면 비단껄─이고 단장뿌이고 닥치

---

17 소래섭, 『불온한 경성은 명랑하라』, 웅진지식하우스, 2011, 42~47쪽.

18 소래섭의 글에 따르면, 1936년 말, 총독부 사회과는 '도시 명랑화'를 위해 전국의 걸인을 퇴치하겠다는 계획을 발표했다고 한다. 몸이 건강한 자에게는 노동자로 알선하고, 노동에 종사할 수 없는 자는 수용하고, 아이들은 고아원에 보내겠다는 것이었다고 한다. 그러나 이 시기 걸인이 는 이유 중 하나는 1934년 총독부의 '조선시가지계획령' 공포에 따라 삶의 터전을 잃은 떠돌이들이 많아졌기 때문이라고 한다(위의 책, 57~58쪽).

는대로 그 까마귀발로 웅켜잡고는 돈 안낼테냐고 제법 혹닥인다. (181쪽)

'명랑화'가 표면화된 시기보다 앞서 발표되었기는 하지만, 「심청」의 이 인용 부분에는 '명랑화'라고 이름 붙지는 않았어도, 1920년대 후반부터 진행되었던 '명랑화'로 연결되는 대경성 프로젝트의 일면을 볼 수 있다. '훌륭한 양옥', '미관', 인용 말미에 있는 "거지를 청결하라"가 바로 '명랑한 도시'의 속성으로 강조되던 것이 아닌가. 일제는 북촌 지역은 도시계획에서 일부러 배제했기 때문에, 옛 왕조의 중심 시가지였던 종로는 경성의 메트로폴리스화와는 상관없이 더 퇴락해 가고 있었다. 물론 이 짧은 구절("대도시를 건설한다는 명색으로 웅장한 건측이 날로 늘어가고 한편에서는 낡은 단청집을 수리좇아 허락지 않는다")만으로 김유정이 근대화・도시화에 비판적인 인식을 보였다고 평가하기는 어렵다. 이 구절 하나를 근거로 작가의 근대관을 운위하기에는 그 근거가 너무 부족하기 때문이다.[19] 오히려 이 부분은 총독부가 강조하던 '명랑'이 실제 종로 거리에 어떻게 나타나고 있었는가, 또 식민지 지식인의 눈에 그것이 어떻게 보였는가의 측면에서 살펴봐야 한다.

인용한 이 부분에서 더욱 주목해야 하는 부분은 일제가 강조하는 도시화 방식이 '양옥'으로 대표되는 서양식(혹은 '근대식'이라고 하는)이라는 점이다. 개화기의 '신 / 구' 대립에서 전근대적인 것, 조선적인 것인 '구'를 부정했듯이, 전통적인 건축물인 단청집은 배제해야 할 것이 된다. '구(단청집)' 대 '신(양옥)'이라는 대립 구도에서 '신'의 자리에 놓이는 것은 언제나 승리할 수밖에 없다. 게다가 거기에는 '도시의 근대화'라는 명분

19　박상준, 「반전과 통찰－김유정 도시 배경 소설의 비의」, 『현대문학의 연구』 53, 2014, 15쪽.

이 뒷받침되고 있다. 근대화를 위해 옛것을 모두 버리고 새것으로 바꾸는 것, 그것이 일제가 강조하던 '명랑'이었다. 또 주변과의 조화를 고려하지 않고 자기 점포의 미관에만 신경을 쓰는 상점들 역시 문제가 될 수 있다. 근대의 자본주의적인 이기적 속성이 도시의 뒷골목까지 영향을 미치고 있기 때문이다.

같은 북촌 지역이지만, 「소설가 구보씨의 일일」의 '구보'가 배회하는 경성은 "전차 선로를 두 번 횡단"하면 갈 수 있는 조선인 자본의 백화점 "화신상회", "일을 가지지 못한 사람들이 그곳 등의자에 앉아, 차를 마시고, 담배를 태우고, 이야기를 하고, 또 레코드를" 듣는 다방이 있는 "조선은행" 앞 "장곡천정" 등 잘 정비된 전찻길이나 대로변의 공간인 것에 비해 「심청」의 '나'가 주목하고 있는 종로는 바로 이러한, 깍정이와 거지들이 많은, 여전히 부랑자들을 단속하는, 중심부에서 축출당한 이들이 밀려서 들어간 뒷골목인 것이다. 결국 이 두 편의 소설에서 보여주는 대로변과 뒷골목을 합치면, 1920년대부터 이어진 총독부 중심의 정치도시가 만들어낸 균열과 모순의 이중도시로서의 1930년대 경성의 북촌이 제대로 그려진다고 할 수 있다. '명랑화' 작업이 제도화되고 공표된 시기보다 앞선 때 발표된 「심청」과 「소설가 구보씨의 일일」이지만, 이 소설들에서는 '명랑화'라는 레테르를 달기 전, 이와 같은 작업이 어떤 식으로 진행되었었는지를 보여주고 있다. 「심청」이 '명랑화' 작업이 어떤 식으로 시작되었는지 그 구체적인 사항들을 보여준다면, 「소설가 구보씨의 일일」은 겉보기에는 깨끗해졌다고 하더라도, 실제 경성의 북촌 지역은 도시 명랑화 작업이 요구한 것과 다르게 그 속은 '명랑'하지 않았다는, 그저 '명랑'을 '가장'하고 있었다는 점을 보여준다.

3. 불온한 관찰자의 신경증적 시선

「심청」은 "거반 오정이나 바라보도록 요때기를 들쓰고 누엇든" 지식인 룸펜인 '그'가 "매캐한 방구석에서 혼자 볶을만치 볶다가 열벙거지가 벌컥 오르면 종로로 튀어나오는" 버릇대로 종로로 나와 배회하는 이야기이다. '그'는 종로가 좋아서 종로를 배회하는 것이 아니다. 그저 "버릇이 시키는 노릇이라" "마지못하야" "싸다닐뿐"이지, "실상은 시끄럽고 더럽고해서" 종로에 아무 애착도 없다고 한다. '시끄럽고 더러운' 종로, 그곳이 서울의 북촌, 조선인 구역이었다.

그런데 재미있는 것은, 마치 감찰자와 같은 눈으로 종로 거리를 배회하고 참견하지만 그 역시 그가 비판적으로 인식하고 있는 조선 뒷골목의 깍정이들과 별반 다를 바 없다는 것이다. "기름때가 짜르르한 헌 누데기를 두르"고 있는 거지, '까마귀발'을 하고 신사숙녀의 뒤를 따라다니며 구걸하는 깍쟁이들이나 단벌 두루마기를 입고 종로로 나온 '그'나 행색은 같다. 행색에 있어서는 별 차이가 없으나, 그가 배회하며 바라보는 인물들의 시선과 '그'의 시선은 확실히 다르다.

> 말하자면 그의 심청이 별난것이었다. 팔팔한 젊은 친구가 할 일은 없고 그날그날을 번민으로만 지내곤하니까 나중에는 배짱이 도라앉고 따라 심청이 곱지못하였다. 그는 자기의 불평을 남의 얼골에다 침 빝듯 뱉아붙이기가 일수요 건뜻하면 남의 비위를 긁어놓기로 한 일을 삼는다. 그게 생각하면 좀 잣달으나 무된 그 생활에 있어서는 단하나의 향락일런지도 모른다. (180쪽)

　'심청' 즉, '심보'라는 말로 그의 시선을 포장하고 있지만, '그'는 현실에 대해 매우 신경증적으로 반응한다. 당국의 정책(양옥으로 개수, 거리 청결 등)에 대해서 묘하게 일치하는 듯하면서도 비판적인 논평을 하는 그의 시선은 불온하다. '명랑'을 '건전'의 동의어라고 보았을 때, '명랑'은 체제가 요구하는 인간을 양성하기 위한 규율 담론이 되는 것이다.[20] 그러나 '그'는 "팔팔한 젊은"이지만 무직인 전형적인 인텔리 룸펜이다. 비판적인 시선으로 무장한 그는 자신이 세상을 아니꼬운 시선으로 보게 된 것이 바로 '룸펜' 생활에서 비롯되었다고 판단하고 있기 때문이다. 사실 사회를 이렇게 불온한 시선으로 보는 것 역시 '명랑'한 현대인이 가져야 할 태도는 아닐 텐데, '그'는 오히려 불평불만을 내뱉는 것이 단 하나의 향락이라고까지 한다. 부정적인 시선, 신경증적 시선을 갖게 만든 것은 "할 일은 없고 그날그날을 번민으로만 지내"게 만든 현실이다. 아이러니한 것은, 조선의 교육열과 일제가 만들어 낸 유리 천장으로 인해 지식인들의 취업이 힘든 것이지만, 총독부가 퇴치하고 싶은 '부랑자' 중 하나가 바로 그 '룸펜'이라는 것이다. 거리의 룸펜이라 할 수 있는 부랑자뿐 아니라, 죽지 못해 살고 있을 뿐인 '인텔리 룸펜' 역시 '명랑'한 도시를 만드는 데 방해가 되는 존재였다. '부랑=비위생=불결'이니 이들은 '건전'하지 못한 존재이다. 인용한 것처럼, 그 자신도 '곱지못한 마음'을 가진, 건전하지 못한 인물이니 말이다. '그'는 옷은 거지와 다름없이 남루하지만 현실에 대한 불만을 얼굴 표정이나 말투에 고스란히 내보일 수 있을 정도로 까다로운 존재, 비판적인 지식인의 표상이다.

20　위의 책, 70쪽. 박숙자는 '명랑'은 일종의 '규율'이자 '도덕'으로, 개인이나 민족을 포섭하거나 배제하는 사회적 국가적 기준이자 가치판단을 넘어서서 절대 '윤리'로 부감되는 '좋은 것'인 동시에 '최선'의 윤리로 이해되는 것이라고 하였다(박숙자, 「'통쾌'에서 '명랑'까지 : 식민지 문화와 감성의 정치학」, 『한민족문화연구』 30, 2009, 224~225쪽).

• 그런 봉변이라니 보는 눈이 다 붉어질 노릇이 아닌가! 거지를 청결하라. 땅바닥의 쇠똥말똥만 칠게 아니라 문화생활의 장애물인 거지를 먼저 치우라. 천당으로 보내든, 산채로 묶어 한강에띠우든…… (181쪽)

• 전찻길을 건너서 종각앞으로 오니 졸찌에 그는 두다리가 멈칫하였다. 그가 행차하는길에 다섯간쯤 앞으로 열댓살 될락말락한 한 깍쟁이가 벽에 기대여 앉엇는데 까빡까빡 졸고 있는것이다. (…중략…) 금시로 운명하는듯 싶었다. 거기다 네살쯤 된 어린 거지는 시르죽은 고양이처럼 (…중략…) 꼴을 봐한즉 아마 시골서 올라온지도 불과 며칠 못되는 모양이다. / 이걸 보고 그는 잔쯕 상이 흐렷다. 이벌레들을 치워주지 않으면 그는 한거름도 더 나갈수가 없엇다. (182쪽)

종로 거리의 '부랑자'들을 바라보는 '그'의 시선은 어떠한가. '문화생활의 장애물'인 거지를 "천당으로 보내든. 산채로 묶어 한강에 띄우든" 그들을 없애야 한다는 '그'의 독백은 총독부가 1920년대부터 지속적으로 펼쳐 온 개발계획과 일치한다. 처음에는 '대경성'을 만들고 박람회를 안전하게 유치하겠다는 의도로 시작된 부랑자 척결 등의 '청결' 운동이 1930년대 중반 이후에는 '명랑' 담론으로 구체화되었다. '그'가 신경증적으로 말하는 '거지를 청결하라'는 바로 이러한 총독부의 경성 관련 담론이다. '그'는 보이는 것에만 집중하는 '명랑화' 혹은 '근대화'의 방식을 경계한다. 비단껄, 단장뽀이, 신사숙녀, 상점의 미관 등은 모두 알맹이보다는 보이는 껍데기에 치중한 것이다. 그런데 "객들어 게 미관을 주기 위하야 서루 시새워 별의별짓을 다해가며 어떠한 노력도 물질도 아끼지 않"는 듯 보이는 화려한 가게 앞에는 "기름때가 자르르한 헌 누데기"를 두른 거지가 자리한다. 거리의 부랑자를 없애는 것 역시 '명랑화' 작업의 하나였는데, 그들은 사라지지 않고 가장 '명랑'한 것들을 비웃듯 그 앞에 나타난다. "머리가 아프도록" 이러한 생각을 하는 '그'의 발언은 총독부의 담론을 수용한 것처럼 보인다. 그러나 두 번째 인용 부분을 보면, 종로의 하층민들을 치워버리라고 신경증적으로 말하는 '그'의 태도는 본심을 숨긴, 일종의 '가장(假裝)'이라고 볼 수 있다. 늘 종로를 배회하는 '그'가 종로 거리를 차지하고 있는 거지들(혹은 시골에서 올라왔으나 마땅한 일자리를 찾지 못하고 거지가 된 이들)을 숱하게 보아 왔을 텐데도 '그'는 이들을 그냥 지나치지 못한다. 금방 죽을 것 같은 조선인 하층민이 자리를 잡은 곳은 구보가 집을 나와 처음 들른 장소인 '전찻길을 두 번 건'너면 있는 '화신상회'의 맞은편이다. 근대 문물이 가득 들어차고, '대경성'의 한 축을 담당하고 있는 공간에도 조선인 하층민들은 일자리고 먹을 것도 쉴 곳도 없다는 비참한 현실이 역시 직업도 없는 룸펜 지식인의 눈에 들어온 것이다. 이런 상황을 목도한 '그'는 '한 걸음도 더 나갈 수가 없'다.

그런데 하층민들을 '거지'로 단정하고, 이들을 "땅바닥의 쇠똥말똥", "문화생활의 장애물", "벌레들"이라 칭하면서 이들을 '치우라'고 말하는 것은 글자 그대로 읽어버릴 수만은 없는 문제다. 사실 이렇게 생각하고 말하는 '그' 역시 총독부가 퇴치해야 하는 대상 중 하나인 '인텔리 룸펜'이기 때문이다. '그'의 종로를 배회하는 태도와 그곳의 사람들을 바라보는 시선이 거지와 달랐을 뿐, 꾀죄죄한 두루마기를 입은 자신의 행색이나 처지는 거지와 별반 다를 바가 없었다. 총독부의 담론을 수긍하며 그것에 반(反)하는 존재들에게 매우 부정적인 시선을 보내는 '그'는 '청결'의 편에 선 듯, 조선의 하층민들을 신경증적으로 보고 있지만 실은 다른 시선을 '가장(假裝)'하고 있는 것이라 할 수 있다. 거지가 "정말 돈을 달라는겐지 혹은 가치 놀자는겐지" 모를 정도로 스스로는 자신의 처지를 비관적으로 인식하고 있는 듯, 자격지심으로 가득해 보이지만, 그가 이들을 '치워달라'고 주문하는 것은 '대경성' 계획이 조선인들의 더 나은 삶을 위한 것이 되어야 한다는 점을 역설적으로 말하는 것이라고 볼 수 있다. 왜냐하면 이들을 여기, 종로 뒷골목에서 다른 곳으로 옮기는 것만으로는 근본적인 문제가 해결되지 않기 때문이다. 이들을 '치워'달라고 말하는 것은, '벌레'나 '까마귀밭'로 표상되는 이들의 상실된 인간으로서의 정체성을 회복시켜야만 한다는 의미의 역설적 표현이다. '지식인'의 책무가 무엇인가. 지식인은 지식이라는 특수한 기능을 가졌기 때문에 문화적인 사명을 감당할 책임이 있다.[21] 고로 이들을 '치워버리는 것'만으로는 지식인으로서의 소명을 감당할 수가 없다. 이 부분을 김유정의 삶과도 연결해서 살펴볼 수 있을 것이다. 고향으로 내려가 야학을 열고, 그 야학을 의숙으로 체계적으로 발전시켜 나갔던 김유정의 행적을 떠올려보면, 도시의 하층민들의 삶에 대한 인식이 현실적 방안으로 나타난 것이 바로 고향에서의 야학이라고 할 수 있다. 그렇다면, '도시의 명랑화'의 시선으로 종로 곳곳을 훑어보는 '감시'의 시선과 다를 바 없어 보이는 "이 벌레들을 치워주지 않으면 그는 한거름도 더 나갈 수가 없었다"에서 '감시'의 시선을 '가장(假裝)'이라고 보고 그것을 걷어내고 읽으면, 이 서술은 다르게 읽힐 수 있다. 자신과 같은 '지식인'들이 이들에게 더 나은 삶을 살 수 있는 방법을 알려주어야 한다는 것이다.

그런데 '그'의 생각과는 달리 총독부의 담론에 맞추는 것을 지식인의 책무로 여기는 사람도 물론 존재한다. 「심청」에는 "길을 치고 다니는 나리"가 되어 있는 고보 시절의 친구가 등장한다. "장내 '톨스토이'가 되

---

21 박치우, 「지식인과 직업」(『인문평론』, 1940.5), 박치우, 윤대석・은미란 엮음, 『사상과 현실』, 인하대 출판부, 2010, 33쪽.

느니 '칸트'가 되느니 떠들며 껍적이든" 나는 "주체궂은 밥통"이 되었고, '그'가 크리스천이 되도록 늘 권유하던 선량한 동무는 출세하여 '나리'가 된 것이다. 그는 길거리의 거지들, 깍쟁이들을 정말 골목 안쪽으로 '치워버린다.' 소리를 쳐 그들을 눈에 띄지 않도록 골목 안으로 몰아넣는 것이 '나리'가 된 친구가 하는 일이다.

> 그가 비로소 눈을 뜨니 어느것 동무는 그의 앞에 맞닥드렷다. 이게 몇해만 이란듯 자못 반기며 동무는 허둥지둥 그 손을 잡아흔든다.
> "아 이게누구냐? 너 요새 뭐하니?"
> 그도 쾌활한 낯에 미소까지 보이며
> "참, 오래간만이로군!" 하다가
> "나야 늘 놀지, 그런데 요새두 예배당에 잘다니나?"
> "음, 틈틈이 가지, 내 사무란 그저 늘 바쁘니까……"
> "대관절 고마워이, 보기추한 거지를 쫓아주어서 나는 웬일인지 종로깍쟁 이라면 이가 북북 갈리는걸!"
> "천만에, 그야 내직책으로 하는걸 고마울거야있나"
> 하며 동무는 건아하야 흥잇게 웃는다.
> 이 웃음을 보자 돌연히 그는 점잖게 몸을가지며
> "오, 주여! 당신의 사도 '베드로'를 나리사 거지를 치워주시니 너머나 감사 하나이다"하고 나즉이 기도를 하고 난뒤에 감사와 우정이 넘치는 탐탁한 작 별을 동무에게 남겨놓앗다. (183쪽)

이 친구의 행동은 '명랑' 담론이 그러하듯이, 눈앞에 있는 명랑하지 않 은 것들을 치워버리는 것에 지나지 않는다. 총독부가 그렇게 강조했던 '청결’ 역시 보기 좋은 미관을 만드는 것에 지나지 않은, 일종의 ‘가장(假裝)’에 불과했던 것이다. 게다가 친구 관계를 떠나서 생각해 본다면, ‘그’ 역시 나리가 된 친구가 치워버려야 할, 골목 안 혹은 그의 방 안으로 쫓겨가야만 하는 대상에 지나지 않는다.

‘나리’는 거지들을 골목 안으로 밀어넣는 일이 너무 바빠서 그 일에만 매진하고 있다. 그리고 그 일을 격려하는 ‘그’의 말에 자신의 임무이니 할 뿐이라며 겸손한 듯한 모습도 보인다. 그 모습에 또 나쁜 심보로 그를 베드로 운운하며 추켜세우는 ‘나’의 희극적인 모습도 우습지만, 그는 의심하지 않고 그것을 칭찬으로 받아들이고 그저 좋아할 뿐이다. 자신을 ‘베드로’와 같은 대사도에 비유한 것만이 기쁠 뿐이다. ‘청결’이라는 외양 꾸미기에 집중한 ‘나리’는 ‘그’의 가장을 눈치채지 못한다. ‘나리’의 모습에서는 도시의 하층민에 대한 연민의 시선이나 배려가 느껴지지 않는다. 오히려 ‘자선사업’ 혹은 ‘도시 명랑화’에 자신들이 한 역할을 담당하고 있다는 사회적인 위치 혹은 다른 사람의 눈에 보이는 것에만 목적을 둘 뿐이다. 이들의 이러한 본말이 전도된 모습은 ‘가장’의 시선으로 종로 거리의 최하층민을 바라보는 ‘그’와 강한 대비를 이룬다.

이런 모든 상황을 지켜보는 지식인 청년인 ‘그’의 시선은 친구와 헤어진 뒤 종로의 하늘을 나는 제비를 통해 명확하게 드러난다. 제비가 우는 소리도 여느 새의 울음 소리가 아닌, 잔뜩 심보가 뒤틀린, 신경증적인 시선이 투영된 “비리구 배리구”라고 들린다. 종로의 주민들이 깍쟁이로 여겨지고, 조선의 건축방식도 ‘근대’식으로 바꾸도록 몰아붙이고, 원주민들을 도심에서 주변으로, 또 더 깊숙한 곳까지 몰아내려는 정책, 그 정책에 순응하며 가장 앞에 서서 이들을 쫓아내는 변해버린 ‘나리’의 모습이 당연하게 여겨지는 세태를 보고 울분을 참지 못하고 신경증적으로 반응하는 사람은 '그' 단 한 사람이다. 제비만이 그의 마음을 읽고 있을 뿐이다. 그래서 "지저귀는 제비의 노래는 그 무슨 곡조인지 하나도 알랴는 사람이 없"다. '그'의 신경증적이고, 체제적인 것으로 가장(假裝)한 시선은 결국 어느 하나 변화시키지 못하고 '비리구 배'린 씁쓸한 뒷맛을 느끼게 할 뿐이다.

4. 가장(假裝)된 '명랑'의 시선

그렇다면, 박태원의 「소설가 구보씨의 일일」의 산책자 '구보'는 어떠한가. 구보 역시 「심청」의 '그'처럼 습관처럼 집을 나서 거리로 나온다. 이들 모두 지식인이지만 현재 일정한 직업이 없다는 점, 또 '경성'을 관찰의 대상으로 삼는다는 점은 같다. 구보의 어머니가 "대체, 그애는, 매일, 어딜, 그렇게, 가는, 겐가"하고 생각할 정도로, 정오 무렵 일어나 밥을 먹고 낮에 한번 집을 나가면 구보는 늦게야 집으로 돌아오곤 한다. 구보의 '산책'에 관한 논의는 소설 속에서 구보 자신이 '고현학'을 위해 노트를 끼고 나간다고 서술된 이후, 많은 연구자들의 관심 대상이었다. 그러나 비슷한 시기의 도시 배회 모티프가 등장하는 「심청」과 비교하는 연구는 없다. 배회의 코스로 보자면, 「소설가 구보씨의 일일」은 북촌 일대를 중심으로 하고, 「심청」은 종로 거리로 한정되어 있다는 차이가 있다. 또한 배회하는 지식인 청년의 모습도 차이가 있다. 「심청」의 '나'는 그 자신의 유일한 향락인 '불평불만'을 찾기 위해 방 밖으로 나왔

고, 「소설가 구보씨의 일일」의 '구보'는 으레 그렇듯 습관처럼 밖으로
나왔다.

> (구보는) 갑자기 걸음을 걷기로 한다. 그렇게 우두머니 다리 곁에 가서 있
> 는것의 무의미함을 새삼스러이 깨달은 까닭이다. 그는 鐘路네거리를 바라보
> 고 걷는다. 仇甫는 鐘路네거리에 아무런 事務도 갖지 않는다. 처음에 그가 아무
> 렇게나 내어놓았던 바른 발이 공교로웁게도 왼편으로 쏠렸기때문에 지나지않는다.[22]
> (강조는 인용자)

"집을 나와 천변 길을 광교로 향"해 걸어가지만, "일 있는듯싶게 꾸미
는 걸음걸이"가 무색하게, "한군데라 그가 갈곳은 없었"다. 구보는 시작
부터 갈 곳도 없고, 오라는 곳도 없지만, "공교로웁게도" 발이 왼편으로
쏠렸다면서 북촌을 향해 가는데, 이것은 우연한 행동이 아니다. 집을
나선 구보는 스스로를 신경쇠약이라고 진단하고, '귀'에도 이상이 있을
것이라 생각하면서, 스스로를 제대로 듣지 못하고 제대로 판단하지 못
하는 상태로 가장한다.[23] 이러한 '가장'이 소설의 서두에 배치되면서, 이
후의 구보의 관찰 기록을 보는 사람들에게 구보의 관찰은 피상적인 것,
신뢰도가 낮은 것으로 보이게 만드는 일종의 장치가 된다. 바꾸어 생각
해 보면, '신경쇠약'은 관찰 대상에 대한 민감함은, '귀'의 이상은 다른 소
리에 현혹되지 않는다는 것으로 읽을 수도 있다. 그래서 배회자이자 관

---

22 박태원, 「小說家仇甫氏의一日」, 『小說家仇甫氏의一日』, 文章社, 1934, 230쪽. 이 소설의 인
    용은 이 책에서 하며, 인용 말미에 면수만 표시하기로 한다.
23 "한낮의 거리 우에서 仇甫는 갑자기 激烈한 두통을 느낀다. 비록 食慾은 왕성하드라도, 잠은
    잘 오드라도, 그것은 역시 神經衰弱에 틀림 없었다."(228쪽), "仇甫는, 자기의 왼편귀 機能에
    스스로 疑惑을 갖는다", "그러나 부실한것은 그의 왼쪽 귀뿐이 아니었다. 仇甫는 그의 바른쪽
    귀에도 自信을 갖지못한다"(229쪽)

찰자인 구보가 '공교롭게도' 발이 왼편으로 쏠려 종로 쪽으로 나갔다는
것은 우연을 가장한 필연적 선택이라고 할 수 있다.

구보의 활동 반경은 「심청」의 '나'의 그것보다 훨씬 크고,[24] 초점을 맞
추고 있는 사람들의 대부분은 '근대인'들, 즉 '모던'한 도시인들이다. '그'
가 골목 안에서 밖으로 나온 종로 깍쟁이들, 거지들에 시선을 두는 것과
달리, 구보가 처음 시선을 옮긴 곳은 종로의 대로변에 있는 근대식 백화
점인 '화신상회'다. 같은 도시인인데도 구보가 보는 도시인과 「심청」의
'그'가 보는 도시인은 사뭇 다르다. 구보는 백화점 안에서 한 가족을 보
고, 전차를 타고 전차 안의 사람들을 관찰한다. 또 다른 이들은 활발하
게 일을 하고 있을 대낮에 "일을 가지지 못한 사람들"이 다방에 앉아 차
를 마시고 담배를 태우고 이야기를 하고 레코드를 듣는 서울의 지식인
들의 모습을 보여준다.

> (다방의) 午後 두時, 일을 가지지 못한 사람들이 그곳 藤椅子·에 앉아, 茶를
> 마시고, 담배를 태우고, 이야기를 하고, 또 레코-드를 들었다. 그들은 거의 다
> 젊은 이들이었고, 그리고 그 젊은이들은 그 젊음에도 不拘하고, 이미 자기네들은 人
> 生에 疲勞한것 같이 느꼈다. 그들의 눈은 그 光線이 不足하고 또 不均等한 속에서
> 쉴사이 없이 제각각의 憂鬱과 고달픔을 하소연한다. 때로, 强力있는 발소리
> 가 이 안을 찾아들고, 그리고 豪華로운 웃음 소리가 이 안에 들리는 일이 있었
> 다. 그러나 그것들은 이곳에 어울리지 않았고, 그리고 무엇보다도 茶房에 깃
> 드린 무리들은 그런것을 업신녀겼다. (241~242쪽, 강조는 인용자)

---

24 북촌 일대가 중심이 되지만, 전차를 타고 전차 노선 끝까지 오가기도 하고 장곡천정을 지나
   남촌까지 간다는 점에서 구보의 산책 코스가 훨씬 크다는 것을 알 수 있다.

구보가 관찰한 다방에서 시간을 보내는 사람들은 "거의 다 젊은이들"인데도 "인생에 피로한" 것처럼 보인다. 이들은, 그리고 이들과 다를 바 없어 보이는 '구보'도 "팔팔한 젊은 친구가 할 일은 없고 그날그날을 번민으로만 지내"는 「심청」의 '그'의 모습과 다르지 않다. 다방, 혹은 술집의 굴 속(김동리의 「술」), 혹은 김유정의 「따라지」에 등장하는 토방 같은 집 방 속에 웅크리고 앉아 있는 '톨스토이' 청년과 다를 바 없이 현실에 무기력한 지식인의 모습이다. 이들에 비하면 「심청」의 '그'가 만난 종로의 거지들이 오히려 이들보다 활동적이고 능동적이기까지 하다고 볼 수 있다. 그들은 적어도 '생활'을 위해서는 좀 과격해 보이는 구걸도 마다하지 않기 때문이다. 그러니 까마귀발로 구걸을 하는 '따라지'들이나 「소설가 구보씨의 일일」 속 여급들은 현실에 대해 무지(無知)해서 오히려 행복할 수 있는 사람들이다.

구보의 배회는 '생활'과 밀접한 관련을 맺는다. 직업이나 결혼(혹은 연애)의 문제는 모두 '생활'의 문제이기 때문이다. 화신상회에서 보는 단란한 한 가족의 모습에서부터 카페의 여급, 동창생, 경성역에서 마주친 사람들, 심지어 사복 경찰까지 그들은 모두 '한 개의 생활'을 갖고 있는 사람들이다.[25] 구보가 주목하는 것은 생활의 문제 중에서도 경제적 문제, 즉 "金錢과 時間이 주는 幸福"인데,[26] 이는 다방에서의 만남과 관찰을 통해

---

[25] 김유정이나 박태원이나 '생활'의 모습에 집중했다는 점은, 김유정의 도시소설에서도 찾아볼 수 있다. 「심청」의 거지나 깍쟁이들뿐 아니라, 김유정의 「봄과 따라지」, 「따라지」 등의 도시소설에서 김유정은 억척스럽게 생활하고 있는 따라지들의 모습을 그렸다. 비록 좋은 직업이 아니라 하더라도, 혹은 직업이 없이 구걸하고 매를 맞더라도 그들은 나름대로의 '생활'을 만들어간다. 왜 그들이 그토록 어렵게 살아야만 하는가 하는 근대사회의 문제점까지 드러나지는 않지만, 어떠한 상황에서도 생활을 포기하지 않는 모습이 도시소설 속 하층민들의 삶을 통해 드러난다.

[26] 권은 역시 이런 점에 주목하였는데, 이때까지의 산책자 독법으로는 "소비공간으로서의 경성"을 이야기할 수 없다는 것이다(권은, 「고현학과 산책자」, 『구보학보』 9, 2013, 15쪽). 본고에서도 이런 관점에서, '소비공간으로서의 경성'에서 구보가 직면하는 경제적 문제에 대해

여실히 드러난다.

> 생각에 疲勞한 그는 이제 마땅이 茶房에 들러 한잔의 紅茶를 질겨야 할것이다. 몇점이나 되었나. 仇甫는, 그러나, 時計를 갖지않았다. 갖는다면, 그는 優雅한 懷中時計를 擇할께다. 팔뚝時計는 그것은 少女趣味에나 맞을께다. 仇甫는 그렇게도 팔뚝 時計를 渴望하던 한 少女를 생각하였다. 그는 洞里에 典當나온 十八金 팔뚝 時計를 貪내고 있었다. 그것은 四圓八十錢에 求할수 있었다. 그리고, 그는, 그 時計말고, 치마 하나를 해 입을수 있을때에, 자기는 幸福의 絶頂에 이를것같이 생각하고 있었다.
>
> '뱀베르구' 실로 짠 보이루 치마. 삼 원 육십 전. 하여튼 팔 원 사십 전이 있으면, 그 소녀는 완전히 행복일 수 있었다. 그러나, 仇甫는, 그 決코 크지 못한 慾望이 이루어 졌음을 듣지 못했다.
>
> 仇甫는, 자기는, 대체, 얼마를 가져야 幸福일수 있을까 생각해 본다. (242쪽)

구보는 "얼마나 가져야 행복일 수 있을까" 생각해본다. 전당 나온 시계와 치마 한 벌로도 행복할 수 있다고 믿는 소녀는 그 '크지 못한 욕망'을 채울 수 없을 정도로 가난하다. 가난한 도시인들의 현실은 "사람의 마음을 憂鬱하게 하여주는것임에 틀림없"는 "貧弱한, 넘우나, 貧弱한 옛 宮殿", 경운궁(덕수궁)을 향한 시선과 맞닿는다. '너무나 빈약한 옛 궁전'은 '팔 원 사십 전'의 행복조차 갖지 못하는 현실과 동격이 된다. 그리고 이것은 대한문 근처 길에서 본 너무나 초라한 옛 동무,[27] 남대문 밖 맥없

논의하고자 한다.

27 "그러나 옛동무는 넘우나 零落하였다. 모시두루마기에 흰고무신, 오직 새로운 麥藁子를 쓴 그의 行色은 너무나 초라하다. 仇甫는 망살거린다. 그대로 모른체하고 지날까. 옛동무는 分明히 자기를 알아본듯싶었다. 그리고, 仇甫가 자기를 알아볼 것을 두려워 하는듯싶었다."

이 앉아 있는 서너 명의 지게꾼, "인간본래의 온정"을 찾을 수 없이 자기 네들의 사무에만 바쁜 경성역의 표정 없는 사람들에게로 확장된다. 구보의 눈에 보이는 현실은 '한 개의 생활'을 갖지 위해 노력하지만 그 '한 개의 생활'이 주는 행복을 갖지 못한 이들의 모습이다. 김유정의 「심청」에서 신경증적 시선으로 바라보던 종로 뒷골목의 사람들, 깍정이들도 이들과 다를 바 없이 '생활'과 '행복'을 갖기를 원하는 이들이었다. 그리고 경성역의 사람들 곁에는 "문옆에 기대어섰는 캡쓰고 린네르 즈메에리 양복 입은 사나이", "왼갓 사람에게 의혹을 갖는 두눈"을 하고 있는 사복 경찰이 있다. 한 개의 생활을 위해 당장의 활기나 행복을 포기하는 이들에게도 의혹의 눈빛을 거두지 못하는 사복 경찰 역시 어찌 보면 '한 개의 생활'을 갖고 있는 사람이다. 그는 「심청」의 '나리'처럼 자신이 '해야 하는 일'에만 집중하여 자신이 무엇을 보고 있는지, 자신이 하는 일이 무엇을 의미하는지는 돌아보지 않는다.

'생활'에서 '금전'의 문제가 매우 중요하다는 것은 경성역에서 보게 된 '금광 브로커'들에게서도 찾아볼 수 있다. "黃金狂時代", "황금을 찾아, 황금을 찾아" 움직이는 이들 또한 구보처럼 직업이 없는 사람이지만, 일확천금을 노려서라도 생활의 문제를 해결하고 싶은 의지는 구보보다 더욱 강렬한 이들임이 틀림없다. 그래서 공책을 들고 목적 없이 거리로 나온 자기보다 그들의 인생이 진실할 것이라고 하면서도, 구보는 '생활'의 문제에 갇혀 브로커들은 인식하지 못했던 황금광 열기 이면의 흐름을 본다. 구보가 이들에게서 보는 것은 생활에의 의지가 아니다. 경성역의 표정 없는 사람들 사이에 숨어 있던 사복 경찰의 눈을 포착했던 것

(248쪽)

처럼, 시력이 좋지 않은 구보의 눈은 조선 내 돈의 흐름을 읽어낸다. "시내에 산재한 무수한 광무소, 인지대 백원, 열람비 오원, 수수료 십원, 지도대 십팔전"이라는 숫자로 표상되는 "고도의 금광열"은 일확천금의 꿈에 비하면 자잘한 수수료라 여겨지지만, 이 수수료들은 결국 "총독부 청사, 동측 최고층, 광무과 열람실", 일제의 금고로 들어간다. '모더니스트'로서 '근대의 풍경'에 집중하여 당시의 금광열, 유행 등을 포착하고 나열하는 듯 보이지만, 표면적으로, '모더니스트'로서 구보는 '근대의 풍경'에 집중하여 당시의 금광열풍, 유행 등을 포착하고 전개하는 듯 보인다. 그러나 구보는 조선의 돈이 어디로 흘러 들어가는지 그 종착지를 명확하게 파악하고 있음을 은연중에 드러내 보인다. 두꺼운 안경과 단장, 공책, 무직 등으로 가장한 구보의 눈은 사람들이 열광하는 금전의 도달점은 그들 자신이 아니라 '총독부'라는 식민지 체제의 경제적 문제점을 날카롭게 포착해 낸다.

구보가 이 날 만났던 사람 중, 중학시대의 열등생이지만 전당포집의 둘째아들로 돈은 많은, 교양 없는 사나이를 제외하고는 모두 금전적으로 풍족하지 않은 사람들이다. 창작과 직업을 병행하는 벗, 내용증명과 밀린 집세 등에 시달리며 차료를 운영하는 벗, 이름에 '고子'가 붙어 있는 카페(낙원정)의 여급 등, 구보는 이들이 처한 갖가지 생활의 문제에 대해 이야기를 듣는다. 그리고 구보는 "손에든 단장과 대학노오트의 무게"를 느낀다. 이들의 모습을 관찰하고 쓰겠다고 했으나 그는 이미 '모데로노로지오를 게을리한 지 오래'였고, '지식의 학갈'을 느낀 지 오래였기 때문이다. "나의 원하는 바를 月輪도 모르네"라고 사토 하루오[佐藤春夫]의 일행시를 외우며 "구보 자신 알지 못하고 있을지도 모른다"고 하지만, 이 역시 '모데로노로지오를 게을리 했다'거나 '지식의 학갈'을 느낀다고 하며 지식인으로서의 책임을 방기하는 듯한 발언의 연속선상에 있는 것으로 읽을 수 있다. 그의 안경 너머 날카로운 눈, 기능에 문제고 있다고 하지만 주변의 소리를 제대로 듣고 있는 귀를 통해 관찰한 경성의 현실 — 특히 경제적인 문제 — 은 고현학적 방법론으로 있는 그대로 적어도 문제가 될 수 있고 그대로 기술하지 않아도 문제가 될 수 있기 때문이다.

이제 구보는 두 번째 가장을 한다. 시력도 나쁘고 귀의 기능도 좋지 않은 유약한 지식인 청년이라는 가면에, 구보는 '명랑'을 덧씌운다. 그는 카페의 여급 앞에서 『현대의학대사전』 23권의 병명들을 늘어놓으며, 모두를 정신병자라 진단하는 자신 역시 '다변증(多辯症)' 환자라는 말을 하며 유쾌하게 웃는다. 카페 여급들 앞에서 보이는 이 명랑한 모습이 그가 마지막으로 보여주는 가장인 것이다. 사실 신경과민, 약한 시력과 청력 등 스스로 '병자(病者)'이기를 자처한 그는, 그렇게 환자로 가장한 상태로 본 현실에 대해 하고 싶은 말이 너무 많지만, 그것이 활자화되거나 말이 되어 밖으로 나오지 못한 변비 상태에 있다. "지식의 학갈"을 느끼면서도 읽지 못하고 노트를 들고 다녀도 쓰지 못하는 상태로 '변비'와도 같이 속에 고인 말이 너무 많은 것이 구보의 상태이다. 속에 고인 너무 많은 생각과 판단, 말들은 "변비, 요의빈수, 피로, 권태, 두통, 두중, 두압"이라는 증상으로 나타난다. 생각이 많지만(두통, 두중, 두압) 제대로 배설되지 못하고(변비), 빈번하게 생각과 다른 말을 뱉어내는 구보의 가장(假裝)된 명랑함(요의빈수), 그로 인한 피로와 권태라는 상황은 지식인 청년 구보의 현실을 보여주는 것이다. 결국 그 고인 말은 '명랑'으로 가장(假裝)된 채 입밖으로 나와 좌중을 웃기는 한갓 농담과도 같은 이야기로 비칠 뿐이다. 이런 '명랑'을 가장한 그의 시선은 결국 피로와 권태를 불러올 수밖에 없다.[28] 경성을 배회하는 하루 종일, 고독을 느끼지 않기 위해 다른 사람처럼 생활을 갖고 있는 듯 명랑한 척 가장해 보려 했으나 그가 하루 종일 관찰한 결과는 결국 생활을 갖고 싶은 사람들 모두가 자신처럼 '한 개의 생활'을 위해 명랑을 가장하고 있다는 사실이었기 때문이다. 그래서 구보는 "온갖 사람들 모두 정신병자라 관찰하고 싶은 강렬한 충동"을 느낀다. 그러나 진정 명랑할 수 없는 구보는 "벗과 같이 있을 때" "얼마쯤 명랑해질 수 있었다. 혹은 명랑을 가장할 수 있었다"거나, "오늘 처음으로 명랑한, 혹은 명랑을 가장한 웃음을 웃"을 수 있다. 창작과 생활의 문제, 또 경성의 '생활'에 대한 문제의식을 어느 정도 공유하고 있는 '벗'들과 함께 있을 때에는 그 어떤 가장도 필요 없기 때문이다.

(오전 두 시의) 종로 네거리─가는비 나리고 있어도, 사람들은 그곳에 끊임없다. 그들은 그렇게도 밤을 사랑하여 마지않았는지도 모른다. 그들은 그렇게도 容易하게 이밤에 질거움을 求하여 얻을수있었는지도 모른다. 그리고 그들은 一瞬, 자기가 가장 幸福된것같이 느낄수있었는지도 모른다. 그러나 그들의 얼굴에, 그들의 걸음걸이에 亦是 疲勞가 있었다. 그들은 決코 慰安받지 못한 슬픔을, 고달픔을 그대로 지닌채, 그들이 暫時있었던 或은 잊으려 努力하였던 그들의 집으로 그들의 房으로 돌아가지 않으면 안된다. (294쪽)

구보는 경성의 경제적인 흐름의 뒤에 있는 감시하는 시선, 돈의 흐름을 움직이는 제도 등에 무지한 채, '한 개의 현실'을 위해 피로와 고달픔

---

[28] 반면 「심청」의 '그'는 속에서 열병거지가 솟을 때마다 밖으로 나와 시대적 요구에 따라 충량(忠良)한 지식인 청년으로 '가장(假裝)'한 채 현실을 비꼰다. 구보의 진단을 빌리자면, 오히려 폭력적이고 충동적으로 말을 내뱉는 '그'는 '설사'와도 같은 '다변증'을 앓고 있는 셈이다.

을 이기는 경성 사람들의 모습을 보고, 자신도 "이제 나는 生活을 가지리라"고 다짐한다. 집에서 창작을 하겠다는 구보의 말에 벗은 "좋은 소설을 쓰시오"라고 답한다. 현실에 무지한 이들의 이야기를 쓰는 소설이든, 명랑을 가장한 이야기든, 그것 역시 생활의 한 부분이고 그 무지 혹은 가장 자체가 당대 현실의 모습이고 소설가로서 구보는 그것을 그려야 한다는 것을 깨달았기 때문일 것이다. 이렇게 밖을 향한 구보의 시선은 자신과 비슷한 처지의 사람들을 관찰한 후 구보 내부로 향한다. 더 이상의 가장된 명랑함은 필요 없이, 자신도 자기만의 생활을 계획하겠다는 다짐도 이 외부에 대한 고찰을 통해 가능했던 것이다.

5. 결론

이상에서 살펴본 것처럼, 김유정의 「심청」과 박태원의 「소설가 구보씨의 일일」은 서술자의 신분(무직, 지식인 청년)과 모티프(도시 배회)가 비슷한 소설이라고 할 수 있다. 「심청」이 종로의 이면 골목의 도시 하층민들에 집중하였다면, 「소설가 구보씨의 일일」은 경성의 북촌 지역에 있는 사람들의 경제적인 문제에 집중하였다. 이 두 편의 소설은 도시를 바라보는 시선에서 가장 큰 차이점을 보인다.

김유정의 짧은 소설 「심청」에는 전혀 명랑하지 않은 종로 거리와 그곳을 점유하고 있는 사람들을 바라보는 지식인 청년의 시선이 드러난다. 소설의 제목 '심청'이 의미하는 것처럼 이 청년은 심술이 가득한 채 종로 거리를 배회한다. 처음에는 체제의 근대화 혹은 청결 담론의 편에 서서 종로의 퇴락한 모양새나 거지들을 비판하는 것처럼 보이지만, 김유정 특유의 반어적 화법과 심술궂은 신경증적 시선은 오히려 그가 종로와 빈궁한 도시민들을 얼마나 생각하고 있는지를 보여준다. '그'는 도시와 도시 빈민들에 대한 불평이나 원망, 그로부터 나온 못마땅한 마음에 이르기까지 대상에 대한 애정을 '심청'이라는 방식으로 보여준다. '그'는 '명랑화'를 가장한 채 도시민들에 대한 복잡한 마음을 삐딱한 시선을 통해 보여준다. 심술 가득한 삐딱한 '그'의 시선은 지식인의 임무가 무엇인지에 대해 고민하게 만들고, 보이는 것이 전부는 아니라는 것도 깨닫게 만든다. '명랑화'라는 것이 결국은 가장(假裝)일 수밖에 없다는 것, 그리고 그런 가장된 명랑함이 지배하는 도시의 생활은 결국 비린내 가득한 것이라는 것을 삐딱한 시선으로 보여준 것이다.

이는 종로를 배회했던 박태원의 「소설가 구보씨의 일일」의 '구보씨'의 시선과 그 시선이 머무는 대상과도 비교할 수 있다. 좋지 않은 시력, 좋지 않은 귀, 신경과민 등으로 스스로를 신뢰성이 떨어지는 관찰자로 가장한 구보는 종로, 전차 안, 경성역 대합실, 다방 안 등 배회하는 곳곳에서 만난 도시인들과 어느 정도의 거리를 유지하면서 근대인의 '생활'의 문제를 지적한다. 특히 구보는 열심히 생활을 하지만 금전적 측면에서 행복하지 못한 사람들의 모습, 그 열기 뒤에서 오히려 부를 축적하고 있는 총독부 등을 날카롭게 지적한다. 구보 자신을 신뢰성 없는 화자로 보이도록 만든 후, 구보는 명랑한 경성인인 것처럼 경성의 주민들을 관찰하는 것이다. 그의 눈에는 삶을 영위하는 것이 너무도 피로한 사람들이 보인다. 시계, 치마, 스타킹 등 작은 것에서 행복을 찾으려 하며 피로한 삶을 이어가는 그들이지만, 결국 경성의 자본은 총독부를 향해 가고 있으며, 경성은 '빈약한 궁전'과 다를 바 없다는 인식에 다다른다. 그의 이러한 '명랑'을 가장한 시선은 '생활의 문제'를 정면으로 응시하고 그것을 소설화하겠다는, 구보 자신의 '생활'에 대한 다짐으로 이어진다. 밖을 향해 있던 그의 시선이 안으로 향한 것이다. 이렇게 경성을 배회하는 두 지식인 청년의 이야기는 일정 부분 겹치면서도 다른 지점들을 보여주고 있다는 점이 흥미롭다. 이 두 편의 소설이 그리는 북촌의 대로변과 뒷골목은 결국 제국의 의도에 따라 재편되었던 식민지 조선의 수도 경성의 '대경성'의 이미지에 가려져 있던 경성 사람들의 모습을 보여준다고 할 수 있다.

참고문헌

1. 기본자료

김유정, 「심청」, 전신재 편, 『원본 김유정 전집』, 개정증보판, 강, 2012.

박태원, 「小說家仇甫氏의一日」, 『小說家仇甫氏의一日』, 文章社, 1934.

2. 논문

권은, 「경성 모더니즘 소설 연구」, 서강대 박사논문, 2013.

____, 「고현학과 산책자」, 『구보학보』 9, 2013.

권정우, 「「소설가 구보씨의 일일」 시선 연구」, 『구보학보』 11, 2014.

권채린, 「한국근대문학의 자연표상 연구 — 이상과 김유정의 문학을 중심으로」, 경희대 박사논문, 2010.

김백영, 「1920년대 '대경성(大京城)'을 둘러싼 식민권력의 균열과 갈등」, 공제욱 · 정근식 편, 『식민지의 일상 지배와 균열』, 문화과학사, 2006.

남기웅, 「1929년 조선박람회와 식민지 근대성」, 한양대 석사논문, 2007.

박숙자, 「'통쾌'에서 '명랑'까지 — 식민지 문화와 감성의 정치학」, 『한민족문화연구』 30, 2009.

박치우, 「지식인과 직업」(『인문평론』, 1940.5), 박치우, 윤대석 · 윤미란 편, 『사상과 현실』, 인하대 출판부, 2010.

방민호, 「1930년대 경성과 「소설가 구보씨의 일일」」, 김홍식 외, 『박태원 문학 연구의 재인식』, 예옥, 2010.

______, 「김유정, 이상, 크로포트킨」, 『한국현대문학연구』 44, 2014.

이수형, 「1930년대 모더니즘 문학과 도시의 정신생활」, 『현대소설연구』 56, 2014.

정현숙, 「김유정 소설과 서울」, 『현대소설연구』 53, 2013.

조남현, 「김유정 소설과 동시대소설」, 김유정학회 편, 『김유정의 귀환』, 소명출판, 2012.

최미진, 「「소설가 구보씨의 일일」 연구사 검토」, 『구보학보』 9, 2013.

3. 단행본

김유정학회 편, 『김유정과의 향연』, 소명출판, 2015.

______________,『김유정의 문학광장』, 소명출판, 2016.
김홍식 외, 방민호 편,『박태원 문학 연구의 재인식』, 예옥, 2010.
소래섭,『불온한 경성은 명랑하라』, 웅진지식하우스, 2011.
염복규,『서울은 어떻게 계획되었는가』, 살림, 2006.

제2부 /
김유정 소설의 폭력과 욕망

김유정 소설의 가부장적 질서와 폭력에 대한 연구[*]

신제원

1. 서론

본 연구는 김유정 소설에 드러난 폭력의 양상에 주목한다. 김유정 소설은 가부장적 지배구조와 남성중심주의적 힘의 논리를 은폐하는 동시에 노출시키는 모순을 안고 있다. 폭력의 피해자의 위치에 있으면서도 생기와 능동성을 지닌 것처럼 서술되는 인물들과 그들의 행위로 말미암아 소설 속에서 마치 그러한 구조가 없는 것처럼 가장되거나 전복되는 것처럼 꾸며지는 것이다. 그러나 이러한 폭력으로써 노출되는 것은

* 이 논문은 BK21 플러스 고려대학교 한국어문학 미래인재육성사업단의 지원으로 작성되었음.

결국 남성 중심적 시선이며 남녀 젠더 성차의 공고한 위계질서이다. 아울러 이러한 질서가 서사화 되어 있는 결과 값(김유정 소설의 특정 국면)들을 볼 때, 행위 등으로 드러나는 '폭력'이야말로 이 질서를 공고히 하는 하나의 수단으로서 두드러짐을 알 수 있다. 따라서 '폭력'에 대한 관심은 그것의 서사화 양상 및 작가의 문제의식을 살피는 것에서 나아가 그 시대의 질서의 문제에 가닿는 것이기도 하다.

이러한 가부장적 지배구조가 김유정 당대에 특수하기보다는 일반적 현상이었다고 할 때, 은폐와 노출이라는 모순적 양태에서 시간적으로 우선되는 것은 노출로써 드러나는 사회구조이다. 김유정 소설에서, 존재하던 현상의 일부를 서사화하고 각색하며 각각의 인물들에게 행위를 부과하는 과정은 이를테면 사회구조를 개인들의 관계와 인물의 성격 속에 흩어버리는 일로서 구조의 보편성을 개별적 특수성 속에 은폐하기에, 은폐된 것의 재현 또는 은폐행위 그 자체의 재현으로 볼 수 있다. 따라서 본 연구는 사회구조가 실행되는 현장이자 그것이 은폐된 것으로서, 재현된 인물들 사이의 관계에 주목하며 이 관계에 매개된 폭력에 대해 논의하면서 (부부관계, 부모자식관계 등) 그 안에 내재된 권력관계와 그것의 본질적 성격을 밝히고자 한다.

메기 험은 가부장제에 대한 기존의 논의를 정리하면서 가부장제를 "사회, 정치, 경제제도를 통해 여성을 억압하는 남성의 권위주의체계"로 정의한다.[1] 가부장제는 중심적 남성과 주변적 여성의 위계 구도를 내포하고 있는 것으로 추상화되는 제도이며, 그것이 사회, 정치, 경제제

1　메기 험, 심정순·염경숙 역, 『페미니즘 이론 사전』, 삼신각, 1995, 21쪽; 김혜순, 「한국의 가부장적 가치관에 대한 실증적 분석 (II)」(『社會科學論叢』 14-1, 계명대 사회과학연구소, 1995)에서 재인용.

도와 연계되는 만큼 미시적인 개체의 삶에 대하여 포괄적인 지배력을 갖는다. 또한 가부장제는 그 자체로 성적 생산관계를 내포하고 있다.[2] 고정갑희는 "성적 생산관계를 중심으로 노동을 보았을 때, 인간생산은 모성노동으로, 가사생산은 가사노동으로, 쾌락생산은 매춘노동, 상품생산은 임노동으로 나눌 수 있다"[3]고 설명한다. 성적 노동의 주체는 모두 여성이다. 이러한 설명은 "가부장적 모순이 자본주의적 모순을 일부 포함"[4]하고 있음을 드러내기 위한 것이다. 그리고 자본가가 노동자의 잉여가치를 착취하듯이 여성의 성적 생산품을 착취하는 위치에 가부장이 있음이 드러난다.[5] 여기서 세 가지 사실을 추론할 수 있는데 하나는 여성은 '언제나', '이미' 가부장제에 종속되어 있다는 점이고 다른 하나는 가부장의 입장에서 가족구성원, 자녀는 곧 그가 소유하는 생산수단이자 생산의 결과물로 치환될 수 있다는 점이며 마지막은 자본주의체제가 작동하는 방식과 가부장제의 상동성을 통해서 자본주의적 생산관계에 필연적으로 성적 관점이, 가부장제에 대한 문제의식이 개입될 수 있다는 점이다. 그리고 가부장제를 근대의 제도·체제 내에서 발견하고 그 문제의식을 넓혀온 연구를 참고할 때, 그것이 우리가 흔히 말하는 전근대적 현상으로서 봉건적 가족문화에만 국한되는 현상이 아님을 알

---

2   고정갑희에 따르면 전통경제학은 남성중심주의적 경제학이다. 남성 노동자의 '상품생산'이 생산의 전부인 것처럼 간주하고 있기 때문이다. '재생산'이라는 용어와 이론적 경합을 통해 여성의 성적 생산관계를 자본주의적 '생산과 연결하고 가부장제를 실체적인 가부장체제론으로 재명명하는 고정갑희의 이론적 작업은 다음 논문을 참조할 것. 아울러 이 논문에는 여성주의 이론가들이 자본주의체제와 가부장제의 유사성을 두고 연구한 연구사에 대해 검토하는 부분이 있다. 연구방법과 문제설정의 질적 차이를 별개로 보자면 많은 연구자들이 가부장제를 자본주의와의 유사성 속에서 사유하고 있으며 구조적 상동성을 발견해 왔음을 알 수 있다. 고정갑희, 「가부장체제의 생산－노동 비판」, 『마르크스주의 연구』 10-1, 경상대 사회과학연구원, 2013, 74쪽.
3   위의 글, 65쪽.
4   위의 글, 65쪽.
5   위의 글, 69쪽.

수 있다. 따라서 전근대적 가부장제의 문화나 일부일처제하의 정조관념의 변화가 반드시 가부장제로부터의 탈피 혹은 그 자체를 왜곡하는 시도가 아니라는 점을 유념할 필요가 있다.

가부장제에 대한 문제의식이 남성과 여성을 가해자 남성, 피해자 여성의 이분법으로 가르기만 하는 것은 아니다. 가부장제적 자본주의에 종속된 노동자나 잠재된 노동 상품으로서의 자녀들도 엄연히 이 구조의 약자이며 피해자이다. 따라서 본 연구는 앞서 여성주의 이론에서 추론한 사실을 근거로 김유정 소설 속 남녀가 모두 이렇듯 큰 의미의 가부장제에 종속되어 있으며, 이 체제의 법칙을 구현하는 행위자이자 피지배자라는 입장을 취한다. 이러한 입장을 취하는 까닭은 김유정 소설 속 여성인물과 남성인물은 각기 따로 논의될 수 없음을 말하기 위함이고 가부장제에 대한 문제의식을 김유정 소설 전반으로 확장하기 위함이다.

김유정 소설 속에서 '폭력'은 가부장제를 유지하고 그 구성원을 종속시키며 구성원의 이익을 탈취하는 기제로 기능하는 것처럼 보인다. 그러므로 김유정 작품을 '폭력'의 표상을 통해 해석할 때 우선적으로 가부장제에 대한 문제의식에 닿을 수 있다. 그리고 자본주의체제를 가부장제와 긴밀히 연결하는 여성주의 연구를 바탕으로 김유정 소설에 등장하는 자본주의체제를 '폭력' 표상을 중심으로 하여 본 연구에 포섭할 수 있을 것이다. 따라서 본 연구는 연구 대상의 측면에서 김유정 소설의 여성 인물이나 남성 인물[6]에 대한 선행연구의 연장선에 있으며 이를 종합한다. 아울러 성차(性差)를 드러내는 매춘, 들병이 소재 연구나 폭력 연구[7]와도 연구대상을 공유한다.

6　김봉진은 남성인물들의 특징을 변별하고 이것을 시대적 특성과 연관 지어 설명한다(「김유정 소설의 남성 인물 연구」, 『批評文學』 15, 韓國批評文學會, 2001).

김유정 소설의 여성인물에 관한 선행연구에서는 그 여성인물들이 가부장제적 억압이나 식민지 현실과 가난이라는 외연까지 포함한 이중적 억압 속에서 자신의 본성과 무관하게 타자화되고 있음이 빈번하게 지적되어 왔다.[8] 여성의 성(性)은 이 억압 속에서 훼손되고, 도구로 전락하며 매춘이나 들병이를 선택하게끔 강제되고 있다는 것이 공통적인 결론이다. 이들 연구는 김유정 소설의 여성 인물들이 가부장제의 지배를 받고 있다는 판단 이전에 그 지배전략에 대한 탐구가 부족하고, 여성들에게 가해지는 경제적·제도적 압력이 김유정의 다른 소설 속에서 어떻게 파생되고 확장되는지를 살피지 않기에 아쉬움이 따른다. 이들 여성 인물들에게 가장 근본적 구속력을 발휘하는 가부장제적 억압은, 그리하여, 자본주의와의 상관관계 속에서 어떻게 서술되고 전망되는가. 김유정의 소설세계 전반을 총체적으로 밝히고 설명하기 위해서는 이 질문에 대한 고민이 필요하다.

장소진[9]의 연구는 본 논문과 문제의식을 일부 공유한다. 장소진은 김

7　김주리는 김유정의 작품을 '육체'의 관점에서 해석하면서 김유정 소설 속 등장인물들이 근대를 욕망하지만 근대에 미치지 못하거나 근대에 의해 비틀린, 그리하여 자본주의 사회에 저항적 의미를 갖는 괴물로 그려진다고 말한다(「김유정 소설의 육체-괴물」, 『근대소설과 육체』, 한국학술정보(주), 2009). 특히 폭력과 금(金)의 연관성을 발견하고 물신으로서의 금을 향한 욕구가 폭력으로, 그리고 파괴된 육체로 드러나게 된다는 관점과 김유정의 수필과 자전적 서사를 분석하면서 강한 여성을 통한 약한 남성의 학대에 김유정 문학의 메저키즘적 특성(가부장에 대한 처벌의 의미)을 발견한 부분은 값지다고 할 수 있을 것이다. 다만 연구 방법론은 본 연구와 상이하므로 차치하고, 김유정의 인물들이 근대, 자본주의 체제에 저항의 의미를 갖고 있는지에 대해서는 의문이 든다. 본 연구는 반대로 김유정의 서술들이 극복의, 저항의 불가능성을 내포하고 있다고 보며 이를 본론을 통해 서술하도록 하겠다.

8　전하영, 「김유정 소설에 나타난 여성상 연구」, 성균관대 석사논문, 2002; 김흥주, 「김유정 소설의 여성상 연구」, 인천대 석사논문, 2009; 최용성·정혜경, 「한국 소설에 나타난 1930년대 성·가족·모성의 윤리의식 연구」, 『한국시민윤리학회보』 23-1, 한국시민윤리학회, 2010.

9　장소진, 「김유정의 소설 「소낙비」와 「안해」의 연구」, 『한국문학이론과 비평』 11, 한국문학이론과 비평학회, 2001. 부당한 권력관계의 발견, 주체의 욕망과 질서에 스스로 종속되는 타자의 발견의 면에서 중요한 논점을 제공해주지만 이 논의가 김유정의 단편 두 개에 그치고 말며, '폭력' 등 지배기제의 측면을 충분히 밝히지 않아 김유정 소설 일반론으로 나아가지 못

유정의 소설 「소낙비」와 「안해」의 연구에서 남성의 남근적 시선이 여성 인물에게도 전이되며, 여성 인물의 행동이 이러한 남근적 시선을 벗어나지 못하고 스스로의 종속을 심화하고 있음을 말한다. 이 연구결과는 김유정의 소설세계를 서술하는 선행연구의 서술어 몇 가지와 상반된 입장에 놓인다. 김유정 소설 속 인물들에게서 천진성과 건강성을 찾고 그것을 현실에 대응하는 생명력으로 보는 관점이 그것이다.[10] 동물성, 생존본능이나 천진성 등의 어휘는 이들의 행위를 탈주로 의미화하고 능동적인 행위로 포장하여 그 행위에 작용하고 있는 가부장제의 억압·경제구조의 억압 등 제도의 힘에 대한 문제의식을 희석시켜버린다. 본 연구는 김유정 소설 속 여성인물들의 행위는 능동적인 선택에 의한 행위가 아니라고 본다. 가시적인 남편-가부장이 아닌 체제와 직접 대면하고 있는 남성인물들의 경우 그들의 행위를 체제로부터의 탈주로 해석할 여지가 없는 것은 아니나, 그 탈주의 욕망과 행위 전반에 영향력을 끼치고 있는 것 또한 대타자로서의 자본주의체제로 보인다. 가부장제에 대한 문제의식과 '폭력'에 대한 주목 속에서, 은폐와 노출의 모순 속에서, 본 연구가 증명해야 할 내용이 바로 이것이며 이 부분의 증명을 통해 김유정 소설 전반에 가부장제와 자본주의체제에 대한 일관된 시각, 일관된 전망이 담겨 있음을 드러내 보일 것이다.

김유정 소설을 가부장제와 자본주의 체제의 유사성을 통해 종합적으로 아우르지 못한 선행 연구의 보완을 위해 본 연구는 김유정의 소설 가운데 가부장제와 유사-가부장제, 그리고 자본주의의 지배질서를 현실

한 부분에 아쉬움이 있다.
10 가령 "김유정의 대부분의 작품에서 나타나는 순박한 인물형은 계급 사회 이전의 원초적 천진한 인물이다"라는 설명. 이덕화, 「김유정 문학의 타자윤리학과 서사구조」, 김유정학회 편, 『김유정과의 산책』, 소명출판, 2014, 256쪽.

화한 작품을 연구대상으로 선정하였다. 「산ㅅ골나그내」, 「소낙비」, 「안해」, 「솟」, 「만무방」, 「떡」, 「金따는 콩밧」, 「노다지」, 「금」, 「두꺼비」, 「兄」, 「슬픈 이야기」가 그것이다. 이 소설들은 가부장제적 지배의 질서를 담고 있고, 그 질서를 체현한 지배자와 그 피해자의 구조를 취하는 것들이다. 그리고 본 연구에서의 '폭력'이란 그 지배 질서를 유지하는 기제로서 대상에게 물리적·심리적 위해를 가하는 것을 의미함을 미리 밝힌다. 가부장제에 대한 문제의식을 확대하고 연구대상을 확장함으로써 김유정 소설세계의 구조, 의미 그리고 한계를 보다 폭넓게 밝힐 수 있으리라 기대한다.

2. 김유정 소설에 드러난 가부장제의 모습과 존속원리

1) '고립'된 가부장제 가족의 생산관계

김유정 소설에 등장하는 가족은 대개가 파편화된 핵가족의 형태이다.[11] 「산ㅅ골나그내」나 「총각과 맹꽁이」에는 노총각 아들과 노모로 구성된 가족이 제시되며 「소낙비」, 「안해」, 「떡」, 「솟」, 「만무방」 등의

---

11 "(「형」, 「애기」) 이 두 편을 제외하고 김유정 소설에 등장하는 대부분의 가족은 부부를 중심으로 하는 남편과 아내, 자식으로 구성된 '單式가족'의 형태를 띤다." 홍순애, 「김유정 소설의 半가족주의와 '家'의 형성」, 『서강인문논총』 43, 서강대 인문과학연구소, 2015, 436쪽. 홍순애는 김유정 소설 속에 등장하는 이러한 가족 유형이 1930년대 전시체제에서만 가능했던 비전형적인 가족유형이며 식민지 자본구조와 사법제도에 대한 김유정 나름의 대응방식으로서 등장했던 것으로 본다.

소설들에는 부부가족 내지는 한 자녀 가족이 제시된다. 이들은 핵가족이고 대체로 마을의 토박이가 아니거나 마을 단위의 공동체의식을 형성하지 못한 존재이다.[12]

문제적인 것은 현존하는 아버지이자 남편이 존재하는 부부가족 형태이다. 김유정이 그려내는 부부가족은 거의가 빈궁한 처지[13]에 있으며 그들은 마을의 가장 외지거나 허름한 곳[14]에 위치한다. 물리적으로 주변적 처지에 있는 이들에게 가족 바깥의 세상과 유대를 추구하는 모습은 전혀 드러나지 않으며 이 때문에 정서적으로도 고립된 모양새로 그려진다. 부부 가족의 상호의존성은 정서적, 가족적 유대나 연대가 바깥으로 확장되지 않고 그들 부부에게 국한되기 때문에 심화된다. 심리적고립과 남편에의 의존은 이러한 부부의 형태를 존속시키는 하나의 심리적 기제이다.[15]

---

12 「산ㅅ골나그내」의 나그네 부부는 유랑민이다. 또 「소낙비」의 춘호 내외는 야반도주해서 현재 마을에 정착했으며 춘호는 그 곳에서 돈 빌릴 곳도 없고 땅을 빌리기도 쉽지 않다. 「떡」의 '덕히'는 '신청부'와 같은 존재로서 마을사람들의 무시를 받는다. 「만무방」의 응오도 가난한 부부 가족이고, 그 형인 응칠은 아예 가족관계가 깨진 사람이다. 「솟」의 주인공인 '근식'은 농민회총회의 참석보다도 들병이와의 개인적인 만남을 더 추구한다.

13 유숙란에 따르면 농촌의 빈곤은 "식민국가의 착취구조, ¥봉건적 생산양식, 식민 자본주의의 수탈구조, 가부장적 구조 및 시대적 특수성"에서 기인한 결과이다(유숙란, 「일제 강점기 농촌의 빈곤과 농촌 여성의 出稼」, 『아시아여성연구』 43-1, 숙명여대 아시아여성연구소, 2004, 67쪽). 1930년대 농민 대부분이 빈곤의 상황에 처해있었다.

14 「산ㅅ골나그내」의 모자가 사는 곳은 주막이며 나그네 내외는 유랑한다. "산기슭에 내를압두고 노혔다. 방한칸 벽한칸 단두칸을 돌로싸올려 영으로 더픈 집이었다", 「총각과 맹꽁이」(김유정, 전신재 편, 『원본 김유정 전집』, 강, 2006, 33쪽, 이하 '전집'으로 부름), "올봄에 오원을 주고 사서들은 묵삭은 오막살이집", 「소낙비」(『전집』, 38쪽), "산밑에 외따루 떨어진 집이라거는방에 사람을 디리면 좀 덜호젓할가 하고 빌린 것이다. (…중략…) 이집거는방은 유달리 납작하고 비스듬이 쏠린 헌벽에다우중충하기가 일상 굴속같은데 겨울같은때좀 디려다보면 썩 가관이다", 「떡」(『전집』, 84쪽), "그의 집은 수어릿골 꼬리에 달린 막바지엇다. 양쪽산에 찌어 시냇가에 집은 언첫고 늘 쓸쓸하였다", 「솟」(『전집』, 150쪽)

15 주디스 허먼은 이러한 가족적 결속을 여성이나 아이들에 대한 '속박'으로 명명한다. '속박'을 가능하게 하는 심리적 기제 중 첫 번째는 여성이 맺고 있는 관계를 빼앗고 단절시켜 가해자에게 종속시키게끔 하는 것으로서 이것이 본 연구에서 사용하는 "고립"의 의미이다. "다른 이를 압제하는 기법들은 심리적 외상이라는 체계적이고 반복적인 시련을 기반으로 확립된

가령 「슬픈 이야기」에서 옆집 부부의 가정폭력문제에 개입한 화자에게 돌아오는 것은 그 아내를 좋아하고 있다는 오해와 참견 말라는 핀잔뿐이었다. 「슬픈 이야기」가 보여주는 것은 가정문제에 있어서 가부장은 전권을 행사할 수 있으며 외부인은 그러한 문제에 개입할 권리가 없다는 사고방식이다. 이러한 사고방식이 일반적일 때 가족관계 내의 지배와 종속의 구조는 외부인이 깨부술 수 없다. 이는 또한 가족을 사회적 유대나 연대로부터 고립시키고 가부장 중심의 자폐적 정서를 만들어낸다. 가정 내의 문제에 가정 밖의 외부인이 결코 개입할 수 없고 피해자와의 정서적·전략적 유대를 할 수 없는 이러한 상황은 피해자 여성을 자신이 속해 있는 가정에 심리적으로 의존하게 한다. 이렇게 가부장에게 억압받으면서 고립되는 여성은 자신에게 맡겨진 과업-가부장이 바라는 성적 노동자로서의 역할을 자연스레 받아들인다.[16] 생산수단으로서의 여성은 가부장의 소유물이 되는 것이다.

이 핵가족 부부의 형태가 유지될 수 있는 또 다른 까닭은, 이 구조가 다른 가족구성원에게 지배력을 행사하고 있는 가부장에게 편익을 가져다주는 구조이고 가부장이 그 편익을 포기하려 하지 않기 때문이다. 아내 또는 어머니는 성적 노동을 통해 가사를 책임지고 임노동에 투입되

다. 이것이 바로 피해자의 힘을 빼앗고, 피해자를 단절시키는 조직적인 기법이다. 이러한 심리적 통제는 피해자에게 공포와 무력감을 주입시키고, 다른 사람과 관계를 맺고 있다는 피해자의 자기감을 파괴시킨다."(주디스 허먼, 최현정 역, 『트라우마』, 플래닛, 2007, 138쪽, 참조) 이처럼 "고립"은 물리적, 심리적 가학의 결과로서 피해자의 심리에 나타나는 일종의 증상이다.

16 심리적 증상으로서의 "고립"은 타자와의 연대나 그 연대를 통한 문제해결을 불가능하게 하고 가부장과의 일방적 관계 내에서 가부장에게 의존적으로 문제를 해결하게끔 강제하는 것이다. 즉 "고립"된 여성에게 가정문제는 억압하는 가부장의 요구를 따르는 해결방식이 유일한 것이 된다. "고립되어 가면서, 피해자는 생존이나 기본적인 신체적 욕구뿐만 아니라 정보, 심지어 정서적 지지를 위해서 가해자에게 점점 더 의존하게 된다. 두려움이 커질수록, 오직 하나의 허용된 관계에 더욱 매달리게 된다. (…중략…) 다른 어떤 관점이 부재한 까닭에, 피해자는 어쩔 수 없이 가해자의 시선으로 세상을 보게 된다." 주디스 허먼, 앞의 책, 145쪽.

며 잠재적 노동자를 추가로 생산(출산)하는 역할을 떠안으면서 가부장에게 잉여가치를 제공한다. 이때 편익을 취하는 자가 주도적으로 그 구조를 폐하지 않는 이상 이러한 구조는 지속될 수밖에 없다. 「만무방」의 응칠처럼 극심한 빈곤 속에서 가부장이 그 스스로 일부일처의 가족관계를 파기하지 않는 한 그러하다.

그렇기 때문에 가부장은 이 일부일처의 부부관계가 자신에게 가져다주는 편익이 없을 경우, 즉 가족구성원들이 잉여가치를 가져오지 못하는 경우에 그들을 가정에서 추방하거나 버릴 수 있다. 「슬픈 이야기」의 '옆집 남편'은 그 자신이 괜찮은 소득을 얻는 노동자이며 그의 아내와 처남은 경제적으로 그에게 예속되어 있다. 이 '옆집 남편'에게 의미 있는 잉여가치는 아내의 외모와 나이 등이다. '옆집 남편'의 아내는 경제적 능력이 없고 못생긴 외모를 지녔기에 그에게 성적인 면에서의 편익을 가져다주지 못한다. 따라서 그는 아내를 추방하고자 한다. 「솟」의 '근식'도 자신의 가족을 버리고 경제력, 성적 노동력이 우월한 들병이[17]와 합가하려고 애쓴다. 이처럼 김유정 소설에서 그려지는 부부가족은 편익에 대한 가부장의 욕망·의도에 따라 해체할 수 있는 대상이 된다.

「솟」의 들병이 '게숙이'의 '남편'처럼 잠시 부재했던 가부장도 어느 순간 귀환하며, 언제고 그 권위를 잃지 않고 '아내'를 지배할 수 있다.[18] 「산

17　"김유정의 소설에서 나오는 들병이는 성매매 방식으로 보아 포주에게 고용되지 않은 직거래 성 매매에 속하고, 농번기에는 농사를 짓고 살림을 하다가 농한기를 이용하여 농어촌을 찾아 다니며 성매매를 하는 관계로 일시적인 겸업형 성매매자로도 볼 수 있다. 들병이로 나선 것은 강요에 의한 것이 아니라 스스로의 선택과 남편의 협조에 따른 것이다." 유인순, 「들병이 문학 연구」, 유인순 외 편, 『김유정과 동시대 문학 연구』, 소명출판, 2013, 65쪽.

18　들병이 '게숙이'는 남편을 떠나 아이와 둘이 주막을 전전하며 술장사를 하는 여성이다. '게숙이'의 손님인 '근식'은 자신의 가정을 버리고 '게숙이'와 새살림을 차리려 하지만 '게숙이'의 남편이 등장하면서 이 바람은 엎어진다. '남편'이라는 존재의 갑작스러운 출현에 '근식'과 '게숙이'는 공포에 떤다. '게숙이'와 내연관계인 '근식'의 입장에서 게숙이 '남편'의 '근식'을 향한 폭력이 예상되는데 이것이 마치 본 남편의 당연한 권리인 것처럼 생각되기 때문이다. '게숙

ㅅ골 나그내」의 '나그네'는 '덕돌이'와 결혼식을 올린 뒤에 자신의 본 남편에게로 도주하고, 「가을」의 '복만이' 처도 계약서를 쓰고 소장수에게 팔려가지만 '복만이'와 함께 야반도주한다. 결혼식이라는 제도나 시장 질서에 의거한 계약서로도 '아내'를 지배하는 남편의 지배력이나 부부의 결속력을 없애지 못한 것으로 해석할 수 있는 장면이다. 가부장이 성적 노동력 착취를 통한 편익이라는 그 자신의 권리를 포기하지 않았으며, 전가(轉嫁)를 허용하지 않았기 때문에 '아내'는 본래의 '남편'에게 다시 귀속되며 '아내'에 대한 권리가 다음 남편에게 이전되지 않는 것이다.

이들 부부가족 서사에서 가정을 유지하고자 하는 가부장의 욕구가 직접적으로 드러나지는 않는다. 그렇지만 위에서 다룬 서사에서 새로운 가정을 이루려고 하거나 해체하고자했던 몇몇은 모두 남편-가부장이었다는 점을 상기해보자. 그리고 가족을 이루거나 해체함에 있어 그것의 주요한 동기는 언제나 가부장이 취하는 편익이었다. 가족은, 자신의 편익에 의해 좌우되는, 가부장의 의지에 따라 처분된다. 소설 속에서 가정이 구성되거나 해체되는 과정이 비록 합의의 형태를 띠고 있다 하더라도, 그리고 합의에 이르지 못하여 그것이 미처 구성되거나 해체되지 못했다 하더라도 이 모든 과정은 전권행사자인 가부장으로부터 비롯되는 것이다.

가족 외부와의 유대나 연대가 없으며, 외부의 개입을 원치 않는 자폐적인 가족. 이들은 대체로 경제적으로 자족적이지 못하기 때문에 외부

이'의 공포는 남편의 지배력을 벗어나버린 자신에게 가해질 폭력 등에 대한 공포인 것처럼 보인다. 그러나 '게숙이' 남편은 심판을 하지 않고 자연스레 '남편'의 자리로 되돌아갈 뿐이다. '남편'이 '게숙이'의 매춘노동을 받아들이고 그 노동자의 지배자가 되어버리기 때문에 일부일처의 정조는 상품성으로서 교환가치로 희석되며 가부장의 입장에서 비난의 요소가 없어지게 된다.

세계에 대하여 닫혀있을 수만은 없다. 그러나 김유정 소설에서, 일부일처의 제도적·합법적 부부가 가족의 외부세계에서 행하는 합법적 노동의 결과물은 보잘 것 없으며 빈곤은 계속된다. 이때 「소낙비」의 '춘호'나 「솟」의 '근식', 「정조」의 '행랑아범' 같은 가부장은 여성을 통해 얻는 편익을 극대화하기 위하여 성적 노동자의 성(性) 즉 아내(혹은 아내 될 여자)의 '정조'를 상품으로 내세운다. 다른 노동에 비해 '정조'의 값어치가 높은 까닭은 그것이 합법적 노동이 아니고 희소하거나 비밀스럽기 때문[19]이며 무엇보다도 가부장이 여성에 대하여 소유권을 독점하던 여성의 임노동, 쾌락노동을 포기한 대가이기 때문이다.[20] 김유정의 소설 속에서 쾌락노동을 위한 여성의 성(性)은 그것을 탐내며 그것을 위해 값을 치를 준비가 되어 있는 「소낙비」의 '리주사'나 「貞操」의 '서방님' 같은 외부인을 위해 가부장이 팔고 있는 상품으로서 대상화 된다. 그리고 이 성 상품에 대한 남편의 성욕은 서사 속에 드러나지 않는다.

19　희소성은 여성의 외모나 나이와 관계있다. 「소낙비」의 춘호처는 외모와 어린 나이를 갖고 있기에 리주사의 성적 욕망을 자극한다. 따라서 이러한 희소성을 갖지 못한 경우에는 그 값이 낮아진다. 박혜경도 "'젊고 예쁜' 아내는 상품으로서의 가치가 더 높기 때문에 그 반대의 경우에는 심지어 아내를 구박하고 폭행한다"는 말로써 이 사실을 지적한다(박혜경, 「김유정 소설 속 여성인물이 구현한 성의 양상」, 『아시아문화연구』 32, 가천대 아시아문화연구소, 2013, 167쪽). 비밀은 사실상 매춘여성의 남편들의 묵인이다. 묵인을 통해 성구매자를 망신스럽지 않게 해주고 아내의 '정조'에 대한 권리를 행사하는 것이다.

20　심지어 가사노동을 면제해주기도 한다. 「소낙비」의 춘호는 그의 아내가 매춘의 대가로 노름자금인 2원을 약속받았기에 그녀에게 식사를 만들어주는 등 아내의 가사노동을 면제해준다. 「솟」의 '게숙이' 남편도 아내의 들병이 생활을 받아들이고 자신이 '아이'를 보살피면서 모성노동을 면제해준다.

2) 구조적 '폭력'과 개인적 내면화

가부장에 의해 행사되는 폭력은 여성들의 성적 노동을 스스로의 동기에 의한 자발적인 것으로 만들며, 여성들을 쾌락노동을 위한 상품으로 준비시키는 또 하나의 지배기제이다. 「소낙비」의 '춘호처'가 매춘행위를 처음부터 강요받는 것은 아니다. '춘호'가 요구하는 것은 어떠한 수단에도 구애되지 않고 돈을 구해오는 것이었다. 그 요구의 방식은 지나친 신체적 폭력이다. "안팍그로 겹구염을 밧으며 간들대는"[21] '쇠돌어멈'을 동경하고 질투하면서 '리주사'와의 부적절한 관계를 유도하는 '춘호처'의 행위는 사실 그녀 자신의 욕망의 발로라기보다는 폭력에 시달리는 일상에서 탈출하기 위한 것이다. 자유간접화법으로 발설되는, '춘호처'가 동경하는 '겹구염(겹 귀여움)'이란 어휘에 주목할 필요가 있다. 이는 자신의 육체가 성(性)적 매력을 통해 돈으로 교환됨으로써 남편과의 안정적인 부부관계, '매질'없는 관계가 유지되는 것을 일컫는다.[22] 즉 성(性)상품구매자와 자신의 자본가이자 지배자인 가부장 양자(兩者)에게 그녀의 상품적 가치를 증명하고 인정받고자 하는 욕망을 드러내는 어휘이다. 때문에 '리주사'와의 부적절한 관계는 그녀의 본래적 자아에게는 "모욕과 수치"[23]이지만 동시에 그녀의 상품적 성격에 입각할 때 그것은 "성공"이다. 그녀는 폭력을 통해 가부장의 욕망을 충실히 따르도록 길들여졌다. 그리고 남편의 폭력을 피하고 자폐적인 가족관계 내부에서 평화와

---

21 김유정, 「소낙비」, 앞의 책, 43쪽.
22 "복을 받으려면 반듯이 고생이 따르는법이니 이까짓거야 골백번 당한대도 남편에게 매나안 맞고 의조케 살수만잇다면 그는 사양치안흘 것이다." 「소낙비」, 앞의 책, 46쪽.
23 "그런 모욕과 수치는 난생 처름 당하는 봉변으로 지랄 중에도 몹쓸 지랄이었으나 성공은 성 공이었다." 「소낙비」, 앞의 책, 46쪽.

안정을 얻기 위해 자발적으로 자신의 신체를 소외시키며 스스로를 상품화하는 것이다. 그러므로 강압적 환경과 폭력에 의해 유도된 그 자발성은, 비록 그녀 자신의 상황에서는 최선의 선택이었을지라도, 결코 자발적인 것으로 볼 수 없다.[24]

　노름 종자돈 2원을 구해오고 난 뒤, 「소낙비」의 종장에 드러나는 '춘호'와 '춘호처'의 화해무드는 앞서의 지나친 폭력과 대비되면서 분명 아이러니[25]한 정조를 자아낸다. 이러한 화해무드는 폭력을 통해 '춘호처'를 내몰았던 상황을 무마하고 은폐한다.[26] 서사가 하강하는 동안에 매춘행위에 대한 가부장의 묵인이 드러나고, '춘호처'가 마치 경제행위를 하는 경제적 주체가 된 것처럼 제시되며 '춘호'는 그것에 의존하는 것처럼 비쳐진다. 이때 주체와 객체가 전도되는 것 같은 착각이 일어나며 '춘호'는 도덕적으로 타락한 것같이 보인다. 아내가 소중한 '정조'를 바

24　장소진은 '춘호처'의 행위에 대하여 "자신의 인격성을 몰각한 채 스스로 물화된 존재가 되어 허위적인 가부장의 권위에 종속되어 버리는, 비주체적인 존재임을 드러내는 것이다. 이러한 관점에서 볼 때 그녀는 분명 문제적인 여성이다"(장소진, 앞의 글, 175쪽)라고 평한다. "허위적인 가부장의 권위"라는 것이 가부장제의 상대적인 성격, 이데올로기적 성격을 칭한다고 한다면 그다지 틀린 말은 아니지만, 이 소설 뿐 아니라 대부분의 김유정 소설에서 가부장의 권위는 허위적이지 않다. 그것은 '단절'된 상황을 이용하고 '폭력'을 앞세우며 지배를 획책하는 구체적인 기술을 지니고 있는 것이다. 또한 김유정이 그리는 '춘호처'는 분명 의뭉스럽고, 천진함을 가장하며 전통적 성윤리는 바닥난 인물이다. 그런데 김유정이 '춘호처'라는 인물의 성격을 구체적으로 묘사하거나, 어떠한 전형으로 그려내는 것은 아니다. 이 인물들에게는 상황과 상황논리가 있을 뿐이며 그러한 각각의 상황 속에서 그것을 타개해나가는 행위와 습속이 있을 뿐이다. '춘호처'에게 가해진 상황, 상황논리상 그녀는 제도적, 위계적 폭력의 피해자이며 때문에 그녀 자체를 문제적 여성의 캐릭터 보기는 힘들다.

25　장소진, 앞의 글, 176쪽.

26　김주리는 "춘호 부부는 부부간의 정조가 깨어진 순간 최초로 화목한 시간을 맞이한다(김주리, 앞의 책, 311쪽). 그들의 부부애는 오히려 부부애의 계약이 깨어지는 순간 회복된다"고 말한다. 그러나 이 화해무드는 서사의 하강구조와 맞물려 마치 개인 간의 화해처럼 비추어질 뿐이며, 제도의 힘과 여성의 자발성까지도 조작해내는 억압에 대한 해결은 아니다. 이 '부부애'는 춘호 처의 결단으로 새롭게 성립되었으며, 춘호가 그토록 원하던, 가부장의 편익이 극대화되고 그 아래에서 여성의 이익도 조금 증가하는 경제적 상황에 대한 안심과 자축의 의미가 아닐까.

같에 내다 팔고 가부장은 그 굴욕을 감수함으로써 가부장의 경제적 무능에 대한 아내의 복수가 일어나는 것 같지만, 사실 이것은 앞서 언급했듯이 가부장이 아내의 성적 노동력의 일부를 포기하고 그 대가로 더 큰 편익을 얻기로 선택한 결과일 따름이다.[27] 그리고 기성 윤리는 이들에게 별로 중요한 것이 아니다. 자신의 이익을 위한 '춘호'의 행위에서 망설임이나 반성, 부끄러움을 읽어내기는 어렵다. 돈이라는 목적을 위한 모든 수단이 합리화된다는 점에서 가부장제의 가장 큰 선(善)은, 자본주의의 자본가에게 잉여가치가 그러하듯, 가부장이 얻는 편익이라는 사실을 재확인할 수 있을 뿐이다.

「안해」의 가정폭력도 마찬가지다. 남편에게 자발적으로 들병이로 나서기를 제안하기까지 하는 아내의 행동은 "남근적 시각에 입각해서 자신의 존재 자체를 물화된 존재, 육체적 존재로 인식"[28]한 결과이다. 이 소설의 화자인 남편은 '~해야 남자가 좋아한다'는 식의 조건을 아내에게 부과하는데, 아내는 그러한 조건들이 결핍된 존재로서 남성들의 욕망을 전유하고 스스로 좇는다. 이 소설에서 그려지는 폭력은 마치 남편과 아내가 합을 짜고선 주고받는 것처럼 희화화된다. 이 부분의 서술은 여성도 폭력에 응한다, 혹은 여성이 먼저 싸움을 유발한다는 식이다. 심지어 화자는 그러한 폭력이 "정분"을 "끈끈하게" 한다고 말한다. 그러나 "쌈의 시초는 누가 먼저 걸었던간 은제던지 경을 픗다발같이 치고 나

---

27 김윤식은 들병이의 사상을 다음과 같이 말한다. "절망적 상황에 직면한 자가 그 절망을 속이고, 그것이 아무 것도 아닌 자연스런 생리적 현상으로 파악하기, 그러니까 자기기만의 사상으로 이 사정이 요약될 터입니다."(김윤식, 「들병이 사상과 알몸의 시학」, 전신재 편, 『김유정문학의 전통성과 근대성』, 한림대 아시아문화연구소, 1997, 283쪽) 여기서 일어나는 일을 '춘호'에 의해 '춘호'와 '춘호 처'의 지위가 역전되는 것같이 꾸며지는 자기기만의 일종이라고 볼 수도 있을 것이다. 그러나, 뒤에서 논의하겠지만, 이 자기기만은 김유정의 소설이 포착한 시대적 현상에 깃든 문제와 그것의 서술·표현의 격차·괴리에서 오는 자기기만일 수도 있다.
28 장소진, 앞의 글, 182쪽.

앉는 것은 년의 차지렸다"[29]라는 화자의 말에서 이들의 싸움이 사실상 위력의 절대적 차이를 내포하고 있으며 결국 일방적인 폭력이 될 수밖에 없음을 알 수 있다. 이러한 폭력을 '싸움'이라고 명명하며, 여성의 성격을 발칙하게 혹은 되바라지게 형상화하는 까닭에 남편에 의한 일방적 폭력의 구도가 희석된다. 위계적 성차(性差)는 사라지고 마치 '성격' 간의 다툼처럼 축소되는 것이다. 그럼에도 '아내'가 들병이로 나서기 전, 동네의 '뭉태'라는 건달과 수작을 하다 남편에게 걸려 "경"을 치게 되는 장면은 결국 이들 사이의 '폭력'이 일방적인 것이며 지배를 위한 것임을 확연히 드러내준다. 들병이 생활을 위해 훈련을 하고는 있지만, 그 수작과 교제는 아직 남편의 허락이 떨어지지 않은 것이며 남편의 통제와 지배를 벗어난 행위이기 때문에 그 벌로서, 그리고 길들이기 위한 수단으로서의 폭력이 가해지는 것이다.

「슬픈 이야기」의 가정폭력은 아내를 쫓아내기 위해 행사하는 폭력이지만 역설적이게도 이 폭력 때문에 아내의 순종은 강화된다. 경제적·정서적으로 가부장에게 예속된 자로서 아내는 가정을 해체하고자 행사되는 폭력에 더욱 강한 순종으로 대응하는 것이다. 그런데 아내의 우둔함이 남편의 폭력을 자극하는 것처럼 설명되는 장면이나 덩치 작은 남편이 덩치 큰 아내를 폭행하는 장면들은 익살스러운 어조로 서술되면서 이들의 비극을 희화화 한다. 아내나 처남은 경제적 이익을 포기할 수 없어서 '폭력'을 자발적으로 감수하고 있는 사람들인 것처럼 묘사된다. 앞서 「안해」처럼 '원인제공'과 '그것의 감수'라는 구성이 되면서 폭력의 일방향성이 희석될 뿐만 아니라 '원인제공'의 면에 깃든 구조적 억압과 성차,

---

29 김유정, 앞의 책, 172쪽.

가부장의 절대 권력과 욕망이 은폐된다.

　김유정의 서술은, 정확하게는 위에서 언급한 소설 속 화자의 서술은 폭력이 개입된 성적 지배와 그 질서를 철저하게 기록한다. 그리고 본 연구는 그 기록 속에서 여성에게 가해지는 억압적 상황과 여성 행동의 동기에 깃든 가부장의 억압을 발견할 수 있었다. 그러나 다른 한편으로는 피해자가 원인제공자로 둔갑되고 이 여성들의 성격, 상황이 희화화되면서 그 심각성이 은폐됨을 알 수 있었다. 그리고 '폭력'은, 제도나 구조의 억압이 만들어낸 자발성임에도 불구하고, 자발적인 개인 대 개인의 대결행위로서 표현된다. 구조적인 부조리는 이러한 개인 대 개인의 희화적 대결로 단순화된다. 김유정의 소설은 바로 이렇게 배경, 인물의 구성·배치·행위 등을 통해 문제의식에 접근하는 길을 마련하면서 동시에 또 다른 서사적 장치로써 그 문제의식이 갖고 있는 논점을 흩어버린다.[30]

---

[30] 한만수의 용어를 따르면 '논점을 흩어'버리는 것은 김유정 소설의 "웃음"이고 '문제의식에 접근'하는 것은 "고통"이 될 것이다(한만수, 「김유정론의 반성─고통과 웃음의 결합 문제를 중심으로」, 『國語國文學 論文集』 14, 동국대 국어국문학부, 1988). 한만수가 인용한 정한숙의 연구에 따르면 김유정 소설이 "문제가 되는 것은 가난을 극복해 보려는 등장인물의 애수가 주제를 이룬 이 작품의 문체가 주제와 상반된 성격을 지녔다는 점"(한만수, 위의 글, 18쪽) 때문이다. 정한숙은 김유정 소설에서 이 "고통"이라는 주제의식과 "웃음"이라는 기법의 부조화를 발견한 것에서 더 나아가 "웃음"이라는 기법이 "고통"의 주제의식을 퇴색시키고 있음을 발견한다. 한만수는 이러한 정한숙의 의견을 비판적으로 보고 있다. 한만수는 이 "웃음"과 "고통", 양자간의 부조화를 "아이러니를 산출하기 위한 김유정 특유의 수법"(한만수, 위의 글, 22쪽)이라고 말함으로써 정한숙이 지적한 부분을 김유정이 의도한 수법이자 '아이러니'를 산출한 특징으로 합리화한다. 그런데 김유정 소설의 등장인물이 겪는 문제가 개인적인 문제를 넘어선 구조적, 역사적 문제라는 점을 상기해야 한다. 김유정 소설은 '아이러니'한 서사와 서술 아래, 본 논문에서 밝힌바와 같이, 성격묘사나 상황논리로써 피해자 개인의 개별성, 생동감, 주체성을 드러내어 그 피해자에게 가해지는 제도의 억압을 희석시키고 있기 때문에 인물들의 "고통"이 개인적 차원의 애수와 비극에 그치게 되고 '등장인물의 애수'가 소설의 주제로 부각되는 것이다.

3. 김유정 소설의 가부장적 체제와 처벌의 공포

1) 시장질서의 위반과 신체적 처벌

앞서 김유정 소설에 등장하는 여성의 '매춘'이라는 것이 가부장들의 편익을 증대시킨다고 말한 바 있다. 아내가 성적 노동을 통해 남편을 위해 헌신하고, 남편도 임노동을 통해 가정의 경제를 함께 꾸려나가는 행위보다 '매춘'의 편익이 큰 까닭은 김유정 소설 속에서 흔히 '도지'와 '호포'로 표현되는 농민수탈 때문이다.[31] 1930년대를 통계적으로 분석한 결과[32]에 따르면 당시의 농업생산력 증대가 역설적으로 토지의 집중화를 가속화하고 대지주제를 부채질하며 농민의 빈곤을 증대시키고 있었다. 산미증식계획과 더불어 지주나 농민들의 자발적 참여로 인하여 농업생산력은 크게 증대되고 있었지만, 산업구조변화와 공급과잉 등의 문제로 1920년대 후반부터 쌀값은 크게 하락한다. "디플레이션 기간에 시장의 폭력성은 자금핍박을 감내하는 능력에 따라 차별적으로 작용할 수밖에 없었고, 그것은 곧 경영규모의 차이와 관련되어 적용되었다."[33] 시장경제의 생존법칙에 따라 규모가 작은 소규모 자영농이 몰락하는 가운데, 지주에게 가해지는 이러한 시장의 구조적 압력·폭력은 소작

---

31 "토지조사사업과 산미증식계획으로 이어지는 식민지 농업정책과 1920년대 말기의 농업공황을 거치면서 조선농민은 몰락일로에 있었다." 강만길, 『고쳐 쓴 한국현대사』, 창비, 2006, 165쪽.

32 소순열, 「日帝下 地主制의 地帶構造」, 『농업경영정책연구』 19-1, 韓國農業政策學會, 1992, 202~203쪽.

33 김재훈, 「1925~1931년 米價하락과 부채불황」, 『한국경제연구』 15, 한국경제연구학회, 2005, 253쪽. 아울러 이 논문은 대토지소유제하의 생산력증대가 부의 양극화를 극대화하기에 그 결과 급진적 토지개혁과 재분배의 요구를 낳는 역사적 필연성이 드러나게 된다고 주장한다 (253~254쪽).

농에게로 전가된다. "식민지 농업에 대한 시장경제의 생존법칙 강제는 '동태적 지주'의 출현을 강제하였고, 그것은 곧 소작농민에 대한 지주의 관리·감독 강화와 착취 강화를 의미하는 것이었다."[34] 농민가부장들이 그저 열심히 일하며 농업생산력을 증대시키는 동안에 지주의 소작농 지배가 강화되고 빈곤은 심해졌다. 농민가부장들은 총독부의 식민지 농업정책과 자본주의체제, 유사–가부장체제에서 오는 구조적 폐해 즉, '시장의 폭력'을 고스란히 받아내야 했던 것이다.

'시장의 폭력'에 대하여 김유정 소설의 빈궁한 가부장들은 어떻게 대응하는가. 자본가에게 돌아갈 이윤을 만들어내고 그 자신을 피착취로 몰아붙일 뿐인 '노동'에서 벗어나기 위해 이들은 유랑, 매춘, 도박을 선택한다. 그러나 이들에게 부과된 노동이나 시장질서에서 벗어나려는 노력에는 대가가 따른다. 앞서 말했듯이 매춘은 원래 가부장이 소유했던 아내의 성적 생산력 일부를 포기할 때 가능하다. 유랑은 자신의 사적 소유를 포기함으로써 가능하다. 그러나 당대는 사적 소유를 기반으로 한 자본주의 체제가 지배하고 있었다. 유랑자가 그의 생존을 위해 먹고 마시는 것에 붙여진 타인의 명의 즉, 소유권과 그 소유권에 기반을 둔 법체계는 유랑자를 범법자로 만든다. 이것이 「만무방」의 '응칠'이 겪어온 삶이다. 「만무방」의 도박장면에서, 도박에 쓰이는 자금은 아내와 '갈라지면서' 만든 돈(아내를 팔았음을 암시한다)이며 한 해 머슴살이의 "피 묻은 사경"이다. 이들은 도박을 통해 같은 계급의 타인을 수탈함으로써 '시장의 폭력'으로 입은 피해를 벌충하고 극복하려 애쓴다. 동시에 도박

---

34 김재훈, 앞의 글, 253쪽. 이들이 처해있는 문제는 근대적 경제구조와 산업구조에서 기인한 바가 크지만, 소작농에 대한 수탈은 전근대적 면모를 띤다. 50~70%라는 고율의 長利를 이용한 소작농 수탈이 그것이다. 장리는 소작농들이 연명하기 위해 선택할 수밖에 없는 것이었다.

에 진 누군가는 같은 계급의 사람들에게도 수탈을 당하게 되며, 계급적·계급내적 이중적 수탈에 처하게 된다. 이렇듯 이들이 '시장'에서 도피하려 할 때 법적 처벌을 면할 수 없다. 반대로 '시장'에의 적응력을 키워가는 사이에 수탈-피수탈의 구조는 다른 누군가를 대상으로 재생산된다. 이들을 지배하고 있는 원리는 이들이 누군가를 지배하는 원리로 탈바꿈되는 것이다. 이 빈궁한 가부장들은, 식민지 자본주의체제의 질서를 전유하고 재생산하면서, 시장의 구조적 폐해에서 벗어나지 못하고 시장에 더더욱 종속되는 양상을 보인다.

김유정의 금 삼부작[35]은 공통적으로 '황금'에 대한 욕망과 지향을 그리며, 동시에 '금'을 통해 가난으로부터 벗어나려는 열망을 서사화하고 있다. 그러나 이 서사의 주인공들이 금을 얻는 방법은 불법이며 도박에 가깝다.[36] '매춘'처럼, 가부장 자신이 갖고 있던 것으로 관습화된 여성의 성적 노동 일부를 포기하는 것이 아니라, 이 삼부작의 주인공들은 남의 것을 도둑질(잠채)하거나 법을 위반한다. 이러한 위반은 애초 '황금'이란 것을 개인이 발견하고 소유할 수 있다고 오인했기 때문에 가능하다. 1920년대에서 30년대의 초기에 이르기까지 서구는 금본위제 화폐제도를 실시한 바 있다. 일본은 서구가 금본위제를 폐지할 무렵인 30년대에

35　김주리는 "두 명의 친구, 한 명의 여인이 등장해 금에 대한 욕망을 논의하고 파괴와 폭력에 이르는 서사를 보여 준다는 점에서 「금따는 콩밭」, 「노다지」, 「금」을 금 삼부작으로 명명하기로 한다"(김주리, 앞의 책, 306쪽)고 말한다. 김주리의 명명이 합당하기에 본 연구에서도 이 표현을 따른다.

36　"그(김유정, 인용자 주)가 부정하는 자본은 '금'이라는 물신의 형태로 나타나, 금을 획득하기 위해 육체를 파괴하는 서사를 보여준다. 이는 노동이 아니라 도박을 통해 자본을 획득하려는 욕망과 관련된다. 자본주의 사회가 규정하는 올바른 육체 규율이, 정해진 시공간에 정해진 방식으로 노동함으로써 시간을 자본으로 환원하는 형태인 데 반해, 김유정 소설에서는 그러한 근대의 일상적 노동에서 벗어난 타자들, 부랑당이나 깍쟁이, 들병이, 잠채꾼과 같은 존재들이 먼저 발견되고 묘사되는 것이다. 그들의 희망은 도박이나 잠채로 벼락같은 기적을 만나는 것으로, 이는 축적이 아니라 행운에 대한 욕망과 관계하며 근대의 육체 규율을 내면화한 주체의 시선에서 일종의 괴물로 발견된다." 김주리, 앞의 책, 301쪽.

다시금 금본위제에 동참한다. 따라서 이 시기의 '금'은 일제의 통화정책, 경제정책과 긴밀한 상관관계 속에서, 제도를 유지하는 동시에 제도의 통제를 받는 물질이 된다. 그런데 금본위제는 당시 세계대공황의 한 원인으로 지적된 것이고 일제 역시 금본위제 실시 전후로 대공황의 상황에 처한다. '금'은 당대 자본주의 경제체제의 표상이면서 동시에 체제에 폐해와 모순을 가져온 실패한 정책의 표상이기도 한 것이다. 대공황 시기에 더욱 궁핍해졌을 금 삼부작의 주인공들은 사실상 '금'의 지배 하에서 '금'으로 인한 피해를 입으며 살고 있던 존재들인 셈이다. 그런데 '금'에게 지배받던 이들이 자신들을 지배하는 체제의 권위이자 기준인 '금'을 사적으로 소유하고자 하는 것이다. 이는 기업적 금광업을 허가[37] 하고 채굴 노동자를 감시·통제하며 생산된 금을 합법적 시장에서 유통시키고 화폐제도와 연동시키는 당대의 시장질서 자체를 위반하는 행위이고 허가받지 않은 위폐를 생산하려는 시도이며 따라서 시장질서에 대한 도전이 된다.

더군다나 1930년대의 금광업은 자본집약적 산업이었다.[38] 금광산 개발에는 기계화 설비가 필요했고[39] 금광업의 기계화는 노동의 분업화, 전문화라는 결과로 이어졌다.[40] 이 시기의 금광업에도 자본주의적 생

---

37 "1930년대에 금광업이 급속한 발전을 하게 되는 것은 일본인 자본의 진출을 통해서였다. 조선 금광업에 대한 투자에 회의적이었던 자본이 조선 금광업에 진출한 것은 무엇보다도 1930년대에 일본 정부가 금을 시가로 매입하는 정책을 실시하면서 금광업의 수익성이 매우 좋아졌기 때문이었다. (…중략…) 금광업으로 자본의 진출이 활발했던 것은 총독부의 금광산 개발정책에도 기인한다." 朴基炷, 「1930年代 朝鮮 金鑛業의 機械化와 勞務管理·統制」, 『經濟史學』 26-1, 경제사학회, 1999, 6쪽.
38 "광업은 회사수나 불입자본금에서 가장 급증하였을 뿐 아니라 1사당 불입자본금의 크기나 증가율도 다른 산업에 비해 훨씬 컸다." 박기주, 위의 글, 7쪽.
39 "1930년대에 조선의 많은 금광산에서 (…중략…) 심부개발이 진행되었다. (…중략…) 심부개발을 위해서는 기계화가 불가피해진다." 박기주, 위의 글, 11쪽.
40 박기주, 위의 글, 19~25쪽, '勞動力編成의 變化'를 참고할 것.

산관계가 확립되어 있는 것이다. 이러한 자본집약을 통한 산업화의 질서에 비하여 「金따는 콩밧」은 정반대의 모습을 보여준다. 오로지 두 남성의 노동력에 의존하며 비과학적인 예감과 기대를 토대로 진행되는 前자본주의적 금광업은 거대자본의 생산능력을 전혀 따라가지 못한다. 이들은 아예 금을 캐지 못한다. 여기에는 투자되는 자본도 설비도 계획도 없고, 희생되는 농업 생산력(농토와 노동력)만이 있을 뿐이다. 존재하는 분업이라고는, 여성이 가까이 있으면 부정 타므로 여성을 생산 현장으로부터 고립시키는 식의, 가부장적 성별 분업밖에 없다. 이들에게는 이들이 지향하는 '금'이라는 것이 철저히 근대적 자본과 생산과정을 통해 생산되고, 근대적 제도의 허락 하에 유통되는 것이라는 이해가 없었다고 밖에 볼 수 없다.

시장질서에 도전하는 자는 그 시장으로부터 버림받을지도 모른다는 불안에 시달린다. 「金따는 콩밧」에서 '영식'의 불안과 절망은 자신의 소작지를 빼앗겨 노동자의 자격이 박탈될 지도 모른다는 데서 발생한다. 기계화와 숙련노동(훈련과 자본)을 통해야만 동참할 수 있는 금광업에 허가나 자격 없이, 무지한채로 참가한 것에 대한 벌은 그 개인의 생존마저 위태롭게 한다. 노동하지 못하는 노동자에게 남겨지는 것은 궁핍뿐이기에 자신의 생존문제에 대한 이 불안감은 죽음에 대한 공포와 맥을 같이 한다. '영식'이 자본주의 체제 즉, 당대의 경제구조와 시장질서에 무지했다하더라도 그는 결코 그 질서를 면제받을 수 없다. 그리고 시장질서 속에서 몰락하거나 체제 밖으로 축출될지도 모른다는 공포는 물리적 폭력을 매개로 영식의 아내나 금광을 꼬드겼던 친구에게로 전가된다. 이 과정에서 상호간의 신뢰나 인간적 유대는 무너지며 피착취자들은 그들 내부에서부터 분열된다. '영식'은 폭력행사를 통해 지배·피지배의 구조를 재생산하고 노동자이자 가부장으로서, 피착취자 –착취자의 이중적 지위에 고립된다.

김유정 소설 속에서, 당대 자본주의체제의 질서와 법으로부터 도주하는 인물들은 신체훼손이라는 징벌을 받게 된다. 「노다지」의 살인이나 잠채꾼 '꽁보'의 배신(방조)으로 인한 죽음, 「금」의 광산노동자 '덕순이'가 보여주는 자해행위가 이러한 신체훼손의 징벌을 예시해준다. 두 서사의 주인공 모두 '금'을 도둑질하려 한다. 「금」에서의 '금'은 '덕순이'가 직접 채굴한 것이지만 그가 직접 소유하지는 못한다. 그가 금을 소유하기 위해 취하는 방법은 스스로를 육체적으로 처벌하고 노동력을 상실하는 것이다. 이 자해행위에는 자신의 생산물의 직접 소유를 금하는 그 체제로부터 자발적으로 축출되고자 하는 의도가 담겨있다. 신체는 노동자가 스스로 갖고 있는 생산력이자 그의 정체성을 만들어 주는 노동력을 담보하는 것으로서 하나의 생산수단이다. 그러므로 '덕순이'의 자해는 자본주의를 대리한 자기처벌을 통해 생산수단으로 물화된 신체를 해방시키는 일이기도 하다. 그러나 체제 바깥의 현실은 녹록치 않다. 그곳은 죽음이 일상화된, 죽음과 가장 가까운 세계이다.

「노다지」의 '꽁보'는 애초에 노동자라기보다는 체제 밖에 위치한, 시장 질서를 어지럽히는 범죄자(잠채꾼)이다. '꽁보'가 속한 영역은 법적 보호로부터 거리를 두었기에 살인이 일상화된 곳이다. 시장질서나 시장의 규율에서 벗어나 있는 자는 피살의 공포 속에서 신체를 훼손당하거나 고립된 채로 살아가야 한다. 그리고 그와 같은 잠채꾼에게는 정상적인 가족관계, 인간적 유대·신뢰 등이 불허된다.[41] 체제의 규율과 시장

---

[41] 「금」의 주인공 '꽁보'는 서사의 종장에서, 친형처럼 지내던 더펄이가 금을 독차지하려고 자신을 죽일지도 모른다는 의심에 사로잡힌다. '꽁보'는 더펄이를 죽게 놔둠으로써 죽음을 방조한다.

질서에서 벗어남으로써 '꽁보'는 체제가 보장해주는, 생산력을 보존을 위한 최소한의 보호 장치로서, 신체를 보호받을 자격을 박탈당한다.

위에서 분석한 김유정 소설에는 개인의 속물적 욕망이나 극단적 배금주의가 두드러지게 나타난다. 소설 속의 매춘, 도박, 잠채, 방관, 속임수 그리고 살해 행위는 등장인물이 인식하는 자본주의적 경쟁원리의 극단적 발현형태이다. 이 행위들은 타자를 철저히 생산수단으로 물화하고 그 자신의 이윤을 극대화하려는 자본주의적 속성을 전유한 것이며, 자신을 핍박하는 체제의 질서를 자신의 욕망으로 삼은 결과이다. 따라서 김유정 소설의 등장인물들이 타인과 욕망의 경쟁을 하고 있는 것처럼 보일지라도 그 기저에는 체제의 질서와 작동원리가 깃들어있다.

불안, 공포, 신체의 훼손과 죽음은 무지와 대상에 대한 오판의 결과로서, 이 시장질서와 체제에 직접적으로 도전하게 되었을 때, 자신의 역할에서 벗어나고자 할 때나 벗어나 있을 때 오롯이 그 개인이 감당해야하는 폭력이자 벌이다. 체제의 질서와 끝없는 자본 확장의 욕망을 내면화한 개인이 체제의 질서를 어김으로써 죽음에 이르지 않기 위해서는, 그 자신도 피착취자로서 착취의 욕망을 성취하기 위해서는, 그 착취의 질서를 재생산해야 한다. 때문에 김유정의 부부서사가 보여준, 아내를 착취하고 폭력으로 길들이며 남편의 욕망을 아내에게 내면화시킴으로써 편익을 얻는 남편-가부장의 지배구조는 체제의 가장 말단에 가해지는 구조적 폭력과 그 구조의 재생산의 결과물이다.

2) 지배 원리로서의 원형적 가부장제와 가부장의 처벌

「두꺼비」는 김유정의 자전적 소설이다.[42] 이 소설에는 하나의 희화적인 자살소동이 등장한다. '옥화'는 실존인물 박녹주를 모티브로 한 인물이다. '옥화'의 동생으로 등장하는 '두꺼비'는 '옥화'의 수양딸 '채선'과 자살소동을 벌인다. 정사(情死)를 의도한 것이다. 부모의 냉대 속에 두꺼비가 여러 차례 이러한 자살소동을 벌였음이 밝혀진다. 독약을 먹고 누워있는 '두꺼비'와 '채선'을 향한 '옥화'의 폭력은 자본주의체제가 자신의 질서를 위반한 자들에게 가하는 징벌의 구조와 흡사하다. '두꺼비'는 생산수단을 가로채려 한 범죄자요, 건강을 망친 '채선'은 실패한 생산수단이다. '이윤'을 최우선으로 삼는 자본주의의 질서를 어지럽힌 자들에게 인간적 유대로부터의 소외를 암시하는 냉대와 신체에 대한 벌이 가해진다. 그런데 노골적으로 말해 돈벌이 수단인 '채선'이라는 인물은 '옥화'라는 자본가의 명목상 '수양 딸'이다. 생산수단이 유사-가족관계 안으로 품어지면서, '채선'이라는 인물의 생산수단적인 면모는 조금 희석된다. 이 부분에서 앞에서 살펴본 부부가족 형태, 아내의 성적 노동을 생산수단으로 삼는 가부장제 형태와의 유사성을 발견할 수 있다. 그리고 유사-가족관계와 부부가족 형태의 비교를 통해 '옥화'라는 자본가와 가부장의 상동성이 발견된다. 이러한 유사성을 바탕으로, 자본의 논리로써 인간을 생산수단화하며 인간을 지배하고 통제하는 유사-가족관계는 유사-가부장제로 화한다. '채선'에게 주는 '돌봄'은 부부가족 서사에서 봐왔던 화해무드나 부부애와 상통한다. 생산수단으로서의 여

성은 자신의 생산력이 완전히 고갈되지 않는 한 자신의 가치에 걸맞은 배려는 얻는다.[43] 징벌은 그 질서를 위반한 자에게만 남겨진다.

이 유사-가부장제는 자본주의체제가 징벌하듯이 그 위반자에게 벌을 내린다. 그리고 이 형태는 전형적인 가부장제에서도 발견된다. 이 처벌의 형태가 김유정의 유년기에서 제재를 취한 서사에서 발견된다는 점은 주목을 요한다. 「兄」은 김유정의 유년기를 그린 것으로 여겨지는 소설로서, 이 서사에는 폭력과 고립이라는 가부장제의 지배기제가 노골적으로 드러나 있다. 또한 이 서사는 가부장에게 자발적으로 복종하게 되는 과정과 가부장제가 어떻게 재생산되는지를 보여준다. 「兄」의 '형'은 아버지가 죽으면서 그 지위를, 가부장을 물려받는다. 아버지가 죽기 이전부터 '형'은 아버지와 가부장을 두고 다툼을 벌인다. 가부장이 전권을 행사하는 재산을 뜻대로 얻지 못한 '형'은 형제들에게 가공할 폭력을 행사하고 그 폭력으로써 형제들을 길들이고 지배한다. 아버지도 역시 폭력으로써 '형'을 길들이고자 하며, '형'에게 칼을 던지는 등 가부장에게 도전하는 자식의 죽음도 불사하려는 태도를 보인다.[44] 형의 폭력은 아버지-가부장의 폭력의 내면화이자 재생산이다.

이 갈등을 해결하는 것은 아버지의 죽음이다. 아버지의 죽음이라는 계기만이 '형'을 폭력과 처벌로부터 구원하고 그를 가부장으로 재탄생

---

43 「만무방」의 응오가 병든 아내를 애써 간호하는 것도 이러한 관점에서 해석가능하다. 당시 남성이 결혼을 하기 위해서는 여성의 집에 '선채'를 줘야했는데, 응오도 몇 년간의 사경을 선채로 주고 아내를 얻은 것으로 서술되고 있기 때문이다. 응오에게 있어서 아내는 돈을 주고 사온 생산수단이며 자산이다.

44 가부장의 편익을 빼앗거나, 빼앗을 것으로 예상되는 자식에 대한 살해욕망은 김유정 소설 곳곳에 나타난다. 가령 「떡」의 '덕희'가 식탐을 부리는 자신의 딸에게 느끼는 감정, 「솟」의 '근식'이 '게숙'의 자식에게 느끼는 감정이 이 살해욕망을 설명해준다. 그러나 이 가부장도 유사-가부장적인 체제의 법에 속한 사람이다. 「형」이나 「떡」의 경우, 자식의 살해를 불허하는 이 질서 안에서 자식에 대한 살해욕망은 '폭력'으로 순화된다.

시킨다. '형'은 적장자라는 불가역적 조건을 타고난 행운아이기에 아버지가 차지했던 모든 소유를 넘겨받는다. 이렇게 이 서사는 소유권자인 가부장의 막대한 권리와 권한을, 그리고 죽음에 이를지언정 흔들리지 않는 가부장적 질서의 견고함을 보여준다. 결코 무너지지 않는 가부장제, 그것은 구성원의 인생 전반에 걸쳐 폭넓게 영향력을 행사하며, 폭력, 고립, 처벌 등을 통해 그 가부장에게 절대적으로 종속되게 만들고 가부장의 죽음이라는 계기가 없이는 벗어날 길이 없게 만드는 견고한 지배체제이다. 김유정의 농촌서사, 금광서사 등에 폭넓게 존재하는 구조적 질서 즉, 가부장제와 유사-가부장제 그리고 자본주의체제를 그 구조로써 하나로 잇는 단일한 모형은 '스토리'[45] 시간의 면에서 가장 앞서있는 이 「兄」에서 자신을 가감 없이 노출시키고 있다. 그리고 이러한 질서에서 결코 벗어날 수 없다는 절망이 이 소설이 그려내는 가부장제에 대한 전망이다.

4. 결론

김유정 소설 속 수많은, 하층계급의 노동자이거나 그들 소유의 여성이거나 자식인 사람들은 가부장적 구조 속에 종속되어 있다. 여성들은 가부장이 소유하는 생산수단으로서 등장한다. 생산수단으로 물화된 여

---

45 즈네뜨가 "기의 혹은 서사 내용"을 가리킬 때 사용한 용어를 차용했다. 제라르 즈네뜨, 권택영 역, 『서사담론』, 교보문고, 1992, 16~17쪽 참조.

성들은 그럼에도 자발적인 선택을 하는 인간성의 존재들로 가장된다. 그러나 그러한 자발성 이면에는 '고립'과 폭력에 의한 길들이기라는 지배의 기술이 있다. 이 여성들을 길들이는 가부장들은 식민지 경제체제 하에서 이중적 지위를 점한다. 그가 소유한 여성에게 있어서는 가해자이지만, 당대의 '폭력적 시장질서' 밑에서 경제체제의 모순과 폐해를 떠안아야 하는 노동자계급으로서 피해자이다. 그들 가부장들이 자신들에게 강요되는 시장질서에서 벗어나기 위해 취하는 몇몇 행동은 당대의 질서를 어지럽히는 행위이며 따라서 그들을 지배하는 더 상위의 가부장, 즉 체제가 내리는 벌을 받아야 한다. 그 벌은 체제가 직접적으로 가하는 폭력은 아니지만, 이 피해자들을 체제 바깥으로 내몰고 체제의 보호를 벗겨내어 신체적·심리적인 외상을 입히는 방식이다. 이러한 체제의 질서와 징벌의 구조는 가부장제의 가부장과 자식의 구조와 연관된다. 어쩌면 김유정의 세계관을 형성했을지도 모를 유년기를 서사화한, 생전 미발표작 「兄」은 가부장의 질서에 도전하는 자와 가부장의 다툼을 그려낸다. 이 다툼으로 명백해지는 것은 유전을 통해 지속되는 가부장적 질서의 극복 불가능성과 그에 따른 절망이다. 김유정의 소설은 자본주의체제의 작동방식과 동궤를 그리며 운동하는 가부장제를 포착해냈다.

김유정 소설에서 발견되는 가부장적 질서, 이것의 동인은 무엇인가. 본론에서 설명했듯이 그것은 가부장이 취하는 편익, 자본주의 체제에서의 잉여가치이다. 이들이 공통적으로 지시하는 것은 구성원들을 법이나 규율, 제도로써 지배하고 통치하는 존재의 이익이다. 본 연구가 김유정의 소설에서 주목했던 '폭력'은 결국 이익을 효율적으로 얻어내기 위한 행위인 셈이다. 가부장제의 질서를 넘는 일은 누군가의 이익을

침해하거나 강탈하는 일이며, 지배기제인 폭력에 맞서 목숨을 걸어야
하는 일이다. 「兄」의 '형'은 아버지-가부장의 칼날 앞에, 자식 살해의 충
동 앞에 노출된다. '아버지'가 죽기 직전까지, 가부장에 도전하고 그 이
익을 편취하려는 '형'은 계속해서 신체적·정신적으로 처벌받는다. '형'
은 축출될 위기를 버티며, 아버지가 죽을 때까지 살아남았기에 가부장
이 된다. 이처럼 김유정 소설 속의 지배구도는 명확하고 견고하며 전복
되지 않는다. 금 삼부작이 이 지배구도 밑에서 받는 처벌을 극대화해서
보여준다면 부부가족 서사는 일종의 적응력을 보여준다. 여성이라는,
착취할 수 있는 대상이 있는 한 가부장의 편익은 보장될 것이고 그들은
굳이 더 큰 이익을 위해 죽음을 무릅쓰려 하지 않을 것이다. 이 이중적
지위에서 보장되는 가부장의 사소한 편익이 가부장적 체제 질서를 공
고히 하는 것이다.

　반대로 말하자면, 김유정 소설의 여성들은 이중적 억압에 처해있다.
자본주의 체제의 억압과 가부장제 가족제도의 억압이 그것이다. 이들
은 남성 가부장과는 달리 자신에게 가해지는 억압을 전가할 대상이 없
다. 여성들이 남성들보다 더 비관적인 상황에 처해있음에도 김유정 소
설에서 여성 인물의 육체가 다뤄지는 방식은 남성 인물들의 육체가 다
뤄지는 방식에 비해 그 심각성이나 폭력성이 덜하다. 그리고 이 피해 여
성들은 남편의 폭력에도 불구하고 육체를 훼손당하지 않으며, 모성적
이고 성적인 존재로서 건강미까지 지닌다. 이는 이 피해 여성들이 결코
가부장제와 맞서지 않기 때문일 것이다. 사소한 규칙의 위반에도 가차
없이 내려지는 가부장의 폭력에 굴종하는 그녀들은 철저히 그 가부장
적 질서에 적응할 수밖에 없는 존재로 그려진다. '죽음'이라는 최종적
징벌에 이를 필요도 없는 것이다. 가정이라는 굴레를 벗어날 길 없는 이

들이 동물적 적응력과 사고의 단순성으로, 구체적인 삶의 비극과 불행에 대한 감각이 마비된, 피상적 애수의 존재로 그려지고 있는 부분을 우리는 결코 긍정적으로 평가할 수 없을 것이다.

폭력 못지않게 김유정 소설의 인물들이 고립되는 양상에도 주목할 필요가 있다. 앞서 본론에서 밝힌 것처럼 김유정 소설의 인물들은 철저히 고립되어 있다. 이 고립은 연대를 불가능하게 한다. 또한 피착취 계층을 세세히 분절시키고 상호 경쟁관계를 조장하며 착취·피착취의 구조를 자기 계층 내부에서 재생산하게 만든다.

따라서 본 연구는 '사회구조의 재현'이라는 측면에서 김유정의 소설에 대하여 다음과 같이 결론내리고자 한다. 반성, 폭력에 대한 거부, 상호연대와 공감을 통해 미시적 삶 속에서 그 대타자의 구조와 질서를 극복해나가거나 극복의 희망을 가질 수 있다고 할 때, 김유정 소설은 이 현실 극복의 면을 말하지 못하고 있다. 그렇지만 김유정의 소설은 삶에 영향을 끼치는, 어쩌면 인간의 근원적인 자질마저 형성했을 제도와 그것의 질서를 예리하게, 한편으로는 천연덕스럽게 재현해냈다. 재현된 삶의 다양성과 쇄사(瑣事)들이 그것을 은폐하고 있지만 편재된 권력의 보편성은 김유정 소설의 어디서고 그 존재감을 노출시키며 오늘날에도 지속되고 있는 지배질서에 대한 발견과 반성적 사유를 이끌어낸다.

참고문헌

1. 기본자료

김유정, 전신재 편, 『원본 김유정 전집』, 강, 2006.

2. 논문

고정갑희, 「가부장체제의 생산—노동 비판」, 『마르크스주의 연구』 10-1, 경상대 사회과학연
    구원, 2013.

김윤식, 「들병이 사상과 알몸의 시학」, 전신재 편, 『김유정문학의 전통성과 근대성』, 한림대
    아시아문화연구소, 1997.

김재훈, 「1925~1931년 米價하락과 부채불황」, 『한국경제연구』 15, 한국경제연구학회,
    2005.

김혜순, 「한국의 가부장적 가치관에 대한 실증적 분석 (II)」, 『社會科學論叢』 14-1, 계명대 사
    회과학연구소, 1995.

박기주, 「1930年代 朝鮮 金鑛業의 機械化와 勞務管理·統制」, 『經濟史學』 26-1, 경제사학
    회, 1999.

박혜경, 「김유정소설 속 여성인물이 구현한 성의 양상」, 『아시아문화연구』 32, 가천대 아시아
    문화연구소, 2013.

소순열, 「日帝下 地主制의 地帶構造」, 『농업경영정책연구』 19-1, 韓國農業政策學會, 1992.

유숙란, 「일제 강점기 농촌의 빈곤과 농촌 여성의 出稼」, 『아시아여성연구』 43-1, 숙명여대
    아시아여성연구소, 2004.

유인순, 「들병이 문학 연구」, 유인순 외편, 『김유정과 동시대 문학 연구』, 소명출판, 2013.

이덕화, 「김유정 문학의 타자윤리학과 서사구조」, 김유정학회 편, 『김유정과의 산책』, 소명출
    판, 2014.

장소진, 「김유정의 소설 「소낙비」와 「안해」의 연구」, 『한국문학이론과 비평』 11, 한국문학이
    론과 비평학회, 2001.

한만수, 「김유정론의 반성—고통과 웃음의 결합 문제를 중심으로」, 『國語國文學 論文集』 14,
    동국대 국어국문학부, 1988.

홍순애, 「김유정 소설의 半가족주의와 '家'의 형성」, 『서강인문논총』 43, 서강대 인문과학연구
소, 2015.

3. 단행본

강만길, 『고쳐 쓴 한국현대사』, 창비, 2006.
김주리, 『근대소설과 육체』, 한국학술정보(주), 2009.

주디스 허먼, 최현정 역, 『트라우마』, 플래닛, 2007.

김유정 소설에 나타난 한탕주의 욕망의 실제

「소낙비」, 「金따는 콩밧」, 「만무방」을 중심으로

차희정

1. 머리말 – 식민지배의 허위와 긴장

무라야마 지준[村山智順]의 사진집 『조선인의 생로병사』에는 지게 위에 큰 물동이 두 개를 짊어진, 사진 밑에 간단한 설명처럼 "밭에 갔다 오다 한숨 돌리고 있는 듯"한, 다소 마르고 피곤해 보이는 조선인 남자의 사진이 실려 있다.[1] 비단 이 책에서뿐만 아니라 일제에 의해 조선에서 발행된 풍속 문화 사진과 엽서 등을 통해서도 1920~30년대 조선인의 삶의 단편을 엿볼 수 있다. 흥미로운 점은 당시의 사진, 엽서 등에 담긴 일제의 의도이다. 일제는 원시적 농기구로 농사짓는 조선 농민의 이미

---

1 무라야마 지준, 최순애·요시무라 미카 역, 『조선인의 생로병사』, 노무라 신이치 해설, 신아출판사, 2013, 84쪽.

지를 지속적으로 노출[2]하는 것을 통해서 제국의 선진화된 철도와 기계 문명을 이용하는 일본인의 일상을 미화 했다. 이는 일제가 식민 통치 이데올로기로 삼았던 일시동인(一視同仁)을 바탕으로 한 동화주의 또는 내지연장주의의 '이중성'에 근거한다. 제국 일본과 같은 방식으로 식민지 조선을 다스리겠다는 주장에는 조선인이 일본인과의 문명화의 차이를 극복했을 때에만 가능하다는 전제가 내포되어 있기 때문이다. 조선인에 대한 일제의 이중적 태도는 두 가지 의도를 가지고 있었다. 조선총독부를 통해서 조선인의 성격과 풍습 등 생활전반을 '분석'하려는 것과 이를 통해 조선인을 감시, 통제하는 동시에 조선인을 교육과 교화가 필요한 열등한 민족으로 낙인 하려던 것이었다.[3] 일례로 일제와 조선의 어용학자들은 조선인 노동자를 장시간 노동과 저임금이 마땅한 존재로 판단하면서 게으름과 나태에 대한 통제와 감시, 그리고 교육이 필요하다고 주장했다.[4] 이를 근거로 일제는 "머리를 쓰는 일은 일본인에게 알맞고 조선인들은 그들의 무지각과 게으름으로 장시간 노동을 할 수밖에 없다"고 주장했고 조선인의 장시간, 저임금의 노동을 당연한 현실로

---

2 사진엽서는 국내외 사람들이 조선의 이미지를 시각적으로 경험하게 했다. 사진엽서에는 '지게'와 '물동이'로 상징되는 조선 농민들의 모습을 통해서 제국의 철도를 선전하는 동시에 조선과 조선인이 문명개화 되지 못한 현실을 드러내면서 식민 지배의 당위성을 만들어 내는 의도가 내재되어 있다. 김수현·정창현, 『제국의 억압과 저항의 사회사—사진과 엽서로 본 근대 풍경』, 민속원, 2010, 115~133쪽 참조

3 일제의 이중적 식민통치 전략이 사회 전반에 끼친 양상을 살펴볼 수 있는 연구는 강만길 외, 『일본과 서구의 식민통치 비교』, 도서출판 선인, 2004; 이준식, 『일제강점기 사회와 문화—'식민지'조선의 삶과 근대』, 역사비평사, 2014; 야마베 겐타로, 『일본의 식민지 조선통치 해부』, 최혜주 역, 어문학사, 2011 등이다. 조선인 차별의 한 예로 일제는 조선인 노동자를 ① 일을 열심히 하지 않고 책임감이 약하다 ② 이동성이 높고 정착성이 부족하다 ③ 저축심이 없고 휴업률이 높다고 하면서 이런 기질이 본디부터 가지고 있는 민족성인 것처럼 공격하면서 노동 강도를 높일 것을 강요했다(권영욱, 「일본제국주의하의 조선의 노동사정—1930년대를 중심으로」, 並木眞人 외, 『1930년대 민족해방운동』, 거름, 1984, 232쪽).

4 강이수, 『1930년대 면방대기업 여성노동자의 상태에 대한 연구』, 이화여대 박사논문, 1991.

만들었다.[5] 이러한 일제의 이중적 지배 전략은 두 차례 걸친 산미증산계획[6]에 의해 조선 농민들이 농토를 잃고 굶주림과 부채에 쫓겨 유리걸식 하거나 도시로 몰려들어 빈민 노동자로 전락[7]한 일련의 과정 속에서도 작동하고 있다.

일제는 3·1운동에서 일반 대중의 반일 감정이 심각한 수준이고 민족의식 또한 치열함을 체험하면서 이를 '교화' 할 사회교육의 필요성을 절감했다. 그리고 그 실천으로 조선총독부를 통해서 사회교육 관련 기관의 확충과 '모범부락' 설치를 통해 농민 교화에 주력했다. 이를 위해 1921년 7월에는 조선총독부 내무국 아래 사회과를 설치하고 (지방의 경우에는 내무부에 사회과를 신설)[8] 조선인들을 상대로 시정에 대한 이해를 강조했다. '국민 된 성격을 도야'하려는 것이었다. 이렇듯 1920, 30년대 일제는 조선(인)의 '근대문명화'를 목적으로 다양한 제도와 방법을 통해서 조

5 　강만길 외, 앞의 책, 364~365쪽 참조

6 　1920년부터 1934년까지 조선산미증산계획은 제1기와 제2기로 나누어 15년간 계속되었다. 조선 쌀이 일본으로 이출된 양은 1924년에 400만 석대를 돌파하면서 1934년에 946만석, 1938년에는 1,070만 석에 달했다. 같은 시기 조선의 쌀 소비량은 인구가 1,480만으로부터 2,138만으로 약 44% 증가한 데 비해 1인당 연평균 쌀 소비량은 1912년의 7.7두에서 계속 감소하여 1935년에 3.8두로 반감하였다. 일본 본토의 사정에 의해 쌀값이 결정되고 수매가 결정되면서 조선 농민들은 이전 보다 더 많은 소작료를 지불해야 했고 소비할 수 있는 쌀의 양도 줄어들었던 것이다. 이로써 일본의 식량문제 해결과 조선 내의 식량 수요 증가에 대한 대비, 조선 농가경제의 향상을 기대했던 조선총독부의 산미증산계획의 목적은 사실상 농사를 지을 수 있는 농토의 면적도 줄어들게 했고, 이로 인해 조선 농민들의 삶은 더욱 피폐해졌다(오호성, 『일제시대 米穀시장과 流通구조』, 경인문화사, 2013, 123~137쪽; 야마베 겐타로, 최혜주 역, 『일본의 식민지 조선통치 해부』, 어문학사, 2011, 158~159쪽).

7 　1926년 무렵 서울의 빈민은 약 4천 명 정도였지만 1930년 무렵에는 3만 명 정도로 늘어났다. 1930년대 초가 되면 세계대공항의 영향으로 농촌의 사회경제적 상황이 더욱 악화되고 도시에서의 노동 상황도 악화됨에 따라 빈민이 더 크게 증가했다. 1933년에는 서울의 토막민(나뭇가지 등으로 지은 움막집)만 1만 명을 넘어섰다는 기록도 있고, 1935년 전라북도의 토막과 불량가옥은 5,302호이고 토막민과 빈민은 19,800명에 이른다는 기록도 있다. 빈민의 증가에 따라 토막도 점차 외곽으로 확대되었다(이준식, 앞의 책, 103쪽).

8 　조선총독부 학무국 사회교육과, 『朝鮮社會敎育要』, 1941, 13~14쪽을 권태억, 「1920, 30년대 일제의 동화정책론」, 『韓國史論』, 서울대 국사학과, 2007, 420쪽에서 재인용.

선인을 동화시키려고 했다. 그러나 조선인들은 1930년 이후 소작쟁의 등으로 일제의 식민지 문화통치 전략에 적극적으로 대응하며 식민 통치와 질서에 긴장을 만들었다. 이러한 일련의 저항적 행위에는 일제에 대한 거부와 조선인으로서의 민족의식이 바탕이 되었다.[9]

김유정은 이러한 시대적 배경 위에서 조선 농민의 '생활'을 소설로 형상화하고 있는바 그의 소설에서 두드러지는 해학과 통속성은 빈농 인물을 통해 재현된 다양한 현실 감각의 양상을 내재하고 있다. 기왕에 김유정 소설의 '생명감'[10]은 소설 속 인물과 사건이 시대와 연동하는 속에서 획득된 것이다. 구체적으로 소설 속 가난한 농민과 그들의 생활은 일제 현실을 고발하거나 체념하는 등의 직설적 방식에서 비켜 서 있다. 소설은 무지하고 가난한 인물들의 일탈 행위와 미숙한 사고를 통해 웃음을 만들어내면서 현실을 구현하고 있다. 이때 식민 현실은 사건과 갈등의 매개이거나 원인소가 된다. 즉, 현실은 입체적 시공간으로 재탄생되면서 갈등과 사건을 만들고 주제를 창출하고 있는 것이다.

최근 김유정 소설의 현실 인식에 관한 연구는 1930년대의 시공간을 다양한 관점에서 이해하며 축적되었다.[11] 식민지 현실을 운명적으로

---

9 헤르만 라우텐자흐는 조선인들이 일본인에 대해서 우월의식을 가지고 있었다고 말했다(Hermann Lautensach, KOREA, 『코레아―한 이방인 지리학자의1930년대 한반도 연구』, 헤르만 라우텐자흐, 김종규·강경원·손명철 역, 푸른길, 2014, 135~136쪽).

10 유인순은 김유정 소설 속 인물들의 짝짓기를 통한 종족보존과 솔직하고 용감한 생존 본능을 통해서 충만한 생명감을 느낄 수 있다고 했다(유인순, 『김유정과의 동행』, 소명출판, 2014, 75쪽).

11 식민 현실에 대한 소설적 인식은 소설 속 인물의 욕망을 일제 식민통치와의 상동관계 속에서 살펴보거나 조선인의 생존의 문제를 농토, 향토로 구체화하고 이를 통해서 적극적이며 양가적 현실 인식의 태도를 탐색하는 연구로 대별 할 수 있다. ① 욕망과 현실의 상동관계를 통한 현실인식(김연진, 『김유정 소설의 욕망 구조 연구―일제 식민통치 논리와의 상동관계를 중심으로』, 연세대 석사논문, 2002; 류종렬, 「일제 강점기의 '금 모티프'소설 연구―김유정 소설을 중심으로」, 『外大語文論集』제13권, 釜山外國語大學校 語文學硏究所, 1998, 151~166쪽; 정현숙, 「김유정 소설과 서울」, 『현대소설연구』53, 한국현대소설학회, 2013, 327~353쪽; 최

받아들이는 인물들을 통해서 식민시기 생존의 문제어 집중[12]했고 구체적으로 '향토', '농토'를 매개로 현실 인식의 양상을 진단[13]하였다. 이러한 연구는 김유정 소설에 나타난 향토와 섹슈얼리티가 서로 결합하여 양가성을 발현하는 속에서 식민 지배의 현실을 '교란'[14]하고 있다는 선행 연구에 힘입어 구체화, 세분화 되었다.

또 다른 현실 인식의 한 축을 이룬 연구는 소설 속 인물의 욕망과 식민통치 현실의 상관관계에 집중했다. 연구는 도박, 대춘, 황금 등으로 욕망의 대상을 구체화하고 이것이 일제 통치 전략과 연동하는 구조와 과정을 해석[15]하고 있다. 연구는 소설 속 인물의 일탈적 행동을 빈곤 문제로 단순화시키거나 일제의 권력 문제로 환원해서 평가할 때에 소설에 대한 단순한 이해가 될 수 있음을 경계하고 있다는 점에서 유의미하다. 그러나 인물, 사건 전개와 결말구조에 대한 평면적 해석으로 스스로 경계한 방식에 갇히고 마는 한계를 노출했다.[16] 또 하나의 흥미로운

경아, 「김유정 '금 모티프' 소설 연구─「노다지」, 「금」, 「금따는 콩밭」을 중심으로」, 경기대 석사논문, 2009; 최성윤, 「김유정의 현실 인식과 아이러니의 한 양상─단편 「떡」, 「만무방」의 인물형상을 중심으로」, 『현대문학이론연구』57권, 현대문학이론학회, 2014, 299~317쪽; 표정옥, 「김유정 소설에 나타난 사회적 엔트로피와 놀이성(Ludism)─「노다지」, 「만무방」, 「봄·봄을 중심으로」, 『현대소설연구』21, 한국현대소설학회, 2004. 97~116쪽 ②식민 현실에 대응하는 조선인의 생존 전략과 식민지적 상상력(권채린, 「김유정 문학의 향토성 재고(再考)─30년대 향토 담론과의 비교를 중심으로」, 『현대문학의 연구』, 한국현대문학회, 2010, 107~137쪽; 김양선, 「1930년대 소설과 식민지 무의식의 한 양상─김유정 소설에 나타난 향토의 발견과 섹슈얼리티를 중심으로」, 『한국근대문학연구』5권, 한국근대문학회, 2004, 146~171쪽; 김준현, 「김유정 단편의 반(半)소유 모티프와 1930년대 식민수탈구조의 형상화」, 『현대소설연구』28, 한국현대소설학회, 2005, 143~163쪽; 김형규, 「식민주의 질서와 농토의 상동성 혹은 거리─농민 형상으로 다시 본 김유정 소설의 의미」, 김유정학회 편, 『김유정의 문학광장』, 소명출판, 2016, 123~154쪽; 이현주, 「김유정 농촌소설에 나타난 '향토' 표상」, 『시학과 언어학』 제31회, 시학과언어학회, 2015, 173~206쪽) 등이다.
12 최성윤, 위의 글
13 김형규, 앞의 글; 권채린, 앞의 글; 이현주, 앞의 글
14 김양선, 앞의 글
15 김연진, 앞의 글; 류종렬, 앞의 글; 최경아, 앞의 글; 황태묵, 앞의 글
16 김연진, 위의 글

시선은 김유정 소설 속 도박, 황금광 등을 '놀이현상'으로 이해한 것이다. 연구는 소설이 '보여주기' 기법을 통해 갈등과 경쟁의 놀이를 계속할 수밖에 없는 현실을 인식[17]하고 있다고 이해했다. 주지하듯 놀이[18]는 경쟁과 내기를 전제로 하기에 도박과 황금광에 대한 이해는 인물의 성격과 본성, 욕망에 대한 심층적 이해를 돕는다. 그럼에도 '한탕'을 바라는 인물들의 욕망은 곧 그들의 삶의 바탕에서 형성되었을 것이기에 이에 대한 관찰 또한 필요하다.

이 글은 축적된 선행 연구의 큰 도움을 받아서 김유정 소설에 나타난 욕망의 실제를 확인하려는 데에 목적이 있다. 소설 속 주인공들의 도박, 절도, 황금광 등 일탈된 방식으로 물질을 좇는 한탕주의 욕망의 상상력이 구조화되는 방식 및 그것이 현실과 맺는 관계를 살펴보려는 것이다. 욕망은 일제에 의해 근대 소유제의 정착과 자본주의를 경험한 조선인들에게 자연스럽고도 끊임없이 생성되었다. 그러나 이렇게 생성된 욕망이 근대 식민 자본주의 사회를 움직이는 것이 아니라 거꾸로 식민 자본주의 사회 구조가 인간의 욕망을 구조화하게 되었다면 이에 대한 면밀한 검토와 해석이 요구된다. 그 욕망의 실제는 단순히 결핍만은 아니기 때문이다. 이 글은 김유정과 그의 소설이 빈농과 그들의 삶에 주목하고 애정을 보인 일련의 양상의 한 층위를 살펴보고 그 의미를 찾는 과정으로 진행 될 것이다.

---

17 표정옥, 앞의 글

18 놀이는 "일과 생존을 위한 기본 욕구가 충족된 후의 남은 잔여시간인 자유시간에 하는 비노동활동"으로 자발성, 탈일상성, 지속성, 규범성을 갖는다. 그러나 놀이는 일정한 규범을 가지고 있는 동시에 경쟁 또는 내기가 전제되었기 때문에 인간 본성과 욕망의 분출이 자연스러운 활동이기도 하다(전경수 · 이덕순, 『여가관광론』, 원광대 출판국, 2004, 41쪽).

2. 매춘과 도박, '평범한 악'이 되는 현실의 은유

주지하듯 김유정 소설 인물들은 대개 뻔뻔하거나 어리석다. 그들의 배고픔이나 빈곤한 생활이 동정 받지 못 하는 까닭도 이들의 충동적이고 비윤리적 사고와 행위 때문이다. 많은 소설에서 가장은 아내에게 폭행을 일삼고, 도박에 빠져서는 한 번의 요행으로 힘들이지 않고 큰 재물을 얻으려는 데에 몰입해 있다.

춘호처가 그집을 나선 것은 들어간지 약 한시간만이엇다. 비는여전히쭉쭉 나린다. 그는 진땀을 잇는대로 흠뻑 쏫고나왔다. 그러나 의외로 아니 천행으로 오늘일은 성공이엇다. 그는 몸을 소치며 생긋하였다. 그런 모욕과 수치는 난생 처음 당하는 봉변으로 지랄중에도 몹쓸지랄이엇으나 성공은 성공이엇다. 복을 받을려면 반듯이 고생이 따르는법이니 이까짓거야 골백번 당한대도 남편에게 매나안맞고 의조케 살수만잇다면 그는 사양치안흘 것이다. 리주사를 하눌가티 은인가티 여겻다. 남편에게 부쳐먹을 능토를 줄테니자기의 첩이되라는 그말도 죄송하엿스나 더욱이 돈이원을 줄께니 내일이맘때 쇠돌네집으로 넌즛이 만나자는 그말은 무엇보다도 고마윗그 벅찬 짐이나 풀은 듯 마음이 홀가분하엿다.[19]

「소낙비」의 '춘호 처'는 남편의 도박 밑천을 얻기 위해 동네에 사는 '리주사'를 상대로 매춘을 할 듯하다. 이 주사는 오늘, 그녀의 몸을 더듬

---

19 김유정, 「소낙비」, 전신재, 『원본 김유정 전집』, 강, 2007, 43쪽(이하·페이지 수만 표기)

고 희롱하고는 다음날 돈을 줄테니 "넌즛이 만나자"고 한다. 그런데 이에 대한 춘호 처의 생각은 너무나 순수해서 무지해보이기까지 한다. 또한 몸을 파는 행위에 대한 도덕적 판단 또한 결여되어 있음을 알 수 있다. 이는 생존의 과제를 안은 그녀의 생활에서 그 까닭을 짐작할 수 있다. 사실 춘호 처는 아침 일찍 산에 올라 더덕이나 도라지를 캐는 등 이전부터 가장 역할을 해왔다. 그녀는 고의적삼을 허리춤에 끼워 넣고 바위를 오를 때 엉덩이가 훤히 드러나는 우스운 모습도 부끄럽지 않았으며 "삶에 발부둥치는 순직한 그의 머리는 아무 불평도 일지안헛"다. 목숨을 걸고 캔 더덕과 도라지를 장에 가지고 가서 보리쌀로 "사발 바꿈" 하여 하루를 살아내는 것은 그녀의 일상이었기 때문이다.

이즈음에서 그녀의 무지함에 대해 관찰할 필요가 있다. 이는 1930년 대의 빈농민의 현실로만 그녀의 행위와 사건의 전개를 설명하기에는 미진한 부분이 있기 때문이고 춘호 처의 무지가 춘호의 욕망과 연동하는 속에서 발생한 것이라는 점, 그리고 이들의 욕망이 식민 현실과 충돌하는 속에서 팽창하고 있는 때문이다. 춘호 처는 '아내로서의 역할'에 주저함이 없다. 그녀는 자기에게 부과된 일만 숙지했지 남편이 무엇을 의도하고 있는지는 관심 없었다. 왜냐하면 그녀에게 남편은 절대적인 선(善)이기에 숙고의 대상이 아니었던 것이다. 그녀는 남편에게 매를 맞지 않고 정답게 사는 것이 좋았고, 그래서 돈을 주겠다는 리주사에게 고마웠다. 그녀가 "자기의 행실이 만약 남편에게 발각되는 나절에는 대매에 마저 죽을 것"이라고 걱정하는 모습은 행위의 내용 보다는 발각을 두려워하고 있음을 증명한다. 그녀는 이미 남편이 모든 것을 알고 있으면서도 모른 척하고 있는 것을 전혀 모르고 있다. 그녀는 서울에 데려가겠다는 남편의 말에 들뜨고, 리주사와 약속한 날, 서둘러 자신을 치장해 주는 남편의 다정함에 기쁠 뿐이다. 이런 점에서 춘호 처는 '악의 평범성(banality of evil)'[20]을 체화한 인물로 보인다. 그녀는 남편이란 절대적 존재에 의해서 자신의 주체성을 잃어버리고 주어진 일에만 몰입하며 말과 사고의 결여를 경험하고 있다. 그녀는 자신의 일 이외에서 일어나는 일들에 대해서는 아무 관심 없었으며 오직 남편에게 매 맞지 않고 서로 정답게 사는 일에만 집중했다. 때문에 자발적으로 자신의 역할을 규정 했고 그것에 충실했다. 그녀는 실제와 비실제, 자아와 타자, 옳음과 그름을 총체적으로 생각할 사고능력이 부재하는 무사유(sheer thoughtlessness)[21]를 실천하고 있었던 것이다. 그녀는 남편이 자신에게 요구하는 일을 열심히 할 뿐, 그 일이 나쁜 일인지 아닌지, 남편은 자신이 벌어온 돈으로 무엇을 하려는 것인지에 대해서는 관심조차 없었다.

그렇다면 춘호 처의 절대적 선의 존재인 춘호는 왜 아내의 사고를 지배하고 억압하는가? 이러한 물음은 그가 이미 주체 이외의 타자를 인정하지 않고 타자를 제 안으로 흡수하려는 전체주의적 식민지배 원리를 체화한 인물이라는 점에서 답을 찾을 수 있을 것이다. 춘호는 아내가 어떻게 돈을 구해올 수 있게 되었는지 알고 있다. 그러나 그 돈을 밑천으로 몇 배의 돈을 만들어 잘 살 수 있다는 기대 때문에 아내의 매춘 행위를 눈감을 수 있다.

이러한 비도덕적 사고가 가능한 것은 일상을 벗어나고 싶은 까닭이 제일 크다. 빈곤한 일상은 욕망을 일으키게 하는 촉매이고 동시에 욕망의 장소가 된다. 사건은 일상의 바탕에서 일어나기 때문이다. 춘호의

---

20 한나 아렌트, 김선욱 역, 『예루살렘의 아이히만』, 한길사, 2007, 349쪽.
21 한나 아렌트는 독일 나치 아이히만의 재판을 참관하면서 그가 자신의 일에 대해서 일말의 죄의식을 가지고 있지 않은 까닭을 전체주의 체제 속에서 오직 주어진 일에만 복종하는 것으로 사고의 결여를 경험한 까닭으로 해석한다(위의 책, 391쪽).

욕망은 굶주림이 반복되는 일상 속에서 커졌다. 이는 춘호의 욕망이 그의 처가 자신의 역할에만 몰입했던 것과는 다르게 가장으로서의 책임과 역할에 대한 압박에서 작동되었음을 알 수 있다. 그리고 춘호의 잦은 '야반도주' 역사도 서울에 대한 욕망을 추동하고 있다. 춘호는 도박으로 일정정도 돈을 번 후에는 아내와 함께 서울로 가서 자신은 노동으로, 아내는 남의 집 살이를 하면서 살 계획에 부풀어 있다. 사실 춘호는 "살기 조흔곳을 찾는다고 나어린 안해의 손목을 이끌고 이산저산을 넘어 표랑"했다. 그러나 "오즉 쌀쌀한 불안과 굶주림이 품을 벌려 그를 맛을 뿐"이어서 "피페하야가는 농민사이를 감도는 엉뚱한 투기심에 몸이 달떳다." 춘호가 한 번에 돈을 쥘 수 있는 도박을 좇아 '땅'을 버리고 '서울'을 욕망하게 된 원인은 성실한 농부의 삶이 불가능한 현실[22] 속에서 발생한 충동적인 행위와 신뢰할 수 없는 정보 때문이었다. 그가 무지하고도 막연한 계획 속에서 방향을 상실한 채 지속적으로 욕망을 좇아 부유할 거라는 짐작은 여기에서 기인한다.

소설에서 돈은 중요한 '행위'의 원천적인 동기가 되는 동시에 기호로 재현되면서 서사를 이끌어가고, 모든 인간과 사물의 속성을 변화시키면서 인물의 성격을 현현한다. 돈은 일반적인 욕망의 흐름과 마찬가지로 아무 저항 없이, 내부와 외부의 경계 없이, 서로 습합되면서 기존의 사고 체계와 질서를 흔든다. 이렇듯 돈으로 인해 고통 받는 결핍 상황이 계속되면 자신을 세계에 대한 저항자로 성격화하는 경우가 많은데 이

---

22 1920~30년에는 해마다 2천 명 내지 3천 명 이상의 자살자, 아사자, 동사자, 빈곤으로 인한 피살자 등이 발생했다. 식민지 농업정책의 결과로 농촌빈민의 수가 급격히 증가하면서 농촌인구의 이농 현상도 급진전 했다. 이농한 인구는 대체로 도시지역의 품팔이 꾼이나 해외 노동시장으로 가거나 화전민 아니면 그대로 농촌의 임노동자로 전락했다. 가족과 함께 구걸을 하는 '계절걸인'과 가족이 흩어진 '상시걸인'이 늘어갔다(강만길, 『일제시대 貧民生活史 연구』, 창작과비평사, 1987, 114쪽).

때 도박은 현실 저항적 태도의 표상으로 등극한다.

> 이원! 수나조하야 이 이원이 조화만 잘한다면금시 발복이 못된다고 누가 단언할수잇스랴! 삼사십원 따서 동리의빗이나 대충 가리고옷한벌지여입고 는진저리나는 이산골을더날랴는것이 그의 배포이엇다. 서울로 올라가 안해는 안잠을 재우고 자기는 노동을하고 둘이서 다구지게 벌으면 안락한생활을 할 수가 잇슬텐데 이런산구석에서 굶어죽을 맛이야 업섯다.[23]

도박은 "매혹적인 마법이고 가려움증이며 사지를 마비시키는 병"[24]으로 노력하지 않고 일확천금을 노리는 대표적 사행행위이다. 도박은 빠르고 쉬운 중독을 통해서 다른 욕망을 계속적으로 생산하게 된다. 춘호는 아내가 얻어온 돈을 밑천으로 도박에서 요행을 기대하고 있다. 발복하여 삶이 달라지기를 기대하는 모습은 이미 도박중독에 이른 듯 보이는데 "도박 그 자체를 위해 도박을 사랑하고, 도박에 의해 쓰러질 때도 도박을 찬양한다"[25]는 발터 벤야민의 말처럼 춘호는 도박의 '경이로운' 희열을 내면화 한듯하다. 확률적으로 이길 수 없음을 인정한 후에 그 반대의 상황도 기대할 수 있다는 가능성은 그 확률이 낮을수록 또,

---

23 47쪽

24 거다 리스, 김영선 역, 『도박』, 꿈엔들, 2006, 59쪽.

25 "도박은 다이아몬드의 손톱을 갖고 있다. 무시무시한 존재인 것이다. 자기 맘대로 비참함과 모욕을 안겨준다. 그렇기 때문에 사람들이 도박에 열광하는 것이다. 위험에 대한 매혹이 모든 위대한 정념의 밑바닥에 존재하는 것이다. 어지럽지 않은 쾌락은 없다. 쾌락은 공포가 섞여 있을 때에만 비로소 인간을 도취시킨다. 도박보다 더 두려운 존재가 있을까? 그것은 주기도 하고 동시에 빼앗기도 한다. (…중략…) 이들은 도박이 약속하는 것 때문이 아니라 도박 그 자체를 위해 도박을 사랑하고, 도박에 의해 쓰러질 때도 도박을 찬양한다. 잔혹하게도 전 재산을 빼앗겨도 그것을 자기 탓으로 돌리지 도박을 원망하지 않는다. 즉, '운이 나빴다'라고만 말한다. 그들은 자기를 탓할 뿐 신을 모독하는 말을 내뱉는 일이 없다"(강신주, 『상처받지 않을 권리』, 프로네시스, 2011, 165~166쪽에서 재인용).

적은 금액의 판돈으로 많은 돈을 얻을 수 있다면 더욱 짜릿하다. 확률의 유혹은 도박뿐만 아니라 춘호가 자신도 단 한 번 가본 서울에 대해서 아는 체 하고, 부부 모두 서울살이에 대해 막연한 기대를 하는 모습에서도 확인되는데, 그 기대 또한 도박 중독만큼 위험해 보인다.

춘호는 밑천을 마련해서 "진저리나는 산골"을 떠나 서울서 노동일을 하며 "안락하게" 살 수 있다고 생각했기에 산골에 더 있기 싫었다. 그러나 이는 춘호의 "배포"일 뿐 식민지 현실에서 춘호의 바람은 도박에서 돈을 딸 수 있는 확률만큼이나 희박했다. 이는 일제 식민 통치의 이중적 통치 전략을 통해서 다시 확인할 수 있다. 일제강점기 조선인 노동자는 일본 노동자보다 1.2배 내지 1.5배 더 긴 시간 일하면서 임금은 절반도 받지 못했다. 조선인 노동자의 임금 수준은 일본인 임금의 1/3 내지는 1/2 수준에 불과했다. 감독, 십장 등 중간관리자의 착취에 벌금과 강제 저축 따위가 덧붙여지면 노동자의 실질임금은 더 줄어들었고 노동자들은 체벌 등 인간답지 못한 대우까지 감수해야 했기 때문이다. 일제는 벌금과 폭행 등의 방법으로 노동자에게 규율을 지키라고 다그쳤[26]던 것이다. 일본인 노동자와 조선인 노동자의 구별과 차별은 일제의 식민 통치 이념의 민낯이 드러나는 지점이다. 이러한 현실 속에서 춘호의 '안락한' 서울살이는 실현되기 어려울 것이라고 예상되는데도 그는 이를 인지하지 않고(못 하고) 있다.

---

26 이준식, 『일제강점기 사회와 문화－'식민지' 조선의 삶과 근대』, 역사비평사, 2014, 86~87쪽.

3. 황금 열풍과 욕망의 상충

물질(돈)에 대한 욕망이 지금까지의 삶의 태도와 방식을 압도하면서 삶의 전제로서 수용될 때 경제 법칙이나 논리에 대한 몰이해는 풍문으로 전해들은 성공담의 형식으로 돈에 대한 환상적 이해와 허구적 상상을 부추긴다. 그래서 정보 수집이나 분석 등의 준비도 없이 무작정 요행을 기대하는 이런 투기적, 모험적인 태도는 감당해야 할 절망과 불안도 클 수밖에 없다.

「金따는 콩밧」의 '영식'이 황금 열풍에 휩쓸리게 된 것은 금을 찾아 떠돌던 '수재'가 등장하고부터이다. "자네 돈버리좀 안할겨나 이밭에 금이 묻혓네 금이……"라는 유혹은 "금점이란 칼물고 뜀뛰기"라고 믿었던 영식을 선뜻 흔들지는 못 했지만 이후 이어지는 세 번째 방문에서는 성공한다. "일년 고생하고 끽 콩몇섬 얻어먹느니 보다는 금을 캐는 것이 슬기로운 즛이다. 하로에 잘만 캔다면 한해 줄것 공드린 그수확보다 훨썩 이익"이고 농사지으며 진 빚도 한 번에 갚을 수 있다는 생각은 "이렇게 지지하게살고 말빠에는 차라리 가루지나 세루지나 사내자식이 한번 해볼 것"이다로 호기롭게 발전하고, "시체는 금점이 판을 잡앗다"는 확신에까지 닿는다. 한 번에 큰돈을 벌겠다는 영식의 욕망은 이전 자신이 믿었던 전통적 농업공동체 사회에서 중요시 했던 '근면'의 가치를 파기하고 있는 것이다.

시체는 금점이 판을 잡앗다. 스뿔르게 농사만 짓고잇다간 결국 빌엉뱅이 밖에는 더못된다. 얼마 안잇으면산이고 논이고 밭이고 할것없이 다 금쟁이

손에 구멍이 뚫리고 뒤집히고 뒤죽박죽이 될것이다. 그때는 뭘 파먹고 사나. 자 보아라. 머슴들은 짜위나한듯이 일하다말고 훅닥하면 금점으로들내빼지 않는가. 일군이 없어서 올엔농사를 질수없느니 마느니 하고 동리에서는 떠들석하다. 그리고 번동 포농이좇아 호미를 내여던지고 강변으로 개울로 사금을캐러 다라난다. 그러다 며칠뒤에는 다비신에다 옥당목을 떨치고 히짜를 뽑는것이 아닌가[27]

인용문은 영식이 콩 농사를 포기하고 금을 캐기로 결심한 이후 돈 버는 방법에 통달한 듯 세태를 진단하고 있는 모습이다. 영식이 이렇게도 확신을 갖는 까닭은 모두가 황금에 몰입했던 1930년대 황금 열풍의 역사적 배경과 과정을 통해서 이해할 수 있을 것이다. 1930년대 황금 열풍의 기저에는 구조적인 사회적 조건들이 응결된 맥락이 존재하고, 여러 매개 요인들이 개입하고 결합되어 있기 때문이다.

1930년 1월 11일은 '금본위제(金本位制)' 시행이 공포된 날이다. 제1차 세계대전이 한창이던 1917년 9월 이후 금지되었던 금 수출이 허용되면서 통화의 가치와 금의 가치를 연계시키는 화폐제도가 시작된 것이다.[28] 금의 가장 큰 수요처였던 일본은행이 금 수출 정지 기간 동안 금 매입을 중지한 까닭에 이전보다 떨어졌던 금값이 그 가치를 회복하면서 황금의 위상은 달라졌다. 그러나 긴축재정과 금본위제 정책으로 경제 활성화를 기대했던 일본의 계획은 세계 불황에서 촉발한 다수 열강들의 금본위제 정지 상황에서 그 출구를 찾을 수 없었다. 일본은 1931년 12월, 금본위제가 정지된 이후에도 조선에서 산금정책을 이어갔다. 화폐 가치 추락으로 불

---

27 「金따는 콩밧」, 69쪽.
28 전봉관, 『황금광시대』, 살림, 2005, 216~224쪽.

안해하는 자국민들과 일본 화폐를 가지고 있는 외국인들을 안심시키고 금의 해외 유출을 막기 위해서였다. 그리고 중일전쟁을 대비한 군수자금 확보와 전쟁물자 결제수단으로써 금을 확보하는 것이 더욱 필요했기 때문이다. 10년간 금생산량 75톤을 목표한 1932년의 산금10개년계획 공포[29]는 조선을 병참기지화 하려는 일제의 의도가 내포된 행위였다. 또 일제는 1933년에 '저품위 금광석 매광 장려금 교부규칙'을 반포해 전국적으로 금광개발 과열현상을 일으켰다.[30] 그리고 금광에 보조금을 지급하고 금을 고가에 매수하는 등 금 채굴을 장려하였다. '금광업 설비장려금'은 총독부가 시설비의 50%를 교부하는 것으로, 처음 출원한 사람에게 우선적으로 허가를 내주는 선원주의(先願主義)정책의 일환이었다. 이 정책을 통해서 새로운 금맥을 발견하려는 사람들이 양산되는 것은 당연 했다. 그러나 금맥을 발견하고도 자력으로 개발 할 수 없어서 자본력을 가지고 있던 일본인들에게 광업권을 매도하는 일도 빈번했다. 이러한 일이 반복되면서 탐광 작업이 활발히 진행된 일련의 제도는 조선인의 노동력을 착취하는 제도로 평가되기도 하였다.[31] 1930년 이후 무려 10여 년 동안이나 지속적으로 상승한 금값[32]은 저품질 금이지만 채산성만 맞는다면 조선의 값싼 노동력으로 금맥을 파헤쳤던 일제와, 금값에 흥분하여 금광으로

---

29 "재작년에 일번정부에서 금해금(金解禁)을하면서부터 금값이 오르기 시작하고, 작년 말에 다시금수출재금지(金輸出再禁止)를 함에이르러는 미국(米國)과의 위체(爲替)가 비참하게 폭낙함을 따러금값이일시 대폭등을 하게되니 일번내지의금광렬은 물론이고조선에도도처에 금광렬이 극도에달하야 왼천하가아주 황금광시대로 변하얏다." 夢金浦人, 「金·金·金·黃金狂時代!」, 『제일선』, 開闢社, 1932.11, 86쪽을 이미나, 「1930년대 '금광열'과 문학적 형상화 연구」, 『겨레어문학』 55권, 겨레어문학회, 2015, 115쪽에서 재인용

30 한국광업협회, 『한국광업백년사』, 한국광업협회, 2012, 48쪽.

31 위의 책, 52쪽.

32 금값이 치솟는 동안 금의 생산량도 비약적으로 증가했는데 1931년 1천 3만원이었던 금생산량의 총액은 1934년에는 4만 2천 51만원, 1936년에는 7천 1백 55만 원까지 치솟다가 1938년 산금 1억 원의 고지에 올랐다(전봉관, 앞의 책, 288~294쪽).

몰려들었던 조선인의 욕망이 뒤엉킨 1930년대를 전경화 한다.

조선의 황금 열풍은 세계 정치, 경제 정세와 이에 편입된 일제의 황금 정책, 일본 식민지로서의 조선의 시장 구조와 조선인의 의식이 뒤엉켜 현재화 된 모습이었다. 가치가 급변하는 화폐와는 달리 진짜 '돈'으로서의 황금의 가치는 정보 부족과 뒤쳐지는 현실감각으로 물가 변동 등에 둔감할 수밖에 없는 영식과 같은 농사꾼도 짓던 농사를 뒤엎고 금 캐기에 몰입하게 했다. 영식은 일상을 점령한 물신화 된 황금과, 그것을 얻기 위한 왜곡된 황금 열풍의 정체를 바로 보지 못하고 있었던 것이다.

"언제나 줄을 잡는거야"

"인제 차차 나오겟지"

"인제 나온다"하고 코웃음을 치고 엇먹드니 조곰 지나매

"이색기" 흙덩이를 집어들고 골통을 나려친다.[33]

"줄이 꼭 나오겟나"하고 목이말라서무르면

"이번에 안나오거던 내목을 비게"

서슴지 않고 장담을 하고는 꿋꿋하엿다.[34]

하긴 안해의말 고대루 되엇다. 열흘이썩 넘어도 산신은 깡깜 무소식이엇다. 남편은 밤낮으로 눈을 까뒤집고 구뎅이에 묻혀있엇다. 어쩌다 집엘 나려오는 때이면 얼골이 헐떡하고 어깨가 축 느러지고 거반 병객이엇다. 그리고서 잠잣고 커단 몸집을 방고래에다 쾅 하고 내던지고 하는것이다.[35]

---

33 「金따는 콩밧」, 67쪽.

34 「金따는 콩밧」, 70쪽.

금맥을 찾는다면 한 번에 삶이 바뀔 것이란 기대는 욕망을 키웠다. 그러나 영식의 확신은 시간이 지나면서 역전되고 있다. 영식과 수재는 초반 장난질 하며 콩밭에 구덩이를 팠지만 시간이 지나면서 냉랭한 분위기를 연출한다. 수재는 금이 나오지 않으면 자신의 목을 베라며 큰소리 쳤지만 이후 영식과 주먹질을 하다가 일방적으로 맞고, 흙더미에 내리 꽂히는 수모도 겪는다. 그리고 영식이 때맞춰 밥을 가져온 처와 다투는 모습을 보고서는 금맥이 "터졌다" 거짓말 하고 다음날 도망친다. 이렇게 그들의 금 찾기는 끝내 파국을 맞는 듯하다. 그러나 이는 섣부른 판단이 될 수 있다. 왜냐하면 밭에서 금이 나오기를 기다리는 시간이 길어질수록 영식과 수재, 영식의 처 사이에 첨예하게 드러나는 갈등이 결말을 열어놓고 있기 때문이다.

영식이 수재와, 또 아내와 빚는 갈등은 세 인물의 욕망이 금을 찾는 데로 모아진 것 같지만 사실 각각의 욕망이 처음부터 서로 다른 것들을 내재해 생성되었기 때문에 갈수록 증폭될 수밖에 없었던 것이다. 영식은 가장으로서의 권위를 누리고 있는 인물이다. 농사일을 전폐하고 금을 찾는 과정 중에도 아내에게 지시하거나 명령하는 모습을 확인할 수 있다. 그는 금이 나오지 않으면서 점차 짜증이 늘어가는 아내를 대할 때에도 일관되게 나무라거나 손찌검 한다. 그러나 아내를 "탕탕" 때리는 일이 잦아지는 모습은 애써 가꿔온 콩밭을 포기하고 금 캐기에 운명을 건 일이 자신의 기대를 역전하게 될까 두려워하고 있음을 반증하고 있다. 즉, 영식의 무분별한 분노 표출과 폭력 행위는 그가 금을 캐서 얻고 싶었던 것이 '가족을 부양하는 가장으로서의 굳건한 권위'였음을 드러

---

35 「金따는 콩밧」, 73쪽.

내고 있는 것이다.

영식 처는 '코다리(명태)'를 먹고 '흰 고무신' 신고 '분'도 바르고 싶다는 구체적인 소비 욕망[36]을 가지고 있다. 그러나 금이 나오지 않으면서 그녀는 금 찾기의 욕망을 공유했던 남편을 야유, 조롱하며 저주한다. 소설 속에는 구체적으로 드러나지 않지만 그녀 역시 남편 영식처럼 임의적으로 잘못된 정보와 왜곡된 추론 과정, 희망이 실현되지 않는 현실을 인정하기는 어렵다. 그렇다면 영식과 처 사이의 갈등이 폭발하는데 원인을 제공한 동시에 갈등 폭발에 결정적 책임이 있는 수재의 욕망은 무엇이었는가? 사실 수재의 욕망은 소설 속에서 구체적으로 드러나지 않는다. 그가 금광에서 돈을 벌었다고 하지만 그것이 사실인지 조차 알 수 없다. 그렇다면 그 또한 영식처럼 '혹시나' 금이 나올 수 있다는 확률을 믿고 금 캐기에 뛰어든 것일 수 있다. 이러한 추측은 그가 끊임없이 영식을 안심시키는 말 — 자의적 해석이 가능한 — 을 하면서 동시에 자신의 사고 또한 스스로 차단하고 있음을 통해 확인 된다. 수재는 "안 나오거던 내목을 비게"라며 영식으로 하여금 자신(수재)의 생각을 분명하게 파악하지 못하도록 하고 있다. 거짓말을 하고 기만하는 등의 언어의 오용이 병든 사회의 징후[37]일 때, 수재는 영식을 대상으로 애매한 언어를 사용함으로써 실상과 거짓말에 대한 판단을 흐리고 자신 또한 속이면서 현실을 직시하지 못하고 은폐하기를 반복하고 있다.

---

36 1920~30년대에는 화장품, 장신구 광고가 눈에 띄게 늘었다. 개인위생과 몸의 단장, 신체의 아름다움에 대한 근대의 욕구가 증가하고 있음을 확인할 수 있는 지점이다(마정미, 「근대광고에 나타난 일상성과 육체」, 동양학연구소편, 『한국 문화 전통의 자료와 해석』, 단국대 출판부, 2007, 253쪽).

37 스티븐 로저 피셔, 박수철·유수아 역, 『언어의 역사』, 21세기북스, 2011, 256쪽. 한나 아렌트는 나치가 유대인을 가스실에 몰아넣어 죽게 한 행위를 '최종적 처리' 등으로 표현함으로써 사람들로 하여금 생각하지 않도록 하는 데에 일조했다고 비판했다.

4. 계획된 토지, 예상된 소출, 악착한 농민의 출연

앞서 살펴보았듯 소설의 주요 인물이 맹목적으로 돈을 좇는 모습은 상식을 벗어나거나 과장되어 있다. 그러나 인물들의 순진하거나 어리석어 보이는 욕망은 다소 낭만적으로 보이기까지 한다. 이는 소설 속 주인공과 주요 인물의 어리석음이 '작정한 뻔뻔함'으로 느껴지면서 원래의 의도를 감추거나 위장하고 있음을 의심하게 되는 지점이 있기 때문이다.

> 때는 한창 바쁠 추수때이다. 농군치고 송이파적 나올 놈은 생겨나도 안엇스리라. 허나 그는 꼭 해야만할일이 업섯다. 십프면 하고 말면 말고 그거 그뿐. 그러함에는먹을것이더럭잇느냐면 잇기커녕 부처먹을 농토조차업는, 게 집도업고 집도업고 자식업고. 방은 잇대야남의 것방이요 잠은 새우잠이요. 허지만 오늘아츰만해도 한 친구가 차자와서 벼를 털텐테일좀 와 해달라라는 걸 마다하엿다. 몇푼 바람에 그까진걸 누가하느냐. 보다는 송이가 조앗다. 왜냐면 이땅 삼천리강산에 늘려노힌 곡식이 말정 누거럼. 먼저 먹는 놈이 임자 아니야. 먹다 걸릴만치 그토록 양식을 싸아두고 일이다 무슨 난장마즐 일이람. 걸리지 안토록 먹을 궁리나 할게지. 하기는 그도 한세번이나 걸려서 구메밥으로 사관을 틀엇다. 마는 결국 제밥상우에 올라안즌 제목도자칫하면 먹다걸리긴 매일반—[38]

---

38 「만무방」, 96쪽.

「만무방」주인공 '응칠'은 산골의 무르익은 가을을 '즐기면서' 버섯을 따고 있다. 그 까닭은 인용문에서 알 수 있듯 응칠이 아내도, 땅도, 자식도 없어서 "꼭 해야만할일"이 없기 때문이지만 더 큰 까닭은 "삼천리강산에 늘려노힌" 곡식이 모두 자신의 것이라 생각하고 있기 때문이다. 사실 힘들게 농사지을 것이 아니라 "걸리지 않도록 먹을 궁리"나 하라는 응칠의 주장을 듣고 있노라면 괴변임을 알 수 있다. 그러나 그의 개인적인 역사를 알게 되면 현실에 대한 울분이 쌓여 체계화 된, 나름의 논리임을 알 수 있다. 그러나 "널린" 곡식은 먹는 사람이 임자라는 주장은 "어떻게 걸리지 않고 먹을 궁리를 하는 것이 옳다"는 주장과는 모순된다. 널린 곡식의 임자는 '먹는' 사람이 아니라는 결론에 이르기 때문이다. 응칠의 다소 억지스러운 주장은 소설의 배경이 되고 있는 일제강점기 현실을 살펴보는 것에서 이해가 가능하다.

일제강점기 조선인의 3 / 4 이상이 농민이었기 때문에 일본의 지배에 대한 농민들의 태도는 거의 전적으로 생활여건의 개선에 달려있었으나 생활은 더욱 악화되었다.[39] 일제는 강점 초기부터 조선의 농업 개발에 특별한 관심을 가졌다. 토지조사사업과 산미증산계획은 한국의 농업 생산을 일본의 수요로 전환시키면서 해외 속령을 점차 범일본경제권으로 수용하려는 것이었다. 이러한 일제의 의도와 정책적 노력의 결과 1935년에는 총 3,006,489농가 중에 17.9%만이 자작농이었던 반면, 51.9%가 순소작농이었고, 27.7%는 반자작·반소작농이었다. 전체 농민의 4/5가 전적 또는 부분적으로 일본인의 점령 이후에 좀 더 큰 압박만을 받는 소작 조건하에 있었던 것이다.[40] 1920년대 중반 이후 조선의 농민층 분해

---

39 김민철,『기로에 선 촌락─식민권력과 농촌사회』, 혜안, 2012, 39~45쪽 참조.
40 1920년대까지만 해도 주로 농업 부문에서만 이러한 통합을 추구하였는데 이후 다른 경제 부

양상은 농업공황을 겪는 1930년대 중반까지 몰락의 추이를 보이며 소작농의 경작권 불안정이라는 현상을 수반[41]했고 이에 크고 작은 소작쟁의가 이어졌다. 또한 정책 목표를 달성하기 위해 주민동원을 기획하고 조직하고 집행하는 행정체계 마련에는 주민파악이 전제[42]되었다.

조선 농민의 삶은 이렇듯 혹독한 1930년대 현실과 지속적으로 갈등하고 긴장을 유발하는 속에서 영위되었다. 소설 속 응칠 또한 오랜 굶주림으로 가족 해체를 경험했다. 그러나 이후 응칠은 현실에 탄력적으로 대응하고 있는 듯하다. 응칠은 남의 것을 훔쳐 먹어서 굶지도 않았고 농사도 짓지 않아서 빚도 없다. 타고난 재능으로 노름을 해서 돈도 제법 딴다. 그는 법과 질서를 교묘하게 넘나들고, 때로는 그 경계를 무화시켜버리면서 살고 있다. 이는 응칠이 식민 통치 질서를 위배하는 것으로 일제 식민지배의 당위성을 마련하고, 동시에 일제의 근대문명화 목적을 위한 문화 정치의 허위를 몸소 증명하고 있는 것으로 보인다. 그가 과수원 밖 소 한 마리를 훔치겠다는 욕망을 갖게 된 것은 오히려 그가 지금과 같은 생활을 지속할 수 없을지 모른다는 두려움에서 발생한 것

문들에, 특히 광업, 어업 및 공업 부문에 농업 부문에 상응하는 역할을 부여했다. 그때까지 범일본경제권 내에서 한국의 역할은 주로 일본이 필요로 하는 쌀, 콩, 면화, 생사, 소고기, 가죽과 같은 식량과 농업 원료를 공급하는 것이었다. 그 대신에 일본의 공산품을 받아들였다. 『일본연감(*The Japan Year Book*)』은 "상당히 많은 관찰에 근거한 명벽한 평균치를 세 농가(가구원이 각각 6명, 5명, 5명인 반자작농, 소작농 가구의 연감 현금 소득과 지출, 부채 정도, 추가 활용 가능한 작업일 수 등을 숫자로 정리)의 사례를 제시"한다면서 1924년 이후 절반 이상의 농민에게서 소득보다 지출이 많았던 점을 지적한다(Lautensach Hermann, 김종규·강경원·손명철 역, 앞의 책, 552~553쪽).

41 강만길 엮음, 『한국 자본주의의 역사』, 역사비평사, 2000, 130~131쪽.
42 물론 조선시대에도 수취를 위해 주민을 개별호 단위까지 파악하고자 했다. 그러나 이것은 유교적 이념인 국가주의를 반영한 것으로 일상적이고 지속적이지는 않았다. 식민지 조선의 경우는 유교사회의 통치이념과 현상적으로는 같지만 그 질과 형식은 달랐을 것이다. 문서주의에 기초한 행정은 관리의 자의적 집행을 통제했고 행정체계의 정비와 침투는 국가주의를 실현할 수 있는 조건을 만들어냈다고 할 수 있다(김민철, 『기로에 선 촌락—식민권력과 농촌사회』, 혜안, 2012, 39~46쪽).

이며 동생 '응오'의 한 해 농사를 지켜주겠다는 데에서 기인한다. 성실하고 정직한 농군 응오가 도둑으로 밝혀지는 파국은 응칠의 욕망이 팽창되는 동시에 양가성을 획득하며 역전되는 양상이다. 농부 응오가 자기 논의 벼를 훔치는 도둑이 되었을 때에 우직하게 땀 흘려 일 하는 조선의 '전통적 노동의 가치'는 타락한 듯 보이나 오히려 응칠은 잃었다고 (버렸다고) 생각한 농군으로서의 정체성 자각이 복원된 것이다. 이는 소설의 에피소드마다 흩어져 있는 응칠의 모습을 전체적으로 조망할 때 분명해진다.

① 나의 소유는 이것박게 업노라. 나는 오십사원을 갑흘길이업스매죄진몸이라 도망하니 그대들은 아예싸울게 아니겟고 서루 의론하야 어굴치안토록 분배하야 가기 바라노라.[43]

② 지주를 만나 까놋코석 조흔 소리로 의론하엿다. 올농사는 반실이니 도지도 좀감해주는게 어떠냐고. 그러나 지주는암말업시 고개를 모로흔들엇다. (…중략…) 실상이야 고까진벼쯤 잇서도고만 업서도고만 — 그 심보를 눈치채고 응칠이는 화를 벌컥낸것마는 조흐나, 저도 모르고 대뜸주먹뺨이 들어갓든것이다.

③ "옛수 또하나 잡숫게유 —"
내던저주곤 댓돌에 가래침을탁배탓다. 그제야 식성이 좀 풀리는지 그 가축으로 웃으며

43　100쪽, 이후 인용문 ② 102쪽, ③ 106쪽, ④ 109쪽, ⑤ 112쪽, ⑥ 119쪽, ⑦ 120~121쪽.

“아이그 이거 자꾸줌 어떠개 ─ ”

“어떠거긴, 자꾸 살찌게유 ─ ”

④ “거안된다. 치성드려 날병이 그냥안낫겟니”

하야여전히 딱떼이고 그러케내뭐래던 애전에 게집다나 버리고 날따라라나 스랫지, 하고 “그래 농군의 살림이란 제목매기라지!”

⑤ “아이구, 그걸 어떠케 당하섯수!”

하고 저윽이 놀라면서도

“그래 그돈은 어떠켓수?”

“또 그랠 생각이납띄까유?”

“참 우리가튼 농군에 대면 호강사리유!”

하고들 한편 씩 부러운 모양이엇다.

⑥ 역갱이가튼 놈이 구즌날새를 기회삼아 맘껏 하겟지. 의리업는 썩은 자식, 격장에서 가치 굶는터이에 ─ 오냐 대거리만 잇서라.

⑦ 체면을불구하고 땅에 업드리어 엉엉울도록 매는 나리엇다. 홧김에 하긴햇으되 그꼴을보니 또한 마음이 편할수업다. 침을 퇴 배타던지곤 팔짜드신놈이 그저 그러지 별수잇나. 쓰러진 아우를 일으키어 등에업고 일어섯다.

위 7개의 인용문은 응칠의 성격과 인간됨을 엿볼 수 있게 한다. 응칠은 주변 사람들에게 호방하고 용감한 사람으로 평가 받고 있는 듯하다. 그는 농사를 짓지 않고 도박을 일삼으며 남의 것을 훔쳐서 먹고사는, 법과 제도 속에서는 위험한 인물이지만 촌락 사람들에게는 사회성 좋고 도리를 아는, 우두머리로서의 풍모를 갖춘 사람이라는 공감이 있다. 그는 ① 소작농으로 빚을 지고 살지만 가진 것 모두를 내어놓고 도망친, 최소한의 양심을 가지고 있는 인물이다. ② 동생 응오에게 무리하게 소작료를 물리는 지주의 뺨을 홧김에 때릴 만큼 호기롭게 권력에 응대할 줄도 안다. ③ 그는 상황과 사람에 따라 적절하게 거래를 하는가하면 또, 눈에 보이는 것이라면 제 것 인양 취한다지만 그에 대한 주변 인물들의 태도를 볼 때에는 무작정 폐를 끼치고 있는 것은 아니다. ④ 응오 처가 굿판을 벌여서 나을 병이 아니란 것을 직시하는 냉정한 사고와 판단을 하고 있기 때문에 ⑤ 오랜 가난과 약탈의 대상으로 이미 분노마저 사라져버린 촌락민들에게는 부러움의 대상이다. 그는 가족을 지킬 수 없을 만큼 가난하지만 ⑥ 농군끼리의 의리를 알고 곡식과 땅에 대한 도리를 잃지 않은 인물이다. 그리고 가난하지만 패배의식에 빠져있거나 비뚤어진 욕망으로 도박에 빠져 남루한 삶이나마 허비하지 않는다. 그는 노름[44]을 좋아하고, 또 잘하지만 중독된 상태는 아니다. 오히려 아내를 팔아 도박 밑천으로 쓴 '기호'를 걱정하고 쌀 판 돈 모두를 화투에 써버린 '재성'을 나무라고 있다. 무엇보다 그는 ⑦ 응오가 훔쳐낸 볏섬을 도로 논에 쏟고는 통탄하며 훔씬 동생을 매질하는 것으로 성실한 농부였던 동생이 도둑으로 전도되는 현실을 막고 땅과 가족을 지켜온 동생의 자존감을 지켜주려 하고 있다.

응칠의 에피소드를 단편적으로 놓고 보면 그가 막무가내 인물로 보

---

[44] 응칠과 재성 등은 화투를 하고 있는데 일제강점 초기에 화투가 들어오면서 도박의 판도가 바뀌어 옛날식 투전은 자취를 감추게 되었고 화투가 도박의 전형으로 토착화되었다(황현탁, 『사행산업론―도박과 사회』, 나남, 2012, 73쪽).

이지만 일련의 에피소드를 연결하면 그가 비록 소유한 땅은 없을지언정 땀 흘려 땅을 일구는 '농군'으로서의 정체성을 잃지 않고 실존적 복권을 시도하는 동시에 냉소적 시선으로 현실을 직시하고 있음 또한 알 수 있다. 때문에 소를 훔치려는 그의 욕망은 앞서 두 소설의 춘호와 영식의 욕망과는 다르게, 실현될 가능성이 농후해 보인다. 응칠은 현실 질서의 경계를 제 맘대로 넘나들면서도 ― 고향을 떠나 유리걸식하는 존재임에도 ― 마을 사람들에게 터부 당하지 않으며, 심지어 지지와 응원을 받기도 한다. 오히려 응칠이 시종일관 보여주는 여유와 뻔뻔함을 불편하게 "노려보는" 주재소가 '악행'을 일삼는 그를 압박하고 있는 존재로 인식될 뿐이다. 때문에 응칠의 악한 행위는 마을 사람들의 인정과 묵인 속에 소 도둑질 계획으로 연장될 수 있었다.

5. 위악(僞惡)한 해학과 풍자를 통한 식민 질서의 진동

김유정 소설은 돈이 실질적인 삶과 그 주체의 변화를 급속하게 변화시키는 모습을 전면화 한다. 소설 속 주인공들은 돈의 힘을 알고 기민하게 부를 축적한 집단의 바깥에 존재하면서 그들의 치부의 과정을 놀라움과 경이로움으로 바라봤다. 그러나 사고가 결여된 돈 벌기의 관찰은 결국 돈을 물신화 하는 데까지 이르고 있었다. 앞서 본문에서는 소설에 나타난 인물들의 한탕주의 욕망이 정보의 부족, 정보수집 능력과 의지 없음 등으로 발생하거나 주인공의 가치의 역전을 통해서 생성되고 있음을 설명하려 했다.

독자의 기대에 못 미치는 인물들이 체험하는 비극적 상황은 그들의 거친 언어와 뻔뻔함, 즉흥적 태도를 통해서 그 상황이 당장에 우스워지고 부정적 인물조차 그의 죄와 사악함이 무화되어버리며 친근해지는 양상이었다. 이는 소설 속 인물들이 사고의 미숙함을 깨닫지 못하거나 선악의 판단이 미숙하고 감정 조절에 실패하고 있기 때문이다. 인물들의 이러한 형편은 웃음, 곧 해학을 만들어낸다. 해학이란 사전적으로 '세상사나 인간의 결함에 대한 익살스럽고 우스꽝스러운 말이나 행동'이다. 아리스토텔레스는 『시학』에서 우스운 것은 타인에게 고통이나 해악을 끼치지 않는 일종의 과오나 추함이며 보통 이하의 열등한 인물을 모방하는데서 희극이 성립한다[45]고 했다. 즉, 해학은 부조화되고 질서를 파괴하는 인물과 사건을 통해 돌출되면서 관조적 시선을 유발하고 이를 통해 모순과 무질서에 내재한 아름다움과 가치를 노출한다.

「소낙비」의 춘호와 춘호 처는 비윤리적 사고를 서슴지 않는다. 앞서 살펴보았듯 춘호 처의 경우, 부부와 아내의 의미와 역할에 대한 사고 자체를 상실한 듯 보인다. 춘호는 도박으로 돈을 벌어서 '딱 한 번' 가본 서울에서 살고자 한다. 그에게 도박과 서울은 넉넉한 살림을 보장해주는 유일한 방법이고 장소이다. 이는 너무나 강력한 매력이라서 춘호는 자신의 빈곤한 형편에 대해서, 그 원인을 찾거나 다른 방법을 모색하는 등의 행위는 아예 시도조차 않고 있다. 너무나 어리석은 부부의 모습에 동정과 조롱의 감정이 생기고 한 번의 행운이 가져다 줄 결과를 확신하고 미리부터 들떠있는 부부의 모습은 동정심을 유발한다. 이는 일제가 도

---

45 아리스토텔레스, 『시학』, 삼성출판사, 1976, 247쪽.

박을 단속하면서도 동시에 막대한 재정적 수입을 얻을 수 있는 산업의
한 형태로 양성하면서 국가가 운영하거나 허용하는 도박은 탈범죄화[46]
시켰던 허위와 위선의 식민 지배에서 그 까닭을 찾을 수 있다. 도박에
따른 문제는 모두 개인의 몫으로 돌리면서 도박을 이용해 부를 축적한
제국의 부끄러움은 은폐하려 했던 제국의 의도를 엿볼 수 있는 대목이
기도 하다. 춘호의 욕망도 일제의 태도를 닮아 동정만 받을 수 없다. 춘
호는 도박으로 돈이 생기면 빚을 몇 푼만 갚고 서울로 도망가 살 궁리를
하기 때문이다. 춘호의 분별없는 생각이 또 한 번 등장하는 부분에는 조
롱과 비웃음이 찬다. 이렇듯 방향을 예측할 수 없는 춘호의 욕망은 웃음
을 만들어내지만 그 웃음으로 혼란을 조장하기도 한다. 그가 계획대로
서울에 갈 것인지, 야반도주는 성공할 것인지, 춘호 처는 리주사와의 관
계를 정리할 수 있을 것인지 등등의 불안함을 정작 부부는 책임지지 않
고 있기 때문이다.

「金따는 콩밧」에서도 사고를 결여한 세 명의 인물을 만날 수 있다. 금
을 얻겠다는 그들의 욕망은 뒷산의 금맥이 밭으로 이어져 왔다는 수재
의 말에서 생겨났다. 확인되지 않은 수재의 횡재와 소문으로만 들어 알
고 있던 황금 열풍은 확인과 검증의 절차 없이 그대로 절대적 선이 되었
다. 영식은 농사에만 열심이었으나 결국 콩밭에 구덩이를 팠고 시간이
지날수록 초조해지고 있다. 그런데 금을 캐서 빚도 갚고 편안하게 살아
보겠다는 영식의 욕망은 완전히 절망으로 그 끝을 맺고 있지 않는 데서
의미를 만들어내고 있다. 영식에게 맞아죽을까 두려워했던 수재의 거

46　일제는 화투를 한다고 구속시키면서 한편으로는 골패세령을 제정하여 골패, 마작, 화투의 제
　　조·판매 면허제를 도입했는데, 1935년에는 무허가로 화투를 제즈하였던 조선인에게 '과세
　　고의 20배에 해당하는 벌금에 처하였다'는 사건이 보도되기도 하였다(황현탁, 앞의 책, 78쪽).

짓말이 금맥을 '찾은' 것으로 현실화되고 있기 때문이다. 물론 금은 발견되지 않았다. 그러나 영식 부부에게는 그렇지 않다. 무더기 흙에서 금을 추려야하는 과제가 남았기 때문이다. 다음날 수재가 도망 간 것은 지금까지 영식이 금 캐기에 몰두 했던 일련의 과정을 생각할 때에 크게 문제 되지 않는다. 또다시 누군가의 말이나 혹은 소문으로 이미 캐 낸 흙덩이 속에 금이 있다고 믿어버리면 그만인 일이다. 수재 또한 도망질을 하면서도 어디에선가 또다시 금광 놀음으로 누군가를 현혹시킬 것이고 자신 또한 자신의 말에 묶여 또한번의 욕망을 키워가게 될 것이다. 주목할 것은 「金따는 콩밧」의 열린 결말이 영식 부부와 수재가 금 찾기를 계속하게 될 것이란 기대(?)[47]를 저버리지 않고 있다는 점이다. 그리고 세 인물의 서로 다른 욕망이 충돌하면서 만들어내는 소음이 웃음을 유발하면서 세 사람의 욕망에 투영된 1930년대의 금광 열풍의 허무와 타락을 추출해내고 있다는 점이다.

「만무방」 응칠은 앞서 살펴보았듯 현실에 유연하게 적응하며 살고 있는 인물이다. 그런데 응칠은 다른 두 편의 소설 속 인물과는 달리 나름의 삶의 철학을 가지고 있다. 그것이 논리적이지 않다는 비판은 정작 그의 생활을 관찰하면서는 수정해야 할 만큼 그는 생존 능력이 뛰어나다. 응칠이 당황스러웠던 것은 성실하게 농사를 지어 먹고 살던 동생 응오가 제 논의 벼를 훔친 것을 발견하고서다. 응칠은 정직과 성실을 버리고서야 비로소 잘 먹고 잘 살 수 있음을 체득했지만 농군으로서의 정체

---

47 김승종은 김유정 소설에서의 심층적 아이러니는 독자가 등장인물의 일탈행위들을 역사·사회적 문맥을 통해 파악하되 외부적 시각이 아닌 민중 내부의 시각으로 바라볼 때 부각된다면서 이는 지배자 중심의 윤리를 해체하고 민중적 생활 감각과 생존 방식에 바탕을 둔 대안적 윤리를 지향한다고 해석한다(김승종, 「김유정 소설의 "열린 결말" 연구」, 『現代文學理論研究』 53, 현대문학이론학회, 2013, 5~28쪽). 지배자 중심의 질서와 윤리를 해체하려는 의도를 가지고 있다는 점에서 본 글의 의도와 일치한다.

성을 잃거나 버리지는 않았기 때문이다. 응칠이 즉시 소를 훔쳐 동생에게 주겠다는 욕망을 갖게 된 것은 그래서 이해와 동의를 얻을 수 있게 된다.

주지하듯 응칠은 자발적으로 현실의 모든 질서를 무시하면서도 그것으로부터 규제 받지 않고 있다. 이는 응칠이 몸소 현실의 파괴된 질서와 허위를 재현하고 있기 때문이다. 응칠은 그 위악함으로 감히 흠결을 낼 수 없는 '현실'에 웃음으로 긴장을 만들어 내고 있다. 「소낙비」의 춘호와 「金따는 콩밧」의 영식 또한 그러하다. 두 인물은 지극히 어리석은 자신과 그 어리석음을 매개로 발생한 욕망을 숨기지 않으면서 조롱을 유발하고, 어리석은 존재가 또다시 악하고 어리석은 욕망을 만들면서 상식과 질서를 흩고 있다. 이러한 모습은 조선에 대한 일제의 이중적 통치 행위를 닮음으로써 곧 일제에 대한 비판을 실천하는 위악한 해학의 발동이다.

주지하듯 일제는 조선을 식민지로 호명하지 않는다고 공표 했다. 그러나 지속적이고 정치한 차별을 통해서 끝없이 조선을 배제 했다. 김유정의 소설은 이러한 일제의 식민주의 통제에 포섭되지 않으려는 실제적인 의지의 표상으로 해석할 수 있다. 조금 더 적극적으로는 소설 속 어리석은 인물들에 의해 향유되는 해학과 풍자를 통해서 식민통치의 질서를 교란하고 균열시키려는 의도를 적극 노출하고 있음을 확인 할 수 있다. 소설 속 인물들의 욕망은 생존을 위협하는 현실의 주체와, 주체에 의해 강권된 법과 제도에 포섭되지 않았다. 오히려 질서를 넘쳐나는 방식으로 식민 질서의 내부로부터 진동을 만들어 내고 있었던 것이다.

참고문헌

1. 기본자료

전신재 편,『원본 김유정 전집』, 강, 1997.

2. 논문

강이수,「1930년대 면방대기업 여성노동자의 상태에 대한 연구」, 이화여대 박사논문, 1991.

국성하,「박람회의 교육적 성격 연구(1889~1940)」,『연세교육연구』제16권 1호, 연세대 교육연구소, 2003.

권채린,「김유정 문학의 향토성 재고(再考)—30년대 향토 담론과의 비교를 중심으로」,『현대문학의 연구』, 한국현대문학회, 2010.

권태억,「1920, 30년대 일제의 동화정책론」,『韓國史論』, 서울대 국사학과, 2007.

김승종,「김유정 소설의 "열린 결말" 연구」,『現代文學理論硏究』53, 현대문학이론학회, 2013.

김양선,「1930년대 소설과 식민지 무의식의 한 양상—김유정 소설에 나타난 향토의 발견과 섹슈얼리티를 중심으로」,『한국근대문학연구』5권, 한국근대문학회, 2004.

김연진,「김유정 소설의 욕망 구조 연구—일제 식민통치 논리와의 상동관계를 중심으로」, 연세대 석사논문, 2002.

김준현,「김유정 단편의 반(半)소유 모티프와 1930년대 식민수탈구조의 형상화」,『현대소설연구』28, 한국현대소설학회, 2005.

김형규,「식민주의 질서와 농토의 상동성 혹은 거리—농민 형상으로 다시 본 김유정 소설의 의미」,『한중인문학연구』49집, 한중인문학회, 2015.

류종렬,「일제 강점기의 '금 모티프' 소설 연구—김유정 소설을 중심으로」,『外大語文論集』제13권, 釜山外國語大學校 語文學硏究所, 1998.

이미나,「1930년대 '금광열'과 문학적 형상화 연구」,『겨레어문학』55권, 겨레어문학회, 2015.

이현주,「김유정 농촌소설에 나타난 '향토' 표상」,『시학과 언어학』제31회, 시학과언어학회, 2015.

정현숙,「김유정 소설과 서울」,『현대소설연구』53, 한국현대소설학회, 2013.

조진기,「일제말기 국책의 문학적 수용—이기영의 광산소설을 중심으로」,『한민족어문학』

　　　　제43호, 한민족어문학회, 2003.
최경아, 「김유정 '금 모티프' 소설 연구―「노다지」, 「금」, 「금따는 콩밭」을 중심으로」, 경기대
　　　　석사논문, 2009.
최성윤, 「김유정의 현실 인식과 아이러니의 한 양상―단편 「떡」, 「만무방」의 인물형상을 중심
　　　　으로」, 『현대문학이론연구』57권, 현대문학이론학회, 2014.
표정옥, 「김유정 소설에 나타난 사회적 엔트로피와 놀이성(Ludism)―〈노다지〉, 〈만무방〉,
　　　　〈봄·봄을 중심으로」, 『현대소설연구』21, 한국현대소설학회, 2004.
하정일, 「지역·내부 디아스포라·사회주의적 상상력―김유정 문학에 관한 세 개의 단상」,
　　　　『민족문학사연구』, 민족문학사학회, 2011.
황태묵, 「김유정 소설에 나타난 '돈」, 『우리문학연구』38, 우리문학회, 2013.

3. 단행본

강만길 외, 『일본과 서구의 식민통치 비교』, 선인, 2004.
강만길 엮음, 『한국 자본주의의 역사』, 역사비평사, 2000.
강만길, 『20세기 우리 역사』, 창작과비평사, 1999.
______, 『일제시대 貧民生活史 연구』, 창작과비평사, 1987.
강신주, 『상처받지 않을 권리』, 프로네시스, 2011.
권명아, 『음란과 혁명―풍기문란의 계보와 정념의 정치학』, 책세상, 2013.
권태억, 『한국 근대사회와 문화』Ⅲ, 서울대 출판부, 2007.
김민철, 『기로에 선 촌락―식민권력과 농촌사회』, 혜안, 2012.
김유정학회 편, 『김유정의 문학광장』, 소명출판, 2016.
김수현·정창현, 『제국의 억압과 저항의 사회사』, 민속원, 2011.
동양학연구소 편, 『한국문화 전통의 자료와 해석』, 단국대 출판부, 2007.
오호성, 『일제시대 米穀시장과 流通구조』, 경인문화사, 2013.
유인순, 『김유정과의 동행』, 소명출판, 2014.
______, 『김유정을 찾아가는 길』, 솔과학, 2003.
이준식, 『일제강점기 사회와 문화―'식민지'조선의 삶과 근개』, 역사비평사, 2014.
전봉관, 『황금광시대』, 살림, 2005.
전경수·이덕순, 『여가관광론』, 원광대 출판국, 2004
황현탁, 『사행산업론―도박과 사회』, 나남.
한국광업협회, 『한국광업백년사』, 한국광업협회, 2012.

마쓰모토 다케노리, 윤해동 역, 『조선농촌의 식민지 근대 경험』, 논형, 2011.

무라야마 지준(村山智順), 노무라 신이치 해설, 최순애·요시무라 미카 역, 『조선인의 생로병
　　　사』, 신아출판사, 2013.

스티븐 로저 피셔, 박수철·유수아 역, 『언어의 역사』, 21세기북스, 2011.

야마베 겐타로, 최혜주 역, 『일본의 식민지 조선통치 해부』, 어문학사, 2011.

한나 아렌트, 김선욱 역, 『예루살렘의 아이히만』, 한길사, 2007.

竝木眞人 외, 『1930년대 민족해방운동』, 거름, 1984.

Hermann Lautensach, *KOREA*, 『코레아―한 이방인 지리학자의1930년대 한반도 연구』, 헤
　　　르만 라우텐자흐, 김종규·강경원·손명철 역, 푸른길, 2014.

제3부 / 김유정 문학과 문학교육현장

「동백꽃」의 '나'를 믿지 않게 가르치기[*]

정진석

1. 「동백꽃」의 예전화와 신빙성 없는 서술자의 수용

신빙성 없는 서술자를 하나의 개념으로 처음 제안한 사람은 웨인 부스(Booth)이다. 그는 서사적 소통의 참여자 사이의 유사점과 차이점을 의미하는 '거리'를 논의하는 자리에서 '내포저자의 규범을 대변하지 않거나 거기에 따라 행동하지 않는 서술자'를 신빙성 없는 서술자로 규정한다. 이에 따르면 내포저자와 서술자 사이의 거리 정도에 따라 서술자의 신빙성 여부는 결정되고 거리의 종류에 따라 신빙성 없음의 양상과 효과도 상이해진다. 부스는 서사적 소통에서 문제시되는 여러 거리 중 내포저자와 서술자의 거리를 판단하는 것이 가장 중요함을 강조하면서 서술자의 신빙성 문제를 부각한다. "화자가 신용할 수 없는 사람임이

---

[*] 이 글은 『국어교육』 154호(2016.8)에 수록한 것을 수정한 것이다.

드러나면, 그가 전달하려는 작품의 전체 효과는 완전히 변화"한다는 점에서 실제 비평에서 우선적으로 해명해야 할 과제라는 것이다.[1]

이후 서술자의 신빙성 문제는 서사론의 주요 논제가 된다.[2] 서술자의 신빙성은 미적 기법의 문제이자 윤리적 판단의 대상이기 때문에 해석의 방향을 결정하는 기점으로 작용한다.[3] 독자가 서술자를 신빙성 있다고 판단하면 인물과 사건에 대한 그의 보고와 판단에 기대어 텍스트를 해석할 수 있다. 그렇지 않다면 서술자의 말하기에 감춰진 사건의 실상을 추론하면서 또 다른 의미 작용을 전경화해야 한다. 서술자의 신빙성 문제는 이처럼 독자의 능동적인 의미 구성을 요청한다.[4]

부스의 논의 이후, 서술자의 신빙성 문제는 내포저자의 위상과 기능에 대한 비판적 논의와 맞물리면서 대안적 관점에서 탐구되기 시작한다. 특히, 서사를 텍스트가 아닌 생산자와 수용자의 마음에서 발생하는 것으로 보고 서사 수용에서 일어난 인지적 기제와 과정을 해명하려는 인지서사론의 논의는 주목할 만하다. 이러한 관점은 서술자의 신빙성을 작가와 서술자의 거리축이 아닌 서술자와 독자의 거리축으로 판단하는 것으로 상정하고 독자의 해석 전략이라는 측면에서 접근한다.[5] 서

---

1 Booth, W. C., 최상규 역, 『소설의 수사학(*The Rhetoric of Fiction*)』, 예림기획, 1999, 217~218쪽.

2 Nünning, A. F., Reconceptualizing Unreliable Narration : Synthesizing Cognitive and Rhetorical Approached. In Phelan, J. & Rabinowitz. P. J. (eds), *A Companion to Narrative Theory*, Blackwell Pub, 2005, pp.89~107.

3 뉘닝에 따르면, 서술자의 신빙성 문제가 서사론의 중심 쟁점으로 부각한 이유는 세 가지로 요약될 수 있다. 첫째, 내포저자의 문제 등 다양한 이론적 쟁점의 포함, 둘째, 서술자의 신빙성이 기술과 해석, 미학과 윤리학의 접점에 있으며 이로 인해 작품의 해석에 큰 영향을 미친다는 점, 셋째, 신빙성 없는 서술자가 다양한 장르와 매체로 확산되고 있다는 점 등이다(Nünning, A. F., 앞의 책, 2005, p.90).

4 Nunning, A. F., Reliability. In Herman, D., Jahn, M. & Ryan, M. (eds), *Routledge Encyclopedia of Narrative Theory*, New York: Routledge, 2005, pp.495~497.

5 Nünning, A. F., But why "will" you say that I am mad?, *Arbeiten aus Anglistik und Amerikanistik* 22(1), 1997, pp.83~105.

술자의 신빙성 여부를 판단하는 것은 텍스트의 내적 요소를 분석하는 것일 뿐만 아니라 독자가 자신의 가치관, 지식, 경험 등과 관련된 프레임을 적극적으로 투입하는 인지적 행위라는 것이다.

이 연구는 서술자의 신빙성에 대한 판단이 독자의 인지적 행위라는 관점을 견지하면서 신빙성 없는 서술자가 소설교육에 수용되는 양상을 인지서사적으로 분석하고자 한다.[6] 소설교육에서 신빙성 없는 서술자는 '시점'이나 '서술자' 관련 성취기준이 교과서에 실행되면서 수용된다. 소설론에서 신빙성 없는 서술자의 대표적 사례로 언급되는 「사랑손님과 어머니」의 '옥희'와 「동백꽃」의 '나'는 7차 교육과정의 성취기준 "작품이 누구의 눈을 통하여 전달되고 있는지를 파악한다"를 실행한 단원의 제재이다. 또한 이들 소설은 2011 개정 국어과 교육과정의 성취기준 "작품의 세계가 누구의 눈을 통해 전달되는지 파악하며 작품을 수용한다"를 실행한 16종의 교과서 중 11종에 실려 있다. 학습자에게 시점이나 서술자를 가르치기 위해서는 보다 일반적 서술 상황인 삼인칭 전지적 시점이나 신빙성 있는 서술자가 적합하다는 의견에 비춰보면 신빙성 없는 서술자의 소설에 대한 교과서의 이러한 선호는 의도적 선택이라고 보아야 한다.[7] 여기에는 서술자의 신빙성을 판단하고 소설의 의미를 이해하는 소설교육의 고유한 해석 전략이 자리하고 있는데 이 연구에서는 그러한 방식을 매개하는 소설교육의 인지적 프레임을 확인하고 분석할 것이다.

6　후술하겠지만 인지서사적 분석이란 어떤 텍스트를 서사화하는(서사적으로 이해하는) 독자의 능력과 관련된 정신적 도구, 과정, 행위를 분석하는 것이다. 인지서사적 분석의 주된 대상은 텍스트를 서사적으로 이해하기 위해 문학 공동체의 구성원이 도입하는 프레임(frame)의 종류와 적용 방식이다(Scholes, R. E., Kellogg, R. L. & Phelan, J., 임병권 역, 『서사문학의 본질(*The Nature of Narrative : Revised and Expanded*)』, 예림기획, 2007, 440~442쪽).

7　이러한 이유로 신빙성 없는 서술자의 소설이 시점이나 서술자에 대한 학습에 적합한 제재가 아니라는 주장이 제기되기도 하였다(최시한, 『소설의 해석과 교육』, 문학과지성사, 2005, 68쪽).

　이 연구는 분석 대상으로 「동백꽃」의 예전화 양상을 살피고자 한다.[8] 「동백꽃」은 7차 교육과정의 중학교 국어 교과서에 처음 제시된 이래, 2007 개정 교육과정의 12종 교과서에서 4종, 2011 개정 교육과정기의 16종 교과서에서 7종에 수록될 만큼 소설교육의 중요 제재로 자리매김하고 있다.[9] 「동백꽃」을 포함한 김유정 소설이 제재화되는 이러한 양상

8　정전(正典)이 문학성이나 문학사에서 대표성을 인정받은 작품이라면 예전(例典)은 교육적 맥락에서 특정한 학습 목표나 성취기준을 달성하기 위해 적절하다고 선택된 작품을 의미한다. 실제로 국어 교과서에 실린 문학 작품 중 상당수는 문학사를 대표하기 때문이 아니라 성취기준의 구현에 적합하기 때문에 제재로 선택되었다(김동환, 「국어과 교과서의 문학 제재와 관련된 쟁점과 제안」, 『국어교육학연구』 47, 국어교육학회, 2013, 49~51쪽). 「동백꽃」은 시점, 서술자 개념을 가르치기 위한 예전으로 인정받으면서 소설교육의 주요 제재가 된다.

9　2007 개정 교육과정기의 경우, 중학교의 3개 학년에 교과서가 모두 발행된 12종 중 4종이 4개의 성취기준을 실행하기 위해 「동백꽃」을 제재로 선정하였다. 구체적인 수록 현황은 다음과 같다.

출판사	대표 저자	학년	관련 성취기준
비상교육	조동길	1-1	7-(2) 문학 작품의 전체적인 정서와 분위기를 파악한다.
디딤돌	김종철	2-2	8-(3) 문학 작품의 세계가 누구의 눈을 통해 전달되는지를 파악한다.
미래앤	이남호	2-2	8-(2) 다양한 시각과 방법으로 문학 작품을 해석하고 평가한다.
지학사	방민호	3-1	9-(3) 문학 작품에 대한 다양한 해석을 비교한다.

2011 개정 교육과정기의 경우, 중학교 국어 교과서 16종 중 7종에서 3개의 성취기준을 실행하기 위해 「동백꽃」을 제재로 선정한다. 2007 개정 교육과정기에 비해 연계된 성취기준은 줄었지만 선정 비중은 늘었다. 이는 「동백꽃」(5종)이 「사랑손님과 어머니」(6종)과 함께 '서술자' 관련 성취기준을 위한 제재로서의 위상이 강화되었기 때문이다. 구체적인 수록 현황은 다음과 같다.

출판사	대표 저자	학년	관련 성취기준
교학사	남미영	②	(3) 다양한 관점과 방법으로 작품을 해석한다.
비상교육	김태철	②	(2) 갈등의 진행과 해결 과정을 파악하며 작품을 이해한다.
신사고	민현식	③	
신사고	우한용	④	
지학사	방민호	③	(5) 작품의 세계가 누구의 눈을 통해 전달되는지 파악하며 작품을 수용한다.
천재	김종철	③	
천재	박영목	③	

은 최근 문학교육에서 집중적으로 조명된 바 있다.

하지만 논의가 축적된 정도에 비해 연구의 시각은 유사한데, 교과서의 제재화 과정에서 드러난 작품 선정의 편중과 작품 이해의 불균형을 비판하는 것이다.[10] 즉, 교과서의 수록 제재에서 김유정의 도시 소설은 배제되고 있는 점, 선정된 농촌 소설들도 향토성, 해학, 유머를 중심으로 해설되면서 그 의미망이 축소되고 있는 것, 「동백꽃」의 경우 학습의 초점이 서술자의 특성에 맞춰지면서 작품의 다른 특성인 해학적 문체, 판소리 전통의 계승, 방언의 사용 등이 제대로 조명되지 못하고 있는 점 등을 지적하고 있다.

이러한 논의는 「동백꽃」을 비롯한 김유정 소설이 교과서의 제재로 수록된 현황에 대한 정보를 제공하는 한편, 작품론의 최신 성과를 교과서 등의 교육적 설계에 반영한다는 의의를 지닌다. 문제는 이러한 논의가 작품론을 기준으로 교육적 실천을 분석하고 평가하기 때문에 정작 이 소설을 교과서의 제재로 선택하고 예전으로 발전시킨 교육계의 의도와 해석 전략을 입체적으로 규명하지 못한다는 점이다.[11] 「동백꽃」의 경우 교과서의 제재화에 복수의 성취기준이 연계되어 있다는 점이 특징적인데, 국어교육계는 각각의 성취기준의 실행에 적합하도록 「동백꽃」의 해설에 서로 다른 프레임을 적용하고 있다.[12] 주목할 점은 교육과정

---

10 김명석, 「김유정 소설 교육과 새 교과서 ─ 동백꽃 을 중심으로」, 『구보학보』 13, 구보학회, 2015; 김지혜, 「김유정 문학의 교과서 정전화 연구 ─ 7차 교육과정과 2007년 교육과정을 중심으로」, 『현대문학이론연구』 51, 현대문학이론학회, 2012; 최성윤, 「고교 교과서의 김유정 소설 수용 양상 검토」, 김유정학회 편, 『김유정과 동시대 문학 연구』, 소명출판, 2013.

11 이런 점에서 김동환의 논의는 주목할 만하다. 김유정 소설의 제재화에 대한 선편을 쥔 이 논의는 정전사(正典史)적 차원에서 국어교육계의 논리에 밀착하여 그 수용 양상을 검토하고 있다. 다만 이 연구는 김유정의 여러 소설을 교과서 수록 목록 및 빈도, 단원 편성, 작품 해석 및 작가 기술, 정본 등 다양한 지점에서 점검하고 있어 시론의 성격이 강하다(「교과서 속의 이야기꾼, 김유정」, 김유정학회 편, 『김유정의 귀환』, 소명출판, 2012).

의 개정과 그에 따른 교과서의 편찬이 거듭될수록 「동백꽃」이 서술자 관련 성취기준의 예전으로서 그 위상을 강화하고 있고 이와 연계된 프레임이 잠재적 교육과정으로서 교육되고 있다는 점이다. 이런 점에서 「동백꽃」의 예전화 양상은 작품론에 견줘 미흡하고 보충되어야 할 불완전한 오독이라기보다는 교육적 의도에 따라 기획하고 강화한 교육적 실천으로 간주되어야 하며 그 자체가 분석의 대상이 되어야 한다. 이 연구는 「동백꽃」의 예전화가 신빙성 없는 서술자의 수용과 맞물려있다는 점에 주목하면서 수용의 맥락과 양상, 그리고 「동백꽃」의 해석을 조율하는 해석 전략으로서 소설교육의 인지적 프레임을 분석하고자 한다.

2. 해석의 전략으로서 서술자의 신빙성 판단

신빙성 없는 서술자와 관련하여 부스의 규정에 대한 일차적인 비판은 내포저자의 위상에 집중되어 있다. 부스에 따르면 서술자의 신빙성은 그의 규범이 내포저자의 규범과 불일치하거나 그에 따라 행동하지 않을 때 발생한다. 내포저자가 서술자의 신빙성을 판단하는 가장 중요

---

12 소설교육에 수용된 신빙성 없는 서술자의 소설로는 주요섭의 「사랑손님과 어머니」(1935), 김유정의 「동백꽃」(1936), 채만식의 「이상한 선생님」(1949), 전성태의 「소를 줍다」(2000) 등이 있는데 수록 빈도로는 앞의 두 편이 대표적이다. 주목할 점은 「사랑손님과 어머니」가 서술자 관련 성취기준을 위한 제재로만 선택된 반면, 「동백꽃」은 서술자 관련 성취기준을 위한 제재화 빈도가 높지만 "다양한 관점과 방법으로 작품을 해석한다" 등 다른 성취기준을 위한 제재로도 선택되었다는 점이다. 이는 「동백꽃」이 「사랑손님과 어머니」에 비해 신빙성 없는 서술자의 수용이 지닌 차별성을 보다 명료하게 드러낼 수 있는 조건이 된다.

한 기준인 셈이다. 문제는 내포저자의 존재 자체가 의문시되고 있다는 점이다. 즉, 내포저자에 대한 규정이 불분명하고 텍스트 전체 및 실제 작가와 구분되지 않는다는 점에서 서사적 소통의 필수적 참여자가 아니거나 불필요한 개념이라는 것이다.[13]

특히 인지서사론에서는 내포저자의 가치나 규범을 독자가 파악하는 것이 어렵다는 점에서 내포저자는 서술자의 신빙성을 판단하는 기준이 될 수 없다고 주장한다.[14] 대신 서술자와 독자의 거리에 주목한다. 서술자가 신빙성이 없다는 판단은 독자가 소설을 읽는 과정에서 서술된 스토리와 그에 대한 서술자의 논평 간의 불일치, 서술자 내적 담론의 분열 등 텍스트의 모순을 발견하고 이를 서술자의 신빙성 없음에 귀인하는 인지적 행위라는 것이다. 이런 점에서 서술자의 신빙성에 대한 판단은 독자의 인지적 프레임을 바탕으로 서술자의 텍스트 내적 기능을 분석하고 인격적 차원을 재구하는 방식으로 이루어진다. 독자는 이념과 가치관, 심리, 인격의 정상성에 대한 지식이나 경험 등 실제 세계에 대한 프레임과 문학 장르, 작품, 인물 유형, 마스터플롯 등 문학 세계에 대한 프레임을 적용하면서 서술자의 지식, 정서, 가치를 평가하며 그의 신빙성을 판단한다.[15]

---

13 Phelan, J., *Living to Tell about It*, Cornell University Press, 2005, pp. 48~53.

14 Nünning, A. F., Reconceptualizing Unreliable Narration : Synthesizing Cognitive and Rhetorical Approached. In Phelan, J. & Rabinowitz. P. J. (eds), *A Companion to Narrative Theory*, Blackwell Pub, 2005, p. 91.

15 인지서사론에서 읽기 과정과 프레임에 대한 규정은 다음과 같다. 첫째, 읽기 과정은 "독자가 텍스트의 신호가 지닌 잠재적 의미를 이해하는 데 도움을 주는 전제와 도식, 즉 프레임의 한 체계를 구성하고 투사하는 것"이다. 둘째, 이때 프레임은 "인간의 상황과 행동을 구분하는 얼마간 다른 유형에 대한 관습화되고 표준화된 정보 세트"이다. 문학 읽기에는 주로 실제 세계에 대한 정보 세트인 실제 세계의 프레임(real-world frames)과 문학적 관습에 대한 정보 세트인 문학적 프레임(literary frames)이 투입된다(Zerweck, B., Historicizing Unreliable Narration: Unreliability and Cultural Discourse in Narrative Fiction. *Style 35* (1), Penn State University Press, 2001, pp. 153~155).

신빙성 없는 서술자를 독자가 텍스트와 상호작용하기 위해 선택한 해석 전략이라고 본다면 서술자의 신빙성 판단은 독자에 따라 다양하고 시대에 따라 변화한다. 이러한 가변성은 신빙성 없는 서술자의 소설에 대한 실제 읽기에서 흔히 볼 수 있는 현상이다. 예를 들어 「동백꽃」의 해석사에서 일인칭 서술자 '나'의 신빙성은 달리 판단되어 왔다. 한편에서 이 작품은 향토적 농촌에서 벌어진 사춘기 남녀의 순수한 애정 갈등을 해학적으로 형상화한 소설로, '나'는 감자를 건네거나 닭싸움을 거는 점순이의 의도를 이해하지 못하는 순박한 소년, 즉 신빙성 없는 서술자이다. 하지만 배경이 된 농촌에서 식민지 시대의 궁핍함을, 점순이와 나의 관계에서 마름과 소작농이라는 계층 관계를 전경화하면 사건의 성격은 달라지고 서술자의 신빙성도 달리 판단될 수 있다. 독자는 닭싸움에서 계층 관계의 권력 문제를 읽어낼 수 있으며 '땅도 떨어지고 집도 내쫓길 수 있음'을 알고 있는 '나'를 신빙성 있는 화자로 판단할 수 있다.[16]

주목할 점은 서술자의 신빙성에 대한 각각의 판단이 서로 다른 프레임을 투사한 독자 개인의 인지적 선택이지만 그 이면에는 그러한 프레임의 선택을 당연하게 여기는 공동체의 이상화된 인지 모형(idealised cognitive models)이 자리한다는 점이다.[17] 독자는 서술자의 신빙성을 판단하기 위해 서술자의 성격, 인물과의 관계, 사건의 실체를 선택적으로 부각하는데 이는 독자 개인의 선호이면서 사회문화적으로 자연화된 관습이다. 독

---

16 「동백꽃」의 '나'를 신빙성 있는 서술자로 간주한 읽기에는 유종영(「김유정의 소설 연구」, 『한국어문학연구』 18, 한국어문학연구학회, 1983, 121∼166쪽), 이경(「김유정 소설의 서사적 거리 연구」, 『한국문학논총』 15, 한국문학회, 1994) 등이 대표적이다.
17 이상화된 인지 모형은 공동체가 이상적인 것으로 여기는 지식 조직의 구조로, 언어의 의미를 이해할 때 무엇이 원형적 의미이고 기본적 맥락인가를 지시하고 요소들 간의 관계를 규정한다. 공동체의 사회문화적 맥락에 의존한다는 점에서 문화 모형으로도 불린다(Stockwell, P., *Cognitive Poetics : An introduction*, NY : Routledge, 2003, p.33).

자는 해석 공동체인 일원이라는 점에서 성, 지역, 계층, 직업 등과 관련된 사회문화적 담론을 해석의 자원으로 공유하고 특정한 선호와 읽기 방식으로 구성된 공동체의 해석 전략을 학습한다. 이런 점에서 신빙성 판단의 다양성과 가변성은 해석 공동체의 가치 체계와 사회문화적 규범을 드러낼 수 있는 의미 있는 읽기 현상으로 주목할 필요가 있다.[18]

독자 개인이 공동체의 해석 자원과 전략을 내면화하는 가장 영향력 있는 공간은 바로 문학교육의 장이다. 교과서의 제재 선정, 작품 해설, 학습활동 구성 등이 여기에 해당하는데 이러한 교육적 설계는 학습 독자로 하여금 소설의 의미를 특정한 맥락에서 특정한 방식으로 이해하게 한다. 이는 신빙성 없는 서술자에 대한 소설교육의 수용에서도 마찬가지이다. 소설교육은 교과서에 「사랑손님과 어머니」나 「동백꽃」을 수록하고 각각의 '나'를 신빙성 없는 서술자로 호명하면서 서술자의 특성이나 신빙성 없음의 효과를 특정하게 설명한다. 이러한 수용은 공동체가 공유하는 인지 모형과 긴밀한 연관을 맺으며 삶과 문학에 대한 일정한 인식과 태도에 학습자가 익숙해지도록 한다. 이러한 점에서 신빙성 없는 서술자를 소설교육이 수용한 양상에 대한 분석은 서술자의 신빙성 없음을 판단하기 위해 소설교육이 선택한 프레임을 확인하는 것이며 이러한 선택이 자연스러운 것으로 전제하는 공동체의 사회문화적 모형을 드러내는 것이다.

18　Zerweck, B., 앞의 책, 2001, pp. 157~158.

3. 소설교육은 신빙성 없는 서술자를 왜 수용하였는가?

신빙성 없는 서술자는 교육과정에 제시된 개념은 아니다. 교육과정의 성취기준과 그 해설에서 신빙성 없는 서술자라는 용어와 그에 대한 설명은 찾아보기 어렵다. 그럼에도 신빙성 없는 서술자의 소설교육적 수용을 논의할 수 있는 이유는 '서술자의 신빙성 없음'이 시점이나 서술자를 가르치기 위한 제재의 선정 기준으로 작용해 왔기 때문이다. 예를 들어 시점을 위한 제재로 거듭 선택되면서 정전의 위상을 강화하고 있는 「사랑손님과 어머니」와 「동백꽃」의 경우 교사용 지도서는 이들 서술자를 "믿을 수 없는 화자"로 소개하고 그 특성을 설명하고 있으며 학습자가 서술자의 '믿을 수 없음'에 주목하며 소설을 읽어낼 수 있도록 학습 활동을 구성하고 있다.[19]

일차적으로 신빙성 없는 서술자는 교육과정의 성취기준으로서 시점을 매개로 소설교육에 수용된다. 하지만 시점의 도입이 곧 신빙성 없는 서술자의 수용을 의미하는 것은 아니다. 시점은 4차 교육과정기부터 문학교육의 내용으로 제시되었는데 이때 교과서에 수록된 소설은 신빙성 없는 서술자의 소설이 아니었다. 물론 현재와는 완전히 다른 소설과 서술자를 제시했던 것은 아니다. 지금은 시점 단원에서 찾기 어려운 「상록수」가 실렸고 현재의 주요 제재인 「사랑손님과 어머니」도 실렸다. 주

19　예를 들어 교사용 지도서에서 다음과 같은 설명을 확인할 수 있다. "믿을 수 없는 화자 : 소설을 읽으면 대체로 말하는 이를 전폭적으로 믿게 된다. 그러나 화자가 어리다든지 어리숙하다든지, 아니면 잘못된 가치관을 가지고 있어서 독자에게 사건의 경과를 잘못 전달하기도 하여 독자가 신뢰하기 어려운 경우가 있다. 이런 경우의 화자를 '믿을 수 없는 화자'라고 부른다"(방민호 외, 중학교 『국어』 ③-연구용 교과서, 지학사, 2014, 31쪽).

목할 점은 그때의 「사랑손님과 어머니」는 신빙성 없는 서술자의 소설
이 아닌 일인칭 관찰자 시점의 소설로 수용되었다는 점이다.[20] 이 작품
의 '옥희'가 신빙성 없는 서술자로 인식된 시기, 그리고 「동백꽃」이 신빙
성 없는 서술자의 새로운 제재로서 교과서에 처음 선정한 시기는 그 이
후로, 교육과정이 세 번이 바뀐 7차 교육과정기이다. 이러한 변화가 신
빙성 없는 서술자의 수용 맥락에서 보다 심층적으로 해명되어야 할 것
인데 그 이면에는 소설과 시점을 바라보는 새로운 관점의 도입이 있다.

> 가 소설에서 인물의 성격이나 행위, 사건 등을 누구의 눈으로, 어떤 관점에서
> 바라보고 이야기하는가를 소설의 시점(視點)이라 한다. 소설의 시점은 서
> 술자가 소설 속에 있는가, 소설 밖에 있는가에 따라 1인칭 시점과 3인칭 시
> 점으로 나뉜다. 1인칭 시점은 소설 속의 '나'가 말하는 방식이다. 1인칭 시
> 점에는 '나'가 주인공(主人公)으로서 '나' 자신의 이야기를 말하는 1인칭 주
> 인공 시점과, '나'가 관찰자(觀察者)의 위치에서 소설 속 다른 인물의 행위
> 나 사건 등을 관찰하여 말하여 주는 1인칭 관찰자 시점이 있다
>
> — 교육부, 중학교『국어』2-1, 대한교과서주식회사, 1998, 58쪽

> 나 글쓴이는 작품에서 의도하고 있는 생각을 잘 표현할 수 있는 사람을 내세
> 우기도 한다. 그리고 그의 눈을 빌려 작품 속 상황을 보여주고, 입을 빌려
> 들려준다. 이와 같이 글쓴이를 대신하여 작품 속에서 이야기를 전달해 주
> 는 사람을 '말하는이'라고 한다. (…중략…) 1단원에서 배운 소설 '소음 공
> 해'를 떠올려 보자. 이 소설은 각박한 도시 생활의 이야기이다. 그런데 이

---

20 정진석, 「소설교육에서 「사랑손님과 어머니」의 정전화 양상과 개선 방향」, 『문학교육학』
 46, 한국문학교육학회, 2015, 81~101쪽.

소설의 말하는이는 소설의 주인공이기도 한 중년 여인이다. 글쓴이는 아파트라는 공간 속에 사는 한 중년 여인을 통해서, 이웃 간의 따뜻한 정과 서로를 배려하는 마음이 메말라 가는 현대 사회의 모습을 보여 주려 했던 것이다. 이처럼 글쓴이는 작품을 쓸 때 작품 속에 말하는이를 적절히 설정하고, 그를 통해 독자들에게 말하려는 내용을 보다 효과적으로 전달하고 있다.[21]

⑦는 6차 교육과정기 중학교 3학년 국어 교과서의 '4. 소설의 시점'에서, ⓓ는 7차 교육과정기 중학교 2학년 교과서의 '6. 작품 속의 말하는이'에서 인용한 것이다. 두 글은 모두 4차 교육과정기부터 교육내용으로 제시된 시점을 실행한 것이지만 선택된 용어와 설명 방식은 상이하다. ⑦에서는 '시점'의 의미를 설명하고 유형을 소개하는 데 방점이 있다. 유형론의 관점에서 시점이라는 용어를 선택하고 시점 유형을 교육내용으로 제시하는 것이다. 반면 ⓓ는 '말하는이'의 의미를 풀이하고 서사적 소통 과정에서의 기능을 설명하는 데 주력한다. 이전 시기의 용어인 시점과 유형론을 의도적으로 사용하지 않는 점이 눈에 띄는데 이러한 변화는 소설교육의 관심이 소설의 체계와 그 구성 요소에 대한 인지에서 소설 읽기와 창작 등 소통 행위의 참여로 옮겨간 결과이다. 수사적 접근에 기반을 둔 이러한 관점은 소설 읽기를 독자가 텍스트를 매개로 작가와 소통하는 행위로 간주한다. 또한 소설의 다양한 요소는 작가가 인물과 사건에 대한 독자의 체험을 조정하면서 말하고자 하는 바를 효과적으로 전달하는 서사 기법으로 규정된다.[22]

---

21 교육인적자원부, 중학교 『국어』 2-1, 교학사, 2003, 214∼215쪽.
22 Phelan, J., Rhetorical Approaches to Narrative, Herman, D., Jahn. M. & Ryan, M. (eds), *Routledge*

이러한 구도에서 소설을 읽는 독자가 제기해야 할 질문은 '무엇을 이야기하는가'에서 '어떻게 소통하는가'로 확장되며 학습자가 스토리 층위뿐만 아니라 담론 층위도 읽게 하는 것이 소설교육의 과제가 된다. 이러한 과제는 소설 읽기의 기본적인 체험인 몰입을 방해한다는 점에서 작위적인데 이에 대한 해결책이 바로 신빙성 없는 서술자의 소설이다.[23] 서사적 소통에 참여하는 독자는 서술자가 인물과 사건에 대해 자신이 진실이라고 믿는 것을 적절한 정보량을 통해 질서정연한 방식으로 서술할 것이라고 기대한다. 따라서 서술자의 인지적, 심리적, 가치적 특이함이 부각되면 독자는 서술자가 말하는 내용만큼 서술자의 말하기를 주목하게 된다.[24] 서술자의 신빙성 없음이 소설에 대한 독자의 수사적 읽기를 견인하는 것이다.

수사적 접근의 도입과 함께 주목할 또 다른 변화는 서술자의 인격화이다. 7차 교육과정부터 교육과정과 교과서에서는 '시점'이라는 용어 대신 '말하는이'라는 용어를 사용한다. 이러한 용어의 변화는 학습자가 그러한 개념을 매개로 읽어내야 할 내용의 변화를 포함한다.[25] 가처럼

Encyclopedia of Narrative Theory, New York : Routledge, 2005, 500~504쪽.

23 소설을 읽는 과정에서 독자가 몰입할 때 중요한 요건은 리얼함이다. 이때의 리얼함은 소설의 허구 세계가 현실 세계와 유사한 정도로서의 리얼함이 아니라 독자가 체험하는 세계의 허구성에 대한 인식을 자발적으로 유예하기에 충분한 정도의 리얼함이다. 즉, 소설 읽기에서 몰입은 소설의 허구 세계를 경험하되 그에 대한 인식의 범위가 허구 세계에 한정되는 집중적인 체험을 의미한다. 독자의 인식이 허구 세계보다 한 차원 높은 담론의 층위나 제작의 층위로 이동하는 순간 독서 체험은 몰입에서 멀어진다(김기홍, 「허구서사 애니메이션의 관객 몰입 메커니즘 연구」, 『만화애니메이션연구』 17, 한국만화애니메이션학회, 2009, 39~41쪽).

24 Nunning, A. F., Reliability. In Herman, D., Jahn, M. & Ryan, M. (eds), Routledge Encyclopedia of Narrative Theory, New York: Routledge, 2005, pp.496~497.

25 독자에게 '시점'이라는 용어는 의인화 없이 인식될 수 있지만 '서술자'라는 용어는 한 명의 인격체처럼 인식될 수 있다. 특히 소설 읽기를 일종의 소통으로 간주한다면 서술자처럼 의인화에 기반을 둔 용어를 사용하지 않을 수 없다(Ricoeur, P., 김한식 역, 『시간과 이야기 (*Temps et récit II*)』 2, 문학과지성사, 2000, 198~199쪽).

'시점'에서 주목해야 할 것이 "서술자가 소설 속에 있는가, 소설 밖에 있는가" 또는 "'나'가 주인공인 '나' 자신의 이야기를 말하는가, 소설 속 다른 인물의 행위나 사건 등을 관찰하여 말하는가'라면, '말하는이'에서 주목해야 할 것은 나에서 안내하듯 서술자의 중년이라는 연령, 아파트라는 거주 공간, 여성이라는 성별 등 인격적 특성이다. 소설교육은 이와 관련된 교과서의 학습활동을 "이 소설에서 이야기를 진행해 나가는 사람은 소설 속의 인물인가, 소설 밖의 인물인가?"에서 "이 소설의 말하는이는 누구인지, 또 어떤 특징이 있는지 적어 보자"로 바꿈으로써 학습자가 서술자의 인격적 특성에 주목하게 한다.[26]

서술자에 대한 이러한 인격화는 서술자의 신빙성에 대한 판단을 가능하게 하는 조건이다. 서사론에서 서술자는 대체로 언어적 구성물로 간주되었다.[27] 서사에 대한 수사적 접근에서도 서술자의 설정은 작가의 창작 의도에 의해 설계된 서사 기법이다. 하지만 소설 읽기의 과정에서 독자는 서술자의 말하기를 경청하면서 그의 인지, 심리, 가치 판단에 동의하고 공감하거나 분노를 느낀다. 서술자를 인격적 실체로서 체험하는 것이다.[28]

---

[26] 전자는 6차 교육과정까지의 학습활동이고 후자는 7차 교육과정 이후 새롭게 제시된 학습활동이다. 후자의 학습활동이 서술자의 인격적 특성에 대한 것임은 교사용 지도서의 다음과 같은 예시 답안에서 확인할 수 있다.
  " • 말하는이 : '나
   • 말하는이의 특징: 점순이의 관심을 잘 알지 못하는 약간 어리숙한 사람이다. 소작농의 아들로 점순이의 마음을 안다 해도 받아들일 수도 없는 처지에 있다. 점순이가 우리 닭을 괴롭히는 것을 보고 헛매질로 쫓아 낼 수밖에 없는 처지이다"(교육부, 중학교 국어과 교사용 지도서 『국어 · 생활국어2-1』, 대한교과서주식회사, 2002, 264쪽).

[27] 애벗의 주장처럼 여전히 적지 않는 서사학자들이 폴 헤르나디의 다음과 같은 주장에 동의하고 있다. "당신이 지금 보고 있는 사람이 서술자라고 생각하되, 그를 실체라고 생각하지 말라. 그는 단순하게 '서술 기능'이 의인화된 것이거나 개인적인 특질이 극도로 축소된 가상적인 인간에 불과하다"(Abbott, H. P., 우찬제 외역, 『서사학 강의(*The Cambridge Introduction to Narrative*)』, 문학과지성사, 2010, 145쪽).

이러한 인격화는 사실 신빙성 없는 서술자를 유형화하는 논의에서도 암묵적으로 전제된 것이다. 예를 들어 리건[29]은 '도덕과 상식, 인간의 품위에 대한 그의 철학을 수용할 수 없는 서술자'를 신빙성 없는 서술자로 규정하면서 그 하위 유형으로 '악한', '미치광이', '순진한 척 하는 사람', '광대' 등을 제시한다. 이러한 규정에서 서술자는 도덕, 상식, 인간적 품위의 소유자이자 악한, 미치광이, 위선자로 불리는 인격적 존재이다. 신빙성 없는 서술자를 "독자가 스토리 제시나 논평에 의혹을 가질 만한 이유가 있는" 서술자로 규정하면서 신빙성 없음의 근거로 '제한된 지식, 개인적 연루 관계, 문제성 있는 가치 기준'을 제시한 리먼-케넌[30]의 논의도 서술자의 인격화를 전제하고 있기는 마찬가지이다.

독자의 입장에서 신빙성에 의혹을 제기할 수 있는 서술자는 "합의된 도덕적 윤리적 규범 또는 특정 문화가 정상적인 심리적 행동을 구성하도록 유지하는 기준을 위반하는 서술자"이다.[31] 이때의 위반 여부는 사회적·도덕적 규범, 인격성에 대한 모형, 개인적 신념 등과 관련된 실제 세계에 대한 독자의 프레임에 비춰 판단될 수 있다. 중요한 점은 서술자가 미적 장치로만 인식된다면 이러한 프레임이 활성화되지 않는다는 점이다. 실제 세계의 프레임은 독자가 서술자를 인간적 존재로 상정할 때 그의 인격적 차원에 적용할 수 있는 것이다.[32]

---

28 작중인물에 대한 논쟁을 검토하면서 작중인물은 허구 서사물의 서로 다른 국면에 관계하며 작중인물이 인간일 수는 없지만 독자가 지닌 인간의 개념을 모델로 한다는 점에서 인간적이라는 리먼-케넌의 통찰을 서술자에도 적용할 수 있다(Rimmon-Kenan, S., 최상규 역, 『소설의 현대 시학(*Narrative Fiction : Contemporary Poetics*)』, 예림기획, 1999, 177~178쪽.

29 Riggan, W., *Picaros, Madmen, Naifs, and Clowns : The Unreliable First-person Narrator*, University of Oklahoma Press, 1981, p.36.

30 Rimmon-Kenan, S., 앞의 책, pp.61~64.

31 Nunning, A. F., Reliability. In Herman, D., Jahn, M. & Ryan, M. (eds), *Routledge Encyclopedia of Narrative Theory*, New York : Routledge, 2005, pp.496~497.

32 Zerweck, B., 앞의 책, p.160.

이처럼 소설교육은 소설의 요소를 수사적 관점을 바탕으로 교육 내용을 설계하고 '시점'을 '말하는이'로 대체하면서 학습자가 서술자의 유형이 아닌 인격적 특성에 주목하게 한다. 그리고 이러한 변화를 바탕으로 신빙성 없는 서술자는 소설교육에 본격적으로 수용된다.

4. 소설교육에서 「동백꽃」의 '나'는 어떻게 신빙성을 잃었는가?

상술한 것처럼 신빙성 없는 서술자가 소설교육에 수용된 시기는 7차 교육과정기다. 이 시기부터 소설교육은 소설 읽기를 수사적 관점에서 설명하고 '시점'을 '말하는이'로 인격화하여 가르치는데 이를 위한 제재로 신빙성 없는 서술자의 소설을 선택한 것이다. 6차 교육과정까지 시점을 가르치기 위한 주요 제재였던 「상록수」가 7차 교육과정부터 빠진 대신 「동백꽃」이 새롭게 선택된 것도, 이후 「사랑손님과 어머니」와 더불어 「동백꽃」이 '말하는이'를 가르치기 위한 주요 제재로 자리 잡은 것도 이 때문이다.

여기에서는 신빙성 없는 서술자가 소설교육에 수용된 양상을 인지서사적 관점에서 분석하고자 한다. 인지서사적 관점에서 분석한다는 것은 교과서가 소설에서 발견되는 모순의 원인을 신빙성 없는 서술자에게 귀인하며 소설의 의미를 이해하는 과정에서 어떠한 인지적 틀을 적용하는가를 살피는 것이다.[33]

앞서 살핀 것처럼 서술자의 신빙성을 판단하기 위해 독자는 문학성, 장르 관습, 소통 방식과 관련된 문학적 프레임과 사회적·도덕적 규범, 인격성에 대한 모형, 개인적 신념 등과 관련된 실제 세계의 프레임을 함께 적용한다. 이는 소설교육의 수용에서도 마찬가지이다. 소설교육에서 '어떤 작품을 교과서에 수록해야 하는가'는 '이 작품을 어떻게 해석하게 할 것인가'라는 질문과 맞물린다. 교과서의 제재로 선정된 작품은 교과서에 의해 해석된 작품이다. 이러한 해석은 교과서와 교사용 지도서에서 작품에 대한 해설을 통해 직접적으로 전수되거나 날개의 질문, 학습활동을 통해 간접적으로 전이되며 특정한 문학적 프레임과 실제 세계의 프레임에 기반을 둔다. 아래에서는 「동백꽃」의 제재화를 중심으로 신빙성 없는 서술자가 소설교육에 수용된 양상을 실제 세계의 프레임과 문학적 프레임의 적용이라는 차원에서 분석할 것이다.

1) 순박한 소년, 순수한 사랑 그리고 '나'의 어리숙함

「동백꽃」는 7차 교육과정기에서 '말하는이'를 가르치기 위한 제재로 교과서에 처음 등장한다. 7차 교육과정의 중학교 국어 교과서와 교사용 지도서는 이 작품을 다음과 같이 해설하고 있다.

---

33 인지서사론에서 서사의 핵심 요건은 텍스트 그 자체가 아니라 텍스트 읽기에 관여하는 독자의 인지적 프레임이다. 다시 말해 독자가 인지적 프레임을 서사에 부여할 때 텍스트가 서사체가 되는 것이다. 따라서 분석의 핵심은 텍스트에 대한 인지적 프레임의 적용이다(송민정, 「문학 연구의 인지적 전환 (1) — 텍스트에서 콘텍스트로 고전서사학과 인지적 서사학의 비교를 중심으로」, 『독일언어문학』 61, 한국독일언어문학회, 2013, 397~400쪽).

㉓ 소설 '동백꽃'은 시골 소년 소녀의 사랑 이야기이다. 말하는이가 누구인지 살피면서 소설을 읽고, 다음 물음에 답해보자[34]

㉛ 소설 '동백꽃'은 산골 소년 소녀의 순수한 사랑 이야기로, 중학생들의 정서에 와 닿을 만한 내용을 담고 있다. 이 작품에서 '나'는 점순이의 사랑을 감지하지 못하는, 다소 어리숙한 존재로 나온다. '어리숙한 나'를 말하는이로 내세움으로써 얻을 수 있는 효과를 생각하면서 작품을 읽도록 지도하면 될 것이다.[35]

㉓는 7차 교육과정기의 중학교 국어 교과서 중 '6. 작품 속의 말하는이'에서 '보충·심화'의 문두이고 ㉛는 이 교과서에 대한 교사용 지도서의 해설이다. 여기에서 소설 읽기의 방향은 '말하는이가 누구인지 살피며 읽는 것'이며 학습의 초점은 '어리숙한 나'를 내세워 얻게 되는 효과를 분석하는 것이다. 주목할 점은 '나'의 어리숙함이 당연한 것으로 전제된다는 점인데 이를 문학교실의 주체들이 자연스러운 것으로 수용하도록 「동백꽃」을 '소년 소녀의 순수한 사랑 이야기'로 규정하고 있다. 「동백꽃」에 대한 이러한 규정은 교과서와 교사용 지도서에서 반복적으로 나타나며 2007 개정 교육과정을 거쳐 2011 개정 교육과정까지 '시점'이나 '말하는이'의 단원에 「동백꽃」을 배치한 모든 교과서와 교사용 지도서에서 유사하게 기술된다.[36]

---

34 교육부, 중학교 『국어』 2-1, 대한교과서주식회사, 1998, 253쪽.

35 교육부, 중학교 국어과 교사용 지도서 『국어·생활국어』 2-1, 대한교과서주식회사, 2002, 263~264쪽.

36 "소년과 소녀의 풋풋한 사랑 이야기를 담은 '동백꽃'을 통해, 서술자의 특성이 작품의 내용과 분위기에 어떤 영향을 주는지 생각해 보자", "다음은 산골 소년·소녀의 이야기를 담은 소설입니다. 소설에서 말하는 이가 누구인지 생각하며 감생해 봅시다", "'동백꽃'은 산골 마을에

그렇다면 왜 '순박한 소년'이고 '순수한 사랑'이어야 하는가? 교과서에서 이 소설을 '소년과 소녀의 이야기'로 규정한 이유는 '나'와 점순이의 나이가 열일곱이기 때문이다. 그런데 인간의 발단 단계에 비춰 열일곱이라는 나이는 과도기적인데 큰 소년으로 볼 수 있고 성년에 진입하는 청년으로도 볼 수 있는 청소년의 나이이다.[37] 하지만 이 소설에서 열일곱의 '나'와 점순이는 청년과 구분되는 보다 큰 아동이라기보다는 "너 얼른 시집가야지?"라는 말을 듣고 '수군수군 붙어다니다가 일을 저지를 수 있는' "열일곱씩이나 된것들"이다(221).[38] 그럼에도 소설교육은 '나'를 소년으로 호명하는데 이는 학습자가 '나'를 소년으로 간주하고 그 지적 미성숙을 표준으로 그의 서술을 해석하게 하기 위함이다.[39] 즉, 점순이가 호의로 주는 감자를 받지 않고 그녀의 닭싸움에도 끌려 다니는 '나'의 보고된 행동은 '나'가 점순이의 마음을 알 수 없고 그 감정을 감지하지 못하는 '소년'의 '어리숙함'에서 기인한 것이다.

문제는 '나'가 모르기만 하는 것은 아니라는 데 있다. "집터를 빌리고 그우에 집을 또 짓도록 마련해준것"이 "점순네의 호의"라는 것을 알고 "점순이하고 일을 저질렀다는 점순네가 노할것"이라는 것도 알며 그것

서 벌어지는 남녀의 이야기를 해학적으로 그린 소설이다"(김종철 외, 중학교 『국어』 ③, 천재교과서, 2012, 24쪽; 박영목 외, 중학교 『국어』 ③, 천재교육, 2012, 25쪽; 방민호 외, 중학교 『국어』 ③, 지학사, 2012, 22쪽). 교과서에서 제재 앞에 제시하는 이러한 '길잡이 문장'은 '일종의 곁텍스트(paratext)'로 작동하면서 학습자가 '순박한 소년 소녀'와 '순수한 사랑'을 중심으로 이 작품을 '더 읽게' 하는 거시 구조의 역할을 한다(Abbott, H. P., 앞의 책, 69~72쪽; Stockwell, P., Cognitive Poetics : An introduction, NY :' Routledge, 2003, 121~133쪽).

37 최배은, 「근대 청소년 담론 연구」, 『한국어와 문화』 10, 숙명여대 한국어문화연구소, 2011, 123~170쪽.

38 여기에서 인용한 「동백꽃」의 출처는 다음과 같다. 앞으로 본문에서는 쪽수만을 밝힌다(전신재 편, 『원본 김유정 전집』, 강, 2007).

39 근대 이후 우리의 청소년 담론에서는 청소년의 속성으로 "미래에 대한 가능성"과 "사회의 악으로부터 물들기 쉬움"을 강조하였는데 이는 모두 청소년의 '미성숙'을 어떻게 인식하는가에서 출발하였다(최배은, 앞의 글, 124쪽).

이 "땅도 떨어지고 집도 내쫓기고 하지 않으면 안되는 까닭"이 될 것이라는 것도 안다(221~222). 이러한 말하기가 덜 보고된 것이나 잘못 이해된 것이라고 보기 어렵다.[40] 오히려 이 점에서 어리숙한 인물은 점순이다. 정리하면 '나'는 이성의 마음에는 둔감하지만 계층적 차이에는 예민한데 교과서는 소년의 순박함이라는 프레임을 바탕으로 전자를 전경화고 후자를 주변화하면서 학습자가 '나'를 '어리숙한 서술자'로 인식하게 한다.[41]

이러한 효과는 '나'가 서술하는 사건에 '순수한 사랑' 프레임을 투사함으로써 강화된다. 「동백꽃」에서 중심사건은 닭싸움이다. "오늘도 또 우리숫닭이 막 쪼키였다"(219)로 시작되는 이 소설에서 '나'는 서술의 대부분을 닭싸움의 원인과 전개, 결말을 들려주는 데 할애한다. 그런데 이 싸움은 점순이가 시작하고 '나'가 끝낸다는 점에서 나와 점순의 문제이며 이 둘의 관계를 상징적으로 드러낸다.

주목할 점은 닭싸움에 대한 두 사람의 관점이 다르다는 데 있다. 점순에게 이 싸움은 연애 관계로 진입하기 위한 말 걸기의 성격이 강하다. 호의를 거절한 것에 대한 복수심에서 시작하지만 그 목적은 "너 이 담부텀 안그럴터냐?"(226)를 묻는 것이고 호의를 거절하지 않겠다는 답을 듣는 것이다. 그런 점에서 점순에게 이 싸움은 "그래!"(226)라는 대답을 듣

---

40 팰런에 따르면, 서술자의 세 역할과 신빙성 없음의 두 층위를 기준으로 서술자의 신빙성 없음은 여섯 가지로 구분되는데, 잘못 보고하기, 잘못 이해하기, 잘못 평가하기, 덜 보고하기, 덜 이해하기, 덜 평가하기가 그것이다(Phelan, J., *Living to Tell about It*, Cornell University Press, 2005, pp.49~53).

41 스톡웰에 따르면, 인지시학에서 전경화(foregrounding)는 독자가 서사 텍스트의 어떤 양상을 다른 양상보다 더 중요하거나 두드러진 것으로 간주하는 것으로, 서사 텍스트의 형식적 장치와 기법이 독자의 프레임과 역동적으로 상호작용하면서 형성되는 체험을 설명하기 위한 용어이다. 서사 텍스트의 장치(devices)나 기법(narrative techniques) 또는 프레임이 특정 양상에 현저함(prominence)을 부여하면서 배경과 구별시키는 방식으로 작동한다(Stockwell, P., *Cognitive Poetics : An introduction*, NY : Routledge, 2003, pp.13~24).

는 것으로 끝난다. 반면 나에게 닭싸움은 나의 계층적 한계만을 환기한다. "걱실걱실이 일 잘하고 얼골 이뿐 게집애"(225)인 점순이가 호의를 베풀거나 닭을 괴롭힐 때 모두 '나'가 소극적으로 대응할 수밖에 없는 이유는 "즈이는 마름이고 우리는 그 손에서 배재를 얻어 땅을 부침으로 일상 굽신"(221)거리는 계층적 차이를 강하게 인식하면서 "땅도 떨어지고 집도 내쫓기고 하지 않으면 안 되는 까닭"(222)을 만들지 않기 위함이다. 물론 분노로 점순의 닭을 때려죽이기도 하지만 즏순은 바로 계층적 차이를 환기시키고("뭐 이 자식아! 누집 닭인데?") '나'는 "인젠 땅이 떨어지고 집도 내쫓기고 해야될는지 모른다"는 두려움에 무턱대고 "그래!"라고 대답한다(226).

이처럼 닭싸움은 점순에게 남녀 관계의 연애 문제이지만 나에게는 계층 관계의 생존 문제인데 교과서는 '순수한 사랑' 프레임을 통해 후자보다는 전자를 전경화한다. 구체적으로, 団처럼 "소설 '동백꽃'은 시골 소년 소녀의 사랑 이야기"라는 소개가 이를 지시하고 '닭싸움을 점순이의 마음에서 이해하라'는 학습활동이 이를 강제한다.[42] 이를 통해 학습자는 생존 문제에 민감한 '나'의 서술을 덜 읽게 되고 점순이와의 계층적 관계에 대한 '나'의 말하기가 신빙성 있는 서술일 수 있음을 간과하게 된다.

---

[42] 이러한 학습 활동에는 연애 관계의 차원에서 주요 사건에 대한 점순이의 심리를 추론하는 것, 더 나아가 점순이를 서술자로 이들 사건에 대한 재서술하는 것 등이 있다. 예를 들면 "1. 점순이의 행동이 어떤 마음에서 나왔는지 다음 사건을 중심으로 이야기해 보자. ·밭에서 닭싸움을 시킬 때 ·산기슭에서 '나'를 붙잡고 넘어질 때"(교육부, 중학교 『국어』 2-1, 대한교과서주식회사, 1998, 258쪽), "(4) 다음은 '점순'의 행동 가운데 몇 가지입니다. '점순'은 어떤 의도에서 다음과 같은 행동을 했을까요? 그리고 '나'는 그러한 '점순'의 행동에 대해 어떻게 생각했나요?"(박영목 외, 앞의 책, 39쪽), "소설에서 사건을 전달하는 사람을 '서술자'라고 한다. 이 작품에서 서술자를 점순이로 바꾸었을 때 어떤 느낌이 드는지 이야기해 보자"(우한용 외, 중학교 『국어』 ④, 신사고, 2012, 38쪽).

2) 단방향 소통, 미적 수사학 또는 신빙성 판단의 탈가치화

「동백꽃」에 대한 학습활동은 대체로 세 단계로 구성된다. 우선 특정 행동, 예를 들어 감자를 내밀거나 닭싸움을 붙이는 것에 대한 인물의 심리나 의도를 추론하게 하는 것으로, "1. '점순이'의 행동이 어떤 마음에서 나왔는지 다음 사건을 중심으로 이야기해 보자", "(4) 다음은 '점순'의 행동 가운데 몇 가지입니다. '점순'은 어떤 의도에서 다음과 같은 행동을 했을까요? 그리고 '나'는 그러한 '점순'의 행동에 대해 어떻게 생각했나요?" 등이 있다.[43] 이와 같은 활동은 '나'가 재현한 행동과 그 행동에 대한 '나'의 이해나 평가가 불일치함을 주목하게 한다는 점에서 의미가 있다. 서술자의 신빙성에 대한 의혹은 바로 이러한 텍스트의 모순을 발견하는 것에서 시작한다.

두 번째 단계는 말하는이가 누구이며 그의 특징을 확인하는 활동으로, "(1) 이 소설의 말하는이는 누구이며, 어떤 특징이 있는가?", "(1) 동백꽃의 서술자는 누구인가?", "본문에서 이 소설의 서술자에 대해 알 수 있는 부분들을 찾아 적어 보자", "(1) 다음 항목에 따라 이 글의 말하는이에 대해 정리해 보자" 등이 있다.[44] 이러한 활동은 말하는이가 '나'라는 일인칭뿐만 아니라 성격, 성별, 나이, 계층에 대해서도 알게 하는 것이 목표이다. 이를 바탕으로 학습자는 앞서 발견한 텍스트의 모순과 서술자의 인격적 특성 사이의 관련성을 모색한다. 이러한 모색은 서술자의 신빙성 여부를 판단하는 과정이기도 하다.

---

43 교육부, 앞의 책, 258쪽; 박영목 외, 앞의 책, 39쪽.
44 교육부, 앞의 책, 258쪽; 김종철 외, 중학교『국어』2-2, 디딤돌, 2010; 김종철 외, 중학교『국어』③, 천재교과서, 2012; 방민호 외, 중학교『국어』③, 지학사, 2012.

세 번째 단계는 신빙성 없는 서술자를 설정함으로써 얻게 되는 효과를 파악하는 활동으로, "(2) 말하는 이를 그렇게 설정함으로써 얻을 수 있는 효과는 무엇인가?", "(2), (1)에서 확인한 내용을 바탕으로 하여, 다음 부분이 재미있게 느껴지는 이유를 설명해 보자", "(5) (1)~(4)의 활동을 바탕으로 '나'를 소설의 서술자로 설정함으로써 얻게 된 효과는 무엇인지 말해 봅시다", "(2)에서 파악한 성격을 지닌 '나'를 말하는 이로 설정함으로써 얻는 효과는 무엇인지 말해 보자" 등이 있다.[45] 이러한 활동은 신빙성 없는 서술자의 설정 의도를 효과 차원에서 추론하는 것이다.

학습활동의 이러한 구성은 신빙성 없는 서술자의 수용 맥락에서도 밝혔듯이 수사적 접근에 기반을 둔 것이다. 수사적 접근에서 소설은 "어떤 목적을 위해 한 텍스트라는 매개를 통해 작가와 독자 사이의 상호작용"이며 신빙성 없는 서술자는 그러한 소통의 목적을 위해 선택된 것이다.[46] 주목할 점은 교과서의 학습 활동을 통해 학습자가 서술자의 신빙성을 판단하는 과정에서 작가와 독자의 상호작용에 대한 특정한 프레임이 적용된다는 점이다.[47]

먼저 '작가와 독자의 상호작용'을 단방향 소통으로 간주하면서 효과

---

45 교육부, 앞의 책, 258쪽; 김종철 외, 중학교 『국어』 2-2, 디딤돌, 2010, 221쪽; 김종철 외, 중학교 『국어』 ③, 천재교과서, 2012, 40쪽; 방민호 외, 앞의 책, 36쪽.

46 Phelan, J., Rhetorical Approaches to Narrative, Herman, D., Jahn. M. & Ryan, M. (eds), *Routledge Encyclopedia of Narrative Theory*, New York : Routledge, 2005, p.500.

47 정진석(정진석, 「소설 해석에서 독자 역할의 중층 구도와 소통 방식 연구」, 『문학교육학』 43, 한국문학교육학회, 2014, 385~416쪽)에 따르면, 서사적 소통은 서사 텍스트를 매개로 한 작가와 독자의 참여를 전제하지만 그 참여의 방향은 논자에 따라 달리 규정되었다. 서사적 소통을 처음 모형화한 채트먼(Chatman)은 모형의 화살표가 드러내듯, 서사적 소통을 작가 중심의 일방적 전달로 규정한다. 이후 라비노위츠(Rabinowitz)나 보드웰(Bordwell)은 수용 국면에 초점을 맞춰 독자의 응답이나 재구성 능력을 중시하는 상호 작용으로 규정한다. 서사론의 차원에서 이 문제는 학술적 논쟁의 주제이지만 서사인지적 차원에서는 독자나 해석 공동체의 프레임 문제로 볼 수 있다. 독자가 서사적 소통에 대해 어떤 프레임을 자신의 소설 읽기에 투사하느냐에 따라 소설 읽기에 대한 태도와 의미 이해의 방식이 다를 수 있는 것이다.

추론의 수동성을 자연스러운 것으로 전제한다. 예를 들어 학습활동의 세 번째 단계에 해당하는 서술자의 설정 효과에 대해 소설교육은 "재미"로 한정한다. "상대방의 마음을 알지 못하는 어수룩한 '나'의 말과 행동이 소설을 재미있게 만들고 있다"거나 "어리숙하고 눈치 없는 소년의 모습과 순수하지만 적극적인 소녀의 모습이 대비되면서 해학적인 분위기가 나타나고 있다", "'나'는 점순이의 마음을 모르나, 독자는 점순이가 '나'를 좋아한다는 것을 알기 때문에 더욱 재미를 느낄 수 있다"는 것이다.[48] 문제는 「동백꽃」에서 독자가 '나'의 '어리숙한 성격'에만 주목하거나 재미나 웃음만을 체험하는 것은 아니라는 점이다.

예를 들어 2007 개정 교육과정의 성취기준 중 하나인 "문학 작품에 대한 다양한 해석을 비교한다"를 실행하기 위해 「동백꽃」이 제재로 선택된 교과서에서는 "「동백꽃」은 토속적인 농촌을 배경으로 남녀 사이에서 벌어지는 애정관계를 해학적이고 서정적으로 그려 낸 작품"이라는 해석과 함께 "「동백꽃」에는 식민지 시대의 궁핍한 농촌 현실과 농민들의 모습이 사실적으로 잘 드러나 있다"는 해석을 함께 제시하고 있다.[49] 특히 후자에서는 "「동백꽃」을 단순히 '나'와 점순이 사이에서 일어나는 사랑의 감정과 그에 대한 오해로 빚어지는 사건들을 해학적으로 그려 낸 것으로만 파악해서는 안 된다"고 주장한다.[50] 이러한 해석에서 재미와 웃음이 체험의 핵심은 아닐 터인데 이는 독자가 「동백꽃」을 맥락화하고 구체화하는 방식에 따라 '나'에 대한 느낌이나 태도가 달라질 수 있음을 시사한다.

---

48 교육부, 중학교 국어과 교사용 지도서『국어·생활국어』2-1, 대한교과서주식회사, 2002, 265쪽; 김종철 외, 앞의 책, 40쪽; 방민호 외, 중학교『국어』③-연구용 교과서, 지학사, 2014, 37쪽.
49 방민호 외, 중학교『국어』3-1, 지학사, 2011, 173쪽.
50 위의 책, 173쪽.

수사적 접근에 내재한 '작가에서 독자로'라는 단방향 소통의 프레임은 서술자의 특징과 그 효과를 단선적으로 규정함으로써 학습자의 주체성과 능동성을 제약한다. 학습자는 '나'가 연애 관계를 모르는 것보다 계층 관계를 아는 것에 주목할 수 있고 닭싸움에서 불편함이나 부당함을 느낄 수 있다. 하지만 독자의 이러한 체험은 단방향 소통의 프레임에서 일차적이거나 적절하지 않는 것으로 주변화되고 결국 문학교실에서 성찰해야 할 대상에서 제외된다.

한편 작가와 독자의 소통에도 목적이 있는데 교과서의 학습활동은 소통의 목적을 '재미'와 같은 감정의 형성으로 상정함으로써 서술자의 신빙성에 대한 판단을 탈가치화한다. 소설은 가치 지향적인 인물의 행동과 그가 겪는 사건을 특정한 시각에서 서술한 언어적 형상물이라는 점에서 윤리적 차원을 지닌다. 즉, 인물과 인물, 서술자와 피서술자, 내포작가와 내포독자 등 소통의 모든 층위에서 윤리적 차원이 문제시되며 소설 읽기를 통해 서사적 소통에 참여하는 독자는 각각의 층위에 대해 윤리적 위치를 설정한다. 독자의 윤리적 위치 설정은 서술자의 신빙성 판단에서도 중요한 기제이다.[51] 상술한 것처럼 서술자의 신빙성에 대한 판단에는 문학적 프레임에 기반을 둔 텍스트 내적 분석과 함께 실제 세계의 프레임에 기반을 둔 가치판단이 개입한다. 좋은 삶이나 올바른 삶에 대한 지식과 경험에 비춰 서술자의 보고, 이해, 평가에 전제된 윤리적 가치를 추론하고 평가하는 것이다.

그런데 미적 수사학의 프레임에 기반을 둔 현행의 학습활동은 효과

---

[51] 팰런에 따르면, 서사적 소통에서는 네 개의 윤리적 위치 설정(ethical positioning)이 역동적으로 상호작용하는데, 작중인물의 윤리적 위치 설정, 서술자의 윤리적 위치 설정, 내포 작가의 윤리적 위치 설정 그리고 이 세 층위에 대한 실제 독자의 윤리적 위치 설정이다(Phelan, J., *Living to Tell about It*, Cornell University Press, 2005, pp. 22~23).

에 대한 분석을 재미와 웃음과 같은 감정으로 제한한다. '나'의 '어리숙함'에 의한 말하기나 행동이 웃음이 날 만큼 재미가 있다는 것이다. 그런데 이러한 감정이 가치와 무관한 것은 아니다. 웃음, 재미, 슬픔, 연민 등 모든 감정은 서사적 소통에서 특정한 가치를 설득하기 위한 수단이거나 그 자체로 가치판단을 내포한다.[52] '나'의 말하기에서 느껴지는 재미는 해학적 재미로, '나'의 '어리숙함'을 건강한 것으로, "기를 복복 쓰며 나를 말려죽이려고 드는" 점순이의 행동을 순수한 것으로 긍정하는 가치평가가 전제되어 있다. 하지만 학습활동은 신빙성 없는 서술자에 의해 촉발되었다고 가정된 감정만을 선택적으로 주목하게 한다. 학습활동이 투사하는 미적 수사학의 프레임에 의해 학습자는 이러한 감정에 내포된 가치를 간과하거나 서술자의 신빙성 여부에 대한 판단이 가치판단과는 무관한 것으로 인식하게 된다.

5. 「동백꽃」의 '나'와 대화하기
—신빙성 없는 서술자에서 서술자의 신빙성 판단으로

소설교육에서 신빙성 없는 서술자의 위상은 이중적이다. 한편으로 신빙성 없는 서술자는 학습자로 하여금 담론 층위를 선택적으로 주목

---

[52] 수사학에서는 전자를 감정에 대한 도구주의적 관점, 후자를 규범적 관점으로 논의한다(김혜련, 「아리스토텔레스의 수사학에서 감정의 역할—인지주의적 해석」, 『철학연구』 76, 철학연구회, 2007, 43~67쪽).

하게 한다는 점에서 시점이나 서술 관련 성취기준을 위한 제재 선택의 주요 근거가 되고 있다. 교육과정이 개정될 때마다 「사랑손님과 어머니」나 「동백꽃」이 교육 정전의 위상을 강화할 수 있었던 이유이다. 다른 한편으로 신빙성 없는 서술은 소설의 일반적인 서술 방식이 아니라는 점에서 소설교육의 선호는 과도한 것으로 비판받는다. 신빙성 없는 서술자의 소설은 시점과 서술 관련 성취기준을 위한 제재로서는 대표성이 낮다는 것이다. 문제는 이러한 주장이 관련 현상에 대한 실제적 검토 없이 제기되거나 반복되는 데 있다. 신빙성 없는 서술자가 소설교육에 적합한가에 대한 논쟁 이전에 이들 서술자가 소설교육에 어떻게 수용되었고 그 양상은 어떠한가에 대한 구체적인 탐구가 필요한 것이다.

이 연구는 이러한 문제의식 아래 「동백꽃」의 예전화 양상을 분석 대상으로 삼아 소설교육에서 신빙성 없는 서술자의 수용 양상을 인지서사적 관점에서 분석하였다. 7차 교육과정을 기점으로, 소설교육은 기본 관점을 유형론에서 수사적 접근으로 전환하고 실체적 용어인 시점을 인격화된 용어인 서술자로 대체하면서 신빙성 없는 서술자의 개념을 수용한다. 「동백꽃」은 이러한 신빙성 없는 서술자의 도입과 함께 제재로 선정되는데 국어교육계는 일인칭 서술자인 '나'를 신빙성 없는 서술자로 호명하기 위해 '소년의 순박함'과 '사랑의 순수함'이라는 프레임을 바탕으로 이 소설의 의미를 해설한다. 또한 '단방향 소통 구도'와 '미적 수사학'의 프레임을 바탕으로 학습 활동을 구성함으로써 신빙성 판단을 탈가치화한다.

이처럼 소설교육에서 신빙성 없는 서술자의 수용은 수사적 접근에 기반을 둔 소통론이 소설교육에 정착하는 데 기여하는 한편 「동백꽃」을 예전으로서의 위상을 강화하는 데도 일조하였다. 하지만 특정한 프레임을 선택적으로 적용하여 인물과 사건, 서술 효과에 대한 이해와 탐구를 정형화하였는데 이는 해석 전통의 일부만을 전유한 것으로, 「동백꽃」의 다양한 해석 가능성을 제약하고 해석 논쟁의 생산성을 제한하는 한계에 해당한다.

이러한 한계는 작품의 해석 전통과 논쟁을 교육의 내용과 방법으로 활용하는 것으로 극복되어야 한다. 여기에는 서술자의 신빙성에 대한 서로 다른 판단 가능성까지 포함될 것이다. 학습자는 「동백꽃」에 대한 자신의 읽기 체험을 근거로 나, 점순이, 닭싸움에 대한 반응과 이해를 조정하고 구체화할 것이며 그 과정에서 서술자로서 '나'의 신빙성이나 가치 지향성도 다양하게 판단될 수 있다. 특히 「동백꽃」은 서술 관련 성취기준뿐만 아니라 "③ 다양한 관점과 방법으로 작품을 해석한다"라는 해석의 다양성에 대한 성취기준의 제재로도 활용되고 있다는 점에서 이러한 개선 방향은 실천 가능성이 높으며 소설교육의 해석학적 전환에도 기여할 것이다. 물론 이를 위해 「동백꽃」을 다양하게 이해할 수 있는 인지적 프레임들이 해석 전통에서 보다 풍부하게 발굴되어 교재화에 반영되어야 할 것이다.

이 연구의 의의는 첫째, 교육사적 차원에서 국어교육계가 신빙성 없는 서술자를 수용한 논리와 양상을 세밀하고 구체적으로 밝혔다는 것, 둘째, 기존 정전론에서 반복된 순수 문학, 민족 문학, 반공 문학 등의 거시적 담론이 아닌 현실 세계와 서사 행위에 대한 인지서사적 프레임을 기반으로 작품의 예전화 양상을 밝혔다는 것이다. 한편, 이 연구의 말미에 제시한 개선 방향은 구체적인 교육 내용과 방법으로 구안될 때 실질적 성과를 거둘 수 있는데 이는 후속 연구에서 논의하고자 한다.

참고문헌

1. 기본자료

교육부, 중학교『국어』2-1, 대한교과서주식회사, 1998.

교육부, 중학교 국어과 교사용 지도서『국어·생활국어』2-1, 대한교과서주식회사, 2002.

교육인적자원부, 중학교『국어』2-1. 교학사, 2003.

김종철 외, 중학교『국어』2-2, 디딤돌, 2010.

김종철 외, 중학교『국어』③, 천재교과서, 2012.

방민호 외, 중학교『국어』3-1, 지학사, 2011.

박영목 외, 중학교『국어』③, 천재교육, 2012.

방민호 외, 중학교『국어』③, 지학사, 2012.

_______, 중학교『국어』③-연구용 교과서, 지학사, 2014.

우한용 외, 중학교『국어』④, 신사고, 2014.

전신재 편, 원본『김유정 전집』, 강, 2007.

2. 논문

김기홍, 「허구서사 애니메이션의 관객 몰입 메커니즘 연구」, 『만화애니메이션연구』17, 한국
　　　만화애니메이션학회, 2009.

김동환, 「교과서 속의 이야기꾼, 김유정」, 김유정학회 편, 『김유정의 귀환』, 소명출판, 2012.

_______, 「국어과 교과서의 문학 제재와 관련된 쟁점과 제안」, 『국어교육학연구』47, 국어교육
　　　학회, 2013.

김명석, 「김유정 소설 교육과 새 교과서-「동백꽃」을 중심으로」, 『구보학보』13, 구보학회,
　　　2015.

김지혜, 「김유정 문학의 교과서 정전화 연구-7차 교육과정과 2007년 교육과정을 중심으로」,
　　　『현대문학이론연구』51, 현대문학이론학회, 2012.

김혜련, 「아리스토텔레스의 수사학에서 감정의 역할-인지주의적 해석」, 『철학연구』76, 철
　　　학연구회, 2007.

송민정, 「문학 연구의 인지적 전환(1) : 텍스트에서 콘텍스트로-고전서사학과 인지적 서사

학의 비교를 중심으로」, 『독일언어문학』 61, 한국독일언어문학회, 2013.

유종영, 「김유정의 소설 연구」, 『한국어문학연구』 18, 한국어문학연구학회, 1983.

이경, 「김유정 소설의 서사적 거리 연구」, 『한국문학논총』 15, 한국문학회, 1994.

정진석, 「소설교육에서 「사랑손님과 어머니」의 정전화 양상과 개선 방향」, 『문학교육학』 46, 한국문학교육학회, 2015.

최배은, 「근대 청소년 담론 연구」, 『한국어와 문화』 10, 숙명여대 한국어문화연구소, 2011.

최성윤, 「고교 교과서의 김유정 소설 수용 양상 검토」, 김유정학회 편, 『김유정과 동시대 문학 연구』, 소명출판, 2013.

Nünning, A. F., But why "will" you say that I am mad?, Arbeiten aus Anglistik und *Amerikanistik* 22(1), 1997.

Nünning, A. F., Reconceptualizing Unreliable Narration : Synthesizing Cognitive and Rhetorical Approached. In Phelan, J. & Rabinowitz. P. J. (eds), *A Companion to Narrative Theory*, Blackwell Pub, 2005.

Nünning, A. F., Reliability. In Herman, D., Jahn, M. & Ryan, M. (eds), *Routledge Encyclopedia of Narrative Theory*, New York: Routledge, 2005.

Phelan, J., *Living to Tell about It*, Cornell University Press, 2005.

Phelan, J., Rhetorical Approaches to Narrative, Herman, D., Jahn. M. & Ryan, M. (eds), *Routledge Encyclopedia of Narrative Theory*, New York: Routledge, 2005.

Riggan, W., *Picaros, Madmen, Naifs, and Clowns: The Unreliable First-person Narrator.* University of Oklahoma Press, 1981.

Stockwell, P., *Cognitive Poetics : An introduction*, NY : Routledge, 2003.

Zerweck, B., Historicizing Unreliable Narration: Unreliability and Cultural Discourse in Narrative Fiction. *Style* 35(1), Penn State University Press, 2001.

3. 단행본

최시한, 『소설의 해석과 교육』, 문학과지성사, 2005.

Abbott, H. P., 우찬제 외역, 『서사학 강의(*The Cambridge Introduction to Narrative*)』, 문학과 지성사, 2010.

Booth, W. C., 최상규 역, 『소설의 수사학(*The Rhetoric of Fiction*)』, 예림기획, 1999.

Scholes, R. E., Kellogg, R. L. & Phelan, J., 임병권 역, 『서사문학의 본질(*The Nature of Narrative : Revised and Expanded*)』, 예림기획, 2007.

Ricoeur, P., 김한식 역, 『시간과 이야기 (*Temps et récit* II)』 2, 문학과지성사, 2000

Rimmon-Kenan, S., 최상규 역, 『소설의 현대 시학(*Narrative Fiction : Contemporary Poetics*)』, 예림기획, 1999.

김유정 소설의 국어교육적 활용에 관한 연구

중학교 교과용 도서를 중심으로

진용성

1. 들어가며

김유정의 소설은 국어교육의 제재로서 가치를 인정받으며 활용되어 왔다. 고등학교 차원에서는 6차 국정 국어교과서에 「동백꽃」이 처음 실렸으며, 7차에는 「봄·봄」이 실렸다.[1] 2007년 개정 국어교과서에는 「만무방」과 「금따는 콩밭」도 새로운 제재로 추가되어서 다양하게 수록되고 있는 것을 확인할 수 있다.[2] 6차 고등학교 문학교과서에는 「동백꽃」 (6회), 「봄·봄」(5회), 「만무방」(1회)이 수록되어 있음을 확인할 수 있으

---

1 김동환, 「교과서 속의 이야기꾼, 김유정」, 김유정학회 편, 『김유정의 귀환』, 소명출판, 2012, 39쪽.
2 김지혜, 「김유정 문학의 교과서 정전화 연구」, 김유정학회 편, 『김유정과의 만남』, 소명출판, 2013, 322쪽.

며, 7차 문학교과서에도 「동백꽃」(10회), 「봄·봄」(2회), 「만무방」(3회)이
수록되어 있어 있다. 전반적으로는 김유정 소설의 수록 편수가 증가해
온 것을 확인할 수 있다.[3]

중학교 차원에서 김유정 소설의 활용에 관한 논의는 중등교과서가
모두 검인정 체제로 전환된 2007 개정 교육과정 이후를 구체적으로 살
펴볼 필요가 있다. 특히 주목할 만한 것은 2007 개정 극어교과서에 수록
된 총 58편의 소설작품 중 많은 교과서에 공통적으로 수록된 작품이 바
로 「동백꽃」이라는 것이다.[4] 황순원의 『소나기』와 하근찬의 『수난이
대』와 더불어 8종의 교과서에 모두 수록된 것이다.[5] 교과서 집필·편찬
자의 입장에서는 검인정 교과서 체제 안에서 다른 교과서와의 차별을
위해 '유지할 것과 대체할 것'을 숙고한다. 이런 맥락어서 볼 때, 여러 검
인정 교과서에 공통적으로 수록되었다는 것은 '교육과정 목표달성과 학
습자의 문학경험' 등에 「동백꽃」이 정전으로서의 유의미한 위상을 차지
하고 있다고 판단할 수 있는 부분이다. 이처럼 김유정 소설은 '교육과정
체제의 변화'와 '검인정 교과서의 생태 양상' 속에서도 중등학교의 국어
교육 제재로 활용되어 왔다.

김유정 소설의 이러한 위상은 수능시험 언어영역에서도 확인할 수
있다. 평가원의 수능 기출 자료를 통해서, 2000년에 「동백꽃」, 2007년
에 「만무방」이 실린 것을 확인할 수 있다. 현대소설이 1~2편만 출제되
는 수능시험의 특성을 고려한다면 특징적인 일이라고 할 수 있다. 그 전
체적인 양상은 다음과 같다.

---

3   김동환, 앞의 글, 40~42쪽 참조.
4   양윤모, 「중학교 국어교과서 수록 현대소설과 정전의 의미」, 『어문논집』 62, 2015, 630~631쪽.
5   양윤모, 앞의 글, 632~633쪽.

2016년 「나목」(박완서), 「아홉 켤레의 구두로 남은 사내」(윤흥길), 2015년 「무영탑」(현진건), 2014년 「난장이가 쏘아올린 작은 공」(조세희), 「소문의 벽」(이청준), 2013년 「천변풍경」(박태원), 2012년 「돌다리」(이태준), 2011년 「나상」(이호철), 2010년 「관촌수필」(이문구), 2009년 「역사」(김승옥), 2008년 「흐르는 북」(최일남), 2007년 「만무방」(김유정), 2006년 「광장」(최인훈), 2005년 「메밀꽃 필 무렵」(이효석), 2004년 「중국인 거리」(오정희), 2003년 「관촌수필」, 2002년 「화랑의 후예」(김동리), 2001년 「장마」(윤흥길), 2000년 「동백꽃」(김유정)[6]

이처럼 다수의 교과서에 수록되었고 수능시험에도 두 번이나 출제되었기 때문에, 중학교 학생과 학부모들은 권장도서 혹은 필독서로 김유정 소설을 인식하고 있는 상황이다. 그러나 일부 현상을 보면 교내 / 외 시험 준비로서만 김유정 소설을 대하고 있는 것은 아닌지를 우려하게 된다. 예를 들면, 중학생을 대상으로 편찬된 '국어교과서 수록 작품집'들에는 다음과 같은 소개 문구가 담겨져 있다. "지금 읽지 않으면 수능까지도 읽을 시간이 없는 중요한 문학 작품들, 학교 선생님이 직접 고르고 추천하는 교과서 소설들, 중학교 전체 교과서 작품을 모두 다루고 있는 이 책." 이에 따른 학부모들의 댓글에는 "소장할 가치가 있음, 수록작품을 모두 다루고 있어서 안심, 내신 대비에 적절"이라는 반응을 보이고 있다. 물론, 교과서 지면의 한계로 다 읽지 못한 작품 전체를 읽을 수 있다는 장점이 있으나, 이런 현상은 국어교육의 맥락에서 김유정 문학을 정말로 향유하고 있는지를 성찰하게 하는 장면이라고도 할 수 있다. 국

---

6   교육과정 평가원 "자료마당"에서 확인한 내용이다 (http://www.kice.re.kr/main.do?s=suneung).

어교육의 목표에 비춰서 반성한다면, '중학생들이 교과서를 통해서 김유정 작품에 대한 기본적인 지식을 익히고, 그 가치와 중요성을 인식하고, 그 결과로 실제 국어 생활에서 김유정 작품을 향유하고 있는 가?', 아니면 '시험 준비를 위해서 기본적인 지식을 익히고 문제 풀이 상황에 적용하고 있는 가?'에 대해 고민할 수 있다는 것이다.[7]

이러한 현상에 비추어 2015 개정 교육과정에 따라 2018년부터 중학교에 새로운 교과서가 투입되는 상황을 대비할 필요가 있다. 이 연구에서는 국어교육현상의 일부분을 조망하는 것을 통해서 이에 대한 논의를 전개하고자 한다. 먼저, 김유정 문학에 대한 고등학교 1학년 학생들의 인식을 살펴보고, 그동안의 국어과 교육과정 실천 상에 한계점 등을 논의하고자 한다. 다음으로는 중학교 국어과 16종 검인정 도서들 중에 '교사용 지도서'를 대상으로 김유정 소설에 대한 교육과정 실천 상의 한계점 등을 논의하고자 한다. '교사용 지도서'는 국어교사가 수업 준비와 전개 등에 주요 지침서로 활용하는 것이기 때문이다.

---

7   이를 간접적으로 확인하기 위해 필자는 서울소재의 K대학에서 도서 활용 통계조사를 실시하였다(2016년 4월 4일부터 5일까지 2일간 실시). 먼저, 2005년 이후 출간된 김유정 단편선(4권)을 대학생들이 얼마나 읽었는지에 대한 조사에서는 2015년 1년간 총합 11번 읽었다는 결과가 나왔다. 다음으로 2010년 출간된 김유정 단편집(1권)의 경우는 5년간 18번만 읽었다는 결과가 나왔다. 전체 대학생의 독서활동에 일반화할 수는 없는 통계결과이지만, 학생들이 평생 김유정 문학의 향유자로서 살아가고 있는지를 성찰할 수 있는 장면이다.

2. 학생들의 인식 속의 김유정 소설

현행 중학교 국어교과서는 '2011-361호 고시'에 따라 2012년에 검정이 되었고, 2013년부터 사용되었다.[8] 현행 교육과정 체제에서 2013년에 입학한 중학생이라면 2016년 현재에는 고등학교 1학년인 셈이다. 즉, 현재 고등학교 1학년 학생들이 과거 3년의 문학 교육 경험에 대한 인식을 돌아보면, 중학교 문학 교육 현상의 일부분을 진단할 수 있다는 추론이 가능하다. 이에 본고에서는 대전의 한 자립형 사립 고등학교 1학년 학생 전체를 대상으로 김유정 소설에 대한 인식 조사를 실시하였다. 설문 기간은 2016년 3월 21일부터 25일까지이며, 설문은 남학생 315명이 참여하였다.[9]

1) 김유정 소설에 대한 인식 정도

김유정 선생님에 대한 학생들의 인지도를 묻는 문항에서 70명(전체 315명 중)의 학생들이 응답하지 못했다. 약 22%의 학생들이 김유정 소설을 읽은 경험도 없고, 대표작품을 기억하지도 못하는 상황인 것이다. 해당 지역에서 상수준의 학력을 인정받은 학교 학생들의 문학 경험 수준을 가늠할 수 있는 대목이라고 할 수 있으면서도, 3년간의 중학교 국

8 　허재영,『국어과 교재 이해와 역사』, 2013, 96~97쪽 참조.

9 　설문문항은 "① 김유정 선생님의 작품을 아는 대로 쓰세요. ② 읽었던 작품을 표시하세요. ③ 읽은 경로를 선택하세요. ④ 처음 읽은 시기를 선택하세요. ⑤ 김유정 선생님에 대해 아는 것을 자유롭게 기술하세요"로 제시하였다.

어 교육과정에서 김유정 소설을 한 번도 다루지 않았을 지에 대한 의구심이 생기는 대목이다. 심지어 김유정의 대표작품으로 이효석의 『메밀꽃 필 무렵』을 제시한 학생은 16명이나 되었다.[10]

답변을 한 학생들의 경우도 「동백꽃」(75%), 「봄·봄」(40%)로서 두 가지 대표작에 치우쳐 있는 것을 확인할 수 있었다. 223번 학생의 경우는 5개의 작품을 알고 있었으나(「동백꽃」, 「봄·봄」, 「따라지」, 「소나기」, 「금따는 콩밭」), 2번 문항의 답변에서 실제 읽은 작품을 확인해 보니, 「동백꽃」 한 권밖에 없었다. 시험 준비를 위한 문학 경험이 아니었는지를 반성하게 되는 장면이라고 할 수 있었다. 한편, 298번 학생은 5가(「동백꽃」, 「봄·봄」, 「만무방」, 「소나기」, 「금따는 콩밭」)를 인지하고 있었고, 이 중에서 3개의 작품을 이미 중학교 1학년 시기에 읽은 특이한 사례였다. 차후 인터뷰를 통해서 중학교에서 단편소설 읽기클럽 활동을 한 경험 때문이라는 것을 확인할 수 있었다.

〈표 1〉 김유정 작품에 대한 학생들의 인지도(N=315, 중복 응답 가능)

동백꽃	봄·봄	소나기	만무방	금따는 콩밭	따라지	배따라기	두꺼비	응답 못함
237	125	18	9	5	4	2	1	70

2)김유정 소설에 대한 경험과 경로

1번 문항에서 답변을 하지 못한 학생 70명을 제외하고, 245명의 학생 중에 김유정 소설을 읽은 경험과 경로에 대한 빈도조사를 실사하였다.

---

10 추가 인터뷰를 통해서 소설의 공간적 배경의 유사성 때문이라는 이유를 확인하였다.

이 결과도 역시 「동백꽃」(89%), 「봄·봄」(34%)로서 두 작품에 치우쳐 있는 것을 확인할 수 있다. 두 작품을 제외한 나머지 작품의 경우에는 〈표 1〉과 비교를 해보면, 알고만 있고 읽지 못한 것이 대부분이라는 것을 확인할 수 있다. 전체적으로는 김유정 소설을 2편 이상 읽은 학생은 69명(28%), 3편 이상 읽은 학생은 3명(1%)에 불과 했다.

〈표 2〉 김유정 소설을 읽은 경험에 대한 설문(N=245, 중복 응답 가능)

동백꽃	봄 · 봄	소나기	만무방	금따는 콩밭	배따라기
219	83	9	8	1	1

〈표 3〉 김유정 소설을 접한 경로에 대한 설문(N=245, 중복 응답 가능)

교과서	책	시험문제	기타
176	58	18	21

3번 문항의 결과를 통해서, 학생들은 대부분 김유정 소설을 교과서를 통해서 접했다는 것을 확인할 수 있다. 「동백꽃」의 경우 읽은 학생 219명 중에 165명(75%)이 교과서를 통해서 읽은 것이다. 중학교 국어교육과정에서 동백꽃이 어느 정도 다루어지고 있는지를 가늠할 수 있으면서도, 학생들의 문학경험이 교과서에 의존하고 있다는 것을 반성할 수 있는 대목이다. 교과서에 실린 문학 작품이 학생들의 '특정 작가에 대한 인식과 평가'에 결정적 역할을 하게 된다는 논의를 객관적으로 확인할 수 있는 부분이다.[11] 특히, 학생들은 김유정 작품의 전체 내용에 대해 책을 온전하게 체험하는 것이 아니라, 시험 문제로 구조화된 상태에서 마주하거나(7%), 학원과 과외를 통해 문제집이나 참고서에서 강압적으로 마주할 경우(9%)가 적지 않았다.[12]

---

11 김지혜, 앞의 글, 314쪽.

3) 김유정 소설을 처음 읽은 시기

학생들은 김유정 소설을 대부분 중등학교 수준에서 처음 접하였다
(85%). 이 설문 문항에서도 학생들이 중학교 교과서를 통해서 김유정 소설
을 처음 접했다는 것을 직접적으로 확인할 수 있다. 중학교 1학년 21명
(68%). 중학교 2학년은 68명(82%), 중학교 3학년은 76명(82%)이 되는 학생
들이 교과서를 통해서 김유정 소설을 처음 접한 것이다.[13] 교육과정과
교과서의 영향력을 재확인할 수 있는 내용이지만, 앞서 전체 학생 중에
70명이 김유정 작품을 읽지 못했다는 사실은 교과서에 김유정 작품이
실려 있지 못한 상황을 가정할 수도 있다. 한편, 유치원~초등 고학년까
지 김유정 소설을 읽은 학생들은 학교 도서관에서 권장도서목록을 통해
서 읽거나, 부모님이 사주신 문학 전집을 통해서 읽거나 한 경우는 20명
에 해당 했다.[14]

---

12 이 학생들은 논술학원이나 독서학원, 속독학원에서 김유정 소설을 인지적으로 만난 경우가
    대부분이었다. 공교육 상황에서는 수행평가와 국어과 방과 후 교실(단편소설 읽기반)을 통
    해서 경험한 것이 특이한 상황이라고 할 수 있었다. 그밖에 학생들은 TV문학관이나 인터넷
    에 실린 김유정 소설 전문을 읽거나, 심지어는 한컴타자에서 김유정 소설을 경험하였다고 하
    는 경우도 있었다.
13 각각은 해당 학년에서 김유정 소설을 처음 읽은 사람 중에 교과서를 통해 읽은 학생들의 비
    율이다.
14 초등 고학년에서 학생들이 이미 김유정 소설을 교과서가 아닌 책을 통해서 경험하였다는 점
    은 유의미한 내용이라고 생각할 수 있다. 문학 교육과정의 흐름 속에서 김유정 소설 중 일부
    를 초등학생의 정서와 경험을 고려하면서 초등학교 급에서도 다루는 것이 가능하다는 논의
    가 가능하기 때문이다. 특히, 김유정이 죽기 직전까지 아동들을 위해서 집필을 하였다는『두
    포전』이 다루어 봄 직하다. '아기장수설화의 다시쓰기'와 친구 현덕을 통한 '이어쓰기'의 내
    용들이 환상동화를 즐겨 읽는 초등학생들의 독서습관에 부합하며, 감상과 창작이라는 문학
    교육과정의 맥락에 적용할 수 있기 때문이다. 이후의 연구에서 이를 본격적으로 다루어보고
    자 한다.

<표 4> 김유정 소설을 처음 읽은 시기에 대한 설문(N=245)

유치원~초등 중학년	초등고학년	중학교1	중학교2	중학교3
2	30	31	83	93

4) 김유정 소설과 작가에 대한 학생들의 자유서술

김유정과 김유정 소설에 대해서 알고 있는 것을 자유롭게 서술하도록 한 문항에서는 학생들의 실질적인 인식을 확인할 수 있었다. 첫째, 학생들은 작품론적인 측면에서, 동백꽃의 한 대목인 "느집인 이거 없지?"를 인상 깊은 것으로 기억하고 있었다. 그러나 "닭싸움, 고추장, 점순이" 등의 단어 조합을 하는 수준을 넘어서지 못했으며, 향토적인 배경이라는 것을 언급한 학생 2명, 해학성을 언급한 학생은 1명에 불과했다. 둘째, 작가론적인 측면에서 "병으로 일찍 죽으면서도 많은 소설을 씀, 춘천과 실레마을"이라는 연대기적 내용을 인상 깊은 것으로 기억하고 있었다. 그러나 "여성인줄 알았는데 남성이었음(29명)"이라는 단편적인 인식이나 "저항시인(7명)" 등으로 잘못된 인식을 하고 있었다. 셋째, 반영론적인 측면에서 "일제강점기에 상황에 대한 소설"이라는 것 이외의 내용은 찾을 수 없었다. 넷째, 효용론적인 측면에서 "재미있었다"라는 것 이외에 심도 깊은 수용과 감상의 내용은 찾아보기 힘들었다.

지금까지의 설문조사 결과를 종합하자면, 학생들은 김유정 소설을 대부분 교과서를 통해서만 접하고 있고, 시험 준비식 체험으로 인해 아는 책은 많지만 실제 읽은 책은 적으며, 작가론적인 측면에 대한 지식이 상대적으로 부족하거나 왜곡되어 있었고, 김유정 소설이 자신에게 어떠한 영향이 있었는지에 대한 효용론적인 반응은 극히 드물었다는 것

을 문제시할 수 있다. 다음 장에서는 이러한 현상의 원인을 학습자에게
탓하기 보다는, 학교 교육에 문제는 없었는지를 진단하고 그 대안을 제
시하고자 한다.

3. 학교 교육 속의 김유정 소설

학교 교육 속의 김유정 소설의 현황을 살피기 위하서 이 연구에서는
교과용 도서 중에 교사용 지도서를 주목하여 살펴보기로 한다. 검인정
체제에서 교과서는 국어과 교육과정을 반영한 하나의 사례이며, 그 교
과서를 집필한 구체적인 집필자의 의도와 국어수업에서 교사가 활용하
는 방법 등은 교과용 도서인 지도서에 담겨져 있기 때문이다. 예를 들
어, 김유정 소설을 해당 단원에 선정한 기준을 외부즈 관점에서 주관적
으로 추측하기보다는 교과서 개발자가 지도서에 수록한 내용 "작품 선
정의 기준"등을 통해서 객관적인 증거로 확인할 수가 있다.

2011-361호 교육과정에 따른 검정교과서는 2013년에 중학교 1학년
에 처음 도입되었다. 이 교과서들은 2015 개정 교육과정이 중1학년에
도입되는 2018년까지 학교에서 사용된다. 그 종류는 다음의 〈표 5〉와
같다. 이 16개 중에 본고에서 대상 텍스트로 확인한 것은 16개 출판사의
지도서이다.[15] 이를 통해서 Ⓑ, Ⓒ, Ⓓ, Ⓔ, Ⓗ, Ⓜ 출판사의 검인정 교과

---

15 출판사별 지도서 파일은 한국교원대 도서관 홈페이지에서 PDF파일을 확보하였다
(lib.knue.ac.kr).

서로 학습할 경우에는 정규 문학 수업 시간에 김유정 작품을 한 번도 읽지 못하는 경우가 발생할 수 있음을 확인할 수 있다. 해당 국어교사가 교육과정과 교과서를 재구성하거나 보충·심화 활동으로 김유정 소설을 제시하지 못한다면, 학생들은 공식적인 국어교육과정 속에서 김유정 소설을 체험할 기회가 없을 수 있다는 것이다. 앞서 제시한 〈표 1〉[16]에서 설문조사 결과 김유정 소설을 알지 못하는 70명의 학생이 이에 해당하는 것으로 보인다.

〈표 5〉 중학교군 국어 교과서

교과서명	대표저자	출판사	구분기호
중학교 국어 ① ~ ⑥[17]	남미영*	교학사	Ⓐ
	박경신	금성출판사	Ⓑ
	장수익*	대교	Ⓒ
	이삼형	두산동아	Ⓓ
	전경원	두산동아	Ⓔ
	윤여탁*	미래엔	Ⓕ
	이관규*	비상교과서	Ⓖ
	한철우	비상교육	Ⓗ
	김태철*	비상교육	Ⓘ
	우한용*	좋은책신사고	Ⓙ
	민현식*	좋은책신사고	Ⓚ
	방민호*	지학사	Ⓛ
	이도영	창비	Ⓜ
	김종철*	천재교과서	Ⓝ
	박영목*	천재교육	Ⓞ
	노미숙*	천재교육	Ⓟ

저자명 옆에 "*"기호는 해당 교과서에서 김유정 작품을 다루고 있다는 의미

---

16 허재영, 앞의 책, 96~98쪽 참조.

1) 학년군 편성과 교육과정 층위

이 절에서는 김유정 소설이 수록된 교과용 도서를 중심으로, 국어과 교육과정 수준에서 김유정 소설이 어떤 부분에 위치하고 있는 지를 확인하고자 한다. 이를 통해서 김유정 소설이 교과서 집필의 입장에서 어떠한 가치와 위상을 차지하고 있는지를 간접적으로 확인할 수 있다. 먼저, 김유정 소설을 직·간접적으로 다루고 있는 교과용 도서는 다음의 〈표 6〉[18]와 같이 11개로 확인되었다.[19]

〈표 6〉 김유정 소설 수록 교과서 현황

	구분기호[20]	작품명	대단원명	소단원명
1	Ⓐ－②	동백꽃	1. 적극적으로 감상하기	2. 동백꽃
2	Ⓒ－①	동백꽃	5. 마음 읽기	(1) 동백꽃
3	Ⓕ－③	동백꽃	1. 세상을 보는 눈	2. 내가 그린 히말라야시다 그림
4	Ⓖ－⑥	봄·봄	3. 갈등과 협상	2. 작품 속의 갈등해결
5	Ⓘ－②	동백꽃	3. 갈등에서 공감으로	너랑 나랑은
6	Ⓙ－④	동백꽃	다양한 눈으로 이야기하는 삶	(2) 소설의 시점과 분위기
7	Ⓚ－③	동백꽃	문학이 말한다, 독자가 묻는다.	3) 동백꽃
8	Ⓛ－③	동백꽃	표현의 깊이	(2) 동백꽃
9	Ⓝ－③	동백꽃	문학 속의 말하는 이	(2) 동백꽃
10	Ⓞ－③	동백꽃	말하는 이와 말하기 방식	(2) 동백꽃
11	Ⓟ－③	동백꽃	문학과 소통	(1) 작품 속에 말하는 이

---

17 중학교는 7~9학년군으로 묶이며, 7학년에는 국어①과 ②를 학습하고, 8학년에는 국어 ③과 ④를 학습하며, 9학년에는 ⑤와 ⑥을 학습한다.

18 김효정, 「2009 개정 교육과정 중학교 국어 교과서의 현대 소설 학습활동 연구」, 서울 시립대 석사논문, 2013, 19~22면 참조. 김효정의 논의에서는 동백꽃이 8개의 교과서에 실렸다고 분석하였으나, 필자가 확인한 바로는 (Ⓕ : 미래엔), (Ⓟ : 천재교육)를 포함하여 10개이다. (Ⓕ)는 주 제재가 아니라 적용 활동에, (Ⓟ)는 창의 활동에서 다루고 있다.

19 수록 작품은 동백꽃(9개)과 봄봄(1개)로서 기존 교육과정과 큰 차이가 없다. 김유정 소설이 더 다양한 교육과정 성취기준과 연계되어서 다루어질 수 있도록 연구가 뒷받침되어야 할 부분이다.

20 구분기호의 의미는 "'출판사' 해당 학기"로서, Ⓐ-②의 경우는 "교학사-1학년2학기"이다.

먼저, 김유정 소설이 몇 학년에 수록 되었는지를 살피면, 〈표 7〉과 같이 중3학년 보다 중1, 2학년에 많은 비중이 있는 것을 확인할 수 있다. 김유정 소설이 고등학교 급에서 중학교 급으로, 중학교 고학년에서 중·저학년으로 이동하는 현상은 김동환의 논의처럼 김유정의 소설이 중학교 학생들에게 더 용이하게 파악할 수 있다는 판단에 따른 것으로 보인다.[21] 이와 연관해서 Ⓐ-② 교사용 지도서에는 다음과 같이 제재 선정의 취지가 명시되어 있다. 이는 작품의 성격과 단원의 목표 그리고 학생의 경험 수준을 고려해서 김유정 작품을 선정했다는 내용으로 정리할 수 있다.

> 이 소설은 순박한 농민과 농촌 사회에 대한 애정을 바탕으로 작품 세계를 형성해 온 김유정의 대표 작품 중 하나인 『동백꽃』이다. 농촌에서 벌어지는 순박한 남녀 간의 사랑 이야기를 읽으며, 한참 이성에게 호기심이 많은 중학교 학생들이 자신의 경험을 바탕으로 소설을 적극적으로 감상하는 데 적합하여 제재로 선정하였다. (Ⓐ-② 393쪽, 강조는 인용자)

〈표 7〉 학년별 교과서 수록 현황

중1	중2	중3
Ⓐ, Ⓒ, Ⓘ	Ⓕ, Ⓙ, Ⓚ, Ⓛ, Ⓝ, Ⓞ, Ⓟ	Ⓖ

한편, 「동백꽃」만을 놓고 볼 때에는 2007 개정에서 8종의 교과서에 실린 것에 비해, 2009 교육과정에서는 10종으로 빈도수가 소폭 증가했음을 확인할 수 있다. 물론, 수록된 제재가 「동백꽃」과 「봄·봄」으로 한정

---

20 구분기호의 의미는 "'출판사' 해당 학기"로서, Ⓐ-②의 경우는 "교학사-1학년2학기"이다.
21 김동환, 앞의 글, 42쪽.

되었다는 아쉬움이 남는다. 한편, 2009년 개정 교육과정 고등학교 국어 검정 교과서에는 김유정 작품이 「동백꽃」(1회), 「봄·봄」(4회), 「땡볕」(1회), 「떡」(1회)가 실려서 작품 체험의 다양성이 확보된다고 할 수 있다.[22] 그러나, 같은 제재(「동백꽃」)가 중1, 중2, 중3, 고1에 실렸을 때, 어느 수준과 범위에서 제재를 활용할 수 있을지에 대한 명확한 가이드라인이 제시되지 않았다는 점은 이후에 후속연구가 필요한 사안이라고 판단된다.

다음의 〈표 8〉은 2009 국어과 (중1∼3학년군) 교육과정 중 '문학영역의 내용성취기준'에 따라 김유정 소설이 배치된 상황이다.[23] 김유정 소설은 ⑤번 성취기준에 집중되어 수록되어 있음을 알 수 있다. 관련해서 Ⓙ-④ 교사용 지도서에는 제재 선정 이유가 다음과 같이 명시되어 있다.

> 소설은 이야기 형식의 문학이므로 그 속에는 독자에게 이야기를 건네는 사람, 즉 서술자가 어떤 위치에서 이야기 하는 가에 따라 이야기 방식이 달라진다. '동백꽃'은 1인칭 주인공 시점의 소설로 어리숙하고 어린 소년의 시각에서 사건이 전달되고 있어서 독자가 작품 속의 상황을 이해하는 데 재미를 더하는 소설이다. 따라서 이 제재는 '작품의 세계가 누구의 눈을 통해 전달되는 지 파악하며 작품을 감상할 수 있다'라는 학습 목표에 부합한다.
>
> — Ⓙ-④ 258쪽, 강조는 인용자

〈표 8〉을 통해서 확인할 수 있는 것은 검인정 교과서 체제로 전환됨에 따라서, 정전의 폭이 점차로 넓어지고 새롭게 작품이 포함되고 있다.

---

[22] 임현민, 「김유정 소설 텍스트의 국어교육적 활용에 관한 연구—고등학교 국어교과서를 중심으로」, 국민대 석사논문, 2014, 10∼13쪽 참조.

[23] 문학 영역성취기준은 "문학의 다양한 특성에 대한 이해를 바탕으로, 다양한 관점과 방법으로 작품을 해석하고 평가하며 자신의 일상적인 삶을 작품으로 표현한다"이다.

〈표 8〉 교육과정 성취기준별 김유정 작품 수록 현황

내용성취기준	김유정 작품 수록	타 교과서 해당 성취기준 수록 작품
② 갈등의 진행과 해결 과정을 파악하며 작품을 파악한다.	(G: 봄봄), Ⓘ	현덕『하늘은 맑건만』: Ⓔ-①, Ⓛ-②, Ⓞ-①, Ⓓ-①, Ⓕ-① 박완서『자전거도둑』: Ⓚ-①, Ⓜ-①, Ⓝ-②, Ⓗ-①, Ⓟ-①, 오정희『소음 공해』: Ⓖ-②, 황순원『학』: Ⓙ-①
③ 다양한 관점과 방법으로 작품을 해석한다.	Ⓒ	김정숙,『오아시스 세탁소 습격 사건』: Ⓕ-③. 이효석『메밀꽃 필 무렵』: Ⓐ-④. 황순원『송아지』: Ⓔ-④, 최인호『상도』: Ⓗ-③
⑤ 작품의 세계가 누구의 눈을 통해 전달되는지 파악하며 작품을 수용한다.	Ⓕ, Ⓙ, Ⓚ Ⓛ, Ⓝ, Ⓞ, Ⓟ.	성석제『내가 그린 히말라야시다 그림』: Ⓕ-③, Ⓓ-④. 주요섭『사랑손님과 어머니』: Ⓐ-③, Ⓔ-③, Ⓖ-③. 전성태『소를 줍다』: Ⓘ-③ 공선옥『일가』: Ⓗ-③
⑧ 자신의 주체적인 관점에서 작품을 평가한다.	Ⓐ	하근찬『흰 종이 수염』: Ⓞ-② 현덕『하늘은 맑건만』: Ⓙ-② 채만식『치숙』: Ⓕ-⑥, 황순원『소나기』: Ⓗ-② 황순원『학』: Ⓟ-②, Ⓛ-②. 박완서『자전거도둑』: Ⓔ-②

는 점이다. 예를 들어 현덕의『하늘은 맑건만』은 2009 개정 교과서에 6회 실렸는데 이 중 5회가 내용 성취 기준 ②에 집중되어 있다. 박완서의 『자전거도둑』도 2007 개정 1학년 교과서에 8회가 실리고, 2009 개정에서도 8회가 실리며 ②번 성취기준에 고정화되는 특징을 보여주고 있다. 이와 연관해서 해당 작품들이 다양한 인물 유형의 선명한 갈등관계가 드러나고 그 갈등이 학생들에게 친숙하며, 내용과 표현 면에서도 중학교 학생들이 흥미를 느끼면서 다가갈 수 있다는 분석은 의미 있다.[24]

그러나 교육과정 성취기준에 따라서 김유정 소설(혹은 다른 소설들)이 특정 성취기준에 고정화 된다는 것이 바람직한가에 대한 엄밀한 논의

---

24 김효정, 위의 글, 24~25쪽 참조.

가 필요하다. 내용 성취기준으로 구분하여 소설을 재단하다 보니, 해당 소설의 일면만을 수용하고 감상하게 된다는 것이다. 즉, 김유정 소설은 ②, ③, ⑤, ⑧ 등의 스펙트럼을 통해서 다양하게 해석되고 교육될 수 있는데, 해당 교과서의 성취기준 편성에 따라서 그 중에 하나의 모습만을 학생들이 인식하게 된다는 것이다.

한편, 김유정 소설이 국어교육의 ②번 성취기준에 그동안 지속되어 활용되어 왔다는 사실이 교과서에 실리는 정전으로서 안심할 조건은 아니라는 점을 주목할 필요가 있다. 이미 7종의 교과서에서는 ②번 성취기준에서 김유정 소설이 다른 작품으로 '대체'하고 있는 현상을 보이고 있기 때문이다. 특히, 주요섭의 「사랑손님과 어머니」(3회)는 ②번 성취기준에서 고정적으로 활용될 수 있는 제재로 확인된다.[25] 이에 따라 김유정 소설을 '문학교육 성취기준'의 다양한 스펙트럼 속에서 감상할 수 있는 방안의 마련이 시급하다. 예를 들어 다음의 내용 성취기준들은 2009 개정 국어과 교육과정에서는 김유정 문학과 연계가 되지 않은 것들이지만, 작가 김유정과 김유정 소설의 특징을 고려한다면 앞으로의 교과서 구성에서 적용할 수 있는 부분이라고 생각한다.

(4) 표현에 드러나는 작가의 태도에 주목하여 작품을 이해하고 표현한다. (6) 사회·문화·역사적 상황을 바탕으로 작품을 이해한다. (7) 작품의 창작 의도와 소통 맥락을 고려하여 작품을 이해한다. (10) 문학이 인간의 삶에 어떠한 가치를 지니는지 이해한다.

---

[25] 이러한 현상은 박인기의 주장대로 단일한 정전이 아닌 정전군(正典群)을 구축할 수 있는 기회가 되기도 한다. 즉, 문학교육에서 소수의 단일 정전에서 벗어나 상호텍스트적으로 함께 다루는 대안적 정전들을 구축한다는 것이다(박인기, 「문학교육과 문학정전의 새로운 관계 맺기」, 한국문학교육학회 편, 『정전』, 역락, 2010, 38쪽 참조.

2) 교수 · 학습 활동 층위

앞서 고등학생의 설문조사 결과, 김유정 소설이 자신에게 어떠한 영향이 있었는지에 대한 효용론적인 반응은 극히 드물었다는 것을 문제점으로 도출했다. 이와 관계되는 성취기준은 "⑧ 자신의 주체적인 관점에서 작품을 평가한다"라고 할 수 있다.[26] 이에 따라 이 절에서는 해당 성취기준과 관련되는 교과서인 "Ⓐ-②"를 중점적으로 교수 · 학습 활동의 층위에서 김유정 소설의 국어교육적 활용을 논의하고자 한다.

〈표 6〉에서 제시한 대로 해당 단원의 대단원명은 "1. 적극적으로 감상하기"이며, 소단원 2에 배정된 차시는 6차시이다. 과거 6차 교육과정에서「동백꽃」의 학습에 부여된 차시가 2~3시간이었던 것을 고려할 때 2배 이상 시간이 증가한 것이며, 이는 학생들이 실질적이고 적극적인 작품 감상을 고려한 까닭이라는 것을 알 수 있다. 이런 취지에서 이 단원의 학습 목표는 "문학 작품에 대한 반응이 다양함을 이해할 수 있다. 독자의 인식 수준에 따라 작품의 감상이 달라짐을 안다. 자신의 관점에 따라 문학 작품을 해석하고 평가할 수 있다"이다. 이에 따라 교사용 지도서에 제시된 소단원 지도 방법과 유의점을 살펴보면 다음과 같다.

『동백꽃』에서 벌어지는 소년 · 소녀의 순박한 사랑 이야기는 한창 사춘기를 겪고 있는 학생들이 재미있게 읽을 수 있는 제재이다. 따라서 이 단원에서는 학생들이 자신의 경험과 감정에 비추어 작품에 대한 다양한 의견을 말해

---

26 2009 개정 교육과정에서는 해당 성취기준의 설명을 다음과 같이 제시한다. "독자가 자신의 주체적인 관점에서 작품을 해석하고 평가할 수 있도록 한다. 이때 자신의 생각을 무조건 내세우기보다는 적절한 근거를 들면서 해석하고 평가하는 활동을 강조한다. 또한 다른 사람들의 생각도 존중하는 가운데 자신의 해석과 평가를 설득력 있게 표현하도록 한다."

볼 수 있다. 또한 작품 속의 인물들과 자신을 비교하면서 좀 더 적극적으로 작품을 감상할 수 있도록 지도한다(Ⓐ-② 392쪽).

학생들이 자신의 경험과 감정에 비추어 문학작품에 대한 다양한 의견을 말할 수 있도록 하는 것은 「동백꽃」 자체의 내용만을 강조하기 보다는 학생의 문학 체험을 수업의 중심부에 두는 것이라고 할 수 있다.[27] 이는 「동백꽃」의 학습을 통해서 시험 대비식의 인지적 접근만을 하는 것이 아니라 김유정 작품에 대한 기본적인 지식을 익히고, 그 가치와 중요성을 인식하고 내면화하며, 그 결과로 실제 국어 생활에서 김유정 작품만이 아니라 다양한 문학작품을 향유하도록 하는 총체적인 접근을 추구한다는 것이다.

종합하자면, 이 소단원의 큰 흐름은 읽기 전 단계(좋아하는 이성 친구가 생겼을 때 고백할 방법 상상해보기), 읽기 중(자신의 경험에 티추어 「동백꽃」을 읽으며, 작품을 해석하고 감상하기), 읽기 후(내용 확인 및 자신의 경험과 관련 지어 「동백꽃」 감상하고 토론하기)로 구조화할 수 있다. 이 중어 '읽기 후'의 학습 활동은 〈표 9〉와 같다.

㉠에서 삽화를 통해서 작품의 줄거리를 파악하는 것은 학습자에게 흥미롭지만, 이 작품의 구조가 '현재 → 과거 → 현재'로 구성되어서 주는 효과에 대해서 다루지 못하고 있는 점은 아쉬운 부분이다.[28] 교사용 지도서에는 ㉡활동 전에 1930년대의 사회상을 설명하게 하고, 사회 계층 관계를 이해하도록 지도하는 것이 이 활동을 쉽게 이해하도록 도움이

---

27 박인기, 위의 글, 36~38쪽 참조.
28 이 내용은 이후에 교사용 지도서에 수업도우미(힌트)식으로 교사에게만 정보가 제공된다. 학생들이 이런 역순행적 구성방식에 대한 자신의 생각을 이야기해보는 활동은 없다.

<표 9> Ⓐ-② 교과서의 「동백꽃」 소단원 읽기 후 학습활동

구분기호	작품명	주요 학습활동	배정차시
Ⓐ-②	동백꽃	㉠ 삽화를 통해 작품의 줄거리와 중심 내용 파악하기 ㉡ 등장인물의 처지와 성격을 파악하여 인물 간의 갈등 구조 파악하기 ㉢ 점순이의 행동을 통해 인물의 마음 분석해 보기 ㉣ 자신의 경험과 관련지어 동백꽃 감상하기 ㉤ 자신의 경험에 비추어 동백꽃의 주제 생각해보기 ㉥ 동백꽃을 읽고 서로의 해석에 대해 의견 말해보기 ㉦ 동백꽃의 상황을 떠올리며 역할극으로 표현해보기	6차시

된다고 제시하고 있다. 그러나 학생들이 두 인물의 대화에 집중하기 전에 외재적인 정보를 제공하게 되면, 두 인물이 갈등한 내면적인 원인이 아니라 외면적인 원인에만 집중하게 되는 왜곡을 가져올 수 있다.[29] 정작 이어지는 ㉢활동에 제시된 교사용 지도서 예시답안에서는 갈등의 원인으로 사회적인 문제를 다루지도 않고 있다.

㉢까지 활동이 내용이해 및 확인의 수준이었다면, ㉣활동부터는 본격적으로 대단원 목표와 소단원 목표에 부합하도록 「동백꽃」을 적극적으로 감상하는 활동이 전개된다. 교사용 지도서에 제시된 활동안내를 통해 확인할 수 있는 ㉣활동은 학생들이 주인공의 상황에 몰입할 수 있도록 도울 수 있다. 그러나 '㉤'에 제시된 예시답안은 학생들이 '동백꽃'의 다양한 이면적 주제를 자신의 경험과 연관 지어 적극적으로 생각하도록 하는 데에 방해가 될 수 있다. ㉠에서 이미 내용 확인한 수준으로 제시된 예시답안 '소박하고 순수한 사랑의 모습'이라는 내용에는 학생 나름의 상상력과 판단력이 비집고 들어갈 틈이 적기 때문이다. 그러나 ㉥ 활동을 통해서 학생들은 다른 관점에 따라서 작품을 다르게 해석하

---

29 이남호는 동백꽃의 인물 관계에서 마름과 소작인이라는 사회적 관계가 작용하고 있기는 하지만, 두 인물의 태도는 그것과 직접적인 상관없이 사건을 발전시키고 있다고 논의한다(이남호, 『교과서에 실린 문학작품을 어떻게 가르칠 것인가』, 현대문학, 2001, 351~352쪽 참고).

는 활동을 경험하게 된다. 엄밀하게 말하면 자신의 관점이라기 보다는 이미 교과서 활동의 구조화된 관점으로 두 가지 해석에서 학생들은 토론을 하게 된다. '소년과 소녀의 순박하고 아름다운 사랑이야기', '신분이 다른 소년 소녀가 겪는 갈등이야기'라는 두 가지 관점이다. 그러나 이 두 가지 요소가 변증법적으로 통합되어서 작품의 의미를 만들어내는 해석과 평가를 하는 활동이 없는 것은 아쉬움으로 남는다.

마지막으로 교사용지도서에는 'ⓐ'활동에 대해 등장인물의 심리를 적극적으로 파악하기 위한 것이라는 안내가 제시되어 있다. 이를 위해서 '점순이가 내 닭을 때리는 상황', '내가 닭싸움을 시키는 상황'을 가정하고 역할극을 수행한다. 그런데, 등장인물의 마음과 상황을 효과적으로 표현하기 위해서 비·반언어적인 요소(목소리, 표정, 말투, 동작) 등을 다루고 있다. 이 활동은 대단원 목표인 '적극적으로 감상하기'에는 부합한다고 할 수 있으나, 이런 독후활동이 동백꽃을 심도 있게 이해할 수 있도록 하는 정교한 읽기였는지는 반성할 필요가 있다.[30] 또한 이렇게 읽기 후 활동이 마무리가 되어서, 이 단원의 궁극적인 목표인 "자신의 관점에 따라 문학 작품을 해석하고 평가할 수 있다"에서 '해석을 바탕으로 한 평가하기'는 전혀 다루지 못한 결과가 된다.[31] 즉, 학생들은 「동백꽃」에 근거들 두고 전체의 의미와 부분적인 의미를 종합하며 자기 목소리를 낸 경험을 하지 못한 것이다.

---

30 이순영은 독후활동에서 독자가 텍스트에 근거를 두지 않은 지나치게 주관적인 반응이 공유되는 현상을 진단하고, 한 가지 대안으로서 꼼꼼하게 읽기(close reading)을 논의한 바 있다(이순영, 「"꼼꼼하게 읽기"의 재조명―독서 이론과 교수학습 측면의 의미를 중심으로」, 『독서연구』, 2015).

31 유인순은 로버트 스쿨즈의 논의를 참고하여, 동백꽃을 읽기-해석-비평의 순서로 제시한 바 있다. 이런 관점에서 이 단원은 6차시가 되는 시간에 학생 나름의 평가와 비평의 경험을 하지 못했다는 한계가 발견 된다(유인순, 『김유정을 찾아가는 길』, 솔과 학, 2003, 337~350쪽 참조).

3) 지도서에 수록된 '작가에 대한 분석 텍스트'의 양상 [32]

앞서 고등학생의 설문조사 결과, 김유정 작가론에 대한 학생들이 지식이 상대적으로 부족하거나 왜곡되어 있는 것을 문제점으로 도출했다. 먼저, 이는 10종의 교과서가 작가론과 관련된 성취기준과 연관해서 김유정 소설을 다루지 못했음을 지적할 수 있다. 그 내용은 "(4) 표현에 드러나는 작가의 태도에 주목하여 작품을 이해하고 표현한다. (7) 작품의 창작의도와 소통 맥락을 고려하여 작품을 이해한다"이다. 물론, 작가론적인 측면의 인식을 보완하기 위해서는 교사가 교과서의 활동을 재구성하거나, 학생들이 사전조사활동이나 견학활동 등을 하도록 계획할 수도 있다. 그러나 작품을 꼼꼼하게 읽고 이에 따라 해석과 비평을 하는 공간이 문학 교실임을 고려한다면 교과용 도서의 구성 단계에서부터 작가론에 대한 반영이 필요하다.

작가에 대한 소개를 다루고 있는 일종의 작가론일 수 있는 이런 텍스트는 2007년 개정의 교사용 지도서에서 보이는 수준을 크게 벗어나지 못해 보인다. [33] 작가에 대한 분석텍스트가 아예 없는 경우(4개)가 있었으며, 있더라도 인터넷 백과사전을 그대로 옮겨 놓은 식의 내용(2개)이거나, 출처가 없는 경우(3개), 평론가의 글에서 인용(1개), 김유정 기념사업회에서 인용(1개)이 있었다. 대부분 비슷한 내용을 반복하고 있는 것을 확인할 수 있었다. 그 중에 제일 간결한 소개를 한 것은 다음과 같다.

---

32 이 내용은 김동환의 '교과서 비평'에 대한 접근 방법을 참조함(김동환, 「교과서 속의 이야기꾼, 김유정」, 김유정학회 편, 『김유정의 귀환』, 소명출판, 2012).

33 김동환은 2007년 개정 국어과 교과서에 나타난 '생몰연대, 출신, 등단지 및 연도, 주요 작품'으로 이어지는 양식화된 작가 소개가 작품의 수용과정에 능동적으로 작용할 수 있는 양태가 되기 어려운 것이라는 논의를 제시하였다(김동환, 위의 글, 2012, 50~51쪽 참조).

김유정(1908~1937) : 소설가, 간결한 묘사와 토속적인 언어를 구사하여 주로 향토적인 작품을 발표했다. 주요 작품으로 「동백꽃」, 「금따는 콩밭」, 「만무방」 등이 있다(출처없음)(ⓖ-⑥ 117쪽).

국어교사가 김유정 소설에 대한 작가론적인 소개를 따로 추가로 준비하지 못하고, 위의 인용문을 학생들에게 제시될 경우를 가정해보자. 학생들이 김유정에 관한 단편적인 사실만을 암기식으로 학습할 것이 우려가 되는 장면이다. 이른바 시험 준비식 접근이 될 위험이 있는 것이다. 단편적인 최소의 문학지식을 외우기 때문에, 그 지식이 어떻게 작품 이해에 연결이 되며, 자기 자신의 경험을 이해하는 데에 연결이 되는 지를 경험하지 못하게 되는 것이다. 이에 따라 김유정 작가론의 내용을 더 풍부하게 구성해서, 해당 학습 목표와 학생의 발달 수준을 고려하며 제공할 수 있는 자료원의 정비가 필요하다. 이러한 내용은 하이퍼텍스트의 형태로 교사용 지도서에 제공한다면 지면배치상의 어려움도 극복할 수 있으리라 판단한다. 또한 학생들이 해당 작가에 대한 인식의 지평을 넓힐 수 있는 직·간접적인 기회를 확대하고, 그런 작가론적인 정보를 심층적인 작품 이해에 연결시키는 학습 활동 구성이 필요하다.

4. 나오며

김유정 선생님의 발걸음을 따라가는 길에, 가장 눈에 띈 것은 「두포
전」의 창작과 완성에 대한 기사였다. 폐결핵으로 죽기 직전까지도 병상
에서 원고쓰기에 매달렸던 그의 마음과 그 마음의 대상이 바로 어린이였
다는 것, 그리고 그 생명을 이어가기 위한 현덕 선생님의 노고와 그 결과
가 「두포전」이라는 사실을 알게 된 것이다. 그리고 김유정 선생님의 삶
을 따라가며, '김유정 선생님의 평생'을 평생 동안 연구해온 분의 글을 읽
으면서, '왜 김유정인가?'에 대한 생각의 '씨줄과 날줄의 한 가닥'을 꿰어
낼 수 있었다.

살아서 고통의 극점을 맛보았기로 불행했던 한 사람, 그러나 그 고통을 온
전히 감수했기로 죽어서 사랑 받고 축복 받는 작가가 있다면, 그중 한 사람이
김유정이다. 1930년대 결핵은 치명적 병이었다. 결핵은 죽음의 또 다른 이름
이었다. 프로이트는 인간 심층심리를 이루고 있는 죽음 본능은 비극적 위엄
을 갖고 있고, 그것을 수용하게 될 때 인간은 비극적 용기를 갖게 된다고 했
다. 결핵진단을 받은 이후 김유정을 온통 사로잡고 있었던 것은 바로 이 비극
적 용기였다. 죽기직전까지도 그는 자신이 선택한 길-소설 창작에 매진했다.
그는 작품으로 자신의 인생을 완성시키고자 했다.[34]

위 내용은 필자가 중·고등학교 교과서를 통해서 배운 김유정선생님
의 모습이 아니었다. 죽음을 기다리면서도 고통의 극점 속에서도 도리

---

[34] 유인순, 『김유정을 찾아가는 길』, 솔과학, 2003, 서문에서 인용.

어 생명을 가진 자의 호흡을 부끄럽게 만드는 그의 삶. 그 삶을 이어가고자 하는 간절한 소망 같은 것이 필자의 마음에 자리 잡게 된다.

이에 따라 본고의 논의를 바탕으로 다음과 같은 후속연구를 제언하고자 한다. 첫째, 김유정 소설의 학년군별 적용방법 연구이다. 같은 소설을 중1부터 고1까지 다루는 현재의 상황을 고려할 때, '해당 학년군의 문학 정서와 발달 단계, 성취기준에 어떤 소설이 적절한 지'에 대한 논의와 '같은 작품의 경우에는 학년별로 어떤 변환의 과정이 필요한지'에 대한 엄밀한 논의가 필요하다. 둘째, 김유정 소설 중 아직 교과서의 제재로 활용되지 못한 작품의 국어교육적 적용에 대한 논의와 초등학교 급에 김유정 소설을 적용하는 논의가 필요하다. 예를 들어 「두포전」의 초등학교 급에서 적용하는 방안을 논의할 수 있을 것이다.

참고문헌

1. 기본자료

교육과학기술부, 국어과교육과정, 제 2012-14회[별책 5], 2012.

2009 개정 국어 교사용-지도서 총 16종(총 84권), 각 출판사, 2013.

2. 논문

김동환, 「교과서 속의 이야기꾼, 김유정」, 김유정학회 편, 『김유정의 귀환』, 소명출판, 2012.

김지혜, 「김유정 문학의 교과서 정전화 연구」, 김유정학회 편, 『김유정과의 만남』, 소명출판, 2013.

김효정, 「2009 개정 교육과정 중학교 국어 교과서의 현대 소설 학습활동 연구」, 서울시립대
　　　석사논문, 2013.

박인기, 「문학교육과 문학정전의 새로운 관계 맺기」, 한국문학교육학회 편, 『정전』, 역락,
　　　2010.

양윤모, 「중학교 국어교과서 수록 현대소설과 정전의 의미」, 『어문논집』, 2015.

이순영, 「"꼼꼼하게 읽기"의 재조명―독서 이론과 교수학습 측면의 의미를 중심으로」, 『독서
　　　연구』, 2015.

임현민, 「김유정 소설 텍스트의 국어교육적 활용에 관한 연구―고등학교 국어교과서를 중심
　　　으로」, 국민대 석사논문, 2014.

3. 단행본

유인순, 『김유정을 찾아가는 길』, 솔과학, 2003.

이남호, 『교과서에 실린 문학작품을 어떻게 가르칠 것인가』, 현대문학, 2001.

전신재, 『원본 김유정 전집』, 강, 1997.

허재영, 『국어과 교재 이해와 교과서의 역사』, 경진, 2013.

4. DB자료

교육과정평가원, 수능 기출문제(2000~2016년)

http://www.kice.re.kr/main.do?s=suneung.

제4부 / 김유정의 번역작업

김유정의 「귀여운 少女」 번역 저본의
발굴과 그 의미[*]

번역 저본의 신자료에 관한 내용을 중심으로

이만영

1. 서론 ― 김유정과 번역문학

이 글은 김유정의 번역동화 「귀여운 少女」의 원작 및 저본을 확정하고, 그 번역이 갖는 의미를 밝히는 데 목적을 둔다. 지금까지 밝혀진 바에 따르면, 김유정이 번역한 것으로 알려진 작품은 「귀여운 少女」[1]와

---

[*] 본고는 『어문연구』 제44권 2호, 한국어문교육연구회, 2016에 발표된 것을 정리한 것임.

[1] 김유정, 「귀여운 少女」, 『매일신보』, 1937. 4. 16~4. 23. 지금까지 「귀여운 少女」는 『매일신보』에 1937년 4월 16일부터 동년 4월 21일까지 총 6회 연재되었다고 알려져 왔다. 하지만 확인 결과, 이 작품은 1937년 4월 16일부터 동년 4월 23일(16, 17, 18, 19, 20, 21, 23일)까지 총 7회 연재되었다. 「귀여운 少女」의 연재 횟수에 관한 그간의 논의는 김영기, 『김유정―그 문학과 생애』, 지문사, 1992, 364쪽; 박세현, 『김유정의 소설세계』, 국학자료원, 1998, 345~346쪽; 전신재 편, 『원본 김유정 전집』, 강, 2012, 497쪽 등을 참조.

「잃어진 寶石」[2] 두 편이다. 주지하듯 김유정의 단편 미학에 대한 논의는 상당 부분 진척되어 있지만, 두 편의 번역물에 관한 논의는 여전히 답보 상태에 머물러 있다.[3] 그 중에서도 「귀여운 少女」는 아직까지 번역동화라는 점만 알려져 있을 뿐 그 원작 및 저본조차 확인되지 않은 실정이다. 이러한 이유로 김유정 문학의 카테고리 안에서 「귀여운 少女」가 차지하는 위상이 어떠한지, 그 작품 속에 투영된 작가적 (무)의식이 어떠한지 등의 문제가 여전히 해명되지 못한 상태로 남아 있다.

지금까지 김유정의 번역물에 관한 논의가 더뎠던 이유로, 두 편의 번역물이 작가의 순수한 창작물이 아니라는 점, 그리고 두 작품 모두 김유정 사후에 발표되었기 때문에 추후 제3자에 의해 윤색되었을 가능성이 있다는 점,[4] 마지막으로 단 두 편만으로 김유정의 번역 전략을 일반화하기가 쉽지 않다는 점 등을 거론할 수 있다. 물론 이러한 주장들이 하나같이 나름의 근거를 갖고 있음은 분명하지만, 번역문학이 당대의 시

2　김유정, 「잃어진 寶石」, 『조광』, 조선일보사, 1937.6~11.

3　지금까지 「잃어진 寶石」의 원작 및 번역 저본에 대해서는 실증적인 연구가 제출된 바 있지만, 「귀여운 少女」에 대해서는 아직 본격적인 논의가 이루어지지 않은 실정이다. 「잃어진 寶石」은 김유정 사후에 발표된 작품으로, 미국의 추리소설 작가 반 다인(S. S. Van Dine)이 원작자라는 사실만 알려졌을 뿐 그 번역 저본이 무엇인지에 대해 구체적으로 논의된 바가 없었다. 그에 따라 권채린은 이 작품의 원작 및 번역 저본에 대해 구체적인 논의를 시도하였다. 그 결과 「잃어진 寶石」의 저본이 히라바야시 하쓰노스케[平林初之輔]의 『벤슨 가의 참극ベンソン家の惨劇』임을 확증하였다. 이 논문은 번역 저본을 입수하지 못한 채 논의를 진행했다는 점에서 일정 정도 한계를 갖지만, 「잃어진 寶石」의 번역 저본을 확정하고 김유정의 번역 경위를 보다 구체화했다는 점에서 큰 의의를 갖는다. 「잃어진 寶石」에 관한 논의는 권채린, 「김유정의 「잃어진 寶石」과 반 다인 소설 번역의 맥락」, 『어문논총』 55호, 한국문학언어학회, 2011, 329~352쪽 참조.

4　「귀여운 少女」와 「잃어진 寶石」 외에, 김유정 사후에 발표된 작품으로는 「두포전」(『소년』, 조선일보사, 1939.1~5), 「兄」(『광업조선』, 조선산금조합, 1939.11), 「애기」(『문장』, 문장사, 1939.12) 등이 있다. 이 가운데 「두포전」은 본래 미완성 작품이었으나, 추후 현덕에 의해 작품의 후반부가 완성되었다. 이러한 사실을 토대로 김유정 사후에 발표된 작품 중 상당수가 제3자에 의해 윤색되거나 수정되었을 것이라는 주장도 제기될 수 있다. 하지만 「귀여운 少女」는 김유정의 사망 직후에 발표되었다는 점에서, 본래의 텍스트가 윤색 혹은 수정되었을 가능성이 상대적으로 적었을 것이라 판단된다.

대정신과 사상사적인 필연성을 담지하고 있다는 점을 고려해본다면,[5] 김유정이 남긴 두 편의 번역물은 그의 문학관뿐만 아니라 1930년대의 번역 조건을 이해하는 통로로서 결코 간과되어서는 안 될 것이다. 따라서 본 연구는 김유정 연구의 공백을 메우고 그 저변을 확대하기 위해 「귀여운 少女」의 번역 저본을 확정하고 그 번역 경우를 해명해 보고자 한다. 이 작업을 통해 김유정이 서구문학과의 교호 관계 속에서 자신의 소설적 입각지를 어떻게 설정하고자 했는지 파악할 수 있을 것이며, 한국 근대 번역문학사에서 공백으로 남아 있는 김유정의 자리도 새롭게 마련될 수 있을 것이다.[6]

식민지 조선의 문학장에서 많은 작가들은 창작과 번역이라는 이중의 기획을 동시에 수행해왔다. 최남선과 이광수는 말할 것도 없거니와 염상섭, 나도향, 현진건 등 소위 식민지 조선 문단의 주류를 담당해 온 작가들은 모두 자신의 문학적 카테고리 안에 번역을 포함시켰다. 이러한 맥락에서 볼 때, 김유정의 번역을 그리 새삼스럽게 받아들일 필요는 없을 것이다. 하지만 김유정의 번역은 앞서 열거한 작가들의 번역 작업과는 그 목적을 분명 달리하고 있다. 대부분의 작가들이 조선 문학의 모델을 새롭게 발견하겠다는 의도에 따라 서구문학의 번역에 착수했던 반면,[7] 김

5　박진영, 「근대 번역문학사 연구와 번역 주체」, 『현대문학의 연구』 50권, 한국문학연구학회, 2013, 225쪽.

6　「귀여운 少女」는 그간 번역문학 서지목록에서 지속적으로 누락되어왔다. 한국 근대번역문학사의 선구적 저작이라 할 수 있는 『한국근대번역문학사연구』와 『한국세계문학 문헌서지목록총람』에서 「잃어진 寶石」에 관한 서지사항은 기술되었던 반면, 「귀여운 少女」에 관한 내용은 계속 누락되어왔다. 이후 『한국세계문학 문헌서지목록총람』의 내용을 보완하여 출간된 『세계문학번역서지목록총람』에서도 역시 동일한 문제를 노출하고 있다. 이에 관한 내용은 김병철, 『한국근대번역문학사연구』, 을유문화사, 1975; 단국대 동양학연구소 편, 『한국세계문학 문헌서지목록총람』, 단국대 출판부, 1992; 김병철 편, 『세계문학번역서지목록총람』, 국학자료원, 2002 등을 참조.

7　손성준, 「한국 근대소설사의 전개와 번역―1920년대까지의 양상을 중심으로」, 『민족문학사연구』 56호, 민족문학사학회·민족문학사연구소, 2014, 41~76쪽 참조.

유정은 불안정한 경제적 상황을 타개할 목적으로 번역에 착수했기 때문이다.

> 소설을 못 쓰면 추리소설 번역도 좋았고 '홍길동전'의 약기도 좋았습니다. 돈이 될 것은 무엇이든지 하려고 했습니다.[8]

> 필승아. 내가 돈 百圓을 만들어 볼 작정이다. 동무를 사랑하는 마음으로 네가 좀 助力하여 주기 바란다. 또 다시 探偵小說을 飜譯하여보고싶다. 그外에는 다른 길이 없는 것이다. 허니 네가 보던中 아주 大衆化되고 興味 있는 걸로 한 뒤卷 보내주기 바란다. 그러면 내 五十日 以內로 譯하여 너의 손으로 가게 하여주마.[9]

김유정은 죽음을 언제 받아들여야 할지 모르는 절박한 시기에 번역의 길을 선택했다. 그것은 어디까지나 궁핍한 현실을 글로써 극복해보겠다는 작가적 결의에 따라 이루어진 것이었다. 번역이 창작보다 그 노고가 덜한 편이었던 데다가 번역을 하더라도 저작권을 별도로 지불할 필요가 없었던 당대의 맥락을 고려해볼 때, 김유정에게 있어서 번역은 자신의 작가적 위상을 훼손하지 않으면서 돈을 마련할 수 있는 효율적인 방책 중 하나였던 것으로 보인다.[10] 하지만 「귀여운 少女」의 번역 동

---

8 김영수, 「김유정의 생애」, 김유정기념사업회, 『김유정 전집 — 하권』, 강원일보출판국, 1994, 337~338쪽.
9 전신재 편, 「필승前」, 앞의 책, 474쪽.
10 1930년대 중반만 하더라도 저작권 보호에 대한 개념 규정이 명확하지 않았다. 그에 따라 번역자가 별도의 저작권료를 지불하지 않고 原作을 무단으로 번역하는 경우가 많았다. 다음은 『동아일보』(「응접실」, 1936.6.12)에 실린 기자—독자 간의 문답 내용으로, 이를 통해 당시 저작권에 대한 인식이 어떠했는지를 확인할 수 있다.
"독자(冷泉町月波生) : 외국인작품을 번역하여 출판하자면 어떠한 경로를 밟어야 하는지요.

기를 보다 입체적인 방식으로 파악할 필요가 있다. 왜냐하면 번역 동기를 경제적 요인 하나로 설명하게 되면 다음과 같은 문제들, 이를테면 장기간 연재할 만한 분량도 되지 못했던 이 작품을 번역하게 된 계기라든지 탐정소설이 아니라 동화를 번역 대상으로 설정할 수밖에 없었던 이유 등이 명쾌하게 해명될 수 없기 때문이다.

이와 관련하여 우리는 위의 두 번째 인용문, 즉 안회남에게 보낸 편지에 좀 더 주목해야 한다. 그 편지에 따르면 김유정은 "대중화되고 흥미있는" 것을 번역 대상의 제1요건으로 설정했다. 1930년대에 탐정소설이 선풍적인 인기를 끌고 있었다는 점을 고려해본다면, 「잃어진 寶石」은 그 요건에 명확하게 부합되는 텍스트라고 판단된다.[11] 게다가 「잃어진 寶石」은 단행본으로 출간하거나 장기간 연재해도 좋을 만큼 넉넉한 분량을 갖고 있었기에, 김유정의 입장에서 어느 정도의 수익을 기대할 수 있는 번역물이었음에 틀림없다. 그에 반해 「귀여운 少女」는 흥미로운 대중적 서사라고 보기에는 어려움이 있었고, 장기간 연재할 수 있을 만큼의 분량도 되지 못했다. 따라서 「귀여운 少女」의 번역 동기를 경제

기자(學藝部) : 베르느 조약(베른 조약 : 인용자)에는 원작자가 생존중이거나 또는 사후 오십년 이내인 때는 저작권소유자의 승낙을 얻어가지고 번역하여야 한다고 하엿지마는 조선은 우 조약의 적용을 받지안는 모양이니 그대로 무단번역해도 무방한가 합니다."

11 식민지 조선에서 탐정소설은 대중독자의 독서욕을 충족시키는 데 큰 기여를 하였다. 특히 창작 탐정소설보다는 번안 탐정소설이 인기를 끌었는데, 1930년대에 특히 인기를 끌었던 탐정소설 중 상당수는 서양의 작품을 일본어로 번역한 것이었다. 1930년대 탐정소설의 인기가 어느 정도였는지를 판별하기 위해서는 당시의 서적 판매량을 확인할 필요가 있다. 하지만 필자는 아직까지 그에 관한 구체적인 통계자료를 접하지 못했다. 다만 1932년 총독부 도서관 대출 현황 조사를 통해 당시 대중독자들이 탐정소설을 얼마나 선호했는지를 어느 정도 가늠할 수는 있다. 해당 자료에 따르면 당시 대출 빈도가 가장 높았던 것은 어학／문학계열 서적이었고, 그 중에서도 대중물과 탐정소설이 가장 인기가 많았다. 식민지 조선에서 탐정소설이 유통된 양상에 대해서는 김종수, 「일제 식민지 탐정소설 서적의 현황과 특징」, 『우리어문연구』 37집, 우리어문학회, 2010, 575~600쪽; 1932년 총독부 도서관 대출 현황 조사에 관해서는 「도서관에서 본 금년 가을의 독서 경향은 어떠한가」, 『동아일보』, 1932.10.30 참조.

적 요인 하나만으로 설명하려는 그간의 연구 관행은 다소간 수정될 필요가 있다.

김유정이 「귀여운 少女」를 번역한 맥락에 대해 보다 명확한 시각을 확보하기 위해서는 경제적 사정 이외의 여러 복합 요인들을 고려해야 한다. 아무리 그가 돈을 벌기 위해 번역 작업에 착수했다고 하더라도, 그것만으로 동화 번역에 착수한 이유를 설명할 수는 없다. 1930년대 식민지 조선에서 원작(자)이 차지하는 위상 내지는 원작(자)에 대한 김유정의 관심 등 다수의 요인을 동시에 고려할 때, 비로소 「귀여운 少女」의 번역을 촉발시킨 동인이 보다 선명하게 드러날 수 있을 것이다. 그에 따라 본고에서는 우선 「귀여운 少女」의 전거(典據)를 확정하기 위해 그 원작과 번역 저본이 무엇인지를 밝히고자 한다. 그리고 이 텍스트들을 비교함으로써 김유정이 취한 번역 전략이 어떠했는지를 구체적으로 살펴본 후, 그가 가졌던 문학적 관점을 토대로 「귀여운 少女」의 번역이 갖는 의미와 그 위상을 점검해보고자 한다.

2. 「귀여운 少女」의 원작 및 번역 저본

「귀여운 少女」는 김유정 사후에 발표된 작품으로, 『매일신보』에 총 7회 연재되었다. 번역자는 '故 金裕貞'[12]으로, 장르표지는 '童話'로 각각

---

12 1회본에서는 '故 金裕貞 作'으로 표기되었으나, 2회본부터는 '故 金裕貞 譯'으로 변경 표기되었다.

기술되어 있다. 이 작품은 영국 런던에서 떠돌이 처지가 된 소녀 네리의 일대기를 그리고 있다. 서사는 한 신사가 밤늦게 런던 거리를 배회하는 소녀 네리를 우연히 발견하는 것에서부터 시작된다. 네리는 어두침침한 고물상에서 할아버지와 단 둘이 살아가는데, 문저는 할아버지가 네리를 부자로 만들겠다는 욕심 때문에 도박에 빠져 있다는 것이다. 할아버지는 도박을 하기 위해 고리대금업자 '다니엘'에게 돈을 빌리지만, 결국 그 돈을 모두 탕진해 버린다. 그 결과 네리와 할아버지는 다니엘에게 집을 빼앗긴 후 방랑의 길을 걷게 되고, 네리는 끝내 추위와 굶주림 속에서 눈을 감게 된다. 이 작품의 원작을 밝혀내기 위해 지금까지 언급한 서사의 주요 사항들을 열거하자면, ① 작품의 주요 배경이 영국 런던으로 설정되어 있다는 점, ② 서사를 추동하는 인물이 네리와 할아버지, 다니엘이라는 점, ③ 네리의 불우한 일대기가 서사의 골격이라는 점 등이다.

상기한 세 가지 사항을 고려해볼 때, 「귀여운 *少女*」의 원작은 찰스 디킨스(Charles Dickens, 1812~1870)의 장편 『오래된 골동품 상점(*The old curiosity shop*)』(이하 『골동품 상점』으로 약칭함)으로 확정할 수 있다. 『골동품 상점』은 찰스 디킨스가 편집을 맡고 있었던 신생잡지 『마스터 험프리의 시계(*Master Humphrey's Clock*)』에 1840년에서 1841년까지 연재된 작품으로, 총 73장의 구성을 갖춘 장편 대작이다.[13] 이 소설의 배경은 영국 런던이며, '넬(Nell Trent)'과 '넬의 할아버지(Nell's grandfather)'가 고리대금업자 '다니

---

13 이하 『골동품 상점』에 관한 내용은 하버드대학교 도서관에 소장된 Charles Dickens, *The old curiosity shop and other tales —With numerous illustrations by Cattermole and Browne*, Philadelphia: Lea and Blanchard, 1841을 참조하였다. 이는 잡지 『마스터 험프리의 시계(*Master Humphrey's Clock*)』에 연재되었던 디킨스의 작품을 취합한 것으로, 『골동품 상점』뿐만 아니라 디킨스의 여타의 단편들도 함께 실려 있다. 이 가운데 『골동품 상점』에 해당되는 부분만을 간추리면, 그 분량은 총 300쪽을 상회한다.

엘 퀼프(Daniel Quilp)'에게 쫓겨 유랑하는 내용이 서사의 주축을 이루고 있다. 이처럼 『골동품 상점』과 「귀여운 少女」의 사건 배경 및 주요 등장인물들이 동일할 뿐만 아니라 작품의 주요 서사가 일치하다는 점을 고려해 볼 때, 「귀여운 少女」는 『골동품 상점』을 축약한 번역 작품임에 틀림없다.[14] 하지만 원작이 밝혀졌다고 하더라도 몇 가지의 의문점은 남는다. 그 의문점들을 해명하기 위해, 먼저 두 작품을 비교해 볼 필요가 있다.

다음 〈표 1〉에서 알 수 있듯 「귀여운 少女」는 원작과 크게 네 가지 면에서 차이를 보인다. ① 『골동품 상점』이 거의 1년에 가까운 기간 동안 연재되었던 장편인 반면 「귀여운 少女」는 총 7일간 연재된 단편이라는 점, ② 『골동품 상점』과는 다르게 「귀여운 少女」의 장르표지가 '童話'로 표기되었다는 점, ③ 「귀여운 少女」는 원작의 등장인물들 중 주요 인물만을 선별하여 서사를 구축했다는 점, ④ 주인공 이름 '넬'이 '네리'로 표기되었다는 점 등이 바로 그것이다. 이러한 차이점은 「귀여운 少女」의 번역과 관련하여 몇 가지의 의문을 야기한다.

먼저, 결핵과 치질을 동시에 앓고 있었던 건강상태라든지 번역과 창작을 병행해야 했던 정황 등을 고려해볼 때, 김유정이 300페이지를 상회하는 영문판 원작을 모두 읽고 축약 번역했을 가능성은 현저히 낮지

14　번안(adaptation)이란 외국 문학작품의 사건이나 줄거리를 그대로 두고 인정·풍속·지명·인명 등을 목표 언어의 문화에 맞게 고쳐서 옮기는 번역 방식이다. 이러한 개념을 토대로 볼 때, 김유정의 「귀여운 少女」는 원작에 드러난 서사의 줄기뿐만 아니라 지명, 인명 등을 그대로 옮겼다는 점에서 번안물은 아니다. 엄밀하게 말해 이 작품은 원작의 내용을 짧게 줄여서 옮기는 번역 형식을 갖추고 있다는 점에서 '축역(abridged translation)'에 해당된다. 보통 축역은 외국의 고전 작품을 어린이들이 쉽게 읽을 수 있도록 장황하고 난해한 부분을 줄이거나 플롯 진행에 걸림돌이 되는 서술 장면 등을 생략하여 번역하는 것을 의미하며, 호메로스의 『오디세이아』와 『일리아스』를 비롯하여 레프 톨스토이의 『전쟁과 평화』, 표도르 도스토예프스키의 『카라마조프의 형제들』과 같은 방대한 작품이 주로 축역의 대상이 된다. 번역물의 개념에 대해서는 김욱동, 『번역과 한국의 근대』, 소명출판, 2010, 285~315쪽 참조.

〈표 1〉『오래된 골동품 상점』과 「귀여운 少女」 비교

	『오래된 골동품 상점』	「귀여운 少女」
분량	장편	단편
장르표지	tale	동화
주요배경	England (London)	영국 (런던)
등장인물	Nell Trent	네리
	Nell's grandfather	네리 할아버지
	Daniel Quilp	다니엘
	Christopher 'Kit' Nubbles	킷트
	Mrs. Jarley	자레이 아주머니
	Mr. Marton	교장선생님
	the single gentleman	신사(= 네리 할아버지의 동생)
	Richard 'Dick' Swiveller	등장하지 않음
	Frederick Trent (Nell's older brother)	등장하지 않음
	Mr. Sampson Brass, Miss Sarah ('Sally') Brass, Mr. Garland 등	등장하지 않음

않았을까 하는 것이다.[15] 앞서 언급했듯이 김유정에게 있어서 번역은 경제적 궁핍 문제를 타개하기 위한 하나의 수단으로 간주되었다. 그러한 상황 속에서 장편소설 원전 전체를 읽고 이를 축약 번역하는 것은 김유정의 입장에서 그다지 효율적인 선택이라고 보기 어렵다. 게다가 1937년 이전까지 식민지 조선에서 『골동품 상점』에 관한 논의가 단 한 번도 없었다는 점은, 『골동품 상점』의 영문판 원전을 확보했을 가능성이 희박했을 것이라는 추정을 뒷받침해준다.[16] 따라서 김유정은 영문

---

15 앞서 언급했듯이, 『골동품 상점』의 영문 초판본은 300페이지를 넘길 정도로 방대한 분량을 자랑한다. 최근 발간된 『골동품 상점』의 한국어 완역본이 700페이지를 상회한다는 점을 고려해본다면, 작품의 분량이 얼마나 방대한지는 쉽게 짐작할 수 있을 것이다. 『골동품 상점』의 한국어 완역본은 Charles Dickens, 김미란 역, 『오래된 골동품 상점』, B612북스, 2015 참조.

16 필자가 현재까지 남아있는 자료를 찾아본 결과, 1937년 이전까지 찰스 디킨스에 관한 소개는 『데이비드 카퍼필드』나 『크리스마스 캐럴』 등의 작품에 한정되어 있었으며, 『골동품』에 관

판 원전보다는 영어 축약본 내지는 일본어 축역본을 번역 저본으로 삼
았을 공산이 크다.

　다음으로, 김유정이 영어 축약본과 일본어 축역본 중 어떠한 판본을
그 저본으로 삼았을 것인가 하는 문제이다. 주지하다시피 식민지 조선
에서 외국소설에 대한 번역은 주로 '영어 원본 → 일본어 번역본 → 한국
어 중역'의 단계를 거쳐왔다. 김유정의 또 다른 번역물인 「잃어진 寶石」
도 영어 원본이 아니라 히라바야시 하쓰노스케[平林初之輔]의 『벤슨 가의
참극[ベンソン家の惨劇]』을 저본으로 삼았던 것을 고려해 본다면, 「귀여운
少女」 또한 일본어 번역본을 통한 중역의 단계를 거쳤을 가능성이 농후
하다.[17] 아울러 주인공 '넬(nell)'이 일본어 발음과 유사한 '네리[ネリ]'로 표
기되었다는 점도 이러한 심증을 뒷받침해주는 근거라고 할 수 있다.[18]

　상기한 내용을 전제로, 필자는 「귀여운 少女」가 발표되었던 1937년 4월
이전까지 찰스 디킨스의 『골동품 상점』이 일본어로 번역·출간된 문건들
을 검토하였다. 그리고 해당 문건들과 「귀여운 少女」를 일일이 대조한 결
과, 일본의 춘양당(春陽堂)에서 출간된 『디킨스 이야기의 아이들[ディッケン
ス物語の子供たち]』(1933.7)의 「소녀 네리[少女 ネリイ]」가 「귀여운 少女」의 저
본임을 확정할 수 있었다.[19] 『디킨스 이야기의 아이들』은 『빨강 머리 앤

해 논의한 자료는 단 한 건도 없었다.

17　권채린, 앞의 글, 335쪽.

18　물론 김유정이 『골동품 상점』의 영어 축약본을 접했을 가능성도 배제할 수는 없다. 따라서
　　필자는 김유정이 저본으로 삼았을 것으로 추정되는 영문판 자료를 찾기 위해 하버드대 도서
　　관, 옥스퍼드대 도서관, 캠브리지대 도서관, 일본국회도서관에 소장된 자료들을 검색해보았
　　다. 그 가운데 온라인상에서 텍스트를 직접 볼 수 있는 자료들은 「귀여운 少女」와 그 내용을
　　직접 대조하였고, 텍스트를 직접 볼 수 없는 자료들에 한해서는 목차를 대조하였다. 이러한
　　방식으로 자료를 수집해본 결과, 현재까지 「귀여운 少女」의 내용과 일치하는 영어 축약본은
　　발견되지 않았다.

19　Charles Dickens, 村岡花子 譯, 『디킨스 이야기의 아이들[ディッケンス物語の子供たち]』, 春陽
　　堂, 1933. 이하 이 작품의 본문을 인용할 시에는 괄호 안에 페이지수를 병기하도록 한다. 그리고
　　원문은 생략하고 한글로 번역된 문장만을 기술하도록 한다.

『赤毛のアン』의 번역가로 잘 알려진 무라오카 하나코[村岡花子](1893~1968)의 번역작으로, 춘양당에서 기획한 '소년문고 시리즈'의 93번째 작품집에 해당된다.[20] 이 작품집은 출판사의 기획 의도에 따라 아동을 대상독자로 설정하고 있고, 디킨스 작품 속에 등장하는 아이들의 서사를 동화 장르에 부합하게끔 각색 번역하여 수록하고 있다. 김유정이 「귀여운 *少女*」의 장르표지를 '동화'로 했던 것도 바로 그 이유 때문인 것으로 추측된다.

〈표 2〉『디킨스 이야기의 아이들〔ディッケンス物語の子供たち〕』의 목차

제목	쪽수	제목	쪽수
소녀 네리, 「오래된 골동품 상점」에서	5	곡마단의 소녀, 「고난시대」에서	91
아름다운 에밀리, 「데이비드 카퍼필드」에서	30	작은 도련님 팀, 「크리스마스 캐롤」에서	116
데이비드, 「데이비드 카퍼필드」에서	43	뚱뚱한 조, 「피크윅 페이퍼스」에서	139
올리버 트위스트, 「올리버 트위스트」에서	70	장님 소녀, 「덤불 속의 귀뚜라미」에서	162

위의 목차에도 확인되는 바, 하나코는 소년문고 시리즈라는 출판사의 기획 의도에 맞게 디킨스 작품의 서사를 재구성하였다. 대부분의 서사들은 아이들이 겪는 고난과 역경, 그 극복에 초점을 맞추고 있고, 첫 번째 작품으로 배치된 「소녀 네리」도 바로 그 내용에 부합하게끔 번역되었다. 번역 분량이 총 25페이지 정도에 불과하다는 사실은 「소녀 네리」가 『골동품 상점』의 서사를 대폭 축소·번역한 것임을 짐작케 한다. 하나코는 『골동품 상점』에 등장하는 모든 인물들을 다루는 방식이 아니라, 번역가적인 감각에 의거해 등장인물 중 일부만을 선별하는 방식으로 서사의 뼈대를 구축했다. 여기에서 중요한 사실은, 일부 내용을

20　무라오카 하나코의 『빨강머리 앤[赤毛のアン]』 번역에 관해서는 김성연, 「『빨강머리 앤』 번역과 수용의 문화동역학—공동체, 개인 그리고 젠더화된 문학적 상상력」, 『대중서사연구』 20권 2호, 대중서사학회, 2014, 67~102쪽 참조.

제외하고 「소녀 네리」에 구사된 문장 및 서사 내용이 「귀여운 *少女*」의 그것과 정확히 일치한다는 점이다. 이를 확인하기 위해 작품의 도입부와 결말부, 그리고 작품상에 드러나는 서술자적 논평 등을 따로 발췌하여 정리해보면 다음과 같다.

〈표 3〉 「소녀 네리〔少女 ネリイ〕」와 「귀여운 少女」의 도입부, 결말부, 서술자 논평 비교

	「소녀 네리[少女 ネリイ]」	「귀여운 少女」
도입부	옛날에 있었던 일입니다. 어느 날 밤, 영국 런던의 마을을 신사 한명이 걷고 있었는데, 아름다운 소녀가 상냥한 목소리로 그를 불러 세웠습니다. "아저씨, 잠깐만요." 아름다운 소녀였습니다. (…중략…) 신사는 이렇게 귀엽고 작은 아이가 이런 늦은 시간에 혼자 밖에 나와 있는 것을 매우 이상하다고 생각했습니다. 게다가 가장 놀란 건, 소녀는 런던의 마을에서 가장 먼 변두리 쪽으로 가는 길을 물었다는 것입니다. (5면)	옛날 저 영국에 잇섯든 일입니다. 어느 날 밤 한 신사가 서울거리를 것고 잇으려니까 웬 게집애가 귀여운 음성으로 "아저씨! 저 잠깐만……"하고 압흐로 내닷는 것입니다. (…중략…) (이러케 귀여운 어린애가, 어째서 이 밤중에 홀로 나왓슬까?) 신사는 이러케 이상스리 여기고 게집애를 가만히 나려다보았습니다. 그보다도 더 놀란 것은 이 어린 게집애가 서울서 멀리 떨어저 잇는 어느 동네를 찾는 것입니다.[21]
결말부	네리는 깊은 잠에 빠진 듯 아무리 할아버지가 이야기를 해도 단 한 마디의 대답도 없었습니다. 아름답다기보다는 성스러운 얼굴이었습니다. (…중략…) 이윽고 봄이 오자, 할아버지도 조용히 세상을 떠났습니다. 그리고 할아버지의 몸도 평화로운 마을 묘지에 네리와 나란히 묻혔습니다. (29면)	네리는 자는지 아무리 할아버지가 말을 부처도 한 마디의 대답도 업섯습니다. 그는 아름답기보다는 엄숙한 얼골이엇습니다. (…중략…) 얼마 안 지나서 봄이 왓슬 째 그도 역시 고요히 세상을 쩌낫습니다. 그래서 평화로운 이 동리묘지에 네리와 나란히 그의 시체도 눕게 되엇습니다. (509면)
서술자 논평1	이 얼마나 용감한 소녀입니까. 이 세상을 살아간다는 것은 결코 쉬운 일이 아닙니다. 여러분도 차차 나이를 먹고, 언젠가 한 사람의 어른으로서 세상에 서면, 반드시 이것을 느낄 때가 있을 것입니다만, 네리라는 소녀는 이미 세상의 거센 파도에 휩쓸려 그날 그날을 어찌 살아갈지 걱정하면서 작은 가슴을 괴롭혀온 것입니다. 저는 네리를 생각할 때마다 항상 눈가가 뜨거워집니다. (24면)	얼마나 쪽々한 소녀입니까? 이 세상의 생활이란 결코 행복된 것이 아닙니다. 여러분도 인제 차々 나히를 먹고 머지안허 한사람의 어른이 되어 세상에 섯슬 째에는 반듯이 이걸 느끼게 될 것입니다. 마는 네리는 아즉 소녀의 몸으로 이미 이 세상 파란을 격고 그날 그날의 생활을 엇더케 하야 나아갈가 하는 궁리 째문에 어린 가슴을 복갓든 것입니다. 나는 네리의 과거를 생각할 적마다 눈물이 압흘 섭니다. (507면)
서술자 논평2	그러나 이렇게 힘없이 살면서도 네리 자신은 조금도 슬퍼 보이지 않았습니다. 평화로운 마을, 그리고 고요한 교회당 옆에서 상냥한 마을 사람들에게 둘러싸인 그녀는 진심으로 행복했기 때문입니다. 그렇다 치더라도, 수도 런던의 사람들은 대체 무엇을 하고 있을까요? 두 사람의 모습이 안개 속에 싸인 듯 없어져 버린 것을 아무도 이상하게 여기지 않았을까요? 물론 그럴 리 없었습니다. (26면)	그러나 이러케 목숨이 다하야 가건만도 네리자신은 조곰도 슬퍼하는 빗이 업섯습니다. 평화로운 동네 그리고 고요한 교회당 엽해서 친절한 동리 사람에게 싸이어 죽는 것이 네리는 마음으로 행복을 느끼는 듯하엿습니다. 그러타 하드라도 론돈의 사람들은 대체 무엇들을 하는가? 두 사람이 안개에 싸인 듯이 업서젓건만 아무도 이상히 여기는 사람이 업는가? 물론 그럴 리는 업습니다. (508면)

본문 내용을 대조해본 결과, 두 작품은 서술 내용 및 문장 면에서 거의 동일한 양상을 보이고 있다. 물론 세부적인 서술 방식에 있어서 두 작품 간의 차이점도 있다. 「소녀 네리」에서는 신사의 생각 내지는 독백 부분이 본문에 직접 명기되어 있는 반면, 「귀여운 少女」에서는 이를 괄호 안에 표기하는 방식으로 처리되었다는 점이 바로 그것이다. 「귀여운 少女」가 조선 아동을 대상 독자로 상정한 작품임을 고려해볼 때, 이는 작품의 가독성을 높이기 위해 취했던 김유정 나름의 표기 전략이라고 판단된다. 또 하나 흥미로운 점은 「귀여운 少女」에서 구사된 두 차례의 서술자적 논평이 「소녀 네리」에서도 동일하게 확인된다는 사실이다. 이처럼 번역 저본에 나타난 서술자적 논평까지 있는 그대로 번역했다는 점에서, 김유정은 의도적인 개작보다는 충실하고 정확한 번역 쪽에 초점을 맞췄던 것으로 보인다.[22]

아울러 우리가 간과하지 말아야 할 것은, 김유정이 번역을 수행하는 과정에서 저본의 일부 내용을 삭제한 흔적도 분명 존재한다는 사실이다. 정확한 번역을 지향했으면서도 일부 내용을 삭제할 수밖에 없었던 이유를 확인하기 위해, 김유정이 번역 과정에서 삭제했던 내용을 살펴볼 필요가 있다.

---

21 전신재 편, 「귀여운 少女」, 앞의 책, 497쪽. 이하 표에서 작품 본문을 인용할 시에는 괄호 안에 페이지 수만 표기하도록 한다.

22 이러한 번역 태도는 독자들에게 흥미를 불러일으키기 위해 원작을 의도적으로 개작한 「잃어진 寶石」의 그것과는 사뭇 다른 것처럼 보인다. 「잃어진 寶石」의 첫 회에는 다음과 같은 안내문이 있다. "이 小說은 原作도 자미잇는 것이지만 故 金裕貞군이 병상에서 飜譯한 것으로 이 飜譯은 譯者가 心血을 傾注하여 興味있게 改編한 것으로 讀者의 興味는 더 클 줄로 안다." 이로 보아 「잃어진 寶石」은 번역 저본에 해당되는 히라바야시 하쓰노스케[平林初之輔]의 『벤슨 가의 참극ベンソン家の惨劇』을 다시 한 번 개작한 것으로 보인다.

<표 4> 번역 과정에서 삭제된 본문

본문 내용
유랑의 무리[流浪の民]

1	너도밤나무 숲 나뭇잎 사이로 떠들썩한 연회에서 횃불이 밝게 비추고 나뭇잎을 잘라 웅크린다. 이들이 바로 유랑의 무리 반짝이는 눈과 깨끗한 머리카락 나일의 강물에 잠겨 반짝 반짝 빛이 난다. 여자들과 노느라 바쁘고 술을 마시며 돌아다닌다. 떠들썩하게 노래를 부르며 남쪽 구니꼬(邦戀)에 다다르리 재난에 대한 기도를 말로 전하는 노파가 있다.	소녀들이 춤을 추러 나오고 횃불이 밝게 비추고 음악이 떠들썩하게 울려 퍼지고 모두 함께 춤추며 논다. 이제 노래 부르느라 지치고, 밤의 바람은 잠을 권유한다. 그리운 고향에서 벗어나 꿈에서 낙원을 바란다. 동쪽 하늘은 밝아오고, 밤이 흔적은 사라진다. 잠자리에 익숙해져서 울지 않으면 어디로 떠날까. 유랑의 무리 ―이시쿠라 고사부로[石倉小三郎] 譯詞 (19~21쪽)

2	펀치 주디 극단 사람들과 함께 있다는 소문을 들고는 급히 그 극단을 쫓아, 그 사람들을 만나 여러 이야기를 물었습니다만, 경마장에서 헤어져서 어디로 갔는지 전혀 모른다는 대답을 들었습니다. (…중략…) 그리고 넬이 살고 있는 마을에 마음씨 좋은 독거노인이 있었습니다. 마을 사람은 이 노인의 성을 부르지 않고 **배처러[獨身者] 씨**라고 불렀습니다. 이 배처러 씨가 어느 날 런던에 있는 자신의 형제 갈런드 씨에게 쓴 편지에는, 요즘 마을에 정말로 귀여운 소녀가 할아버지와 함께 와 살고 있다는 이야기가 담겨 있었습니다. 이 갈런드 씨는 변호사로, 퀼프와 같은 나쁜 사람에게 괴롭힘 당하는 딱한 사람들을 위한 일을 하고 있었습니다(그 퀼프는 이미 그 때 강에 빠져 죽었습니다). **기쓰토 꼬마**는 갈런드 씨의 하인 일을 하고 있었습니다. (…중략…) **배처러 씨와 선생님은 바로 세 사람을 넬의 집으로 안내했습니다.** (27~28쪽, 강조는 인용자)

다음 <표 4>에 명시된 대로, 김유정은 「소녀 네리」를 번역하는 과정에서 크게 두 부분을 삭제하였다.[23] 첫째, 그는 이시쿠라 고사부로[石倉

---

23 필자는 이시쿠라 고사부로[石倉小三郎](1881~1965)의 이력에 관한 구체적인 내용을 확인할 수 없었다. 하지만 그가 집필했던 『西洋音樂史』(1905), 『シューベルト歌曲選集』(1929), 『ゲーテと音楽』(1947) 등의 저서를 토대로 볼 때, 그는 일본의 대표적인 음악사가였던 것으로 추정된다. 아울러 필자는 「유랑의 무리[流浪の民]」와 관련하여 다음의 두 가지 사실을 확인하였다. 첫째, 이 시가는 원작 『골동품 상점』에서도 다뤄진 바 없는 작품이다. 따라서 이 작품은 '집시'에 대한 독자들의 이해를 돕기 위해 무라오카 하나코가 별도로 첨부한 것이라 판단된다. 둘째, 무라오카 하나코는 이 시가의 번역자를 작품상에는 명시했던 반면, 그 원작의 출처에 대해서는 명확히 밝히지 않았다. 필자가 그 출처를 추적해 본 결과, 이 작품은 슈만(R. A. Schumann, 1810~1856)의 가곡 「유랑의 무리(Zigeunerleben)」를 일본어로 번역한 것임

小三郞가 번역한 시 「유랑의 무리[流浪の民]」인데, 이는 '집시'에 대한 독자들의 이해를 돕기 위해 하나코가 별도로 삽입한 작품으로 보이는데, 사실상 이는 작품 전체에서 중요한 서사적 기능을 갖지 못한다. 그에 따라 김유정은 이를 번역 과정에서 삭제하고, "'집씨—'하면 춤 잘추고 노래 잘하는 무립니다. 그들은 물 우에 쓴 풀립 가티 정처업시 흘러 다니며 되는대로 살고 잇는 무립니다"[24]라는 문장으로 '집시'에 대한 설명을 간소화했던 것으로 추측된다.

둘째, 네리를 찾아가는 자들에 관한 작품 후반부의 서사 일부가 삭제되었다. 「소녀 네리」의 후반부에는 '배처러', '갈런드', '기쓰토(=킷트)' 등을 포함한 총 다섯 사람이 네리를 찾아간다는 내용이 담겨 있는데, 이 과정에서 '배처러'와 '갈런드', 그리고 '기쓰토' 등의 인물에 관한 간략한 설명이 부가적으로 기술되어 있다. 하지만 김유정의 「귀여운 少女」에서는 마을 사람과 신사(=배처러) 단 두 사람만이 네리를 찾아간다는 내용으로 각색되었다. 그 이유는 무엇일까. 사실, 「소녀 네리」에 나온 서사를 보면 '배처러'와 '갈런드'는 서사의 초·중반부에서 단 한 번도 언급된 바 없는 인물이거니와, '기쓰토' 역시 서사의 초반부에 골동품 가게에 심부름하러 오는 아이라는 정도만 소개되었을 뿐 서사 전반에서 큰 기능을 하지 못한다. 따라서 이 인물들의 급작스런 등장은 오히려 서사의 유기적 전개를 방해하는 요소가 될 수 있다. 바로 그러한 관점에 따라 김유정은 해당 내용을 대폭 수정·삭제한 것으로 보인다. 즉, 그는 네리와 다니엘 퀼프 사이에 벌어지는 갈등 상황을 일관되게 구현하는 데 있어서 '배처러'와 '갈런드' 등의 부수 인물들에 관한 서사를 굳이

___

을 확인할 수 있었다.

24 전신재 편, 「귀여운 少女」, 앞의 책, 505쪽.

첨부할 필요를 못 느꼈던 것이다. 결국 김유정은 신사(=배처러)에 대해서만 간략히 언급했을 뿐, 후반부에 제시된 '갈런드'와 '기쓰토'에 대한 서사를 모두 삭제하는 방식으로 번역을 진행하였다. 이는 불필요한 소재를 소거함으로써 그 미학적 틀을 유지하는 단편 양식에 대한 이해도 없이는 결코 해득될 수 없는 것이며,[25] 그러한 의미에서 김유정의 번역 감각은 단편이 가진 미학적 규범을 충실히 이해함으로써 얻어진 성과라고 봐야 할 것이다.

3. 「귀여운 少女」의 번역 경위와 그 의미

지금까지 살펴본 바, 「귀여운 少女」는 『디킨스 이야기의 아이들』에 수록된 「소녀 네리」를 그 저본으로 삼는다. 단행본 『디킨스 이야기의 아이들』의 표제에 이미 원작자가 명시되어 있으므로, 김유정은 번역에 착수하면서부터 「소녀 네리」가 찰스 디킨스의 작품임을 인지했을 것이다. 그렇다면 김유정이 찰스 디킨스의 작품을 번역했던 궁극적인 의도는 무엇이었을까. 공교롭게도 지금까지 밝혀진 김유정의 글과 그에 관한 여러 증언들을 모두 참조해보더라도 찰스 디킨스와 김유정과의 연관성을 찾아볼 수 있을 만한 대목은 전혀 없으며,[26] 그가 번역 저본을 어떠한 경로

---

25 단편 양식의 특질에 관한 논의는 박헌호, 「한국 단편소설사에서 단편양식의 위상」, 『민족문학사연구』 16권, 민족문학사학회 · 민족문학사연구소, 2000, 227~267쪽 참조.

26 지금까지 남아 있는 자료를 통해, 김유정과 직간접적으로 연관되어 있는 외국 작가 및 작품들을 일별해보자면 다음과 같다.

로 얻게 되었는지 또한 확인할 길이 없다.[27] 따라서 찰스 디킨스에 관한 김유정의 관심이 어떠했는지를 해독하기 위해서는 김유정과 직간접적으로 연관된 글들을 토대로 추론할 수밖에 없다.

본격적인 논의를 진행하기에 앞서, 식민지 조선의 문단에서 디킨스 작품을 번역한다는 것이 상당히 이례적인 일에 해당된다는 점을 우선적으로 고려할 필요가 있다. 『데이비드 카퍼필드』를 읽었다는 윤치호의 최초 언급이 있은 후,[28] 디킨스의 작품은 양주동이나 예성생(曳醒生) 등에 의해 간헐적으로나마 소개된 바 있다.[29] 하지만 1930년 이전까지 그의 작품이 우리나라에 번역된 것은 단 한 차례에 불과했으며,[30] 『골동품

---

① 조카 김영수의 회고 : 『죄와 벌』(도스토예프스키), 『가난한 사람들』(도스토예프스키), 「귀여운 여인」(체호프), 「외투」(고골리), 「마리아와 광대」(루이 필립), 『홍당무』(르나아르), 『아Q정전』(노신), 『도련님[坊ちゃん]』(나쓰메 소세키) 등. 이 내용은 김영수, 「김유정의 생애」, 앞의 책, 322쪽 참조.
② 조용만의 회고 : 바이런(G. G. Byron), 로렌스(D. H. Lawrence), 맨스필드(K. Mansfield) 등. 이 내용은 조용만, 「이상과 김유정의 문학과 우정」, 『신동아』, 1987.5, 93쪽 참조.
③ 김유정의 글에서 거론된 작가 및 작품 : 『율리시즈』(제임스 조이스), 『나나』(에밀 졸라) 등. 이 내용은 전신재 편, 「病床의 문학」, 앞의 책, 464~472쪽 참조

27 앞서 밝혔듯이 무라오카 하나코의 『디킨스 이야기의 아이들』은 1933년 7월에 일본에서 출간되었다. 김유정은 그 시점 이후에 이 단행본을 접했을 것으로 보이지만, 아쉽게도 현재 남아 있는 자료로는 김유정의 입수 경로에 대해서 명확하게 확인할 길이 없다. 제3자에 의해 번역 저본을 얻었을 가능성이 높지만, 동화에 관심이 있었던 김유정이 직접 책을 구했을 가능성 또한 배제할 수 없다. 다만 김유정이 제3자에 의해 번역 저본을 입수했다는 가정 하에 보자면, 탐정소설 「잃어진 寶石」의 번역 저본을 건네줬던 안회남이 그 원고를 전달했을 가능성은 상대적으로 낮아 보인다. 당시 안회남은 탐정소설에는 깊은 관심을 보였지만, 동화 장르에 대한 관심을 직접적으로 피력한 바가 없기 때문이다. 김유정과의 친분, 동화 장르의 친연성, 일본어 저작의 접근성 등을 고려해볼 때, 김유정에게 번역 저본을 전달했을 유력한 인물로 현덕, 박태원, 이상 등을 거론할 수 있을 것이다.

28 "아침식사 후 곧, 그러니까 5시 30분에 숲으로 가 피플스네 어린이들이 학교 가는 길에 들렀을 때까지 거기서 『데이빗 코퍼필드(David Copperfield)』를 읽었다." 윤치호, 박정신 역, 『국역 윤치호 일기』 2, 연세대 출판부, 2003, 197쪽.

29 양주동, 「近代英文學雜考」, 『동아일보』, 1926.12.21~23; 曳醒生, 「世界文人辭典(3)」, 『대조』 3호, 대조사, 1930.5.15.

30 1930년 이전까지 찰스 디킨스의 작품이 번역된 사례는, 『크리스마스 캐럴(A Christmas Carol)』을 原作으로 삼은 『성탄의 환희』(許雅各 역, 조선야소교서회, 1926) 뿐이었다.

상점』에 관해서는 간단한 소개조차 이루어지지 않았다. 이렇듯 디킨스에 대한 이해도가 극히 낮았을 뿐 아니라『골동품 상점』에 관한 관심 또한 전무했던 문단적 상황 속에서, 김유정은 이를 번역의 대상으로 설정하고자 했던 것이다.[31]

식민지 조선에서 찰스 디킨스가 다소 생소한 작가였다는 점을 고려해볼 때, 김유정이 번역에 착수하기 이전부터 디킨스 작품의 전모를 파악했을 것이라고 보기에는 무리가 있다. 오히려 그는 무라오카 하나코의 「소녀 네리」를 접한 이후, 어떠한 근거로든 디킨스의 작품에 애착을 가졌을 공산이 크다. 이를 확인하기 위해『디킨스 이야기의 아이들』에 실린 번역자 하나코의 머리말을 우선적으로 살펴보자.

찰스 디킨스는 지금으로부터 121년 전 서기 1812년 1월 7일에 태어났습니다. 가난한 형편 속에 태어나 자란 그는, 말로 다 표현할 수 없는 고난을 거듭 겪었습니다. 디킨스는 9세부터 12세까지 구두약 가게에서 상표 붙이기를 하면서 살았습니다. 「데이비드 코퍼필드」는 디킨스의 자전 소설이라 불리는데, 그 소설 속 데이비드는 술집에서 병 닦기를 한 것으로 되어 있습니다. 22세에는 드디어 부모님의 허락 하에 학교에 가게 되었고 24세까지 공부를 계속했지만, 이 후에는 일을 하면서 독학으로 학업을 마쳤습니다. 말로 표현할 수 없는 유년 시절의 고난 속에도, 순수한 영혼을 더럽히지 않고, 불타는 향상심을 가지고, 자신의 경험을 작품에 반영한 디킨스야말로 심혈을 기울여 글을 지은

---

31 흥미롭게도 「잃어진 寶石」의 번역 경위도 이와 유사하다. 1930년대까지만 하더라도 「잃어진 寶石」의 원작자 반 다인은 김내성이나 안회남, 방인근 등에 의해 소개된 적은 있지만, 그의 작품이 직접 번역된 경우는 없었다. 말하자면 「잃어진 寶石」이 반 다인의 작품을 한국어로 번역한 첫 사례였던 것처럼, 「귀여운 少女」 또한 디킨스의『골동품 상점』을 한국어로 번역한 첫 사례라고 할 수 있다.

천재라 불릴 만합니다. (…중략…) 이 세상 한쪽 구석에 밀려나 있는 약한 사람들을 구하고, 그 사람들 사이에 있는 진주와 같은 애정과 인내를 비추었다는 점에서, 그의 작품은 빛이 납니다.[32]

앞서 말했듯이 당시 조선 문단에서는 찰스 디킨스에 관한 논의가 활발히 진행되지 않았던 바, 김유정은 위의 머리말을 통해 디킨스의 작가적 초상을 대략적으로나마 접했을 가능성이 크다. 또한 이는 김유정에게 번역의 결정적인 계기를 마련해줬을 여지가 있다는 점에서 중요하게 간주될 필요가 있다. 위의 글에서 디킨스에 관해 주목할 만한 부분은, ① 그가 불우한 환경에도 불구하고 자신의 경험을 토대로 한 문학 작품들을 열정적으로 쏟아냈다는 점, ② 약자들을 구하고 조명하는 방향으로 자신의 예술적 좌표를 설정했다는 점 등이다. 물론 이는 궁핍한 식민지적 현실을 관통하고 있었던 1930년대의 조선 작가들이라면 충분히 공감할 만한 내용이라고 할 수 있을 것이다. 하지만 경제적인 어려움이 가중되고 병세 또한 악화되는 상태에서도 "예술 이외에 아무것도 눈에 띄이지 않았"[33]다는 조카 김영수의 증언을 토대로 볼 때, 고통의 시기를 관통하면서도 작가적 열망을 포기하지 않았던 디킨스의 삶은 김유정에게 각별한 모델이 될 만했다. 더군다나 "세상 한쪽 구석에 밀려나 있는 약한 사람"들에 대한 근본적인 관심을 갖고 있는 디킨스의 작품은, '예술을 위한 예술'을 비판하고 인류애를 기반으로 한 예술을 지향했던 김유정에게 공감을 사기에 충분했다. 이러한 김유정의 문학관을 집약적으로 보여주는 글이 바로 「病床의 생각」이다.

---

32 Charles Dickens, 村岡花子 譯, 앞의 책, 1~2쪽.
33 김영수, 「김유정의 생애」, 앞의 책, 322쪽.

그들(신심리주의 예술가들 : 인용자 주)은 모든 구실(口實)이 다하였을 때 마즈막으로 새롭다는 문자를 번적 들고 나옵니다. 그러나 그 의미가 무엇인지, 그들이 설명만으로는 도저히 이해키가 어렵습니다. 새롭다는 문짜는 다만 시간과 공간의 전환만에 그칠 것이 아니라, 좀 더 나아가 우리 인류사회에 적극적으로 역할(役割)을 가져오는데 그 의미를 두어야 할 것입니다. 얼른 말하면 쪼이스의 『율리시즈』보다는, 저, 봉근시대의 소산이던 홍길동전이 훨적 뛰어나게 예술적 가치를 띠이고 있는 것입니다.[34]

「病床의 생각」은 김유정의 문학관이 가장 농후하게 드러난 글이자 「귀여운 少女」가 번역되었을 것으로 추정되는 시점에 발표된 글이다.[35] 이 글에서 김유정은 두 가지의 문학적 태도를 비판하고자 했는데, 그 중 하나가 제임스 조이스를 필두로 한 신심리주의라면 다른 하나는 동정과 연대의 가능성을 부정적으로 바라보는 사회진화론적 논리이다. 김유정이 이 두 입장에 대해 비판적 입장을 취했다는 사실은, 「귀여운 少女」를 번역하게 된 계기와도 밀접한 연관이 있다고 판단된다.

먼저 살펴볼 것은 신심리주의에 대한 김유정의 비판적 인식이다. 「病床의 문학」에서 김유정은 '연애를 위한 연애'와 '예술을 위한 예술'을 등가의 위치에 놓고, 연애와 예술 그 자체가 목적이 되는 풍토에 대해 강한 어조

---

34 전신재 편, 「病床의 생각」, 앞의 책, 470쪽.

35 앞서 언급했던 바, 『디킨스 이야기의 아이들』의 「소녀 네리」는 1933년 7월에 출간되었다. 따라서 김유정이 이 텍스트를 입수했을 것으로 추정되는 기한은 넓게 잡아 1933년 7월~1937년 4월이다. 하지만 여러 정황상 김유정이 「귀여운 少女」 번역에 착수했을 시점은 1937년 3월 전후로 보는 것이 합당할 것으로 보인다. 「필승前」을 통해서 확인했던 것처럼 김유정은 극심한 생활고 문제를 해결하기 위해 번역을 시작했기 때문에, 이를 번역하자마자 신문에 연재하고자 했을 것이다. 「귀여운 少女」가 김유정 사후에 곧바로 연재되었다는 점을 비추어볼 때, 김유정이 「귀여운 少女」의 번역을 완료한 시점은 「病床의 생각」이 기고된 1937년 3월과 큰 차이를 보이지 않을 것이라는 추정이 가능하다.

로 비판한다. 김유정이 비판하고자 하는 것은 '예술을 위한 예술', 즉 전달하는 내용이 아니라 형식(혹은 기교)에 치중한 신심리주의 예술인데, 제임스 조이스의 『율리시즈』와 에밀 졸라의 『나나』가 그 대표적인 유형에 해당된다. 물론 『율리시즈』와 『나나』가 신심리주의 문학의 범주에 함께 묶일 수 있는지에 대해서는 논란의 여지가 있으나, 이는 여기에서 중요하게 다룰 문제가 아니다. 이보다 중요한 것은, 김유정이 『율리시즈』를 "괴망히도 치밀한 묘사법(描寫法)으로 인간심리를 내공(內攻)하야, 이내 산사람으로 하여금 유령(幽靈)을 만들어놓는" 작품으로 평가절하했다는 사실이다.[36]

1930년대의 비평적 맥락에서 볼 때, 신심리주의에 대한 비판적 인식은 그다지 예외적인 것은 아니었다. 제임스 조이스를 필두로 한 신심리주의 문학은 1930년대 중반 식민지 조선의 문인들에게 있어서 적지 않은 충격으로 다가왔다. 특히 구인회에 속한 작가들, 더 구체적으로 말해 박태원이나 이상은 이러한 충격을 더 심중하게 느꼈던 것으로 보이는데, 그 이유는 김기림이나 김문집과 같은 당대의 비평가들이 이들의 작품을 『율리시즈』의 영향력 아래에서 설명하곤 했기 때문이다.[37] 이 중에서 박태원은 자신의 문학이 신심리주의를 뿌리로 삼고 있다는 평

---

[36] 김유정이 제임스 조이스의 작품에 영향을 받았다는 주장은 유인순에 의해 제기된 바 있다. 그는 김유정이 제임스 조이스의 『율리시즈』를 감동 깊게 읽었고, 『율리시즈』의 구성과 작중인물 등이 「따라지」의 그것들과 상당 부분 유사하다고 주장하였다. 이 주장은 김유정과 제임스 조이스의 상관관계를 해명함으로써, 김유정의 작품 속에 내재되어 있는 리얼리즘과 모더니즘적 성격을 묘파해냈다는 점에서 충분히 주목할 만하다. 하지만 『율리시즈』가 현실에 대한 핍진한 재현보다는 형식적 실험에 치중한 작품이라는 김유정의 평가들을 고려해볼 때, 김유정이 기법적 실험을 지향했던 제임스 조이스의 창작 방식을 전적으로 수용했다고 보기는 어려울 듯하다. 이와 관련된 논의는 유인순, 「김유정과 해외문학」, 『비교문학』 23권, 한국비교문학회, 1999, 82~109쪽.

[37] 박태원의 『천변풍경』과 이상의 「지주회시」·「날개」에 대한 이들의 평가에 대해서는 손정수, 「조이스 현상을 수용하는 당대 비평 담론의 양상과 그 의미」, 『구보학보』 10집, 구보학회, 2014, 11~41쪽 참조.

가에 대해서 다소 불만이 있었던 것으로 보인다. 가령 『소설가 구보 씨의 일일』에서 『율리시즈』를 "죄악의 자식"으로 지칭한 대목이나 "제임스 조이스의 새로운 시험에는 경의를 표하여야 마땅할 게지. 그러나 그것이 새롭다는, 오직 그 점만 가지고 과중평가를 할 까닭이야 없지"[38]라는 평가를 보더라도, 박태원이 신심리주의 문학에 대해 일정 정도 거리감을 두고자 했던 것만큼은 사실인 것으로 보인다. 이처럼 신심리주의 문학에 대한 김유정의 부정적 인식은 같은 구인회 소속의 문인들도 어느 정도 공유하고 있었다.

하지만 김유정은 신심리주의 문학이 가진 한계를 극복해야 한다고 주장함과 동시에 인류의 문화 창달에 있어서 러시아 리얼리즘 문학이 갖고 있는 위상을 높게 보았다는 점에서, 구인회 소속의 여타 문인들과는 그 관점을 달리 하고 있다. 조카 김영수의 회고에 따르면 김유정의 추천 도서목록에는 도스토예프스키, 체홉, 고골리 등의 저서가 포함되어 있었다.[39] 또한 김유정은 「病床의 생각」을 발표하기 한 달 전에 이미 러시아 문화가 인류를 위해 크게 공헌할 것이라고 말한 바 있다.[40] 이처럼 그는 신심리주의에 대해서는 부정적인 관점을 취한 반면, 러시아 리얼리즘 문학의 가치에 대해서는 고평했다. 그렇다면 왜 러시아 리얼리즘 작품이 아니라 영국 작가 디킨스의 작품을 번역 대상으로 삼았을까. 그에 대한 답을 내리기 위해서는 당시의 번역 환경을 고려해야 한다. 식민지 조선에서는 1925년 치안 유지법이 발효된 이후, 러시아 소설 번역에 대한 일제 당국의 감시와 검열이 심화되었다. 실제로 제4차 공산당 사건(1928),

---

38 박태원, 「소설가 구보씨의 일일」, 『소설가 구보씨의 일일』, 문장사, 1938, 261~263쪽.
39 김영수, 「김유정의 생애」, 앞의 책, 322쪽.
40 전신재 편, 「文化問答」, 앞의 책, 480쪽.

카프 1차 검거(1931), 카프 2차 검거(1934)라는 사건이 거듭되면서, 1930년대 중반 이후 식민지 조선에서 러시아 문학의 번역은 급격하게 위축되었다.[41] 김유정 역시 그러한 일제 당국의 압력으로부터 결코 자유롭지 못했을 것으로 추측된다. 그는 러시아 문학의 번역이 자유롭지 못했던 당시의 정치적 상황을 타개하기 위해, 러시아 리얼리즘 작가의 특색을 다분히 가졌던 찰스 디킨스에 특히 주목했을 가능성이 높다. 물론 1920년대부터 식민지 조선에서 꾸준히 호명되고 있었던 러시아 작가들 — 이를테면 톨스토이・투르게네프・체홉・고리키 등의 작품 — 이 디킨스의 작품과 유사한지에 대해서는 보다 섬세한 논증 작업이 필요할 것이다. 하지만 한 인간이 형성되는 사회적 제 조건을 주요하게 묘파했다는 점에서, 디킨스의『골동품 상점』이 러시아 리얼리즘의 특징을 다분히 함유하고 있다는 점은 분명해 보인다.

「病床의 생각」에서 추가적으로 읽어낼 수 있는 것은, 김유정이 약육강식과 적자생존의 사회진화론적 세계관을 거부하고 상호부조와 공동체적 연대를 강조했다는 사실이다.

> 오늘 우리의 최고이상(最高理想)은 그 위대한 사랑에 있는 것을 압니다. 한동안 그렇게도 소란히 판을 잡았든 개인주의(個人主義)는 니체의 초인설(超人說) 마르사스의 인구론(人口論)과 더부러 머지 않어 암장(暗葬)될 날이 올 겝니다. 그보다는 크로보토킨의 상호부조론(相互扶助論)이나 맑스의 자본론(資本論)이 훨신 새로운 운명(運命)을 띠이고 있는 것입니다.[42]

---

[41]　1920~1930년대까지 식민지 조선의 번역 추세와 그 양상에 관한 논의는 손성준, 앞의 글, 41~76쪽; 손성준, 「동아시아 근대번역문학사 시론─1930년대까지의 소설을 중심으로」, 『비교문학』 65권, 한국비교문학회, 2015, 189~225쪽 참조.

[42]　전신재 편, 「病床의 생각」, 위의 책, 471쪽.

김유정은 카프가 해체된 지 불과 2년도 채 되지 않은 시점에서 다시 한 번 마르크스를 거론한다. 그가 문학의 정치화에 저항하고자 했던 구인회에 몸담았다는 사실을 감안해 본다면, 이는 대단히 의미심장한 발언이 아닐 수 없다. 이 발언의 의미를 구체적으로 이해하기 위해 우리는 그가 제시한 두 개의 카테고리, 즉 '니체-맬서스'로 연결되는 카테고리와 '크로포트킨-마르크스'로 연결되는 카테고리가 갖는 함의를 읽어내야 한다.[43] 위 인용문에서 김유정은 니체와 맬서스를 하나의 계열체로 간주했는데, 여기에서 니체를 맬서스와 같이 연결시키고자 했던 그의 독법에 유의할 필요가 있다. 찰스 다윈 스스로가 고백한 바 있듯이 『종의 기원』은 여러모로 맬서스의 『인구론』에 빚진 바가 많았다.[44] 찰스 다윈은 자신의 논리를 정당화하기 위해 여러 저서들을 탐독했고, 그 결과 『인구론』에서 언급된 자연선택과 생존경쟁을 이론의 핵심 개념으로 삼을 수 있었다. 이러한 맥락들을 고려해볼 때, 김유정은 사회진화론의 이론적 토대를 제공했다는 측면에서 맬서스를 비판적 대상으로 호명하고자 했던 것으로 보인다.

그렇다면 김유정은 왜 니체를 맬서스와 함께 범주화하고자 했는가. 그가 이해했던 니체를 파악하기 위해서는 그간 식민지 조선에서 니체 담론이 유통되고 소비되었던 비평적 맥락을 고려해야 한다. 주지하듯

---

43 김유정의 문학관을 '크로포트킨-마르크스'와 연결시켜 읽어내려는 시도는 방민호, 서동수 등에 의해 이미 이루어진 바 있다. 하지만 김유정의 문학관을 명확하게 인지하기 위해서는 '크로포트킨-마르크스'의 반대편에 놓여 있는 '니체-맬서스'의 카테고리가 무엇을 의미하는지에 대해서도 보다 명확한 논의가 필요하다. 방민호, 「김유정, 이상, 크로포트킨」, 『한국현대문학연구』44호, 한국현대문학회, 2014, 281~317쪽; 서동수, 「김유정 문학의 유토피아 공동체와 크로포트킨의 상호부조론」, 『스토리&이미지텔링』9집, 건국대 스토리앤이미지텔링연구소, 2015, 101~125쪽.

44 Charles Darwin, 이한중 역, 『찰스 다윈 자서전』, 갈라파고스, 2003, 147쪽. 다윈은 『종의 기원』을 완성하기 20여 년 전에 맬서스의 『인구론』을 읽었다고 말하면서, 자연선택·생존경쟁 등의 핵심적 개념을 이론화하는 데 『인구론』이 결정적인 기여를 했다고 밝힌 바 있다.

식민지 조선에서 니체는 상당히 복잡한 양상으로 전유되어왔다.[45] 엄밀한 의미에서 니체의 사유는 다윈 식의 진화론과는 분명 거리를 두고 있었지만,[46] 식민지 조선에서 니체는 진화론적인 의미망 내에서 해석되는 경우가 적지 않았다. 자강의 논법을 구사하기 위해 니체가 말한 '힘에의 의지'를 '권력 만능'의 의미로 해석했던 현상윤이나,[47] 약자에 대한 동정을 중시하는 톨스토이의 사유와 니체의 사유를 대립되는 것으로 이해했던 박달성[48] 등이 그 대표적인 예라 할 수 있다. 이처럼 니체는 약육강식의 세계 속에서 스스로 강자가 되어야만 살아남을 수 있다는 논리의 참조점으로 기능하기도 했고, 타인과의 공생과 연대를 등

---

[45] 니체의 수용사에 대한 논의는 김정현, 「20세기 한국지성사에서 니체사상의 수용－1920년대와 30년대를 중심으로」, 이광래·후지타 마사카쓰 편, 『서양철학의 수용과 변용－동아시아 서양철학 수용의 문제』, 경인문화사, 2012, 52~76쪽 참조.

[46] 니체와 다윈주의의 관계에 대해서는 홍사현, 「니체는 왜 다윈을 비판했는가?－니체와 다윈의 진화론적 사유 비교를 위한 예비연구」, 『니체연구』 23권, 한국니체학회, 2013, 69~100쪽; 홍사현, 「니체와 다윈－가치전환으로서의 힘에의 의지와 진화」, 『니체연구』 24권, 한국니체학회, 2013, 7~56쪽; 정낙림, 「니체는 다윈주의자인가?－진화인가, 극복인가?」, 『니체연구』 24권, 한국니체학회, 2013, 57~86쪽; 정동호, 『니체』, 책세상, 2014, 497~596쪽 등을 참조.

[47] 현상윤, 「强力主義와 朝鮮靑年」, 『학지광』 6호, 1915.7, 42~43쪽.
"슯으다 우리의게는 오직 强한 힘이 이슬 쑨이오 오직 大한 motive power(原動力)가 이슬 쑨이니, 前하야 우리가 生活權을 世界에 求하고 後하야 우리가 빗잇는 歷史를 永久에 保傳하는 것도 모도 다 强한 힘 大한 原動力에 在치 안이한가. 눈물과 恨숨이라도 强한 힘이라야 驅除하겟고, 우숨과 춤이라도 强한 힘이라야 오게 하겟도다. 그런 故로 **니이치에는 이 點에서 權力萬能을 主張하얏고**, 몬테스큐는 이 點에서 强權의 絶對價值를 唱道하얏나니, 世界의 論難이 아모리 紛紜하드래도 나는 이 두 사람의 말을 어듸가지든지 遵奉하고 確信코져 하노라." (강조는 인용자)

[48] 박달성, 「東西文化史上에 現하는 古今의 思想을 一瞥하고」, 『개벽』 9호, 1921.3, 22~23쪽.
"**자기이냐? 자기 以外이냐? 개인이냐? 사회이냐?** 例하야 말하면 「니체」의 主義이냐? 「톨스토이」의 主義이냐? 이것이 吾人 究竟의 取捨問題가 될 듯하다. 니체의 主義대로 하면 吾人은 더 진화할 수 잇스며 더 향상할 수 잇다. 즉 현재 이상으로 초월할 수 잇다. (…중략…) 이상이 니체의 超越觀의 대강이다. 吾人은 니체主義에 如何한 태도를 持할가? 是라 할가 否라 할가? 그 主義의 동감자가 되며 선전자가 되며 실행자가 될가? **弱者 결함자**－다 거꿀어 질지라도 哀號의 소리잇고 同情의 惡者가 잇슬지라도 그냥 밟아버리고 오즉 力이 잇는대로 의지 잇는대로 儼然自若히 초월하야 볼 것인가. 니체主義대로만 하면 吾人은 疑意업시 현재에서 더 초월할 것은 明若觀火이다. 그러하면 吾人은 吾人의 現況에서 더 향상키 위하야 니체主義에 同歸할 것인가? 아－容易히 판단치 못하겟도다." (강조는 인용자)

한시하고 개인의 진화 내지는 초월을 강조하는 대표적 이론으로 이해
되기도 했다.[49] 이러한 당대의 비평적 맥락을 고려해볼 때, 니체를 개인
주의 내지는 사회진화론적 관점에서 이해하는 것은 크게 무리가 아니
었다. 김유정이 니체와 맬서스를 하나의 카테고리로 묶고 그 대타항으
로 마르크스와 크로포트킨을 설정했던 것도 바로 그러한 맥락에서 이
해될 수 있다. 그는 이러한 범주화를 통해 니체의 철학을 톨스토이나 크
로포트킨과 같이 相生·相愛의 정신을 강조한 이론가들과는 거리를 둔
것으로 이해했고, 바로 그 관점에서 인간애가 부재하는 '맬서스-니체'
식의 철학적 논리를 거부하고자 했던 것이다.

상기한 내용을 토대로 볼 때, 김유정은 신심리주의가 지향하는 기교
주의와 '맬서스-니체'로 범주화되는 사회진화론적 세계관과의 거리두
기를 통해 자신의 문학적 좌표를 설정하고자 했던 것으로 보인다. 그가
찰스 디킨스의 작품을 번역한 계기는 바로 이러한 문맥 속에서 해석될
수 있다. 찰스 디킨스의 작품은 어떠한 실험적 형식을 지향하기보다는
도시 빈민의 암울한 현실을 묘파하는 데에 초점을 맞추고 있다. 김유정
이 「심청」이나 「봄과 따라지」 등의 소설을 통해 도시에 상존하는 걸인
들의 형상에 주목했던 점을 고려해본다면, 네리를 중심으로 전개되는
도시 빈민의 서사는 그가 지향하는 서사적 문법에 부합되는 것이기도
하다. 특히 「귀여운 少女」에서 런던은 동정의 정서가 고갈되어버린 불

49　물론 김유정이 참조했을 것으로 보이는 1930년대 중반 즈음의 문헌들을 보면, 안호상이나 전
　원배와 같이 니체를 진화론의 맥락과는 변별되게 해석하는 경우도 더러 발견된다. 안호상은
　니체가 자연과학적 문명에 기반한 무력주의를 비판했다고 주장하면서, 니체의 초인사상을 진
　화론과 다른 맥락으로 이해했다. 그리고 전원배는 니체의 반합리주의적 태도에 주목하면서
　니체를 생명 절대주의적 관점에서 파악하기도 했다. 하지만 「病床의 생각」에 개진된 김유정
　의 사유를 참조해 볼 때, 그가 받아들였던 니체는 이들 논의와는 분명 그 결을 달리하고 있다.
　안호상과 전원배에 관한 논의는 김정현, 이광래·후지타 마사카쓰 편, 앞의 책, 52~76쪽 참조

온한 세계로 그려지는 반면, 네리는 순수성의 표상으로 그려지고 있다. 여기에서 네리는 모든 것들이 물화되어버린 런던의 공간적 불온성을 폭로하는 데 적절한 표상임에 틀림없다. 「소녀 네리」라는 제목이 「귀여운 少女」로 변경된 것도 이와 무관하지 않은데, 이를 통해 본래의 텍스트를 또 다른 차원으로 이동시키려는 김유정의 의도를 엿볼 수 있다. 즉, 김유정은 네리의 고유명을 부각시키는 방식이 아니라 '귀여운'이라는 수식어를 첨부하는 방식을 선택함으로써, 근대 도시의 불온성을 폭로함과 동시에 네리의 순수성을 강화시키고자 했던 것이다.

이와 같이 김유정은 상호부조와 연대의 가능성을 저시할 수 있는 '크로포트킨-마르크스' 식의 문학, 다시 말해 "좀 더 많은 대중을 우의적으로 한 끈에 꿸 수 있"는 '생명'의 문학을 지향했다. 그러한 관점에서 볼 때, 이 작품에서 '자레이 부인'과 '교장 선생님'을 중심으로 이루어지는 동정(同情)의 수사 또한 결코 간과되어서는 안 된다. 이 작품은 도시가 감춘 환부만을 반복적으로 주조하는 데 그치지 않고, 네리와 같은 주변부의 인물을 동정하려는 인간적 의지를 품고 있다. 절망과 체념이 반복되는 공간에서 인간적 유대와 연대를 상상할 수 있는 공간으로의 전화(轉化), 그런 의미에서 이 작품은 김유정이 나아가고자 했던 문학적 지향점을 환기시킨다. 따라서 「귀여운 少女」는 그의 작품 세계와도 긴밀히 연동될 수 있는 중요한 텍스트로 간주되어야 한다. 물론 「잃어진 寶石」과 마찬가지로 이 작품도 경제적 난국을 타개하기 위한 하나의 방책으로 제출된 것이기는 하지만, 김유정은 궁극적으로 이 작품을 통해 인류애를 기반으로 한 예술적 자취를 남기고자 했다. 즉, 김유정은 단순히 대중적인 코드에 부합하는 작품보다는 그가 꿈꾸었던 인류애적 세계관에 부합하는 작품을 선택하고자 했고, 그렇게 해서 만난 작가가 바로 찰스 디킨스였던 것이다.

4. 결론

김유정의 「귀여운 少女」는 찰스 디킨스의 『오래된 골동품 상점』을 원
작으로 삼고, 무라오카 하나코가 일본어로 축역한 「소녀 네리」를 저본
으로 삼은 번역물이다. 잘 알려져 있다시피 김유정은 경제적인 문제를
해결한다는 목적 하에 "대중화되고 흥미 있는" 텍스트를 번역 대상으로
설정하고자 했다. 하지만 「귀여운 少女」는 김유정이 설정한 번역 요건
에 명확하게 부합되는 텍스트는 아니었다. 또 다른 번역작 「잃어진 寶
石」과는 달리, 이 작품은 단행본으로 출간할 만큼의 분량도 되지 못했고
대중적인 인기를 누리고 있었던 탐정소설 장르에도 해당되지 않았다.
따라서 김유정이 이 작품을 번역하게 된 경위를 보다 섬세하게 파악하기
위해서는 경제적 요건 이외의 맥락들을 함께 고려해야 할 필요가 있다.

「귀여운 少女」는 찰스 디킨스의 『오래된 골동품 상점』을 우리말로 번
역한 최초의 텍스트라는 점에서 그 의의를 찾을 수 있다. 사실, 1930년대
식민지 조선에서 찰스 디킨스의 작품을 번역한다는 것은 대단히 이례적
인 일이었다. 1920년대까지만 하더라도 톨스토이 · 도스토예프스키 ·
체홉 등의 러시아 작가들과 모파상 · 졸라 등의 프랑스 작가들에 대한
소개가 집중되었던 맥락을 고려해볼 때, 김유정의 번역은 식민지 조선
에서 다소 생소했던 작가 디킨스를 소개하는 데 일조했던 것으로 보인
다. 러시아 리얼리즘 작가들에 대해 깊은 관심을 갖고 있었던 김유정이
디킨스의 작품을 선택한 것은 결코 우연은 아니다. 1925년 치안유지법
이 발효된 이후 사회주의자에 대한 대대적인 탄압이 이루어지고 러시아
소설 번역이 크게 위축되었던 당대의 맥락을 고려해본다면, 김유정에게

있어서 디킨스의 작품은 어쩌면 러시아 리얼리즘 문학의 공백을 대체할 수 있는 하나의 대안으로 간주되었을지도 모른다. 불온한 어른들의 세계로부터 내몰려 살아가는 순수한 소녀의 형상을 그려내면서 동시에 동정과 연대의 시선을 결코 포기하지 않는『오래된 골동품 상점』의 서사는, 김유정이 지향했던 리얼리즘 소설의 자질을 풍부하게 내장하고 있었던 것이다.

「病床의 생각」은 그러한 김유정의 문학적 지향점을 뚜렷하게 드러낸 글이다. 그는 이 글을 통해 형식 및 기교에 치중하는 신심리주의 문학의 창작 방법과 '맬서스-니체'로 연결되는 사회진화론적 사유 체계를 비판하였다. 그리고 '예술을 위한 예술'이 아니라 '인류애를 위한 예술'을 지향했던 김유정이 삶의 끝자락에서 만났던 작가, 그가 바로 디킨스였다. 「귀여운 少女」는 김유정이 죽음 앞에서도 끝까지 지키고자 했던 문학적 태도가 무엇인지를 보여주는 중요한 작품이다. 김유정은 단순히 대중성이나 흥미 때문에 이 작품을 번역한 것은 아니었다. 그보다는 도시 공간의 불온성을 폭로하고, 동정과 연대의 가능성을 탐문하며, 인류애를 기반으로 한 예술적 자취를 남기겠다는 것. 그것이 바로 이 텍스트를 통해 읽어낼 수 있는 김유정의 마지막 목소리였던 것이다. 그런 의미에서 「귀여운 少女」는 김유정의 문학 세계와 긴밀하게 연동되는 텍스트로 간주되어야 한다. 그리고 우리는 향후 김유정과 서구 작가와의 교섭을 논하는 데 있어서 찰스 디킨스라는 새로운 작가 하나를 연구 범주 안에 포함시켜야 하며, 김유정의 작품 세계 전반을 논할 때 그의 번역물에까지 논의를 확장시킬 필요가 있다.

참고문헌

1. 기본자료

김유정기념사업회, 『김유정 전집』(상 / 하), 강원일보 출판국, 1994.

전신재 편, 『원본 김유정 전집』, 강, 2012.

Charles Dickens, *The old curiosity shop and other tales — With numerous illustrations by Cattermole and Browne*, Philadelphia : Lea and Blanchard, 1841.

______________, 허아각 역, 『성탄의 환희』, 조선야소교서회, 1926.

______________, 村岡花子 역, 『ディッケンス物語の子供たち』, 春陽堂, 1933.

박태원, 「소설가 구보씨의 일일」, 『소설가 구보씨의 일일』, 문장사, 1938.

2. 논문

권채린, 「김유정의 「잃어진 寶石」과 반 다인 소설 번역의 맥락」, 『어문논총』 55호, 한국문학언어학회, 2011.

김성연, 「『빨강머리 앤』 번역과 수용의 문화동역학 — 공동체, 개인 그리고 젠더화된 문학적 상상력」, 『대중서사연구』 20권 2호, 대중서사학회, 2014.

김종수, 「일제 식민지 탐정소설 서적의 현황과 특징」, 『우리어문연구』 37집, 우리어문학회, 2010.

단국대 동양학연구소 편, 『한국세계문학 문헌서지목록총람』, 단국대 출판부, 1992.

박진영, 「근대 번역문학사 연구와 번역 주체」, 『현대문학의 연구』 50권, 한국문학연구학회, 2013.

박헌호, 「한국 단편소설사에서 단편양식의 위상」, 『민족문학사연구』 16권, 민족문학사학회 · 민족문학사연구소, 2000.

방민호, 「김유정, 이상, 크로포트킨」, 『한국현대문학연구』 44호, 한국현대문학회, 2014.

서동수, 「김유정 문학의 유토피아 공동체와 크로포트킨의 상호부조론」, 『스토리&이미지텔링』 9집, 건국대 스토리앤이미지텔링연구소, 2015.

손성준, 「한국 근대소설사의 전개와 번역 — 1920년대까지의 양상을 중심으로」, 『민족문학사연구』 56호, 민족문학사학회 · 민족문학사연구소, 2014.

______, 「동아시아 근대번역문학사 시론－1930년대까지의 소설을 중심으로」, 『비교문학』 65권, 한국비교문학회, 2015.

손정수, 「조이스 현상을 수용하는 당대 비평 담론의 양상과 그 의미」, 『구보학보』 10집, 구보학회, 2014.

유인순, 「김유정과 해외문학」, 『비교문학』 23권, 한국비교문학회, 1999.

윤치호, 박정신 역, 『국역 윤치호 일기』 2, 연세대 출판부, 2003.

이광래·후지타 마사카쓰 편, 『서양철학의 수용과 변용－동아시아 서양철학 수용의 문제』, 경인문화사, 2012.

정낙림, 「니체는 다원주의자인가?－진화인가, 극복인가?」, 『니체연구』 24권, 한국니체학회, 2013.

홍사현, 「니체는 왜 다윈을 비판했는가?－니체와 다윈의 진화론적 사유 비교를 위한 예비연구」, 『니체연구』 23권, 한국니체학회, 2013.

______, 「니체와 다윈－가치전환으로서의 힘에의 의지와 진화」, 『니체연구』 24권, 한국니체학회, 2013.

3. 단행본

김병철, 『한국근대번역문학사연구』, 을유문화사, 1975.

______, 『세계문학번역서지목록총람』, 국학자료원, 2002.

김영기, 『김유정－그 문학과 생애』, 지문사, 1992.

김욱동, 『번역과 한국의 근대』, 소명출판, 2010.

박세현, 『김유정의 소설세계』, 국학자료원, 1998.

정동호, 『니체』, 책세상, 2014.

Charles Darwin, 이한중 역, 『찰스 다윈 자서전－나의 삶을 서서히 진화해왔다』, 갈라파고스, 2003.

제5부 / 김유정과 문화콘텐츠

김유정 소설의 문화산업적 활용 방안 고찰

김종회

1. 머리말

김유정(金裕貞, 1908∼1937)은 강원도 춘천 출생으로 휘문고보를 졸업하고 연희전문 문과를 중퇴했다. 1935년 「소낙비」가 『조선일보』 신춘문예에 당선되고, 「노다지」가 『조선중앙일보』 신춘문예에 가작으로 당선됨으로써 문단에 등단했다. '구인회' 회원으로 활동했으며, 「동백꽃」, 「봄·봄」, 「금따는 콩밭」, 「만무방」, 「산골」, 「가을」, 「따라지」 등 30여 편의 단편소설을 발표했다. 김유정의 민중 지향적 현실 인식은 그가 산 시대의 정치 경제 사회 등과 따로 구분할 수 있는 것이 아니다. 그것은 일제 강점기의 특수성 및 제약성과의 일정한 관계 아래 형성된 것이라고 볼 수 있다.

김유정이 자신의 작품에서 즐겨 다룬 당시의 우리 농촌은 작품에 그려진 모습보다도 궁핍한 상태에 놓여 있었다. 그것은 물론 일제의 한국 농촌에 대한 일관된 수탈 정책에 주로 기인했다. 일제는 식민 통치 초기부터 한국을 그들의 식량 공급지로 묶어두기 위해서 '토지조사사업'과 '산미증식계획'을 단행했고, 1920년대 초부터는 이른바 '농촌진흥운동'을 일으켜 대동아 침략 전쟁의 식량 공급에 차질이 없도록 강요했다. 그뿐만 아니라 지주제를 강화하여 지주를 보호하는 대신 자작농과 자작 겸 소작농을 몰락시켜 완전한 소작농으로, 소작농을 세궁민으로, 세궁민을 화전민이나 이농민으로, 이농민을 공장의 값싼 노동자나 도시 빈민 또는 걸인으로 만들었다.

이처럼 일본의 식민지 농업 정책에 의한 한국의 경제적 궁핍화는 농촌에서 시작하여 도시로 확대되었다. 김유정의 현실 인식은 일제의 식민 통치 체제와 농업 정책에 대한 포괄적인 인식이라고 말하기는 어렵지만, 당시 한국 농민이 처한 피폐한 삶의 일면을 꿰뚫고 있는 것이라 하겠다. 그의 작품들에 의하면 농사를 열심히 지어도 빚밖에 느는 것이 없는 농민, 막다른 궁지에서 벗어나기 위해 온갖 비정상적인 탈출을 시도하는 농민 생활의 실상을 잘 이해하고 있었음을 알 수 있다.[1] 이것은 그의 농촌현실에 대한 인식이나 시각이 그 무렵 다른 농촌소설가들의 그것과는 달랐으며, 농민을 비롯한 민중, 즉 대다수 한국인에 대하여 깊은 이해와 일체감을 생생하게 보여 준다는 사실이기도 하다.[2]

그와 같은 김유정의 현실 인식은, 그것이 단선적이고 논리적인 주의 주장을 앞세웠다면 지금까지 독자들에게 미치는 광범위한 수용력을 발

---

1   같은 맥락에서, 손종업은 "그의 글은 당대 사회에 대한 지속적이면서도 적나라한 고발과 다름 없다"며 "그는 자신의 상상력을 억압하는 식민지 세계에 저항하고자 한다"고 했다. 손종업, 「김유정 소설과 식민지 근대성」, 『어문연구』 통권 제107권, 2000, 229쪽.

2   식민지 농촌 현실과 연관시킨 대표적인 논의로는 다음의 논문과 저서를 들 수 있다. 신동욱, 「김유정의 만무방」, 『한국 현대문학론』, 박영사, 1972; 김윤식 · 김현, 『한국문학사』, 민음사, 1973; 이선영 편, 『김유정』, 지학사, 1985.

휘하지 못했을지도 모른다. 김유정 자신이 인식했든 그렇지 않았든, 작가로서 그가 추동한 소설적 전략은 놀라운 바가 있었고 후대의 연구자들은 그 효용과 성과를 납득했다. 이는 자신의 소설 세계를 현실 그 너머의 세계 곧 서정성의 차원에 설정하고, 현실과 사뭇 다른 해학적 말하기의 방식으로 현실의 본질적인 바닥을 두드리는 글쓰기 문법이었다. 그와 더불어 당대 문학에 다양성의 미덕을 발양하는 동시에, 전혀 새로운 시각으로 현실적 과제에 접근하는 창작 유형이 가능했던 것이다.

　김유정 소설을 그러한 측면에서 바라보자면, 이제껏 논의 되지 않았던 새로운 행보의 김유정 문학 활성화와 동시대 수용의 논의를 촉발할 수 있다. 다시 말하면 일제강점기의 고단하고 신산한 삶 가운데서 농촌을 배경으로 한 서정적이며 해학적인 이야기를 발굴함으로써 오히려 민족적 현실의 핵심을 부각시킨 것이 김유정 소설이라는 뜻이다. 그에 뒤이어 그와 같은 소설의 역설적 환경 조건이, 오늘날 김유정 소설 세계의 재구성을 통해 현실 인식을 새롭게 담보하는 해석 지평을 열 수 있다는 뜻이다. 특히 강원도 춘천 실레마을에 김유정문학촌이 건립되어 활성화 되고 있는 현재의 상황에 비추어 보면, 이 관점이 더욱 구체적으로 그 역할을 다할 수 있으리라 본다.

　이 글은 그러한 관점에 유의한 채로 먼저 김유정의 작품 세계를 개괄적으로 검토한 다음, 대표작 「동백꽃」을 기존의 평가 기준에 따라 살펴볼 것이다. 그리고 이 작품에서 확산되는 서정성 및 그에 연동된 해학성의 성과와 함께, 김유정 문학이 테마파크 활성화의 공간에서 그 성과를 현실적으로 치환하는 전시 전략을 가늠해 볼 것이다. 이를테면 김유정 소설의 문화산업적 활용 방안 탐색을 말한다. 이를 위해 논의 과정에 '문화산업'에 대한 개념을 생산적으로 도입한 다른 문학 테마파크에 대해서도 함께 언급할 터이다. 궁극적으로 김유정 문학과 대표 소설 「동백꽃」에 대한 정론적 연구 외에, 그 연구가 도출할 수 있는 문학적 특성을 동시대 현실에 직접적으로 적용하고 또 활용할 수 있는 시범적 방향을 모색해 보자는 의미이다.

2. 김유정의 작품 세계와 「동백꽃」의 특성

1) 김유정의 시대와 작품 세계

김유정의 문학 세계는 어둡고 삭막한 농촌 현실과 그 속에서 살아갈 수밖에 없는 농민들의 생활양식을, 냉철하고 이지적인 진지성보다는 연민을 수반한 웃음을 통해 희화적이고 해학적으로 드러낸다. 그런가 하면 「만무방」에서는 그 특유의 해학성을 가능한 한 배제하고 착취 체제에 내재하는 모순을 겨냥하고 있다. 형인 응칠과 아우인 응오는 서로 성격의 차이를 갖고 있음에도 불구하고 자본주의적 취득·분배 양식에 내재하는 모순에 대립하고 있는 점에서 일치한다. 그러면서도 이 작품은 계급 투쟁적 해결의 경직성을 드러내지 않고, 결말에 이르러 '내 걸 훔쳐야 할 운명'의 상황적 아이러니를 통해 현실의 피폐함을 선명하게 보여준다.

전반적인 김유정의 문학 세계는 해학적이고 골계적이다. 김유정 소설의 주요 대상은 농촌 현실과 거기서 살아가는 농민들의 삶이다. 「동백꽃」, 「봄·봄」, 「산골」 같은 작품에서는 경쾌한 해학성이 전면에 두드러진다. 즉 사회제도의 모순을 적극적으로 반영하는 것은 아니지만 본질적으로는 순박하고 어리석은 농촌 사람들의 자연스러운 생활 원리에 대한 애정으로 일관하고 있다. 한편 「소낙비」, 「만무방」, 「총각과 맹꽁이」 같은 작품에서는 농촌 생활을 소재로 사회적 모순을 그려낸다. 즉 농촌 사회의 현실 파악이라는 시각이 훨씬 강화되고 있다. 이들 작품에도 김유정 문학의 특징인 해학성이 드러나고는 있으나 해학 충동의 경쾌함을 지닌 계열의 소설과는 다소 궤를 달리한다.

김유정은 강원도 지방의 토속어를 바탕으로 뛰어난 해학과 풍자를 통해서 일제강점기 우리 농촌의 암울한 현실을 정치하게 묘사했다. 그의 소설 속에 보이는 '질펀한' 웃음 밑에는 땅에 붙박여 살아가는 농민들의 울음이 깔려 있다. 특별한 문학적 장치나 의도적인 서사도 없이 이리 저리 쫓기는 농민들의 실상을 충분히 드러내고 있는 것이다. 따라서 이 속에서 보이는 김유정의 풍자와 해학은 단순한 웃음으로 치부될 수만은 없다. 벗어날 수 없는 현실, '따라지' 인생이었던 농민에게 그 현실을 부정하는 방법은 결국 풍자와 해학뿐이다. 이는 조선시대 탈춤의 대사가 신분 제도를 풍자했던 것처럼 현실 부정의 웃음에 해당한다.

김유정에 있어서 민중이란 가난하고 바보스러운 농민이거나 뻔뻔하고 영악스러운 도시 빈민이다. 그들은 맹꽁이, 따라지, 머슴, 이농민, 유랑농민, 만무방, 들병이, 혹은 품팔이, 실업자, 걸인, 술집 여급 등이다. 이런 사람들이 항상 착하고 성실하기를 바랄 수 없듯이, 그들에 관한 이야기 역시 진지한 현실 인식을 가진 작가라면 허황하게 미화시키지 않을 것이 당연하다. 그의 민중 의식은 민중을 미화하지 않으면서 그들에 대한 애정을 잃지 않는다는 데 그 미덕이 있다. 그는 민중을 과대평가하거나 감상적으로 다루지 않고 그들의 온갖 약점을 그대로 시인하고 숨김없이 노출시킨다. 그러나 근본적으로는 그들에 대한 애정을 간직하고 있음으로 그들의 생각과 느낌에 깊은 공감을 갖고 그들 자신의 처지에서 그들의 목소리로 이야기한다.

이상에서 김유정이 자기 작품에서 일제강점기 한국의 궁핍상을 생생하게 표현[3]하고 당대 현실에 대한 일정한 비판 의식을 제시[4]하고 있을 뿐만 아니라, 그러한 비판 정신이 그의 특이한 민중 의식에 기초하고 있음을 알 수 있었다. 그 민중 의식은 민중의 약점을 숨기지 않으면서 생각의 바탕에 그들에 대한 깊은 이해를 감추고 있었다. 거기에 김유정 문학의 매력과 의식의 건강함이 있고, 그것이 김유정을 한국문학사의 소중한 작가로 평가하는 한 요인이다.

2) 「동백꽃」을 통해 본 김유정 소설의 특성

김유정의 대표작이라 일컬을 수 있는 「동백꽃」은 1936년에 발표된 작품으로 그 문학의 예술성을 대표한다. 토속적인 배경을 통해 일제강점기 고향의 또 다른 모습과 인간의 강박 의식을 엿볼 수 있는 단편소설이다. 소작인과 마름이라는 신분 관계에 약간의 갈등이 내포되어 있으나, 그것은 부차적이고 강조점은 향토성과 토속적 미학에 있다. 이 작품을 두고, 인생의 봄을 맞아서 이성에 눈떠 가는 사춘기 남녀의 애정

---

3 김현·김윤식, 『한국문학사』, 민음사, 1973.
4 나병철은, "김유정 소설은 그(농민 생활상을 뜻함) 내면의 잠재력을 생생하게 형상화함으로써 비판적 리얼리즘의 전망을 획득하고 있다"고 했다. 나병철, 「김유정 소설의 해학성과 현실인식」, 『비평문학』 제8호, 한국비평문학회, 1994, 176쪽.

풍속도로 보는 관점과, 사회 계층 간의 관계에 강조점을 두는 관점이 있다. 그러나 작품 전체의 줄거리로 볼 때, 계층 문제보다는 순박한 시골 청소년의 사랑이 주제로 다루어졌다고 보아야 할 것이다.

김유정 소설 일반이 그렇듯이, 이 작품에서도 현실에 대한 대결 정신보다는 익살스러운 현실 파악의 태도를 엿볼 수 있다. 즉, 토속적 어휘의 숨김없는 구사로 나타나는 인물의 희화(戲畵)에 의해, 우직하면서도 애련(愛憐)을 지닌 인물을 제시하고 있다. 농촌만이 가지는 독특한 풍속이나 풍물, 방언 또는 속어, 향토적 배경 등은 앞서의 해학적 어조와 더불어 이 작품의 토속성을 한층 두드러지게 한다.

김유정의 작품 세계의 정조(情操)를 대별해 보면 향토성, 해학성, 풍자성을 특징으로 한다. 이 작품은 일제강점기의 농촌의 궁핍성을 정면으로 다루기보다는 순수한 토속적 농촌 사회를 서정적으로 표현하였다. ‘나’와 점순이는 소작농의 아들과 마름의 딸이라는 관계에 있지만, 이들 사이의 계층적 갈등[5]보다는 사춘기 남녀의 순박하면서 미묘한 사랑의 감정과 심리를 드러내는 데 초점을 맞추고 있기 때문이다. 이 작품에서 ‘나’는 순박하고 우직한 데 비해 점순이는 활달하고 도전적이다. 이러한 성격적 차이에서 오는 사춘기 남녀의 미묘한 사랑의 감정을 해학적으로 그리면서, 동시에 강한 향토적 서정성을 느끼게 한다.

민중이나 현실에 대한 김유정의 인식은 해학적 문체와도 상관성을 갖고 있다. 그 자신의 독특한 민중 이해와 현실 감각은 그의 작품에 나타난 반어적 표현이나 해학적 문체, 혹은 민중 언어의 구사 같은 측면과

---

5   김종건은, “김유정 소설의 공간은 산촌과 도시 빈민의 암담한 삶의 공간과 농민들의 도시 탈출 공간 지향이 그 특징”이라 밝혔다. 김종건, 「1930년대 소설의 공간설정과 작가의식의 상관성 연구—김유정과 이무영을 중심으로」, 『대구어문논총』, 우리말글학회, 1997, 434쪽.

불가분의 관계로 형상화되어 있다. 그의 민중 의식 또는 현실 인식이 당대의 역사적 사회적 진실을 추구함에 있어 일정한 수준을 지니고 있다고 할 때, 그것은 바로 그의 해학적이며 반어적인 문체를 비롯한 표현상의 문제와 연계되어 있다. 그와 같은 표현 기법을 통하여 「동백꽃」은 주로 상대의 애정 표시를 깨닫지 못하는 주인공의 딱하고 우스꽝스러운 행위에 초점을 맞추고 있다.

그것을 실감나게 보여주는 김유정의 능청스러운 익살은 그의 창작이 지닌 특이한 흥미요 매력이다. 또 그러한 해학적 표현이 한국 농민의 전통적 언어 감각과 향토적 정서를 제시하는데 공헌한 것[6]도 사실이다. 그러나 한편 그것은 계층 문제를 비롯한 당시 농촌 사회의 당면 과제를 진지하게 추구하는 데 일종의 역작용을 가한 측면도 있다. 물론 그의 현실 인식이 지닌 일정한 한계가 반어나 해학의 문제에만 기인하는 것은 아니지만, 그러한 문체로 인해서 작품의 예민한 현실 인식이 약화된 것은 부정하기 어렵다.

이상에서 살펴본 바에 의하면, 논점이 보다 선명해진다. 1930년대의 이효석 및 이상과 더불어 한국문학의 대표적 작가로 평가되는 김유정의 세계가, 그 배경이 되는 농촌 지역의 자연적 서정성 위에 구축 되어 있으나 그것은 첫 단계의 성취에 해당한다는 점이다. 정작 중요하게 소설의 가치와 의의를 더 하는 요인은, 그것이 단순한 자연친화적 서정성이 아니라 해학과 골계미를 통한 현실 인식에 이르고 있다는 것이다. 그의 서정성이 유의미한 서정성이 되고 그의 해학이 독자친화적인 해학

6　이강언은, "김유정 소설이 차지하는 미학적 특징" 가운데 하나로, "리얼리즘 문학을 기교적 가치만으로 끝내지 않고 상징적 또는 해학적 차원에까지 이끌어 놓았다는 데 있다"고 했다. 이강언, 「현실과 이상의 갈등구조―김유정 소설의 구성법」, 『영남어문학』, 한민족어문학회, 1980, 14쪽.

이 되기 위해서는, 문학 연구에서 이 양자가 함께 논거 되는 것이 마땅하고 또 테마파크 전시 전략에서도 함께 응용되어야 효과적일 수밖에 없다.

3. 김유정 소설의 문화산업적 활용 방안

1) 문화산업 또는 대중적 수용성의 의미

오늘날 세상이 빠른 속도로 변동하면서 문화의 형성과 그 성격에 있어서도 여러 가지가 달라지고 있다. 과거에는 변화하는 삶의 여러 모습이 오래도록 축적되어 문화를 이루는 것이었는데, 지금은 변화의 형식과 내용 자체가 그대로 동시대의 문화를 형성하는 상황에 이르렀다. '스피드의 시대'란 말은 이미 운동 경기나 과학 기술에만 적용되는 개념이 아니며, 동시대 삶의 다양한 부면들이 정보화 특히 전자 정보화하면서 '정보화 시대'란 용어와 곧바로 소통되는 형국이 되었다. 문학에 있어서도 그렇다. 그 빠른 변화의 보속은, 문학사의 시대 구분이나 문학의 장르 개념 및 서술 방식 등이 그 영역 안에서 유지하고 있던 경계의 개념을 무너뜨리는 데 강력한 촉매제가 되었다.

이 경계의 와해는, 일찍이 문화인류학자 레비 스트로스가 '꿀과 담배'의 양분법으로 자연과 문명의 양자를 구분하여 설명하던 방식이 이제 더 이상 유효하지 않다는 사실을 뜻한다. 그 양자가 함께 얼크러지고 상호간의 접촉과 환류를 통해 새롭게 형성되는 회색 지대, 회색 공간이 오히려 가치와 생산성을 인정받는 시대가 되었다. 문학 내부의 장르 유형이나 경계의 구분이 와해 또는 무화되는 사태는, 설명을 달리하면 장르와 경계가 새로운 통합의 길을 열어 나가는 변종을 생성하는 것으로 된다. 근자에 문학 논의 현장에서 '통합 문화'나 '퓨전 문화' 등속의 어휘들이 등장하고 있음을 쉽사리 목도할 수 있다.

이와 같은 문화의 개념과 성격 변화는, 문학작품의 생산자로서 작가와 그 수용자로서 독자의 지위 및 관계 변화를 유발하는 지점에까지 이르렀으며, 작품의 창작이 지향하는 견고한 가치, 이른바 작가의 독자에 대한 '교사'의 지위를 위협하는 수준을 나타내고 있다. 이를 테면 한국 근대문학에서 춘원 이광수가 스스로를 '문사(文士)'라 지칭하며, 작가가 시대의 선각임을 자처하던 그와 같은 영화(榮華)는 더 이상 찾아보기 어렵다. 뿐만 아니라 작품이 예술성이나 문학성을 추구하기보다 대중성이나 오락성에 더 중점을 두는 경우, 이에 대한 비판의 강도도 한결 달라졌다.

과거에는 이를 대중문학 또는 상업주의 문학이라 호명하며 부정적 시각으로 검증하는 것이 상례였으나, 근래에는 여기에 '문화산업'이란 명칭을 부여하고 그것이 가진 순기능을 주목하여 그 장점을 발양하려 하는 사례가 많다. 문화산업이 하나의 시대적 조류로 등장하는 배면에는 출판시장의 변화와 문학자본의 대형화 같은 직접적 요인이 작용하고 있다. 그리고 중요한 간접적 요인 가운데 하나는 문학 유산이나 문학인의 향토적 연고가 지방자치체의 문화의식이나 공동체적 유대를 계발하는 사업 및 그 실천과 연계되어 있다는 점이다. 이 글에서는 김유정 문학이 바로 그러한 측면에서 어떤 성향과 가능성을 가지고 있으며, 따라서 그것이 앞으로 작가 현양사업의 실질적 전개에 어떤 방향성을 담보할 수 있을 것인가를 살펴보려 한다.[7]

2) 김유정 문학의 특성과 대중적 수용의 연계

김유정 문학이 지닌 미학적 가치가 대중적 수용성을 보이는 여러 유형이 있고, 동시에 그것을 추동할 수 있는 여러 방안이 있다. 그런데 이 문학적 활용 방안을 값있게 하는 것은 김유정 문학의 예술성, 곧 서정성이나 해학성이 고급한 수준으로 평가되는 바탕 위에서이다. 동시대의 작가 가운데 이효석이 감각적·사실적 작품세계로 '낭만적 서정과 세련된 기교'[8]를 보여주었다면, 이상은 심층적 의식의 작품 세계로 '의식의 감옥과 비상에의 욕망'[9]을 보여주었다. 그에 비해 김유정의 작품 세계는 성격은 다르지만 이들과 유사하게 문학사적 평가를 받는 중량을 지니고 있다.

김유정 문학의 서정성은 연구자에 따라 '현실의식 포용의 서정'[10]이라 지칭되기도 하지만 그것이 이효석의 현실주의와 다른 것은 명백하다. 또한 그 서정성을 두고 「욕망의 억압과 서정적 투시」[11]라 보는 경우는, 소설 내외의 여러 상황이 유발하는 억압의 기제가 어떻게 소설의 서

---

7 이 단락의 논의는 논지 전개의 필요상 필자의 다음 글 중 일부를 옮겨왔다. 김종회, 「하동 이병주 기념사업의 문화산업적 고찰」, 『경남권문화』 제20호, 진주교대 경남권문화연구소, 2011, 323~342쪽.
8 김종회, 「낭만적 서정과 세련된 기교—이효석」, 『한국현대문학 100년 대표소설 100선 연구』, 문학수첩, 2006, 229~244쪽.
9 김종회, 「의식의 감옥과 비상에의 욕망—이상」, 위의 책, 260~276쪽.
10 송하섭, 『한국현대소설의 서정성 연구』, 단국대 출판부, 1989, 85쪽.
11 김해옥, 『한국 현대 서정소설론』, 새미, 1999, 209쪽.

정적 구조로 발현되는가를 설명한다. 요컨대 김유정 문학의 서정성은 다양한 해석을 가능하게 하는 다면체의 얼굴을 가졌다 할 수 있다. 다만 당대 현실에 대한 비판적 인식을 내장하고 그것의 표현에 전략적 방법을 찾기로 했을 때 골계미와 해학성이 부각된다는 점은 변함이 없을 것이다.

김유정 문학을 오늘날 다각적인 수용의 길로 견인하는데 있어, 보다 포괄적인 작품의 이해가 유용할 수 있다. 그의 여러 작품들이 OSMU로 활용의 영역을 넓혀갈 수 있는 가능성의 제시[12]나, 작품에 대한 평설 또는 이어쓰기의 새로운 유형 개발[13]은 특히 여기에 좋은 범례가 된다. 작가와 작품이 가진 문학의 특성과 대중적 수용의 연계는, 그 작품이 시대를 넘어 지속적 독서를 유지하게 하는 힘이기도 하지만 특히 문학 테마파크의 전시 전략에 있어서는 매우 설득력 있는 자료가 되기도 한다. 동시대의 다른 문학 테마파크에 있어 이를 구체적 사례로 볼 수 있는 경우가 여럿 있다.

예를 들면 필자가 조사 및 연구한 사례에 있어서 박경리의 『토지』공간, 황순원의 '소나기마을', 그리고 이병주의 '이병주문학관' 같은 증빙을 들 수 있다. 강원도 원주나 경삼남도 하동에 있는 '『토지』 공간'은 박경리 문학의 대중성과 작가 현양사업이 우월한 조합을 이룬 것이다.[14] 경기도 양평의 소나기마을은 독자들에게 널리 알려진 황순원 문학, 그 순수와 절제의 특성이 테마파크의 중심 주제와 잘 조응한 결과이다.[15]

---

12 유인순, 「김유정 '봄·봄'의 아바타 연구」, 김유정학회 편, 『김유정과의 만남』, 소명출판, 2013, 335쪽.
13 송하춘, 「마적을 꿈꾸다」, 위의 책, 367쪽.
14 김종회, 「'토지'공간과 동시대 수용의 방향성」, 토지학회 학술대회, 이병주문학관, 2015.5.23.
15 김종회, 「문학작품과 문학 테마파크—소나기마을은 왜, 어떻게 조성되었나」, 『양평문학』, 2015.11, 16~30쪽.

그런가 하면 경상남도 하동의 이병주문학관은 이병주 특유의 역사적 대중성이 지리적 환경에 잘 녹아든 형국을 보여준다.[16]

이 글의 과제는 서두에서 밝힌 바와 같이 김유정 문학의 미학적 수월성과 대중적 수용의 경과를 고려하면서, 김유정 고유의 테마파크가 문화산업적 차원에서 보다 효력 있는 전시 전략을 마련해 나갈 새로운 방안을 탐색하는 데 있다. 그러할 때 위에서 예거한 바와 같은 문학 테마파크들은 여기에 실용성 있는 참고자료가 될 수 있을 것이다. 예컨대 예술성·서정성·해학성을 하나의 꿰미로 묶어서 이에 대한 일상적 활용의 방안을 마련할 수 있고, 작품 세계에 대한 다양한 해석을 원용하여 그 작품 다시 쓰기 및 다른 장르로 쓰기나 OSMU로의 확대를 시도할 수도 있을 것이다.

3) 김유정 소설의 문화산업적 활용 방안

김유정 문학을 기리고 그 정신을 이어받기 위한 현양사업은 현재 김유정문학촌이나 김유정학회가 활발하게 작동하고 있어 어쩌면 중언(重言)이 필요하지 않을지도 모른다. 그러나 여기서 살펴본 김유정 문학의 특징적 성격을 반영한 테마파크 전략, 그리고 일반적으로 유의하고 주력해야 할 전략의 방향성은 숙고해 볼 필요가 있다. 한국에는 지역마다 지자체마다 문학관이나 박물관 등의 시설을 갖추고 있고 도 계획을 수립하고 있는데, 그것을 건립하는 목표에 급급한 나머지 장기적으로 효력을 담보

---

16 김종회, 「하동 이병주 기념사업의 문화산업적 고찰」, 앞의 책, 323~342쪽.

하는 콘텐츠나 시설의 완비에 많은 결함을 노정하는 실정이다. 그런 점에서 김유정문학촌의 발전적 사례가 하나의 시금석(試金石)이 되었으면 한다.

한 작가를 현창하는 사업이 큰 성과를 거두려면, 그 사업이나 행사 그리고 작가의 테마파크가 작품의 특성을 위주로 특화되어야 한다. 김유정의 문학 세계에서 살펴본 예술성·서정성·해학성은 그러한 측면에서 작가에 접근하는 중심 개념의 역할을 할 수 있다. 예술성에 있어서는 지적 욕구 충족을, 서정성에 있어서는 정동적(情動的) 감응력을, 그리고 해학성에 있어서는 현실적 생활 반경과의 연계를 계획할 수 있을 것이다. 다시 지적 욕구 충족은 독서토론이나 에세이 쓰기와 같은 지성적 접근을, 정동적 감응력은 고백하기의 형식 마련이나 기념이 될 기록 및 문건의 구비 등 감성적 접근을, 그리고 현실적 생활 반경과의 연계는 일정한 문제를 거꾸로 생각해 보기나 일상의 다른 문제와 연동하여 취미를 유발하는 접근을 고려할 수 있겠다.

그런가 하면 김유정 문학에 대한 다면적 인식과 다양한 해석은, 선정된 한 작품을 매개로 이어 쓰기, 다시 쓰기 등을 시도할 수 있다. 이 사례는 2015년 소나기마을에서 황순원 탄생 100주년 기념사업으로 추진하여 큰 반향을 일으켰다. 예를 들어 「동백꽃」의 후일담을 단편으로 쓰거나, 그 소설의 객관적 상황을 차용하여 다시 써 본다는 말이다. 일반 독자들을 대상으로 인물·사건 중심의 재창작을 모집하여 별도의 열전(列傳)을 만드는 방법도 있다. 또한 「동백꽃」, 「봄·봄」 등 널리 알려진 작품을 시나 희곡·시나리오 등 다른 장르로 써 보게 하는 새로운 변용도 가능하다. 여기서 더 나아가 이 작품들을 전문적 영역에서 OSMU로 개발하고 확산해 나가는 것은 바람직한 결과를 가져올 것으로 본다.

이처럼 김유정 문학을 특화하는 전략을 수행함에 있어서 일반적으로 유의해야 할, 그리고 보다 적극적으로 추구해야 할 일의 몇 가지 요목을 제시해 보면 다음과 같다. 우선 외형적인 경우를 살펴보면 문학촌 내부의 콘텐츠와 지역 환경의 조화, 방문객의 수요에 부응하는 체험 시스템, 인근 문학 테마파크 및 관람 시설과의 연대, 지역 주민 및 지자체 등의 지역적 기반 확충 등을 들 수 있다. 그리고 내면적인 경우에 있어서는 이야기의 재미를 구현하는 기제 개발, 시대 및 사회적 환경과의 관련성 발굴, 작품의 보급과 독자 및 동호인의 확대, 한국·세계문학 속의 유사한 작품 사례 비교 연구 등을 들 수 있다. 동시에 이러한 일들이 체계적으로 유기적으로, 또 동시다발적으로 추진되어야 기대하는 성과를 거둘 수 있을 것이다.

4. 마무리

지금까지 이 글에서는 1930년대 한국문학의 대표적 작가 김유정의 작품 세계를 살펴보고, 이를 문화산업적 측면에서 어떻게 활용할 수 있을 것인가를 탐색해 보았다. 그러하기 위해서는 먼저 김유정 문학의 특징적 성격이 무엇인가를 구명하는 것이, 또 그 성격이 어떤 역사적 배경 아래 놓여 있는가를 확인하는 것이 필요했다. 작가 김유정의 시대 인식이 어떤 모습으로 일제강점기의 지평 위에 서 있는가, 그리고 그 민중적 의식이 어떠한가를 검토해야, 그의 작품이 가진 서정성과 해학성의 의미를 올바르게 도출할 수 있기 때문이었다. 또한 그 서정성과 해학성이 작품의 미학적 가치를 부양함을 증거 해야 했다. 이러한 논의의 전개에 구체성을 부여하기 위하여, 여기서는 단편 「동백꽃」을 표본 작품으로 하여 검증했다.

김유정 문학이 가진 예술적 우월성을 활용하여 테마파크의 전시 전략을 구현하는 것은, 한 우월한 작가의 작품세계가 가진 강점을 충분히 활용하는 방식이다. 예술성·서정성·해학성을 위주로 그 전략을 특화해야 한다고 한 논의는 바로 그것을 의미한다. 더 나아가 문학 테마파크 일반에 공통적으로 적용될 수 있는 외형적·내면적 강조점들을 병기한 것은, 이 모든 시도가 전방위적으로 동시에 수행되어야 효과적인 까닭에서이다. 그러한 측면에서 이 글은 문학작품을 일상적인 공간에 체험의 대상으로 매설하는 일에 대해, 지금까지 없던 논의의 길을 열어보자는 제언(提言)이라 할 수 있다.

특히 '문화산업'과 같은 개념을 정론적으로 다루는 일은 지금까지 학술적 검토의 대상이 아닌 것으로 여겨져 왔다. 세상이 변하고 문학 내외의 사정도 달라져서 대중문화, 상업주의 문학이 이제는 문학 연구의 울타리 밖에 있다고 말하기 어려운 형편에 이르렀다. 그러기에 작가 김유정을 통해 구현한 이 시각을, 유사한 사정에 있는 다른 작가들의 문학 테마파크 전시 전략에도 두루 대입해 보고 일관된 논리를 발견하는 일을 향후의 과제로 남겨둔다. 궁극적으로 황순원, 이병주, 박경리 등 여러 작가들의 작품과 그 문학 테마파크에 일정한 전시 전략의 범례를 제시할 수 있다면, 그 또한 진일보된 학문적 연구 성과를 담보할 수 있을 것이다.

참고문헌

1. 논문

김종건, 「1930년대 소설의 공간설정과 작가의식의 상관성 연구-김유정과 이무영을 중심으로」, 『우리말연구』 15, 우리말글학회, 1997.

김종회, 「낭만적 서정과 세련된 기교-이효석」, 『한국현대문학 100년 대표소설 100선 연구』, 문학수첩, 2006.

______, 「의식의 감옥과 비상에의 욕망-이상」, 『한국현대문학 100년 대표소설 100선 연구』, 문학수첩, 2006.

______, 「하동 이병주 기념사업의 문화산업적 고찰」, 『경남권문화』 제20호, 진주교대 경남권 문화연구소, 2011.

______, 「'토지'공간과 동시대 수용의 방향성」, 토지학회 학술대회, 이병주문학관, 2015.5.23.

______, 「문학작품과 문학 테마파크-소나기마을은 왜, 어떻게 조성되었나」, 『양평문학』, 2015.11.

김혜영, 「김유정 소설에 나타난 욕망의 의미」, 『현대소설연구』 제17호, 한국현대소설학회, 2002.

나병철, 「김유정 소설의 해학성과 현실인식」, 『비평문학』 제8호, 한국비평문학회, 1994.

손종업, 「김유정의 소설과 식민지 근대성」, 『어문연구』 통권 제107권, 한국어문교육연구회, 2000.

송하춘, 「마적을 꿈꾸다」, 『김유정과의 만남』, 소명출판, 2013.

유인순, 「김유정 '봄·봄'의 아바타 연구」, 김유정학회 편, 『김유정과의 만남』, 소명출판, 2013.

이강언, 「현실과 이상의 갈등구조-김유정 소설의 구성법」, 『한국민족어문학』 7, 한민족어문학회, 1980.

전신재, 「김유정 소설과 언어의 기능」, 『한말연구』 6호, 한말연구학회, 2000.

조두섭, 「김유정 농민 소설의 타자의 존재 방식과 주체 구성의 전략」, 『문예미학』 제9호, 문예미학회, 2002

최성실, 「수수께끼 풀기와 그 욕망의 중층구조-김유정 단편소설의 구조분석을 위한 시론」, 『서강어문』 10, 서강어문학회, 1994.

2. 단행본

김유정, 「동백꽃」,『한국현대문학전집』 13, 삼성출판사, 1979.

김해옥,『한국 현대 서정소설론』, 새미, 1999.

김현·김윤식,『한국문학사』, 민음사, 1973.

송하섭,『한국현대소설의 서정성 연구』, 단국대 출판부, 1989.

바다울음[*]

김종성

1.

　차가운 바닷바람이 벼랑에 뿌리를 내리고 있는 애솔나무 군락을 밟으면서 달려왔다. 모래가 뿌옇게 솟아올라 궁촌으로 몰려갈 때마다 바다는 으르렁거리며 들끓었다.

　마른수수깡 같은 몸을 끌고 천례가 양조장을 향해 걸어가고 있었다. 바닷바람이 양동이를 든 천례의 손을 싸늘하게 휘감고 양조장 기왓골로 달아났다. 굵은 모래가 불그스름한 뺨을 휙휙 때리고 지나갔다. 입안에 모래가 와싹거렸다.

천례는 가래침을 곧두뱉으며 느티나무 앞을 지나 발걸음을 빨리했다. 파도 소리가 모래를 가득 문 바람을 줄기차게 철로 쪽으로 밀어내고 있었다. 활시위처럼 휘어진 채 북쪽으로 길게 뻗어 있는 철길 아래로 양철 지붕을 인 돼지우리가 다닥다닥 붙어 있었다. 천례는 자드락길로 접어들었다.

"엄마, 같이 가."

끝순이가 주전자를 들고 뒤쫓아 왔다.

파도소리 사이로 간단없이 파고드는 까마귀 울음소리가 천례의 마음을 가라앉게 하고 있었다. 이렇게 살아가면 무슨 낙이 있을 겐가. 궁촌 바닷가까지 처자식을 끌고 와, 내팽개쳐 놓고 파도 속으로 숨어버린 남편이 원망스러웠다. 날강목이나 치던 금점꾼이었던 남편이 폐에 돌가루가 차곡차곡 쌓여 금을 캐는 일을 못하게 되자, 봉화를 떠나온 것이 13년 전의 일이었다.

까마귀의 울음소리가 점점 가까이서 들려오고 있었다. 워어이, 저놈의 까마귀 오늘따라 왜 저렇게 울어 쌌는다지. 천례는 턱턱 막혀오는 가슴을 진정시키려고 숨을 한 번 크게 들이켰다. 궁촌약방의 라디오에서 노랫소리가 흘러나오고 있었다…… 몰라보게 좋아졌어. 이리 보아도 좋아졌고 저리 보아도 좋아졌어. 우물가에 물을 긷는 순이 얼굴이 하하. 소를 모는 목동들의…… 파도소리가 몰려와 노랫소리를 집어삼켰다.

"엄마, 울평 마을 사람들이 벼가 말라죽고 뿌리가 녹아 벼농살 망쳤다고 울평 화학 공장으로 몰려가 사흘 동안이나 데모를 했다카데요."

"누가 그카든?"

"옥수수죽을 배급 주던 선생님들이 말씀하시는 걸 들었어요."

천례는 세상이 뒤숭숭하다는 이야기를 장터에 나가 간간이 들어온 터였다. 하나뿐인 자식이 학교에 갈 때 도시락 하나 못 싸줘, 빈 도시락을 들고 가 옥수수 죽을 타먹게 하는 자신의 처지가 서러웠다.

하늘을 뒤덮었던 검은 구름이 빠른 속도로 울평 하늘 쪽으로 흘러갔다. 갈치 비늘 같은 햇살이 해명 양조장 지붕 위로 떨어지기 시작했다. 바다는 햇살을 되쏘면서 하얀 거품을 연방 게워냈다.

새마을노래가 끝나자, 느릿느릿한 이장의 목소리가 동구 앞 느티나무에 매달려 있는 스피커에서 흘러나왔다.

"부락미인 여러어부운께 알리어드리겠습니다아. 자암시 후부터는 해명 양조장에서 아래기 배급을 시작합니다아. 부락미인 여러어부운께서는……"

"빨랑 가자. 아래기 배급이 벌써 시작되는가 보다."

요근래에 이르러 돼지를 키우는 사람이 부쩍 늘어나, 아래기 배급을 타기 어려워졌다. 사내들이 공사판에 나가 벌어오는 것보다 더 많은 돈을 돼지를 키워 벌어들일 수 있다는 소문이 마을을 돌고부터 사택촌 사람치고 돼지를 기르지 않는 사람이 없게 되었다. 아들이 울평금속에서 전기기능공으로 일하는 장승포댁은 전부터 돼지를 길러왔으니깐 그렇다고 치지만, 남편들이 공장에 나가는 사택촌 여자들까지 몰려 와서 아래기를 한 방울이라도 더 타가겠다고 법석을 떠는 데는 마구 울화가 치밀어 올랐다.

버들골 사람들의 아래기 배급이 끝나고, 궁촌 사람들의 차례가 되었다. 아래기 배수로에서 뿌연 수증기가 줄기차게 솟아올라 왔다.

"질서를 지켜요, 질서를 지켜요."

딸기코 위로 땀방울이 송글 송글 맺힌 관리인 박씨의 달뜬 목소리가 수증기 속을 헤치고 날아왔다. 햇빛을 쏘인 수증기들이 허공으로 사라졌다.

“박씨, 아래기 열 초롱 빨리 주이소.”

양동이 앞에 쪼그려 앉아 있던 장승포댁이 허리를 일으켜 세웠다.

“최천례가 탈 차례인데요.”

관리인 박씨가 하얀 머리카락을 손 갈퀴로 쓸어 올리며 말했다.

“뭐라카노? 그까짓 궁촌에 사는 년이 뭐가 대단하다꼬 나보다 먼저 아래기 배급을 줘요? 달망대지 말고 아래기 열 초롱 빨랑 줘요.”

봉긋한 젖가슴을 앞으로 내밀며 대드는 장승포댁의 모습이 여간 발만스러운 게 아니었다.

“공장장 첩생이면 다냐? 차례를 지켜야 할 게 아녀.”

천례가 장승포댁의 양동이를 발로 걸어차며 쉿소리를 뱉어냈다.

“아갈바리 조심해. 공장장 첩생이? 청송 어둔골 둠 구석에서 뇌자라 먹다가 알몸으로 야반도주해 궁촌까지 흘러들어온 년이 아가릴 함부로 쳐 놀리네. 어른인지, 아이인지 구별도 몬하고 그 더러운 주뎅일 쳐 놀리나.”

장승포댁의 입에서 거품이 북적북적 일었다.

“아따, 어른, 아이 구별할 줄 아는 년은 서방질만 하능구만.”

이맛전으로 흘러내리는 자분치 사이로 보이는 눈동자에 열기가 도는 천례의 목덜미에 퍼런 힘줄이 꿈틀거렸다.

순간, 장승포댁이 천례의 머리채를 움켜쥐었다.

“안잠자기하다 공장장과 붙어먹더니 맨날 쌀밥에 돼지고기만 쳐 먹어 기운이 항우장사 같네.”

천례가 양동이로 장승포댁의 머리를 힘껏 내리쳤다. 장승포댁이 머리를 감싸 안으며 땅바닥에 엉덩방아 질을 했다. 천례가 장승포댁을 깔고 앉아 주먹으로 볼록 튀어나온 젖가슴을 후려쳤다. 아이고 잡년이 사람 잡네. 사람들아, 개백정이 사람 잡네. 두 사람은 사생결단을 내리려는 듯이 서로 엉켜 붙어 떨어질 줄 몰랐다. 여러 사람들이 달려들어 두 사람을 떼어 놓을 때까지 맞손질이 이어졌다.

2.

산매들린 바람이 성지미골 등성이를 훑고 지나갔다. 움이 트려고 돋아난 굴참나무의 파란 순에 대달려 있던 이슬이 우수수 떨어졌다.

"끼니때마다 아래기 죽만 먹으니 어질어질하고 설사가 나서 배길 도리가 있어야제."

부뜰네가 코를 힝 풀며 말했다.

"내 말대로 하면 괜찮다니까. 보리수나무 잎을 따다가 밀지울에 돌돌 묻혀서 쪄먹으면 어지럽도 않고 설사가 나지 않는다니까."

천례가 연방 콧김을 쏟아내며 말했다.

천례와 부뜰네는 할미바위를 지나, 계속 걸었다. 물이 흘러내리는 소리에 섞여, 개구리 울음소리가 들려왔다.

"이젠 개구리도 하두 많이 잡아먹어 개구리 울음소리가 들리는 게 신기해졌어."

부뜰네가 혼잣소리처럼 말했다.

"쌀알 구경한 지가 언제인지 모르니더. 끝순이가 저렇게 시름시름 앓아누운 지 보름이 다 되어가도 허연 쌀밥 한 번 못 지어 먹여봤으니……

이렇게 살믄 뭘 하니꺼. 비상이라도 있으믄 먹고 죽어뿌렸으믄 좋겠니 더.”

천례가 바람에 흩어 진 머리카락을 쓰다듬으며 힘없는 목소리로 말 했다.

“무신 소리 하능 거야. 사람의 목숨이라는 걸 그렇게 함부로 끊는 거 도 아니고, 쉽게 끊어지는 기 아녀. 사람이든 동물이든 목숨 줄이라는 건 몹시 질기거든. 신라 시대 때 진표(眞表)라는 유명한 스님이 있었어. 우리 외갓집이 전라도 전주인데 진표 스님도 전주 사람이야. 어려서부 터 활을 잘 쏜 진표는 사냥을 하러 집을 떠나 어느 골짜기에 이르렀대. 그때 진표는 움푹 패인 데서 개구리들이 와글거리는 것을 보았대. 진표 는 사냥을 끝낸 뒤에 가져가려고 개구리를 잡아 버드나무 가지에 꿰어 물속에 담가두었대. 사슴 사냥을 끝낸 진표는 개구리를 물속에 담궈 둔 사실을 깜박 잊고, 다른 길로 해서 집으로 돌아갔대. 이듬해 봄 진표는 다시 사냥을 하기 위하여 집을 나섰대. 골짜기에 이르렀을 때 개구리 우 는 소리가 들려왔대. 진표가 개구리 우는 데로 걸어가 물속을 들여다보 았더니 30여 마리의 개구리가 버드나무 가지에 꿰인 채 그때까지 살아 서 울고 있었대. 그제서야 진표는 지난 해 봄 개구리를 잡아 버드나무 가지에 꿰어 물속에 담궈뒀던 사실을 떠올렸다는 거야. ‘내가 저 생명들 에게 몹쓸 짓을 하였구나’ 하고 진표는 잘못을 뉘우치고 버드나무 가지 에 꿰어 있는 개구리들을 한 마리 한 마리 빼내, 물 속으로 밀어넣었다 는 거야.”

부뜰네가 말을 끝내고 천례를 지그시 바라보았다.

“개구리들이 겨우내 살려고 을마나 애를 썼을까.”

“살려고 발버둥치면 죽지 않아. 목숨 줄이 을매나 모진 건데.”

천례와 부뜰네는 소나무 그늘 밑으로 걸음을 재촉했다. 바위틈으로 뿌리를 박고 있는 소나무들이 물감을 뒤집어 것처럼 발갛게 말라가고 있었다.

"하여간 공장 연기가 무섭긴 무서운 가 봐. 굴뚝어 서 뿜어대는 연기로 저 소나무들이 저 모양이 되는 걸 보니께."

천례가 걸음을 멈추며 말했다.

"울평의 나락이 다 병이나 쭉정이가 되어 뿌렸다잖아. 울평마을 농민들이 경찰서에 몰려가 폐농해서 굶어죽게 되었다고 울고불고 하소연을 하니까, 글쎄 경찰서장이 농민들과 함께 풍영화학을 찾아가 사장을 만나 피해보상을 해달라고 했다잖아."

부뜰네가 걸음을 느릿느릿 옮기며 말했다.

"공단의 무슨 공장이라드라, 그 공장에서 일하는 처녀들은 시집을 가도 애를 몬 낳는다더래이. 하이고 와 이리 숨이 차노."

천례가 손으로 입가를 훔치며 걸음을 뗐다.

"지난 가을에 일본인 공장장이 검사부 처녀를 건드려 말썽이 났던 그 회사 말이지."

부뜰네가 천례한테로 시선을 돌리며 말했다.

파릇파릇 잎이 돋아난 보리수나무가 떼를 지어 나타났다.

"더 갈 필요가 뭐 있노. 여서 훑어가지 뭐."

"그라지 뭐."

부뜰네가 보리수나무 앞에 걸음을 멈췄다. 그녀는 손을 재빠르게 놀려 보리수나무 잎을 훑어서 바구니에 담았다.

"글쎄, 엊저녁에 봉녀네 집은 설사똥 사태가 안 났나?"

천례가 보리수나무 가지를 앞으로 당기며 말했다.

“……?”

부뜰네가 손놀림을 멈췄다.

“봉녀 엄마가 밀지울 떡을 만들어 자식새끼들 멕일라꼬 보리수나무 잎을 훑어 온다는 게 아그배나무 잎을 훑어 와서 밀지울을 묻혀 쪄 먹지 않았겠나. 봉녀, 봉환이, 봉숙이 모두가 설사똥 사태를 만나서 변소간 돌쩌귀에 불이 안 났나.”

천례가 부지런히 입을 놀리며 보리수 나뭇잎을 죽죽 훑어서 소쿠리에 담았다.

“봉녀 아버지는 설사똥을 안 쌌고?”

부뜰네가 소쿠리를 고쳐 매며 대꾸했다.

“일자리 알아본다고 공단에 갔다가 밤늦게 오느라고 밀지울떡을 먹지 않아서 그 난리를 겪진 않았다 하대이.”

“봉녀 아버지도 운전대 놓은지 꽤 되었제?”

“2년도 더 되었지 아마. 나하고 산나물하고 약초를 캐러 다닌지도 2년이 넘었으니께.”

해동갑으로 산비탈을 헤집고 다니며 도라지, 더덕, 잔대를 캐다가 오일장에 내다 팔아 밀가루와 안남미를 사다가 죽을 쓰거나 국수를 만들어 허기진 배를 채워 왔다. 그러나 그마저도 해명공단(海鳴工團)의 공장 굴뚝에서 내뿜는 시키먼 연기가 해명산(海鳴山)을 뒤덮기 시작하고부터 산나물들과 약초들이 잎이 노랗게 말라 죽어가, 하루에 한 소쿠리 채우기가 여간 어려운 게 아니었다.

“많이 뜯었어?”

오른손과 왼손을 겨끔내기로 보리수 나뭇잎을 따, 소쿠리에 담던 부뜰네가 천례 쪽으로 고개를 돌렸다.

"응 거의 다 찼어."

천례가 소쿠리를 들어 보이며 말했다.

"봉녀가 아래기 죽을 먹고 학교에 갔다가 놀림을 당했대. 사택촌 애들이 아래기 먹고 사는 봉녀 얼굴이 빨개졌다네 어쩌구저쩌구 하는 노래를 지어 놀리는 바람에 봉녀가 울면서 도로 집으르 왔다는 거야. 그 사건 이후로 봉녀가 아래기를 안 묵을라꼬 해서 봉녀 엄마가 애간장이 다 녹는다카더라."

부뜰네가 보리수 나뭇잎을 한 잎 따서 소쿠리에 담으며 말했다.

"저런…… 저런 아래기죽을 먹으면 아래기에 남아 있는 알콜 때문에 술에 취한 사람처럼 얼굴이 빨개지지. 그래도 아래기라도 묵으면 그렇게 삐쩍 마르진 않을 텐데……"

천례는 가슴속 한구석이 비어옴을 느꼈다.

천례와 부뜰네는 갯포를 내려다보고 있었다. 하늘과 맞닿아 있는 바다 위에 어마어마하게 큰 유조선이 떠 있었다. 해명공단은 해안선을 따라 기다랗게 늘어져 있었다. 공기는 희박해져 있었고, 하늘은 해명공단의 화학공장 굴뚝에서 내뿜는 연기로 뒤덮였다.

"좌우당간, 저놈의 공단 때문에 우리들만 몬 살게 되었제."

천례가 코를 힝 풀어서 해송 가지에다 쓱쓱 문댔다.

"그 말은 맞어. 갯포에 그냥 살았더라믄 우리가 이 고생은 안 할 낀데."

울음소리를 내며 해벽으로 달려왔다가 먼 바다로 갈려가는 바닷물을 바라보며, 부뜰네가 나직한 목소리로 말했다.

갯포에서 궁촌으로 집단 이주를 하고부터 고기가 잡히지 않았다. 갯포에 들어선 중화학공업단지의 공장들이 내쏟는 폐수로 바다가 죽어갔기 때문이었다.

흥어의 거센 파도는 궁촌 사람들을 굶주림 속으로 밀어 넣었다. 살길을 찾아 서울로 떠나가는 집들이 줄을 이었다. 바다에 나가 고기를 잡는 일 밖에는 다른 일을 거의 할 수 없는 동네였던 것이다.

화력 발전소 건너편의 제련소 굴뚝 위에 불그스레한 빛이 감돌고 있었다. 굴뚝에서는 끊임없이 시커먼 연기를 하늘로 뿜어댔다. 제련소의 선광장 구조물이 은빛을 발산했다.

"저거 좀 봐. 물이 더 불은 거 같애."

천례가 가리키는 손끝에 잿빛 댐이 골짜기에 가로 걸려 있었다. 물은 흐름을 정지당한 채, 골짜기에 넘실거렸다.

"저 회사가 풍영 제련소제."

부뜰네가 성냥갑 모양을 한 건물들이 완만한 경사를 이룬 채 열을 지어 서 있는 것을 가리켰다.

"바닷바람이 차다."

바짝 야위어서 병든 사람처럼 보이는 천례의 얼굴에 어두운 그림자가 드리워져 있었다. 바다에서 달려오는 바람이 천례의 얼굴과 목덜미에 줄기차게 달라붙었다. 보리수 나뭇가지가 한쪽으로 쏠리고 있었다. 회목이 시려왔다.

"그만 내려 가재이."

부뜰네가 말했다.

"내가 와 이리, 멍하니 서 있노. 공장에서 일자리 준다꼬 기다리고 서 있는 거도 아닌데."

천례가 잡고 있던 보리수 나뭇가지를 놓으며 말했다.

그들은 터덕터덕 성지미골을 내려갔다.

3.

  우리 모두 굳세게 싸우면서 일하고 일하면서 싸워서 새 조국을 만드세. 살기 좋은 새 마을 우리 힘으로 만드세. 찍찍거리며 새마을 노래가 끝나자 마을은 깊은 적요 속으로 끝없이 빠져들고 있었다. 이따금 마을의 옆구리를 비껴지나 바다를 향해 달려가는 기차소리가 마을의 적요를 깨뜨리곤 했다.

  헝겊조각을 덧대어 기워 입은 옷을 걸친 분천영감이 지게를 지고 다가왔다. 옴폭 들어간 눈과 아무렇게나 나 있는 수염으로 덮인 얼굴이 오늘따라 더 힘이 없어 보였다. 오늘 아래기 배급이 있다고 하여 버들골서 이십리 길을 마다하고 달려온 것이었다. 분천영감이 허연 입김을 쏟아놓으며 사람들을 두리번두리번 살폈다. 굳게 닫혀 있는 철문 앞에 사람들이 웅성대고 있었다.

  "저 영감쟁이가 얼릉 죽어뿌려야 하능긴데."

  두리번거리는 분천영감을 보고 창래 엄마가 입을 비쭉 내밀었다.

  "내 같으면 쥐약을 사다 묵꼬 죽어뿌리지 가만 안 있는다. 몸도 성치 않는 영감쟁이가 뭐 묵꼬 살끼라고 버들골이 어디라고 아래기 타러 여까지 와."

  눈곱이 잔득 긴 왼쪽 눈을 깜박대며 부뜰네가 소곤거렸다.

  "그런 소리 하능 게 아녀. 목구멍이 포도청이라, 묵어야 안 사나. 저 영감쟁이 왕년에 울진 십이령을 넘어 보부상길을 오가며 울진장에서 어물을 떼다가 춘양장에 내다 팔던 봇짐장수로 이름을 날리던 영감쟁이여."

지게에 비스듬히 기대어 앉아 있는 분천영감을 힐끗 쳐다보며 천례가 나지막하게 말했다.

바다 쪽으로부터 습기 찬 바람이 불어왔다.

"날쎄가 와 이리 차노."

옷 속으로 파고드는 한기에 부뜰네가 얇은 입술을 달싹거렸다.

장승포댁이 양동이를 손에 들고 어슬렁어슬렁 걸어왔다.

"애이고 일찍들 왔구마잉."

장승포댁이 양동이를 땅바닥에 내려놓고 부뜰네 앞으로 왔다.

"장승포댁은 오기는 뭐 할라꼬 와. 집에 가만히 앉아 있어도 공장장님이 어련히 알아서 해주실 텐데 그까짓 아래기 한 초롱 더 타가 돼지들 배떼기 더 살찌게 해서 돈을 을매나 더 번다꼬 그래?"

가느다란 허리를 좌우로 흔들며 부뜰네가 이기죽거렸다.

"누군 좋겠다. 손끝 하나 까딱 안하고 있어도 아래기 갖다 주는 사람 있어 좋고, 아래기로 돼지 먹이니 사료 값 한 푼 들지 않아 좋고……"

천례가 장승포댁의 축 늘어진 볼살에 눈길을 던지며 말했다.

"와 이리 늦노? 빨랑, 아래기 타가지고 가야 하는데, 우리 집 돼지 새끼가 배고파 안 죽겠나."

펑퍼짐한 엉덩이를 흔들며 장승포댁이 사무실 안으로 들어갔다.

"화냥년, 화냥질 해서 처묵꼬 사니까 살이 돼지처럼 뒤룩뒤룩 쪄서 도라무깡통만 하데이."

봉녀 엄마가 입꼬리를 일그러뜨린 채 비아냥거렸다.

웃음소리가 자욱하게 번져갔다.

사무실 안으로 사라진 장승포댁의 펑퍼짐한 엉덩이가 좀처럼 모습을 드러내지 않았다.

얼릉 아래기를 타갖고 가서 죽을 끓여줘야 하는디. 세 끼를 아무 것도 안 먹고 방안에 누워 있는 끝순이를 생각하니 천례는 마음이 급해졌다. 천례는 바짝 말라오는 입술을 혀끝으로 축였다.

"아래기 배급을 안 줄라나?"

"줄라면 빨랑 주지. 뭐 하고 자빠져 있능 거야."

"공장장놈이 장승포댁과 낮거리를 뛰고 있나? 와 이리 소식이 읎노?"

또 한 번 웃음소리가 자욱하게 번져갔다.

우우우.

소나무 숲을 흔들며 바람 소리가 지나갔다. 바다가 웅웅거리며 자꾸만 뒤척였다. 천례는 파도소리에 섞여 들려오는 남편의 목소리를 들었다. 바다울음이 양조장 기왓골을 타고 넘어갔다. 하얀 물거품을 연방 게워내던 바다는 바람소리가 잔잔해지자, 울음을 멈췄다.

검은 선글라스를 낀 공장장과 한 계장이 서로 말을 주고받으며 사무실에서 나왔다. 관리인 박씨가 한 계장 뒤를 바짝 따라 나왔다.

키가 작고 몸집이 옆으로 딱 바라져 있는 공장장이 검은 선글라스너머로 사람들을 물끄러미 바라보았다. 공장장의 각진 얼굴 쳐다보고 있는 천례의 얼굴이 굳어 있었다. 아래기 배급을 안 주는 게 아닐까. 아래기 배급을 타가지 않으면 끝순이와 해순이가 굶어야 한다. 이마에 식은 땀이 돋아났다. 새마을 양돈특성화 사업장을 만든다는 소문이 마을에 돈 지 한 파수가 지났다.

공장장이 헛기침을 하고 얇은 입술을 열었다.

"4천 년의 빈곤의 역사를 씻고 민족의 숙원인 부귀를 마련하기 위하여 박정희 대통령 각하께서 울평을 찾아 여기에 신생공업도시를 건설하기로 한 지 여러 해가 지났습니다. 여러분도 잘 알다시피 '이 울평 공업도시의 성패는 민족 빈부의 판가름이 될 것이니, 온 국민은 새로운 각성과 분발과 협동으로 이 세기적 과업의 성공적 수행을 위하여 분기·노력해주기 바라마지 않는다'고 대통령 각하께서 말씀하신 바 있습니다……. 너무들 고생이 많습니다. 조금만 더 고생을 하면 우리나라는 잘 사는 나라가 되어 여러 분도 허연 쌀밥에 고깃국으로 배를 채울 수 있게 됩니다. 허리띠를 졸라매고 제품을 만들어 수출을 해서 달러를 벌어들여 우리나라가 잘살게 되면 북한 공산당들이 남침 야욕을 꺽게 되고 우리나라는 번영의 길로 들어설 수 있습니다. 번영의 그날까지 우리 모두 허리띠를 졸라매고 일합시다."

공장장이 검은 선글라스를 고쳐 쓰며 말을 끝냈다.

사람들이 웅성거리기 시작했다. 무슨 소리 하능 기고. 아래기 배급은 안 주고, 대통령 각하는 무슨 말잉교. 당장 굶어죽게 생겼는디 수출은 뭐고, 또 공산당은 무슨 소린교? 언구력을 피워도 유만부득이지. 모르는 소리하지 말어. 지금 양조장들을 모두 통폐합시켜 도에 한두 개씩만 나둔다는 소문이 돌고 있어. 우짜든지 정부에 잘 보여야지 하니께. 공장장도 마음에 읎는 소리를 지껄이고 있는 거여.

공장장에게 허리를 굽혀 인사를 하고, 관리인 박씨가 앞으로 나왔다.

"자, 아래기 배급을 곧 시작하겠습니다. 아래기 배급을 재개하기 전에 몇 가지 주의 말씸을 드리겠습니다. 새삼 말씸을 드리는 거 같습니다만, 아래기는 소주를 곤 뒤에 남은 찌꺼기이기 때문에 알꼬루 성분이 많이 남아 있습니다. 가급적으루 사람이 식용으루 사용해서는 안 되겠지마는, 에또 아래기 배급을 중단한 이후로 원료 창고의 고구마가 자주 없어지는 등 도난 사건이 자주 발생해, 회사에서 회의 끝에 아래기 배급을 다시 주기로 했습니다. 그라고 전번처럼 아래길 몬저 탈라꼬 싸움질 하다가 사람이 다치는 일이 있어서는 아니 되겠습니다. 한 계장님이 호명을 하시면 한 명씩 앞으로 나오세요.”

관리인 박씨가 말을 끝내고 저장탱크를 향해 걸어갔다.

한 계장이 장부를 들고 사람들 앞에 섰다. 그녀가 장부를 펴자, 사람들의 눈이 일제히 장부를 든 그녀의 손으로 향했다. 여기저기서 양동이 부딪치는 소리가 났다.

“권후자.”

한 계장이 장부를 풀풀 넘겼다.

“예.”

꼿꼿하게 서 있던 봉녀 엄마가 양동이를 들고 앞으로 나갔다.

관리인 박씨가 철문을 열었다. 뚜껑이 판자로 된 저장탱크가 우중충한 모습을 드러냈다. 사람들의 시선이 우르르 아래기 저장탱크 위로 모아졌다. 관리인 박씨가 딸기코를 벌름거리며 저장탱크 뚜껑을 열었다. 수증기가 뜨거운 열기를 대기 속으로 내뿜으며 희뿌옇게 솟아올랐다. 아래기가 철철 넘치도록 담긴 쇠바가지가 탱크 안에서 빠져 나오는 것을 숨을 죽이고 바라보는 사람들의 얼굴에 뜨거운 기운이 스쳐갔다.

“정금순.”

한 계장이 장부를 쥔 오른손에 힘을 주며 말했다.

“예.”

금순이 핏기 없는 입술을 달싹 하고 솥을 들고 앞으로 걸어 나갔다.

“다음은 해명양조합자회사 가족들 차례입니다.”

아래기가 뿌연 수증기를 줄기차게 허공으로 밀어 올렸다. 아래기 배급장은 뜨거운 열기와 수증기로 뒤덮여버렸다.

“얼릉 가서 허연 쌀을 폭 떠다가 밥을 해서, 묵은 김치 넣고 지글지글

볶은 돼지고기하고 먹어야지. 젊디젊은 것들이 뭐 먹을 게 없어서 아래기 타 먹으러 와요."

장승포댁이 양동이에 가득 담긴 아래기를 손에 들고 일어섰다.

"장승포댁 말하는 꼬락서니 좀 보게. 지랄한다꼬 아래기 타러 와. 안방에 가만히 누워 공장장과 방아나 쿵더쿵 쿵더쿵 찧지. 쌀도 생기고, 돼지고기도 생기고 을매나 좋아."

빠른 걸음으로 아래기 배급장을 떠나는 장승포댁으로부터 시선을 거두며 천례가 말했다.

"서방질 해 쳐 먹꼬 사는 년이 그 주제에 젊디젊은 것들이 뭐 먹을 게 없어서 아래기 타 먹으러 오느냐꼬? 흥, 더러바서. 내 원 참."

부뜰네가 컥 하고 가래침을 땅바닥에 뱉었다.

"그래, 아래기 타 먹고 사는 게 낫냐? 서방질 해서 처 먹꼬 사는 게 낫냐? 입 가진 사람이면 누가 말 좀 해보소."

천례가 사람들을 휘돌아 보며 소리쳤다.

"그만들 하이소. 공장장님은 귀에 말뚝 박고 있나요? 가뜩이나 정부에서 양조장을 강제로 통폐합시킨다는 소문이 돌고 있다는디 공장장 심기 건드려 좋을 게 뭐 있을랑교? 괜히 입정 잘못 놀리다가 아래기 배급 몬 타 먹지 말고."

봉례가 손가락으로 천례의 옆구리를 쿡 찔렀다.

"아이고, 저, 저런."

천례의 입에서 비명 소리가 터져 나왔다.

분천영감이 아래기가 가득 담긴 물동이를 지게에 지고 일어서다, 엎질렀다. 그의 눈앞이 뿌옇게 흐려왔다.

"저걸 우짜지."

부뜰네가 달려가 분천영감의 어깨에 걸린 멜빵을 벗겼다.

"등데긴 안 데었나베?"

천례가 분천영감의 옷을 벗기며 말했다.

"큰일 날 뻔했제. 물동우가 옆으로 자빠졌기 망정이지 머리로 쏟아졌
더라면 우짤 뻔했노."

부뜰네가 이마에 맺힌 땀을 손등으로 닦으며 말했다.

공장장이 바투 다가왔다.

"영감님, 어디 다치진 않으셨습니까?"

공장장이 검은 선글라스를 벗어 오른손에 들고, 분천영감의 왼쪽 어
깨를 들여다보며 말했다.

"……"

"영감님은 식구가 몇입니까?"

"다섯 식구디요."

"영감님은 청도에서 그대로 살지 궁촌엔 우찌 오셨습니까?"

"날 보고 사람들이 분천영감, 분천영감 하는데 내 나이 이제 육십하
나니더. 봉화땅 분천에서 봇짐장수로 겨우 입에 풀칠하다가 무릎을 다
쳐 그 일도 몬하고 먼 친척이 사는 청도땅 운문에서 절 땅을 빌려 농사
짓다가 이리로 온 거니더. 남의 땅 빌려 농사지어 봤자, 비료 값 주고,
도지 주고, 품삯 주고 나면 별로 남는 게 읎니더. 게다가 시장도 멀고 농
산물 값도 똥값이고… 겨우 입에 풀칠 하다가 울평으로 오게 되었니더.
공장에서 허드렛일이라도 할 수 있을 까 해서……"

분천영감이 기운이 없는 목소리로 말했다.

고개를 끄덕이며 생각에 잠겨 있던 공장장이 고개를 돌렸다.

"박씨, 이리 와 봐요."

공장장이 관리인 박씨를 향해 손짓을 했다.

"원료 창고에 가서 고구말 한 포대만 가져와요."

공장장이 분천영감의 지게를 바로 세워주었다.

"우리 공장님은 인정도 많으셔."

김주임처가 소곤거렸다.

"누가 주임 여편네 아니라 할까봐 인정 많은 거 좋아하네. 이왕 줄려면 쌀이나 한 푸대 주지, 겨우 고구마 한 동우야. 그것도 회사 걸로."

부뜰네가 혼잣말처럼 중얼거렸다.

"택도 없는 소리 하지도 마래이. 공장장이 어떤 사람인데……"

천례가 말끝을 흐렸다.

천례는 양동이에 아래기를 가득 담아 이고 숲속으로 들어섰다. 파도가 찰삭거리며 돌각담 밑을 핥고 있었다.

4.

"옴마, 배고파."

밖에 놀러 나갔던 해순이가 부엌에 들어서며 칭얼댔다.

"조금만 참아라. 빨리, 저녁 지어줄게."

천례는 쌀독에서 쌀을 한줌 퍼내며 해순이를 달랬다.

천례는 뜨거운 김이 모락모락 나는 아래기 죽을 솥 채로 방으로 가지고 들어갔다. 해순이가 행주로 밥상을 훔쳤다.

“끝순아, 어서 일어나. 저녁 묵으라.”

천례가 죽 그릇을 밥상에 올려놓았다.

“옴마, 얼릉 한 그릇 줘.”

해순이가 머리를 흔들며 졸랐다.

“그래, 그래 내가 쌀죽을 줄게.”

“치 쌀죽은 무슨 쌀죽이야. 아래기 죽이지.”

끝순이가 톡 쏘아부쳤다.

“조년의 주뎅이를 싹 문질러나 볼까부다. 아래기 죽이라도 먹는 게 뉘 덕인 줄 알어?”

천례가 아래기 죽을 그릇에 갈라놓으며 소리를 버럭 질렀다.

“내가 뭐 돼지새끼 줄 아나? 엄마나 혼자 실컷 먹어.”

“저런, 저런, 이런 지지바를.”

천례가 벌떡 일어섰다.

“사택촌 애들은 맨날 하얀 쌀밥에 돼지고기만 먹는다는데.”

끝순이가 이불을 머리끝까지 덮어썼다.

“안 묵을라믄 관둬라. 목숨 줄을 이어갈라문 아래기 죽이라도 끓여 먹어야지 우짜겠노. 해순아, 얼른 묵고 아래기 배급 타러 가재이.”

천례가 아래기죽을 떠서 해순이의 그릇에 담아주며 말했다.

아래기 배급이 이미 한창이었다.

“사람 먹을 아래기도 없는데 아래기로 돼지 키워 돈 벌겠다고 저 지랄들이여.”

아래기를 한 방울이라도 더 타가겠다고 억척을 부리는 사택촌 사람들을, 봉녀 아버지가 한심하다는 듯이 노려보았다.

“나도 해명 양조회사 주임을 사위로 보든지, 신성운송 운전사를 사위로 보든지 해야겠어. 어디 빽 없는 사람은 서러워 살 수 있어야제. 더러분 세상.”

부뜰네가 화가 난 듯이 내뱉았다.

“공업단지가 들어서면 너도 나도 잘 살게 된다더니, 없이 사는 사람들은 점점 더 몬 살게 되가니, 으떻게 되먹은 세상이니껴?”

천례가 끼어들었다.

“그기 다 공단 굴뚝에서 뿜어대는 연기와 정화도 안 하고 바다로 마구 흘려보내는 폐수 때문에 생긴 공해 때문에 그렇다지 않습니까?”

봉녀 아버지가 숨을 크게 들이쉬며 말했다.

“그럼 정화를 하고 바다로 내보내든가 해야지 그냥 내보내다니 죽일 놈들 아니니껴?”

천례가 봉녀 아버지를 바라보며 말했다.

“그러게 말입니다. 정부가 문제가 많아요. ‘공해방지법’ 시행령이 경제장관회의에 상정되었던 날, 회의를 주재하던 당시의 부총리라는 작자가 시행령의 자료를 훑어보고 나서, 보사부장관을 수행해서 회의에 참석했던 법무담당관에게 ‘당신이 이걸 만들었나? 돌대가리 같은 친구 같으니. 공해문제가 중요한지는 나도 알아. 그러나 차관으로 공장을 건설하는 마당에 공해 방지시설까지 하려면 빚을 더 내야 할 게 아닌가. 지금은 경제건설부터 할 때야. 공해 방지시설은 앞으로 공장들이 번 돈으로 하면 돼. 그러니까 공해문제는 십 년 후에나 가서 의논해도 돼’라고 힐책의 소리를 던졌다잖아요.”

봉녀 아버지가 눈을 빛내며 말했다.

“봉녀 아버진 아능 게 무지하게 많아. 모르는 게 없다 카이. 대학물을 먹어본 사람은 뭐가 달라도 다르다니깐.”

부뜰네가 굳게 다물고 있던 입을 열었다.

"외국 차관을 끌어들여 공장을 짓는 마당에 공해는 사치스러운 단어라는 게 그 당시 위정자들의 생각이었어요. 공해 방지시설 투자는 기업의 국제 경쟁력 약화를 가져온다고 생각한 정부는 기업들의 환경오염물질 배출을 눈감아 주었거든요. 그 이익은 대기업들이 몽땅 가져가고 그 피해는 우리같이 못 사는 사람들이 고스란히 입게 된 거죠."

봉녀 아버지가 말을 끝내고 침을 뱉었다.

김 주임 처가 양동이를 들고 다시 나타났다. 사람들이 웅성거렸다.

"두 번, 세 번 타가는 사람은 뭐야. 차례를 지켜야 할 게 아녀. 사람 차별 드럽게 하네."

천례가 양동이를 내팽개치며 소리쳤다.

"더러우면 안 타가면 될 게 아녀. 아래기는 돼지 새끼나 먹는 거지. 어디 사람이 먹을 겐가."

장승포댁이 거드모리로 찌껄여댔다.

"사람이 뭐 먹을 게 읎어서 아래기 타 먹으러 와요. 우리 집 애들은 맨날 허연 쌀밥만 먹으니 목구멍이 간지랑간지랑 해서 몬 먹겠다고 끼니때마다 투정부리잖아요."

김 주임 처가 천례를 힐끗 쳐다보았다.

"자, 이번엔 해명양조 가족들 차례입니다."

김 주임이 직접 아래기를 양동이에 받아 가지고 나왔다.

수증기가 김 주임의 코에 걸린 뿔테 안경에 줄기차게 달라붙었다. 시야가 흐려졌다.

"원 앞이 보여야 나가지."

김 주임이 주춤하는 순간 천례와 부딪쳤다. 천례가 나동그라지면서 양동이를 걷어찼다. 아래기가 엎질러졌다. 뜨거운 열기가 김 주임의 얼굴에 확 끼쳤다. 김 주임이 구둣발로 천례의 배를 세차게 걷어찼다. 천례가 윽 소리를 내지르며 엎어졌다.

“앙이 왜 남의 여자는 때리고 지랄이야. 양조장 주임이면 주임이지. 동네 주임이야, 이 새끼야.”

부뜰네가 씩씩거리며 김 주임에게 달려들었다.

“이 쌍년, 주뎅일 싹 문질러 놔야 아가릴 닥치겠어.”

김 주임의 주먹이 부뜰네의 입을 향해 날아갔다. 부뜰네가 뒤로 벌렁 나자빠졌다. 김 주임의 주먹이 다시 부뜰네의 가슴에 내리꽂혔다. 두 사람은 서로 엉겨 붙었다.

“아이쿠. 이놈이 남의 지집 잡네. 니가 내 사나 노릇 할라문 날 잡아라. 우리 집 식구 다 벌어 멕일라문 날 잡아라.”

부뜰네의 입에서 붉은 핏방울이 튀어나왔다.

“이제 새마을 양돈단지가 조성되면 아래기 배급도 끊겨 이년아. 돼지 먹일 아래기도 없는데 너 같은 년들에게 줄 아래기가 어디 있어.”

김 주임이 삿대질을 하며 말했다.

“무엇이 어쩌고 어째? 돼지 먹일 아래기도 없는데 너 같은 년들에게 줄 아래기가 어디 있느냐고? 김 주임 네놈이 천 년 만 년 주임 노릇 할 줄 아냐?”

봉녀 엄마가 김 주임의 팔을 힘껏 잡아당기며 쏘아붙쳤다.

“이년은 또 뭐야.”

김 주임이 팔꿈치로 봉녀 엄마의 가슴팍을 걷어찼다.

“없이 사는 사람들은 사람도 아닌가? 저런 놈은 그냥 둬서는 안 돼.”

봉녀 아버지가 김 주임의 뒤통수를 지게작대기로 내리쳤다. 김 주임이 윽 소리를 지르며 꼬꾸라졌다. 그때였다. 김 주임 처와 장승포댁이 봉녀 아버지에게 대들었다. 그러자 궁촌사람들이 달려들어 김 주임 처와 장승포댁을 짓밟았다. 순식간의 일이었다. 김 주임 처가 두 팔을 마구 내저으며 사람 살려달라고 소리쳤다.

사무실에서 공장장과 한 계장이 허겁지겁 뛰어나왔다.

5

천례는 이불을 머리끝까지 뒤집어쓰고 누워 있었다. 일어나 아침밥을 지어야 한다는 생각이 들었으나 꿈적거리기조차 싫었다.

"끝순이 엄마 있나?"

부뜰네의 목소리였다. 천례는 일어나 이불을 한쪽 구석으로 밀어 놓았다.

"끝순이 주라고 고구마 좀 가져왔다."

부뜰네가 삶은 고구마를 그릇에 담아 가지고 왔다.

"이 귀한 고구마가 어데서 나서, 다 갖고 왔제."

천례가 고구마 그릇을 받았다.

"고구말 어디서 갖고 왔는지가 뭐 그리 궁금해. 그래, 끝순인 좀 어때?"

"애가 뭘 묵어야 할 긴데 토옹 먹질 않으니…… 아래기죽은 냄새조차 맡기 싫다고 허구허날 이불 뒤집어쓰고 저렇게 누워 있기만 하니."

끝순이의 시든 호박꽃 같은 얼굴을, 천례가 오른손으로 천천히 쓸어내렸다.

"앞으로 먹고 살 일이 큰일이여. 아래기 배급을 이제부텀 양조장 사람들에게만 준다잖아."

부뜰네의 목소리엔 기운이 없었다.

"증말, 아래기를 양조장 다니는 사람들에게만 배급 준다는 거야?

천례의 얼굴이 흙빛으로 변했다.

"궁지에 몰리면 쥐도 고양이를 문다는데 가만히 앉아서 굶어 죽을 수야 없지 않겠어."

부뜰네가 바투 다가가 앉으며 말했다.

"어제 내가 봉순이 아버질 만났어"

부뜰네와 천례는 나지막한 목소리로 이야기를 주고받았다.

"그럼, 창래는 끝순이 엄마가 책임져."

부뜰네가 일어서며 말했다.

밤바다가 진한 안개를 뭍으로 밀어내고 있었다. 파도 소리가 궁촌을 두드렸다. 어둠이 마을 깊숙이 스며들었다. 빽빽하게 늘어서 있는 나뭇가지 사이로 안개가 뿌옇게 내려앉고 있었다. 나뭇가지가 희미한 어둠 속에서 흔들렸다. 파도 소리가 이따금 귓전을 할퀴었다. 나무 그늘 밑으로 사람의 그림자가 여럿 움직였다. 그림자는 재빠르게 그늘을 타고 철로 쪽으로 이어졌다.

"자, 빨리 가시더. 굿이 끝나기 전에 일을 다 끝내야 하니더."

봉녀 아버지 뒤로 봉녀 엄마, 부뜰네, 천례, 창래가 따랐다. 그들은 철로를 가로질러 넘어갔다.

둥, 둥, 둥……

마을 쪽에서 북소리가 나지막하게 고막을 두드려왔다.

"장승포댁이 무당이 될라카나. 서방이 고기밥이 된 뒤부텀 허구헌날 무당과 붙어사니."

부뜰네가 중얼거렸다.

짙게 가라앉아 있는 어둠 속에서 돼지우리가 희미한 모습을 드러냈다.

"내가 돼지우리 안으로 들어갈 테니께, 창래는 누가 오나 잘 감시하고 나머지 사람들은 바닷가에다 펄펄 끓는 물을 준비해 두소."

봉녀 아버지가 돼지우리에 깔린 어둠 위로 발자국을 조심스럽게 내디뎠다. 부뜰네는 봉녀 엄마와 함께 가마니, 도끼, 톱, 칼, 해머, 솥을 날랐다.

천례가 손전등으로 돼지우리 안을 비췄다. 돼지가 허연 배를 드러내놓고 널브러져 있었다. 천례의 이마에 구슬땀이 돋았다. 기차 소리가 밤하늘에 긴 여운을 끌면서 들려왔다. 천례가 손전등을 껐다. 돼지가 꿀꿀거렸다. 터널을 빠져나온 불빛은 철로 건너편의 사택촌을 둥글게 원을 그리며 빨아들였다. 봉녀 아버지가 해머를 든 손에 힘을 주었다. 천례가 손전등으로 돼지머리를 비췄다. 기차소리가 요란하게 들려왔다. 봉녀 아버지가 돼지머리를 향해 해머를 힘껏 휘둘렀다.

한 번, 두 번, 세 번…….

돼지의 비명 소리를 송두리째 삼키고 기차가 멀어져 갔다.

"다음 기차가 지나갈 때까지 이놈부터 빨랑빨랑 처리합시다."

봉녀 아버지가 다급하게 말했다.

천례가 재빨리 둔덕에 대기하고 있던 창래한테 손전등으로 신호를 보냈다.

"자, 빨리."

질질 끌려간 돼지가 언덕 아래로 굴러 떨어졌다. 돼지는 봉녀 아버지의 칼끝에 갈기갈기 해체되었다.

"여기 끓는 물을 좀 더 부으라고."

봉녀 아버지가 칼을 빠르게 놀리며 살가죽에 붙어 있는 털을 밀어버렸다.

"서 있지만 말고 앞발을 쥐고 있으이소."

봉녀 아버지가 칼을 바꾸어 잡으며 말했다.

부뜰네가 얼굴을 찡그리며 앞발을 쥐었다. 봉녀 아버지가 기관을 다치지 않게 칼을 사용해 혈관을 잘랐다.

"장승포댁이 굿 구경하고 와서 돼지우리 안을 들여다 보면 눈이 확 뒤집힐 거야."

봉녀 아버지가 킬킬거렸다.

"모두 합해서 돼지 백여 마리 키우면서 '새마을양돈특성화단지' 간판 붙이고 요란을 떨더니 사택촌년들 앞으로 밤잠은 다 잤군."

천례가 맞장구쳤다.

둥, 둥, 둥, 둥……

북소리가 파도 소리를 가르고 끊임없이 번져왔다.

북소리를 끊고 자동차 엔진 소리가 들려왔다. 정육업자가 차를 끌고 온 것이다.

"수고하오. 강씨."

우람한 덩치의 정육업자가 봉녀 아버지의 손을 잡고 흔들었다.

"좋소, 빨리 차에다 옮깁시다."

돼지고기를 일일이 손전등으로 비추어 본 뒤, 정육업자가 말했다.

둥, 둥, 둥, 둥, 둥……

북소리가 점점 크게 들려오고 있었다.

천례는 돼지고기를 머리에 이고 날랐다. 찬 바람이 바다 쪽으로부터 몰려오고 있었다.

"끝순이 엄마, 힘들지요."

봉녀 아버지가 숨을 헐떡이며 말했다.

"아휴, 난 자꾸 가슴이 떨려 죽겠니더."

천례의 입안은 바싹 말라 있었다.

"오늘 수고들 했니더."

봉녀 아버지가 돈봉투와 돼지고기 뭉텅이를 천례에게 건네주었다.

천례는 이마에 맺힌 땀을 훔친 뒤 천천히 발걸음을 뗐다. 자드락길이 끝나는 곳에서 부뜰네와 헤어진 천례는 헐떡거리며 집을 향해 걷기 시작했다.

별무리가 흔들리고 있었다. 벼랑에 매달려 있는 애솔나무 사이로 바닷바람이 몰려갔다. 금점꾼이었던 남편이 폐에 돌가루가 차곡차곡 쌓여 토해내던 신음 소리 같은 바람소리가 와글와글 몰려왔다. 밤바다가 검푸르게 일렁였다. 천례의 귓속으로 우우우 하는 바다울음 소리가 들려왔다. 그 소리는 파도에 휩쓸린 난파선에 매달린 남편이 흐느끼는 울음소리 같기도 하고 산매 들린 바람이 아래기 배급장을 스쳐 지나가는 소리 같기도 했다.

소나무 숲이 세차게 흔들리자, 검은 구름이 바다를 시커멓게 내리덮기 시작했다. 어둠이 천례의 목덜미로 파고들었다. 바람 소리와 파도 소리가 서로 뒤엉켜 궁촌을 온통 쓸어갈 것처럼 울부짖었다.

천례가 방문을 열고, 전등의 스위치를 켰다. 불빛이 어둠을 삼키자, 담요를 덮고 누워 있는 끝순이의 노란 얼굴이 모습을 드러냈다.

"끝순아, 끝순아, 엄마가 돼지고기 구해 왔다."

천례가 돼지고기 덩이를 끝순이의 코앞으로 들이밀었다.

그 순간, 끝순이의 머리가 맥없이 베개 밑으로 굴렀다.

"끝순아, 끝순아."

천례의 얼굴이 하얗게 변해버렸다.

"아니, 얘가……?"

가슴에 귀를 대 보았다. 숨소리가 없었다.

"아이고, 내 딸 이 불쌍한 것아."

천례가 방바닥에 털썩 주저앉았다.

울음소리에 잠이 깨어난 해순이가 앙 하고 울음을 터뜨렸다. 용마루가 쌩쌩 울었다. 파도가 궁촌을 온통 뒤엎을 듯이 몸부림치며 달려오고 있었다. 밤바다는 성난 군중들의 아우성 소리를 내며 벼랑을 물어 뜯었다. 시커먼 구름이 바람을 부르자, 파도가 울음을 터뜨리며 소나무 숲을 휘감았다. 소나무 가지가 부러지는 소리가 연이어 났다. 온통 어둠으로 뒤덮인 궁촌으로 파도가 줄기차게 바람을 몰고 왔다. 밤바다가 파도를 마구 두들겼다. 궁촌을 삼킨 바다울음이 울펑으로 퍼져갔다.

밤바다가 짙은 어둠 속에서 아우성치고 있었다.

마누라에 대한 현상학적 환원 시고

우한용

내가 내 이야기를 하는 한 마누라는 최상급 어휘다. 어머니, 아버지, 조국 그런 단어들처럼 비판의 대상이 될 수 없는 말이기 때문이다. 내 존재의 근거가 마누라한테 매여 있다면 약간 과장일지 몰라도 이를 부정하는 것은 진리치가 보장되지 않는 게 사실이다. 존재의 근원이라니, 마누라와 어머니를 혼동하고 있는 것 같기도 하다. 우리 어머니는 자그마치 구남매를 낳아 낙출없이 다 길렀다.

"당신 알아? 요새 치매노인 내연녀 되는 게 나같은 여자들 로망이라던데……"

마누라가 존경해 마지않던 조문장 교수의 가사도우미로 일을 시작한 지 한 주일이 지나고 난 뒤 나한테 자랑스럽게 들이대는 세기의 화두가 그런 것이었다. 조문장 교수는 우리들의 후원자 겸 인간적 패트론이었다. 우리들 가방끈에 조문장 교수가 한 매듭을 이루고 있기 때문이다.

우리 내외는 가방끈이 너무 길어서 쓸모가 없어졌다. 쓸모는 고사하고 가방끈에 옭혀 넘어지고 자빠지고 하는 통에 만신창이가 됐다. 부모들이 가방끈에다가 달아 주었던 전세방이 월세방으로, 월세방을 내놓고 길로 나서야 하는 판에 이르기까지 그놈의 가방끈이 골머리를 지끈거리게 하는 것이었다.

별로 마음 땡기는 계산은 아니자만, 마누라가 이제까지 살아온 날들의 손익계산서를 만들어 보자는데 어쩌랴, 밥 얻어먹으려면 마누라 안전에서는 굽신거리는 게 상책이라는 것을 알아버린 연후가 아닌가. '자유로부터의 도피'가 공연히 대학교 교양서적에 이름을 올리는 게 아니라는 것을 체득했던 터였다. 마누라에게 자유를 저당 잡히고 책임을 면하는 이 묘리를 에리히 프롬이라는 디아스포라는 일찍이 간파를 한 것이었다.

마누라와 손을 꼽아 보았다. 유치원 3년, 초등학교 6년 그렇게 해서 3＋6＋3＋3＋4 그리고 석사과정 플러스 3년, 박사과정 5년 해서 스물 두 매듭이나 되는 너무 긴 가방끈을 가지게 되었다.

석사과정에 플러스한 3에 또 플러스 5를 해야 하나 마나 심각한 번민에 잠긴 적이 있었다. 결론은 작정한 김에 완주를 하자 해서, 마누라와 둘이 루비콘 강을 건넜다. 생활비 줄일 겸해서 동거를 하는 중에 덜컥 애를 만들기도 했다. 그래서 재수 없다는 아홉수, 스물아홉에 성의 분할점령이라는 결혼을 감행했다. 분할 점령은 모노개미라는 말이 그렇듯이, 성의 사유화와 성의 독점이었다. 성만 독점했지 성이 정체성을 유지하게 해주는, 맹자님 말씀의 그 '항산'이라는 게 내게는 없었다. 개가 핥은 솥바닥 같은 강파른 생활전선에 알몸으로 나서게 되었다.

처갓집과 본가에서 어머니들이 슬금슬금 밀어 넣어주는 도토리를 날

름날름 받아먹으면서 아이가 초등학교 들어갈 때까지 먹물을 빼면서
견뎠다. 견뎠다기보다는 그 시간을 누렸다. 그런데 그 시간이 먹물의 시
효가 다해가는, 모래시계의 시간이었다. 모래시계를 엎어놓을 기운이
다 소진되어버렸다. 문학박사가 밥 먹여주는 줄로 생각한 것은, 페르마
의 마지막정리 모양으로 풀릴 길이 좀체 가시화되질 않았다.

어떤 어리숙한 소설가들이 박사를 홍어 뭘로 아는지 소설 속에 잡아
넣고 농탕을 치는 것을 볼 때마다 위산이 식도를 타고 역류하는 반응을
보였다. 목련장 매그놀리아 마담과 놀아나는 박사, 친구 마누라와 춤바
람이 나는 박사, 박사의 술주정이나 성추행, 박사의 어리숙한 사기술 등
을 다루는 게 고작이었다. 박사의 박사다움에 대해서 한 줄이라도 썼더
라면 백제의 왕인박사 후예로서 얼마나 생광스러울 것인가 하는 생각이
들었는데, 그런 작자는 눈 씻고 찾을래야 허사였다. 그렇다고 우리가 나
설 계제는 또 아니었다. 문학박사라는 게 말이 그렇지 문학박사(文學博士)
의 문학에서는 호구지책이 포함되어 있지 않았다. 눈은 다락을 쳐다보
되 손은 해우소에서 엉덩이를 더듬고 있었다. 참으로 똥 같은 시대의 문
학박사였다.

마누라는 부모들이 공부하는 집안 아이들이 공부를 잘 한다고 역사
책을 사다 놓고 밤을 밝혀 읽어제켰고, 나는 마누라의 행동을 본받아 삶
의 본질이 무엇인지를 탐구하려는 열정이 옹솥바닥처럼 식지를 않아
철학이라는 이름이 붙은 책들을 구해다가 손으로 치고 발로 차고, 엎어
치고 메치고 하면서 쿵푸[功夫]를 했다. 그러나 쿵푸는 공부(工夫)가 아니
었다. 학습이라는 것을 이십년 넘게 해온 끝에 공부와는 촌수가 점점 멀
어진 것을 통탄해야 하는 골목에 이른 것이었다.

그렇게 해찰을 하는 가운데 30대 중반, 넘어서는 안 될 고개를 넘어서

버린 것이었다. 그 무렵부터 '것이었다' 하는 말버릇이 생겼다. 금순이는 한 많은 생애를 마감했던 '것이었던 것이었다' 하는 변사투는 아닌 게 다행이었다.

학위논문을 쓴 다음에는 지쳐빠져서 다른 논문을 쓰지 못했다. 선배가 총무간사로 일하는 『한국문학통합저널』에 논문을 내 달라면서, 탈락수당을 지불한다는 것이었다. 논문 게재율을 맞추기 위해 왈 '가라' 논문을 내 달라는 것이었다. 공허한 껍데기 그게 가라(から)의 진의였다. 누이는 좋았는데 매부는 눈물을 쏟아야 했다. 그렇게 세 번을 도와주었는데, 3회 이상 탈락한 필자에게는 논문 게재를 금지한다는 윤리위원회 규칙이 『대명률』을 제치고 앞서나갔다. 그런데 생각해 보니 논문 심사 탈락 이유에 매번 문장의 학술적 타당성이 떨어진다는 아리송한 항목이 들어 있었다. 문장? 나는 정신을 가다듬어 문장이라는 것을 시칠리아의 암소처럼 되새김질하고 있었다.

대학에서 문장론을 가르치던 조문장 교수는 칠판에다가 휘둘러 썼다. '文章經國之大業 不朽之盛事' 읽어볼 사람? 손을 드는 친구가 아무도 없었다. 내가 손을 들까말까 소심하게 엉덩이를 들썩거리고 있는데 조문장 교수가 조급증이 있어선지 기다리지 못하고 설명을 가했다. 조비는 『삼국지』에 나오는 조조의 아들이며 위나라 문제인 바로 그 조비인데, 그가 남긴 책에 전하는 말이 그 '문장'이라고 했다. 조문장 교수는 한자로 曹丕라고 쓰고 생몰연대까지 187~226이라고 달아 놓았다.

나는 감탄을 하는 중이었는데, 여친은 샐샐 웃으면서 그 책이 도서관에 있는가 물었고, '교수 의심하면 지옥 가지' 하면서 '의심이 죄를 낳는다네' 그런 이야기를 교수한테 듣고 말았던 것이었다. 감히 어느 안전이라고 학생한테 죄니 지옥이니 하는 그런 환영을 주입해 가지고 나의 여친을 눌러 주저앉힌 뒤에, 교수의 고전적인 설명이 이어졌다. 고전은 '낡은'이었고, 낡은은 '늙은'과 동의어였다.

나라를 꾸려나가는 데 근본은 백성이 먹고살 수 있게 하는 일이야. 문장을 잘 공부한 사람이라야 자신이 먹고 살 수 있고 나아가 백성을 먹여 살리는 거라네. 글은 안 쓰고 말만 하는 것들은 주둥이 살아갈 방법이 아득할 것이여, 그렇게 목에 핏대를 세웠다. 문장을 두둔하느라고 말을 타도하는 식이었다.

주관이 딴딴한 여친은 또 샐샐 웃으면서 주책을 부렸다. 경국지색이라는 말에 나오는 경국과 교수님이 쓰신 경국은 어떻게 다른가를 묻는 것이었다.

조문장 교수의 안색이 확 변하는 것이었다. 전에 들어보지 못한 장황한 설명을 늘어놓았다. 자네가 그걸 어떻게 알아? 사마천의 『사기』 행행열전에 나오는 이야긴데, 전한의 무제 때 이사장군 이광리의 형 이연년이란 이가 있었다네. 이연년의 누이가 노래가 빼어나고 춤을 기막히게 추었어요. 그녀의 오빠 이연년은 궁중 협률관이었는데 말야 〈미인가〉를 지어 슬슬 퍼뜨렸다네. 한무제의 누나 평양공주가 무제에게 그 노래가 사실이라고 알려 주었고, 무제는 50이 넘은 나이에 황비를 잃고 외롭게 지내던 터라 좋아라고 그녀를 아내로 맞아 아이 하나를 낳고 일찍 죽었다는 거라. 그게 무제의 이부인인데……. 죽을 때 추한 얼굴을 보이지 않겠다고 무제 앞에서 끝내 얼굴을 들지 않았다는 이야기도 있어요. 김태희나 송혜교 그런 미인들 자네도 미인이야. 조문장 교수의 결론은 이랬다.

"자네는 경국은 몰라도 경성은 될 것 같네."

경성? 경성(傾城)이란 단어가 미인가라는 데 나온다는 것을 그 막강

구글이 알려주었다. 핸드폰에서 〈미인가〉를 찾아보았다. 미인가 대학 명단 그런 게 먼저 주르륵 떴다. 인가받지 않은 대학이라는 뜻이었다. 일고 경인성(一顧傾人城), 재고 경인국(再顧傾人國) 그런 구절에서 경국지 색이란 말이 나온 것은 뒤에서야 알았다. 아무튼 예사롭지 않은 조문장 교수의 눈빛에 나는 질려 버리고 말았다. 그러나 여친은, 내가 전의를 도저히 상실할 수 없는 경생(傾生)의 대업으로 부각되는 것이었다.

나는 본 조비의 〈올웨이스〉를 속으로 흥얼거리고 있었다. 앤드 아일 러브 베이비 올웨이스…… 내가 어찌 샐샐 웃는 여친을 늘상 사랑하지 않을 수 있을 것인가. 영원히, 하루종일, 별들이 빛을 잃을 때까지, 내 죽을 때까지라도, 아일 러브 유 올웨이스…… 나는 속으로 그렇게 옳조 리다가, 그만 하라는 뜻으로 여친을 끌어안고 키스라는 것을, 접문(接吻) 이라는 고전적 애정표현을 하고 말았던 것이다. 저 녀석들이 내 앞에서 감히…… 그게 풍기를 어떻게 문란하게 하는지를 알지 못한 채 강의실 에서 '나가주시게', 붉은 카드를 받고야 말았던 것이다. 나는 그렇게 여 친을 조문장 교수 애정 상대로 옮겨놓은 꼴이었다. 조문장 교수네 욕망 의 펌프에 마중물 한 바가지를 부어넣은 셈이라고나 할까.

말은 하기 쉬워도 글로 쓰는 게 얼마나 어려운지는 금방 드러났다. 아 예 문장이라는 게 되질 않았다. 조문장 교수가 칠판에 쓴 것은 글이 아 니었다. 그것은 말이었는데, 일테면 개그의 사촌뻘 되는 개구(開口)라는 것이었다. 젠장, 문장의 시대는 거하고 말의 시대가 도래하도다! 바야흐 로 시대는 네오 오랄 에이지랄 것인저! 김구라가 말로 얼마나 잘 벌어먹 으면서 떵떵거리는지를 텔레비전은 연일 나발을 불어대고 있었다.

아무튼 글로 벌어먹기는 영 글러서 말로 벌어먹기로 작정을 하고 둘 이서 마누라 손잡고, 서방님 손잡고 말판으로 나섰는데, 말판은 말로만 돌아가는 판이 아니었다. 학연과 지연과 혈연까지 동원되는 말로 정리가 되지 않는 막판이었다. 학원이라는 데가 그런 판이었다. 학원에서 뼈가 굵은 통뼈 장사들은 안다리걸기도 배지기도 도무지 먹히지를 않았다. 기술은 고사하고 열쇠 없는 정조대 모양으로 이를 사려 물고 샅바를 내주지 않았다. 더구나 인두세 셈하듯이 두당 얼마를 산정하는 봉급 계산법이라서 학삐리 대가리들을 끌어와야 하는데, 문학박사 학위에는 그런 핵심역량을 보증하는 단어가 없었다. 내가 공부할 무렵 핵심역량이니 하는 허벙한 개념은 교육의 존재영역 안에 부재중이었다.

모도 나고 윷도 나야 말판을 쓰지, 도나 개로 판이 돌아가는데 말판을 쓸 일이 없었다. 거기다가 이따금 퇴도가 나서 바짝 뒤따라오는 놈 잡아먹기도 했으나 콩 껍데기만큼도 영양가가 없었다. 영 글러먹은 판이라서 청포를 입고 찾아갈 그런 항구도 포구도 아득하니 바람만 높게 설렜다.

문학은 몸으로 하는 거라던, 조문장 교수의 이야기가 떠올랐다. 저저 이 옳은 말씀이라고 우리들은 박수를 쳐 올렸다. 그 우리 가운데는 나와 마누라가 포함되는 것은 물론이다. 몸으로 일을 하는데 까짓거 먹물이야 물에 빨아서 비틀어 짜버리면 그만이라고 속으로 채반이 용수가 되도록 우겨댔다. 그런데 채반은 용수가 되기 전에 버들가지가 옆으로 꿰지는 것이었다.

그래서 우리는 최초의 인간으로 돌아가자고 합의했고, 어느 땡중들이 초발심으로 돌아가자고 마시는 곡차인지 모르지단, 처음처럼이라는 도수 낮은 소주를 마시면서 아자아자를 고창했다. 애놈이 컵에다가 찬물을 들고 와서 같이 아자아자를 외쳤는데, 물이 마누라 얼굴에 튀어 마누라 상이 돌부처처럼 일그러졌다. 샐샐 그렇게도 잘 웃던 마누라는 석기시대로 돌아가 있었다. 석기시대란 인간의 머리가 돌덩이라서 간지를 내세우지 않고, 몸이 날래야 사냥을 할 수 있는 시대였다. 석기시대 인간이 전자시대를 살아간다? 의심은 죄를 낳는다고 했것다, 그런데 의심은 곧 욕심이었고 그것은 인식욕구였는데, 왈 방법적 회의와 연관되는 사항이었다. 그래서 욕심은 죄를 낳고 죄가 장성하면 사망을 낳느니라 하는 말씀과 상통하는, 말은 현실을 대신하는 것이었다. 그것은 조문장 교수의 어떤 강의에서 들은 한 구절이었다.

말판에서 모래밭을 물러나와 몸으로 벌어먹기로 작정하고 길바닥으로 나서기는 했지만, 내가 인자였는지 머리를 돌릴 데가 마땅치 않았다. 그 날은 복사꽃 능금꽃이 피는 내 고향, 고향의 봄처럼 포근한 날이었다. 그런데 우리 내외는 내 집 없는 고향의 길바닥에 나앉기 직전이었다.

"집세 구할 방법 좀 강구해 봐요."

마누라는 학교 들어간 애가 엄마 손잡고 학교 오란다 해서 집에 놔두고, 나 혼자 옷자락 날리며 길을 나섰다. 망우리 공동묘지를 찾아가 앞서간 인간들이 어떻게 누워 있는가를 보고 싶었다. 사이버 시대의 돌비석 사이에 어떤 인간들이 촉루를 누이고 있는가 하는 게 궁금했다. 전철을 타고 가서 망우역에서 내렸다. 유커들의 돈을 얻어 써야하기 때문인지 글로벌 시대라서 그런지 그 위대한 중국문자로 역 이름이 망우역(忘憂驛)이라고 적혀 있었다. 육신을 가지고 세상살이를 하면서 근심을 잊음이 가능한가? 망우물(忘憂物)이라는 게 술을 뜻한다는 걸 형상으로 떠올리는 것은 희한한 일이었다. 더구나 나 죽어 이 강산에, 어욱새 속새 덥가나무 백양 속에…… 소소리바람 불 제 뉘 한잔 먹자할꼬. 그러니 술이나 마시자는 한가한 흥정을 하기는 아직 이른 시간이었다. 시간이 이르다기보다는 조건 불비라.

아아, 잊으랴 어찌 우리 이 날을, 나는 거기서 조문장 교수를 만나고

만 것이었다. 역에서 내려 공동묘지를 향해 나가는 길목에 충령석재공
묘(忠靈石材公社)라는 간판이 보였다. 옳거니, 충직한 영혼이라, 한자어는
한자로 써야 한자어답다는 아날로지가 가능한 일이었다. 아직도 한자
로 간판을 단 업소가 있는가 싶어 문 앞에서 얼쩍거리면서 담장 안을 둘
러보았다. 포크레인으로 돌을 들어 옮기기도 하고, 부직포로 포장한 상
석을 지게차로 들어 올려 트럭에 싣느라고 부산하게 움직이고 있었다.
백 년 전에 염상섭이 「墓地」라는 작품을 쓴 바 있는데, 그 때 그 풍정이
그대로 여기까지 옮아와 있다는 생각이 들었다. 안에서는 짜아아 기계
톱 돌아가는 소리, 투루룩 투루룩 마모작업을 하는 소리가 들렸다. 이
따금 기계음 사이로 또드락 또드락 망치소리가 들리기도 했다. 허리가
구부정한 늙은이가 새까만 오석 비신을 타고 앉아 이름자를 새기고 있
었다. 이름이라! 박사학위 받았다고 금방에 이름을 올린 듯이 주변의
치사가 요란했다. 그러나 돌에다 이름을 새기는 일은 아득히 멀었다.

"어떻게 오셨습니까?"

"사장님 뵐 수 있을까 해서 왔습니다."

앞이마에다가 무궁화를 금실로 수를 놓아 장식한 모자를 쓴 수위장
은 나를 위아래로 치보고 떠보고 하다가, 인터폰에 더고 예 사장님 알겠
습니다, 경례. 나를 안내하느라고 옷매무새를 고치는 수위장의 버클에
그 유명한 대학 WFU 로고가 새겨져 있었다. 왈 '세계자유대학'을 나온
사람이 이런데서 수위를 하고 있다는 게 실감이 안 갔다. 그것은 나와
내 마누라가 학위를 받은 바로 그 대학이었다. 내가 자기를 짯짯이 쳐다
보는 걸 알았는지, 내가 알고 싶어하는 지향과는 아무 상관이 없는 이야
길 했다. 나중에 소설에서 허용되지 않는 '우연히' 알고 보니 각자를 하
던 늙은이는 현재 사장으로 있는 오만석의 부친이었고, 수위장은 오만

석 사장의 이복동생이었다.

"왜요? 삼년 전까지는 내가 사장이었습니다." 작업장 한 구석에 허리가 꼬부라진 늙은이가 두툼한 안경을 쓰고 빗돌을 타고 앉아 글자를 새기고 있었다. 통훈대부여강조공양태만세공덕비(通訓大夫麗江曹公陽泰萬世功德碑)라는 글자들은 안진경체로 단아하게 쓰여 있었다. 교양의 힘을 짜내서 그 위대한 한자라는 것을 읽을 수 있는 안목이라니, 스스로 긍정할 만한 일이라 가긍(可肯)타 하겠는데, 그것은 실로 가긍(可矜)한 노릇이었다. 작은 정을 들고 또드락또드락 리듬감 있는 소리를 내면서 각자(刻字)에 몰두하고 있는 모습은 도가 높은 스님이나 법사를 닮아 보였다. 몇 년이나 이런 일을 했는가 물으려다 혀를 입안으로 말아 넣어 버리고 말았다. 생각해보니 우리 15대조 할아버지도 자선대부였던가 하는 벼슬을 한 분이었던 것 같았다.

그런데, 키야! 그 옆에서 조문장 교수가 쪼그리고 앉아서 잔소리를 늘어놓는 중이었다. 자기는 조조(曹操)와 성을 같이하는 사람이지, 조선의 조씨(曹氏)들과는 존재의 연원에서부터 노선이 다르다는 게 핵심이었다. 조상 가운데 만세공덕비를 세울 어른이 있는 집안, 나는 조문장 교수를 존경의 염을 가지고 다시 쳐다봤다.

충령석재 사장은 테이블 앞에 대리석으로 깎은 명패를 놓아두고 있었다. 사장 오만석 공학박사(社長 吳萬石 工學博士) 석재상 사장이 공학박사라는 게 좀 이채로운 일이었다. 세계자유대학 광산학과를 나온 것인지도 모를 일이었다. 그러면 동문이 되는 셈인데 하고 있을 때, 어떻게 왔는가 물었다. 저같은 사람이 일할 자리가 있을까 해서 감히 찾아뵀었습니다만, 진중하게 형편을 털어놓았다. 그런데 아뿔싸 거기서 내 가방 끈이 당신과 매듭이 얽혀 있다는 이야기를 하는 바람에 일이 꾀돌아갔던 것이었다.

"요새는 기계가 좋아서 힘든 일을 기계가 거진 추어주기 때문에, 인력은 최소인원으로 움직여가고 있습니다."

공연히 일자리 달라는 이야기 하지 말라고 미리 쐐기를 박는 어투였다. 나는 전에 쇄석장 근처에 살았던 적이 있어서 돌에 대해서는 대강 알만한 전력이 있다고 생각하는 편이었다. 열심히 하겠습니다, 말이 끝나기 전에, 돌을 다루려면 일단 힘이, 근력이 있어야 합니다. 헌데 삼십 넘으면 남자는 힘이 줄어들거든. 자아, 완력 한번 볼까? 그렇게 해서 팔씨름이 시작되었다. 시작되었다는 것은 얼마간 진행되는 것을 전제하는데, 시작이 곧 끝장인 묘한 게임이었다.

오만석 사장이 내 손을 틀어쥐었다. 물경, 인간의 손이 아니었다. 철물로 만든 기계였다. 나의 팔뚝 이두박근이 팽팽하게 부풀기도 전에 손이 얼얼하고 손목과 팔뚝으로 짜르르한 긴장감어린 전류가 전해졌다. 자아, 힘을 써 보시요! 그래서 일 하겠나? 하면서 오만석 사장이 내 팔뚝을 재끼는 순간 내 어깨에서 우두둑하고 눈덩이 얹힌 소나무 부러지는 소리가 들렸다. 삼십년 기른 나무, 우람한 정자를 보쟀더니 십벌지목 되었구나. 오만석 사장이 손을 놓고 테이블에서 일어날 때 나는 따라 일어나지 못하고 주저앉았다. 얼굴로 식은땀이 흘렀고, 오른팔이 아래로 푹 처져 들어 올려 지지 않았다. 팔이 탈구가 된 것인지 인대가 끊긴 것인지 한심한 지경이었다. 언제던가 송충이는 솔잎 덕어야 산다던 조문장 교수의 말씀이 머리를 때렸다.

"알파고랑 이세돌 구단이 돌싸움을 한다는데, 난 그거나 봐야겠소."

나는 축 처진 팔을 덜렁거리면서 망우리 공동묘지로 올라갔다. 민생고에 짓눌려 자살이라도 하러 가는 길 아니냐고 다그치듯이, 조문장 교수가 내 뒤를 따라 올라왔다.

내가 묘지에 올라가 맨 먼저 마주친 것이 김상용 시인의 무덤이었다. 비석 전면. 月坡金尙鎔之墓 비석 후면. '人跡 끊긴 山속 / 돌을 베고 / 하늘을 보오 // 구름이 가고 / 있지도 않은 / 故鄕이 그립소 거기' 나는 희한하게 비석에 새겨지지도 않은 같은 시인의 「남으로 창을 내겠소」라는 시를 중얼거리고 있었다. 비석 앞으로 되돌아가 바라봤다. 월파라, 달언덕? 그런 생각을 더듬고 있는데 조문장 교수가 '세계 앞의 경이'를 드러내는 것이었다.

달언덕 김상용 이 양반은 달인이야. 예컨대 이런 소리, '강냉이가 익걸랑 함께 와 자셔도 좋소. 왜 사냐건 웃지요' 얼마나 멋져! 조문장 교수는 시키지 않은 감탄을 토해냈다. 그런 한가한 투로 읊조리다니, 있지도 않은 집에 창을 남으로 내기는 어떻게 내며, 있지도 않은 땅에 강냉이는 어떻게 심는다는 말인가. 왜 사냐고 진지하게 묻는데 거기 대고 웃어? 삼포세대던가 삼포로 가는 길로 나선 젊은이들이던가, 흙수저 학생들한테 뺨다구 얻어맞을 장본이었다. 흙수저라니 왈 토시(土匙)일터인데, 발상이 그렇게 조대통 같이 옹색(壅塞)할 수가 있을까 싶었다. 마누라의 샐샐 웃는 볼에 보조개가 패일 일이었다.

그 때 조문장 교수는 박인환을 만나러 가자고, 내 손을 잡아 이끌었다. 조문장 교수가 왜 나를 따라오면서, 지금 그 사람 이름은 잊었지만…… 사랑은 가고 옛날은 남는 것, 그렇게 흥얼거리면서 묏동 사이를 사뭇 낭만적 기분에 젖어 서성이는지 알 길이 바이 없었다. 그 눈동자 입술은 내 서늘한 가슴에 있네. 누구의 눈동자고 어떤 여자의 입술이었던가. 내게는 그런 아리잠직한 일은 단연코 없었다. 그럼 누구란 말인가? 나는 하마터면 그게 나의 마누라 아닌가 물을 뻔했다. 기억은 때로 무서운 추론으로 치닫기도 하는 거라서, 내가 여친과 접문례를 했던 장면을 조문장 교수가 기억하고 있는 게 아닌가. 뇌 과학적 증명이 요구되는 사안이지만, 기억은 다른 길을 달리고 있었다. 왈 문학이었다.

문학은 꼭 대상이 있어서가 아니라 독자 나름의 경험의 총량에 따라 각기 다른 대상을 환기하기 때문에 보편적 공감을 확보한다고 하던 조문장 교수의 이야기가 떠올랐던 것이었다. 어떤 놈의 사랑을 내가 대신 읊고 있는지도 모르면서 버지니아 울프를 들추어내고 있는 중이었다.

두 묏동 건너 젖무덤인 양 봉긋한 무덤 사이에서 무슨 너울이 어른어른 흔들리는 게 보였다. 나는 헛것을 보았나 하면서 눈을 비비는 중에 저절로 그쪽을 향해 발을 터덜거렸다. 조문장 교수가, 오, 생명이여 환희여! 목소리도 우렁찼다. 남 말뚝 박는 거 봤으면 좀 비켜주지 않고, 당신 뭐하는 인간이야! 눈을 부라리는 모습이 꼭 사정 직전에 모래뿌림을 당한 수캐의 눈알이었다. 젠장할, 그 많은 러브텔 다 놔두고 이런 데 와서…… 두 몸뚱이 가릴 집이 없는 것일 터였다.

나는 조문장 교수를 부축해서 공동묘지를 내려왔다. 천만 대도시 인근에 이런 고적한 땅이 있다는 게 신통할 지경이었다. 사이버시대에 석기시대가 맞물려 있는 셈이었다. 고층빌딩과 묘지 사이에 허적대는 늙은 교수로 인해 나의 석기시대는 막을 내리는가 싶었다.

망우동에서 상봉역까지 조문장 교수와 함께 걸었다. 조문장 교수는 혼자 중얼거리듯, 넓은 무대 위에서 방백을 하듯 같은 말을 되뇌었다.

"이제 바야흐로 나는 혼자가 되었어. 남신의주의 백석처럼 된 거지. 그러고 보니까 연행가가 실감이 가는 거야."

"연행가라니요?"

"강의시간에 소개하지 못한 글인데, 조비의 글 가운데 사륙변려체(四

六騈(麗體)의 전범을 보이는 글로 전쟁에 나간 남편을 그리면서 밤잠을 못 이루는 여인의 애절한 심정을 그린 게 있다네."

언제던가 마누라가 그런 글을 넌지시 밀어내며『동양 연가의 미학』 그런 거 책 만들면 팔릴까? 하던 기억이 떠올랐다. 마누라도 알고 조문장 교수도 아는데 나만 모르는『연행가』였다. 그러니 방 하나 갖추고 살 재간이 없는 것은 당연지사 아닌가 싶기도 했다.

상봉역 근처에서 어디로 갈지 몰라 허덕거리는 조문장 교수를 부형처럼 모시고 상봉루라는 중국집에 들어갔다. 얼큰한 짬뽕을 불러놓고, 음식을 기다리는 동안 맥주를 시켰다. 맥주병을 막 개봉하려는데 문앞이 바야흐로 소연했다. 건너편 공사장에서 인부들이 일을 끝내고 식당으로 들어오고 있었다. 그들은 붕괴에 대해 진지한 담론을 펴는 중이었다.

"철근 그렇게 쓰다가 상가 무너지면 어떻게 하려고 그따위 짓거리를 하는 거야? 어떻게 하긴 삼풍 짝이 나는 거지. 어이, 여기 낙지 짬뽕 다섯, 소주 다섯, 넌 말아먹어야지, 맥주 두 병…… 그런데 말야 철근 좀 남을까? 경비실에 한 단은 받쳐야 할 걸. 노상 돈이야 있을 때도 있고 없을 때도 있다더니, 그렇게 흰소리 할 때는 언제고 이제와서 철근에 침을 흘리냐? 노땅들 때문에 마누라랑 배꼽을 맞댈 시간이 있어야지, 그래서 어떻게든지 기어나가려고 하는데 그게 모자라. 엄지와 검지를 붙여 동그라미를 만들어 보여주었다."

"이들이 염철론을 이야기하고 있네."

조문장 교수가 뜬금없이 그런 요해가 불가한 이야기를 했다. 전에 읽은 적이 있는 책이었다. 물론 마누라가 읽어보라는 지엄한 명령을 궁행하느라 읽은 것이었다. 마누라는 나라를 경영한다는 것이 얼마나 대단한 담론을 생산해내는지를 알고 놀라 자빠지겠다는 것이었다.『제국 경영의 지모』라나 그런 책을 내면 어떨까 하는 제안이 거기 들어 있었다. 마누라는 천진하게 잘 웃는 것만큼이나 돈벌이를 할 생각 또한 나이브하기 이를 데 없었다. 얼굴이 두두럭해서 브이라인 그리지 못하는 게 문제라면 문제지 속살은 장미 꽃잎처럼 향그럽고 보드라왔다. 그러고 보니 마누라와 살을 섞었던 게 언제였던가 기억이 아슴했다. 성적 교환(交驩)의 경제적 제약의 적실한 예를 내가 보여주고 있었다. 따라서 나는 가히 현대인인 게 의문의 여지가 없었다.

"두 분이 같이 오셨수?"

철근이 남는가 어쩌구 하던 사내가 내 쪽을 쳐다보다가 물었다. 이런 자리 잘못 얽히면 홈빡 들러 쓰고 만다는 게 마누라의 경고였다. 내가 맥주병을 들고 다가앉자 사내가 손을 내밀었다. 그런데 환장하게 팔이 안 올라가는 것이었다. 저쪽에서 오른손으로 악수를 청해오는데 왼손을 내밀었다. 좃잽이신가? 팔을 다쳤습니다. 어쩌다가? 나는 자초지종(自初至終)을 털어놓았다. 변상은? 사실 나는 팔을 일그러뜨린 오만석 사장에게 이의를 제기할 아무런 빌미가 없었다. 자초지종이라니? 사건의 아주 작은 한 부분을 이야기한 것일 뿐인데 나는 처음부터 끝까지라는 낯선 한자숙어를 남발하는 중이었다. 사내가 혀를 끌끌 찼다.

"우리랑 철근 조립하는 일 해볼 생각 없소?"

철근조립? 낯선 일이었다. 그러나 모든 새로운 것이 그렇듯이 익숙하지 않을 뿐이지 익숙해지면 해볼 만한 직업일 듯했다. 인간이 몸담고 사는 일 가운데 집짓는 일이 의식주 가운데 가장 힘들다는 게 아니던가. 인간이 눈비 피하고 사는 한, 건축은 동서고금 어디고 필수 요건일 터이고 따라서 철근일이 끊이지 않을 것 같았다.

마누라가 독파를 권면한 『염철론』이란 책이 또 생각났다. 한나라 시대 환관(桓寬)이란 사람이 지은 책인데, 한무제 이후 중국의 사회 문화 외교 등에 대한 논의가 주요내용이었다. 흉노와 싸움에서 크게 패한 한무제 이후 소금, 쇠, 술 이른바 염철주(鹽鐵酒)를 국가가 전매할 것인가 지방 호족들에게 그 권한을 나누어 줄 것인가 하는 문제를 현량-문학과 어사대부 양편으로 나누어 논의를 진행했는데, 그 내용을 뒤에 정리한 책이었다. 마누라는 자기한테 강의를 듣는 이들은 책 내용을 뜨르르 알아듣는데 당신은 왜 몰라? 샐샐 웃으면서 공박이라는 것을 가해왔다. 환관이라는 단어에 한자를 단 이유는 카스트라토를 떠올리고 내시 웃음을 웃는 독자가 있을까 저어해서일 뿐이다. 아무튼 철근조립이라는 말이 은근짜가 되어 나를 묵직하니 이끌어가는 것이었다. 한편으로 구체적인 이야기를 더 하고 싶었다. 그 눈치를 챘는지 조문장 교수가 슬그머니 물었다.

"내가 먼저 일어설까?"

"아닙니다, 식사하고 가셔야지요."

조문장 교수는 마지못해 하는 듯이 자리에 주저앉았다. 조문장 교수는 며칠 굶은 사람 모양으로 짬뽕면발을 게걸스럽게 걷어 넣더니, 아내와 먹은 짬뽕이 가장 맛있었다면서 남은 국물을 마시다가 재채기를 했다. 조문장 교수가 뱉어낸 국물을 들러 쓴 노동자들이 오만상을 찌푸렸다. 씨팔, 그런 말을 내뱉지 않는 것만도 다행이었다.

"팔 치료하고 올랍니다."

"자네 정말 철근 엮는 일 할 수 있겠나?"

나는 꿍치고 대답을 삼갔다. 대학에서 문장론을, 그것도 문장이 경국지대업이라고 가르쳐 놓으니까, 글쓰기는 고사하고 철근 다루는 노동자로 나선다는 것은 스승으로서 역장이 무너지는 시대의 과오일 게 아닌가. 그런 시대를 사는 외톨이 지식인 우리 조문장 교수의 신세를 나는 자못 눈물겨워하는 중이었다. 바야흐로 나는 철기시대로 접어드는 중이었다.

술이 거나해진 조문장 교수는, 자네 처한테 내가 보고 싶어 한다고 전해주소, 그런 살뜰한 인사를 전하라는 것이었다. 참으로 알뜰살뜰한 스승도 있다는 생각이 들었다. 내 의식은 마누라의 안전이라는 것을 향하고 있었으나 말은 그렇게 되어 나왔다.

팔 치료는 석기시대 의술보다 간단한 것이었다. 무리하게 힘을 써서 탈구가 되었다는 진단이었고, 의사는 팔을 잡아 다녀 뚝 소리가 나게 빼서는 다시 맞추는 걸로 치료가 성료되었던 것이었다.

첫 주일은 철근을 옮기는 일만 했다. 큰 물건은 대개 크레인으로 옮겼는데 조립에 쓰는 부속품에 해당하는 앵글, 걸쇠 그런 것들은 등짐으로 져 날라야 했다. 계단을 오르내릴 때 어찔어찔하고 눈앞이 빙빙 돌았다. 나는 철근 도막을 부려놓고는 으레 공사장 근처를 들러보곤 했다. 세상은 철로 뒤덮여 있었다. 근거는 박약하지만, 염철론의 문학(文學) 편에서 국가가 쇠를 독점해야 한다고 주장한 이유를 알 것 같았다.

철근 도막을 나르느라고 등창이 날 지경이었다. 가슴으로 뭘 느끼고 남을 보듬고 한다는 이야기는 익숙하거니와 등으로 벌어먹는다는 이야기는 머리 털나고 처음 경험하는 일이었다. 철근을 지고 임시계단, 그 가이당을 오르내리는 고된 노역을 물경(勿驚) 세 주일을 견뎌냈을 때였다. 물경에 괄호를 치는 것은 판단중지, 에포케를 위해서가 아니라 한 자로는 말을 할 수 없기 때문이다. 등으로 벌어먹는 세상은 돌아가는 판세가 요상(夭殤)하기 짝이 없었다. 상봉동 철근이 두수단리(舞水端里)의 로켓과 자장이 닿아 있었다.

수소폭탄 실험에 성공했다고 대대적으로 나발을 불어대던 김정은이 미사일 발사 성공을 했고, 핵탄두 모형을 텔레비전에 내보여 나라가 두려움 섞인 이야기들로 버글거렸다. 그러는 중에 유엔 대북제재가 실행되면서, 중국으로 광산물 수출을 차단한다는 조치가 내려졌다. 중국에서는 그 조치에 대대적인 호응을 보였다. 그런데 민생을 위한 경제적 수출입은 제외한다는 조건이 미국과 협상을 통해 묵인되는 분위기였다. 민생과 핵탄두가 어떻게 천양지판으로 갈라질 수 있는 것인지는 알 길이 없었다. 이해하기 어려운 일이었으니 요해(了解)는 불가야라, 였다.

제길할, 철근값이 천정부지로 폭등하는 바람에 공사가 중단되었다. 나의 철기시대는 거기서 끝났다. 대장간을 찾아갈까 하다가 그만두었다. 기원전 중국 한나라로 돌아가는 꼴이어서, 거기까지 돌아가기는 그 거리가 너무 멀었다. 문자가 같다고 먹고 마시는 것도 똑같을 턱이 없었다.

국수 이세돌 9단이 알파고에게 참패를 당한 이후, 인공지능이 인간을 이겨먹는다는 현실을 두고 논의가 분분했다. 한편에서는 인공지능이 발달하면 놀라운 신세계가 전개될 것이라는 낙관론과 인공지능이 발달을 거듭해서 자가 학습을 계속하고 자기결정력을 가지게 되면 인류의 문명은 기계로 인해 종말을 맞을 거라는 비관적 전망이 맞섰다. 그 비관적 전망에 앞장을 서는 것이 금세기 최고의 물리학자라고 하는 루게릭 환자 스티븐 호킹 박사였다. 인공지능에 겁탈당해 인류가 몸을 못 쓰게 된다는 종말론적 전망을 제시하는 것 같아 불길한 생각이 메두사처럼 머리를 들고 올라왔다.

"이야기하는 컴퓨터, 인공지능으로 소설 쓰면 어떨까?"

나는 마누라를 슬그머니 떠보았다. 감히 마누라를 떠보다니, 마누법전에도 규정되어있지 않은 카스트가 마누라거늘. 나같이 먹물들어 겁

대가리 없는 작자나 그런 수작을 하는 것이지, 교양 넘치는 이들에게는 와이프, 마담, 프라우 그런 용어를 쓰든지 오마담쯤은 되어야 마땅한 일이었다.

"자연지능 백분의 일도 활용 못하는데 그런 공상적인 얘긴, 실감 없어."

그따위로 고철 같은 이야기를 하고 있는데 아이가 달려와 제 어미 앞에 주저앉았다. 엄마, 나 바둑학원 갈래. 석기시대는 벌써 끝났어, 이제 돌 가지고는 먹고살지 못해. 반도체의 주재료가 실리콘이라는 광물이라는 것을 이야기하려다가 입을 함봉했다. 석기와 철기시대를 살아남지 못한 주재로서 감히, 언감생심 그런 이야기를 들춰낼 자격은 이미 사이버공간에 저당 잡히고 만 셈이었다.

"나 취직했어."

그 이야기를 하며 마누라는 샐샐 웃었다. 드디어 마누라가 기술을 먹여 살리겠다는 각오로 나오는 판이었다. 나는 하도 신통해서 마누라에게 일자리를 베풀어준 게 어딘가를 물었다. '르봉사마리탱노인도우미센터'라는 노인 도우미를 공급하는 일종의 반관반민의 봉사인력단체라고 했다. 그 이름이 선한 사마리아인이라는 인간상을 부각하려는 꼼수 아닌가, 직감으로 그런 감이 왔다. 꼼수라니? 나는 니 입을 주먹으로 윽박질러 닫아 놓고는 선한 사마리안인이라는 그 위대한 교양을 떠올리는 것이었다.

상고하건대 이런 맥락이었다. 예수는 쇠파리처럼 달려들어 자기를 물어뜯는 유대인들을 설득해서 따르도록 해야 하는 처지였다. 예수는 "여러분들 이웃을 여러분들의 몸과 같이 사랑하셔야 합니다." 유대인들을 향해 그렇게 말했다. 유대인 선생이 의문스런 눈을 굴리다가 물었다. "우리들 이웃이라니 그게 누구입니까?" 이때 비유의 구단 예수가 이야기했다.

길을 가던 나그네가 강도를 만났답니다. 가진 것 몽땅 빼앗기고 강도한테 두들겨 맞아 몸이 상처투성이가 되었어요. 신앙심이 깊은 사제와 율법을 철통같이 지키는 레위인이 그 옆을 지나가다가, 흘금 쳐다보곤 모른 체하고 가버렸어요. 그때 나귀를 타고 지나가던 사마리아인이 굴러 떨어질 것처럼 나귀에서 내려 강도당한 사람의 상처를 싸매고 인근 주막으로 데려가 주인에게 그 사람을 돌봐주라면서 돈까지 내놓고 돌아갔습니다.

예수가 비유담을 끝내고 물었다지 아마. "당신들 생각에는 이 세 사람 중에 누가 강도당한 사람의 이웃이 되겠습니까?" "그야 고통받는 사람을 살린 이가 아니겠습니까." 예수는 유대인들을 쳐다보고 말했다지. "그대들도 가서 내가 말씀드린 것처럼 하시지요" 행동과 실천으로 구현되는 사랑은, 국제어로 가로되 자동화된 창의성(automated creativity)을 요하는 사안이었다.

그리해서 종교, 계층, 이념, 국적 아무것도 가리지 않고 불쌍한 노인들 도우미로 일할 사람들을 모아 훈련하고 실제 도와주도록 인력을 양성해서 보급하는 가상한 기관이라고 소개했다. 페이가 월 250이라는데, 연금생활자 한 달 씀씀이가 230이라면, 이건 입 닥치고 땡이었다. 눈앞이 번하게 틔어왔다.

"펀딩은 어디서 한답디까?"

마누라 앞에서 말하는 내 화법이 그랬다. 마누라는 샐샐 웃다가 고개를 살래살래 저었다. 모른다는 뜻인가, 그런 걸 왜 묻는가 하는 뜻인가 하는 판단을 유보한 채, 나는 마누라가 보이스피싱 요원이 되어 노인들 대상으로 사기치는 일로 밥줄을 대는 것은 아닌가 걱정이 앞섰다. 김선생님이시지요? 선생님이 요청하신 돈이 은행에 들어왔습니다, 본인 확인이 필요해서 그런데 대한은행 소한지점으로 나와 주실래요? 그것은 환청으로 들렸지만 또렷한 아내의 음성이었다.

"당신 시각이 사팔뜨기 된 거 아닌가?"

먹물이 생활에 얼마나 알량한 걸거침인지를 실감하면서, 꼬무락대고 몸을 움직여 르봉사마리탱 훈련에 여념이 없는 마누라의 뒷바라지를 할 요량으로 일거수일투족을 사심없이 살폈다. 마누라의 일거수일투족을 살폈다는 것은 주변머리 없는 수사일 뿐이고, 사실은 마누라가 해오던 일들을 내가 도맡아 하기로 나섰다. 밥 짓고 빨래하고 청소하고, 애 학교 갈 준비해 주는 것하며 하우스프라우가 아니라 하우스만으로 성역할을 전도해 놓아야 할 팔자로 여덟팔자가 거꾸로 박히는 중이었다. 그런데 그놈의 여덟팔자는 거꾸로 처박아도 그냥 여덟팔자일 뿐이었다. 지난 석 달은 수습사원이라고 했는데 주로 교육을 받았다고 한다. 노인의 신체조건, 노인의 생리, 논인의 심리, 노인 간호학의 기초, 실명 노인 간호하기 그런 과목 공부를 했다고 한다. 그러면서 이런 분야 학위 하나 더 따면 어떻겠느냐고, 그렇게 해서 르봉사마리탱노인도우미대학 교수를 하면 좋지 않겠나 하는, 아직도 먹물이 선명한 이야기를 할 때, 나는 아이구 내 팔자야를 외치고 말았던 것이었다. 마누라는 노인교양론이라는 과목이 흥미롭다면서, 웰에이징과 교양이니 하는 참으로 듣기 껄끄러운 이야기를 늘어놓았다.

"오늘 내가 도와드릴 선생님을 드디어 만났어."

마누라는 그런 승전보를 전하면서 드디어라는 말에 힘을 빠닥빠닥 실어제켰다. 그런데 고개를 갸웃거리는 품이 뭔가 걸거치는 게 있는 모양이었다. 그게 누군데? 조무장이라는 노인네야 나는 망우리에서 만난 조문장 교수의 얼굴을 떠올렸다. 자기 형 조문장을 대신해서 『동양고전 명문선』이란 책을 편집하는 중에 눈을 혹사해서 실명하는 바람에 집에 처박혀 있다나 왜 형을 대신해서? 형이 죽은 모양이더라구. 형이라면 문장경국지대업을 외던 조문장 교수를 일러 말하는 게 일호의 차착이 없었다.

"그래 뭘 도와달라는데?"

"조비가 근래 그분 관심사래."

나는 본 조비를 좋아하는 늙은이도 있는가 물으려 하다가, 올웨이스는 의도적으로 잊고, 조문장 교수가 칠판에 썼던 구절이 떠올라 입을 떨꺼덕 닫았다. 조문장 교수는 비석에 새긴 자기 집안 어른의 공덕비 글귀를 손으로 쓰다듬고 있었다. 조문장 교수가 칠판에다가 달필로 휘둘러 썼던 '文章經國之大業 不朽之盛事', 그런 글자들이 눈앞에 나타났던 것이다. 경국의 제일은 백성들이 먹고사는 문제라고 했던 기억도 살아났다. 기억은 시각적 기억과 청각적 기억 두 양상으로 드러나는 것이었다. 먹고사는 일, 그 순간 동시적으로 떠오른 공감각적 화두였다.

"조무장이란 사람이 왜 갑자기 도우미가 필요하대?"

"간단해, 자기는 눈이 안 보여 은행 업무를 보기 어려운데 그걸 도와달래, 그리고 조비의 글을 번역하는 일을 도와달라는 거야."

샐샐 잘도 웃던 마누라가 아무 표정 없이 이야기를 했지만, 실로 거창한 음모에 끌려들어가는 느낌이 들어 물어봤다. 신통하게도 인간은 자극에 대해 반응하는 지렁이가 아니라 상황에 의미를 부여하는 그런 존재라는 생각을 하면서, 입에 거미줄 치게 생긴 집안 남편의 자기합리화에 말려든다는 한심한 생각이 낙엽처럼 날렸다.

"일은 혼자 하나?"

"우선은 혼자야."

그렇다면 마누라 대신 다른 사람이 투입될 수 있다는 얘기였다. 주체가 주체를 다른 주체에게 양도했을 때, 미필적으로 발생하는 사건에 대한 책임을 주체가 대신 져야 하는 경우가 빈발하는 바를 아는 터라서 조심스런 구석이 있었다.

마누라는 아이를 데리고 치과에 가면서 조비의 생애에 대해 자료를 찾아 달라고 했다. 올 때 당신 좋아하는 아이스크림 사다 줄 테니 열심히 일하라고 일렀다. 마누라의 사업을 도와주는 몫으로 아이스크림 얻어먹을 일진인 모양이었다.

조비에 대한 자료는 별스런 게 없었다. 그렇다고 『삼국지』를 다 읽어 조조의 이력과 함께 그의 셋째 아들 조비의 내력을 상세하게 들추는 것은 푼돈 얻어 쓰려다가 과로사할 수 있는 과도한 노역이었다. 조비의 자료를 찾아보는 중에 그가 사십을 못 넘기고 죽었다는 것을 알게 되었다. 과도한 술 때문이었다고 되어 있는데, 주덕송(酒德頌)을 쓴 유령(劉伶)도 65세는 살았고, 장진주를 읊었던 이백도 60은 넘겼는데, 후인의 헛스러운 평계가 아닌가 싶었다. 아무튼 조비(曹丕)의 간편 이력을 프린트아웃 해설랑은 파일에 고이 꽂아 마누라에게 준비해 올리기로 하고 알트피, 마이크로소프트, 실행 그런 단추들을 뚜다닥 눌렀던 것이었다. 결과는 조비의 생애가 요약된 따끈따끈한 프린트본 한 장이었다.

마누라의 곡진을 극한 부탁을 수행하는 중에, 마누라가 나를 회유하는 방법이 가상하게 생각되는 것이었다. 당신 좋아하는 아이스크림 사다 줄 테니 열심히 일하라고 했던 것은, 그 본젤라또 향이 물씬 풍기는 유혹이었다. 그래서 조비의 다른 글들이 무엇이 있는가 정보의 바다에서 서핑을 거듭하는 중에, 「연행가(燕行歌)」가 눈에 들어왔다. 이를 옮겨

놓아 마누라의 요구를 능가하는 업적으로 삼으려 하노매라, 하다가 이럴 일이 아니라고 프린트본만 남기고 지워버렸다. 조무장이란 이가 나를 추적하고 있는지도 모른다는 생각이 들기도 했고, 조무장이라는 노인이 시력 상실을 가장해서 어떤 모사를 하고 있을지도 모른다는 생각이 내 의도와는 상관없이 지나갔다.

마누라가 나간 김에 대학 동창들을 만나고 온다면서 조비의 논문 가운데 '개문장'으로 시작하는 부분을 찾아서 요새말로 옮겨 놓아 달라고, 아무 감정 없이, 주인마님이 머슴에게 이르듯이 그렇게 일렀다. 나는 누가 시키는 것은 기필코 비켜가는 버릇이 있어, 본문만 찾아 놓고 달리 해찰을 시도했다. 조비의 다른 글 「여오질서(與吳質書)」를 찾아보았다. 편지글에다가 못할 말이 없다는 느낌이 들었는데, 눈에 익은 구절이 보였다. 본문이 한문으로 되어 있기 때문에 그대로 보이면 이렇다. '伯牙絶絃于鍾期 仲尼覆醢于子路' 앞의 구절은 지음(知音)의 고사와 맥이 닿아 있는 것이었다. 백아는 가야금의 명수였는데 그 음악을 제대로 알아듣는 친구로 종자기가 있었다. 그런데 종자기가 일찍 죽었다. 그 후로 백아는 가야금 줄을 끊어버리고 연주를 하지 않았다는 이야기다. 뒤 구절은 알쏭달쏭했다. 공자는 자로의 일을 당하자 젓갈단지를 엎어버리고 젓갈 먹는 일을 그만두었다는 뜻이었다.

젓갈, 졸임, 장조림 이런 단어들로 해서 나는 나를 스스로 통제할 수 없을 만큼 일상을 훨칠 벗어난 조잡한 상상에 이르게 되었다. 처덕이 빈취가 나던 공자는 제자들이 갖다주는 술과 안주로 입맛을 다스리면서, 제자를 불러 무릎 아래 앉히고 슬하(膝下) 해타(咳唾)의 예를 베풀 때 자로가 입안의 혀처럼 곰살궂게 굴었다. 공자가 술안주로 삼은 것들은 대개가 고기조림이었다. 공자는 그렇거니 하고 그 고기조림의 재료가 뭔지를 묻지 않았다. 관습은 사고와 성찰을 차단한다. 그러다가 자로가 전쟁에 나가게 되었다. 자로는 적군에게 잡혀 탐해지형(醢醢之刑)을 당하게 된다. 한문 소양이 있는 독자들은 잘 알겠거니와 탐해(醢醢)는 인육을 소금에 절이는 형벌을 뜻한다. 소금에 절여서 무얼 했겠는가. 승전을 축하하는 술자리에서 안주삼아 독주를 마시면서 껄껄대지 않았겠는가. 인간의 날고기를 먹었다는 이야기는 듣지 못했지만, 그러지 않았다는 이야기를 듣지 못한 것 또한 사실이다. 자기 살처럼 뼈처럼 사랑하는 애제자를 젓갈을 담아 먹은 놈들을 생각하면, 백릉의 입담처럼 당장 잡아다가 부등부등 뜯어먹어도 시원치 않을 일이었다. 공자는 제자들이 갖다 놓은 고기조림 도가지를 발로 차서 마당에 나가 떨어져 박살이 나는 것을 보고는 주저앉아서 땅을 치며 통곡했다. 공자와 인육의 인연은 그렇게 끝장이 났다.

"이세돌이 한판 이겼대, 우와……!"

마누라는 문장이니 뭐니 하는 것은 다 잊어버린 듯, 들떠 나서서 나를 등에 업고 길로 치달려나가 춤을 출 듯이 기뻐했다. 인간이 기계와 겨루어 집념과 창의성으로 승리를 했다는 것이었다. 나는 그 컴퓨터는 뭐가 만들었는가 물으려다 말았다. 아침에 본 어떤 어린이의 눈망울 때문이었다. 엄마라는 작자가 애가 변기에다가 오줌 흘린다고 샤워꼭지에서 나오는 찬물을 애한테 끼얹어 진저리를 치며 흐느끼게 하고, 하이타이를 등짝에 들어부어 악어가죽처럼 피부가 딱딱하게 굳어붙어 죽으니까 누비이불자락으로 둘둘 말아서 산에다가 묻어버렸다는 그 기사…… 내가 그런 글 안 쓰고 산다는 게 얼마나 다행인가를 생각했다.

남자의 존재이유가 여자의 비위를 맞추기 위함이라는 재래식 신조어 남존여비(男存女脾)를 실천궁행하는 뜻에서, 조비의 전론논문 가운데,

조문장 교수가 칠판에 일필휘지했던 '문장'이라는 구절이 나와 있는 부분을 자료로 쓰라고 슬그머니 내밀었다. 한문 원문과 모모한 이의 번역을 같이 내밀었는데 마누라의 반응은 이세돌을 세 판이나 둘러메꽂은 수퍼 컴퓨터처럼 무표정하고 아무 말이 없었다.

"발상이 새로워야지, 요."

마지못해 요자를 붙이기는 붙이는 눈치인데 나를 발뒤꿈치 때만도 못하게 여기는 심적태도는 약여하게 읽을 수 있었다. 샐샐 웃는 웃음이 사라진 게 그 근거였다.

"여기서 문장은 인문학으로 읽어야 하지 않아?"

오호 통재라, 의당 그래야 할 일이었다. 마누라는 내가 출력을 해서 건네준 종이쪽지를 책상에 터억 던져놓고는, 내가 부를 테니 당신은 타자를 해야 쓰겠소.

그대여 부르라, 나는 자판 앞에 앉아 그대 바라보며 한숨짓노니, 아 대저 문장이란 인문학이라는 것이 아니던가.

"자아, 준비 다 되었어요? 내가 말하는 대로 쳐봐요."

나는 굳어오는 손을 억지로 놀려 마누라의 옥음을 정성스럽게 입력했다. 마누라는 비로소 샐샐 웃는 웃음을 회복했다.

대범하게 말하기로 하자. 인문학은 논의를 거친다고 해도 글로 소통하기 때문에 문장인 것이다. 인문학은 나라를 꾸려나가는 데 기본을 세우는 극히 어려운 일이다. 아울러 물질이 아니기 때문에 상하지 않지만 혼자 감당하기는 방만한 사업이다. 햇수로 카운트할 수 있는 나이는 몸이 시들면 끝장난다. 몸이 끝장나는데 영화와 즐거움 또한 같이 끝나지 별거겠는가. 오래 사는 것이나 이름이 나는 것이나 즐거움이라는 것은 반드시 시간적 제약에 매이기 때문에 시공을 초월해 영원성을 지향하는 인문학만 못할 수밖에 없다. 그렇기 때문에 옛날의 인문학자들은 글쓰기에 치중했고, 책을 지어 거기다가 자기 사상을 담아 영원성을 도모했다.

"프린트된 거 줘봐요."

어떤 프린트물을 말하지는지 몰라 어정거리고 있는데, 마누라가 개문장(蓋文章)으로 시작하는 놈을 낚아채듯이 가져가서는 형광펜으로 줄을 주욱 그어 내밀었다. 여기다가 그걸 제시하는 것은 번거로우니 구태여 옮기지 않기로 한다.

그리고는, 앤드 덴, 이하동문. 나더러 자기가 시범한 것처럼 해 보라는 것이었다. 다른 자료를 어떻게 할까 하다가 마누라가 정 달라면 못이기는 척 내주고 안 그러면 쓰레기통에 던질 요량으로 앉아 다음 명령을 기다리는 중이었다.

하우스만의 일과는 생각보다 단순하고, 무엇보다 머릴 쓸 일이 없어 수월했다. 나는 하우스만으로서의 책무를 충복처럼 수행하는 중에 안정을 찾아가고 있었다. 이세돌과 알파고의 대결이라든지, 한미연합훈련이라든지, 위안부할머니를 만난 반기문의 차기 다선 행보니 하는 그런 화제에는 흔들리지 않는 중심을 견지하며 지냈다. 서울을 불바다로 만들겠다는 김정은의 포악도 감히 잊고 지냈다. 마누라는 자기 나름대로 문학=인문학이 밥벌이하게 해 준 데 대한 감사의 기념으로 아름다운 금수강산 조국을 노래하고 싶은 얼굴이 되어 조무장 노인의 수발에 부지런히 나섰다.

"나 오늘 조 선생님하고 은행에 갔었어요."

통장에 돈이 엄청 들어 있다는 것을 알았다고 했다. 아랫사람이 너무 많은 것을 알아버리면 신변에 위협이 닥칠 수도 있다는 이야기를 하려다가 입을 다물었다. 통장에 돈이 얼마나 들어 있는가 따위는 안중에 없었다. 눈이 안 보인다는 사람을 은행에 데리고 가서 돈을 찾자면, 통장 비밀번호를 불러주었을 게 아닌가 하는 생각이 문득 떠올랐고, 등 뒤에 쇠망치를 품속에 감추고 서서 기다리다가 따라 나와 골목으로 접어들자…… 그건 참으로 어설픈 플롯이었다. 몇 가지 절차가 더 마련되어야 매끄름한 플롯이 전개될 수 있을 듯했다.

"당신 주의해야 하겠어."

그 한 마디가 발등을 찍을 일로 둔갑을 해서 금방 현실로 드러났다. 마누라한테 들은 애기기 때문에 얼마나 정확한지는 알 길이 없었다. 그러나 분명한 것은 르봉사마리탱노인도우미센터 직원이라면서 집에 다녀갔다는 것, 은행에 이자가 쌓여 있어서 안 찾아가면 국고로 들어간다는 이야기를 하고 갔다는 것이었다. 그러면서 그 이자로 도우미 여사의 봉급을 자동이체하면 편하니 그리 하라고 일러주고 갔다는 것이었다.

"노후자금 관리 도와주는 것도 자기들 일이라고 하더래요."

"그 센터에서 그런 이야기 꺼낸 적 있어?"

마누라는 고개를 좌우로 저었다. 웃음 잃은 볼이 상기되어 있었다. 복사꽃 고운 뺨에 아롱질 듯 두 방울이야, 그것은 문학으로 오염된 내 언어일지도 모른다. 아내가 그렇게 보여주는 것인지 내가 주관으로 그렇게 보는 것인지는 알 길이 없으나 그런 생각이 들었다. 마누라는 도무지 객관적으로 바라볼 수 있는 대상이 아니었다.

"연행가 복사해놓았다고 했지, 요?"

"그 청승맞은 노래를 왜 찾는데?"

"조선생님이 찾아달라는데, 아마 사모님 생각이 나는가봐."

어쩌면 마누라는 자기가 이야기하는 조선생을 만나, 주체와 대상의 자리를 바꾸어 놓았을 때, 거기서 일어나는 자아정체성의 혼란을 경험하고 있는 중인지도 몰랐다. 나의 그런 짐작이 얼마나 허술한지 금방 드러나고 말았다.

학교에서 돌아오는 아이가 하도 심심해하는 통에, 겨우 생각해낸 것이 돈 안 들어가는 끝말이어가기였다. 네가 먼저 해봐, 가슴. 첫수부터 공격이었다. 슴베는 아이가 뜻을 모를 것이고, 슴새는 그런 새가 어디 있느냐고 들이댈 것이었다. 나는 눈을 슴벅거리고 앉았다가, 슴벅 하고 내밀었다. 벅수. 그게 뭔데? 장승이잖아. 승냥이. 그건 뭔데? 늑대 비슷한 거 있어. 아빠가 봤어? 거기서부터 파탄이었다. 안 봤다니까, 무효라는 것이었다. 그리고는 시시하다는 평가를 끝으로 아이는 컴퓨터 앞에 앉아 뒤를 돌아보지도 않고 자판을 두드리는 데 골몰했다.

마누라가 월급을 받았다면서 아이스크림과 삼겹살을 사들고 귀가를 했다. 마누라 벌어온 돈으로 삼겹살에 소주로 호궤(犒饋)를 할 수 있는 팔자라면, 그야말로 오뉴월 댑싸리 밑의 개팔자라는 말을 떠올리지 않을 도리가 전무했다. 그런데 어디라고, 보신탕 먹는 이 나라에서 개가 발에다가 주석편자를 붙인다고 편할 날이 있을까. 그날이 전세 보증금을 모두 월세로 꺾어 넣은 바람에 집을 내놓아야 하는 기한이라는 것이었다. 그런 이야기를 하는데 집주인이라면서 전화를 해왔다. 마누라가 땀을 쩔쩔 흘리면서 전화 받는 모습이 잔양스러워 차마 쳐다보고 앉아 있을 도리가 없었다.

"조무장 선생댁 방 남아돌아가는데……."

마누라의 그 마무리되지 못한 문장의 깊은 뜻을 내 주변머리로는 다 헤아릴 수가 없었다. 나는 재빠르게 내다 팔면 돈 될 만한 게 뭐가 있는지 주변을 두리번거리면서 살펴보았다. 파지로나 팔 수 있을까싶지 않

은 책들과 낡은 냉장고, 카세트 겸용 라디오, 그것 말고는 돈살만한 물
건 헤아려지는 게 없었다. 알량한 학위패 두 개가 냉장고 위에 먼지를
들러 쓰고 놓여 있었다. 나는 마누라 처분대로 하자는 셈으로 다음 말을
기다리고 있었다.

“어른들이랑 나눠먹는 애가 착한 애래. 아빠 이거 먹어.”

아이가 달려들어 두리랑이라는 상표가 붙은 아이스크림 통을 열고
숟가락으로 퍼서는 내 입에 안기는 것이었다. 나는 아이스크림이 시원
한지 아닌지 모르는 채로 달아오르는 목으로 넘길 뿐이었다. 착한 애를
만들기 위한 애비의 식욕은 눈물겨운 바 있었다. 그리고 유약을 극한 내
배는 설사를 하기 시작했다.

탈이 난 속을 달래는 데 한 주일이 갔다. 마누라는 조무장 선생 댁에
서 방을 내주기로 했다는 이야기를 하면서, 세상은 그렇게 악한 사람들
로만 가득 차 있는 게 아니라는 성선설을 지지하고 나섰다.

성선설 성립의 타당성 근거는 늘 취약했다. 아이가 준비물을 사달래
서 문방구에 다녀왔는데 북통만한 거실에서 마누라랑 어떤 낯선 남자
가 마주앉아 진지하게 이야기를 나누고 있는 중이었다.

“별일 없을 겁니다.”

경찰관의 화법이 그랬다. 그런데 그 화법은 거꾸로 들어야 진의가 간
파된다는 것이 금방 드러났다. 르봉사마리탱노인도우미센터에서 봉행
한 봉사자의 서약을 어겼고, 그것은 용서받을 수 없는 범죄라는 것이었
다. 마누라가 조무장 선생의 돈을 찾아주는 과정에서 통장 비밀번호를
지인에게 의도적으로 유출해서 돈을 빼내는 데 방조했다는 기가 찰 이
야기였다. 마누라의 죄목은 사기와 금전 횡령이라는 것이었다.

짐은 싸놓았는데, 아내가 참고인을 거쳐 피의자 신분으로 경찰에 출

두를 하는 바람에 오도가도 못하고 계단을 오르내리면서 터질 것 같은
오줌보를 다스리느라 다리를 배배 꼬면서, 실없이 계단을 오르내렸다.
나는 마누라가 선한 사마리탄을 만나 제발 아무 일 없기만을 간절히 기
도했다. 허나 비오는 날 선한 사마리탄이 길거리를 오갈 턱이 없을 것
같기도 했다.

연립주택 마당에 이삿짐을 실은 트럭이 도착해서 인부들이 이삿짐을
지고 막 계단을 올라오는 참이었다. 내가 계단을 앞서 올라가 현관 앞에
서 문을 가로막고 섰다.

"마누라가 곧 올겁니다. 그때까지만 기다려주세요."

"우리도 바빠, 이 사람아."

학교에 갔던 아이가 비를 홈빽 맞고 와서 이 장면을 쳐다보다가 울음
을 터트렸다. 엄마 곧 올거니까 기다리자. 나는 아이의 물젖은 등을 건
성으로 투덕거려줄 뿐이었다.

필자 소개

김예리(金禮利, Kim, Yerhee)
서울대학교 국어국문학과를 졸업하고, 동대학원에서 문학박사를 받았다. 현재 강원대학교 국어국문학과 조교수로 재직중이다. 『이상적 월경과 시의 생성－「詩と詩論」과 그 주변』(공저, 2010), 『이미지의 정치학과 모더니즘』(2013), 『이상, 한 번만 더 날자꾸나』(2014), 『동아시아 예술담론의 계보』(공저, 2016) 등을 썼다.

김종성(金鍾星, Kim, Jongseong)
고려대학교 문과대학 국어국문학과를 졸업하고, 경희대 대학원에서 문학 석사를, 고려대 대학원에서 문학박사를 받았다. 현재 고려대 세종캠퍼스 문화창의학부 조교수로 재직 중이다. 소설집에 『말 없는 놀이꾼들』(1996), 『연리지가 있는 풍경』(2005), 『마을』(2009) 등이 있고, 논저로는 『한국환경생태소설연구』(2012), 『한국어 어휘와 표현』 1, 2, 3, 4(2016). 『글쓰기와 서사의 방법』(2016) 등이 있다.

김종회(金鍾會, Kim, Jonghoi)
경희대학교 국어국문학과에서 학사, 동 대학원에서 석·박사 학위를 받았다. 현재 경희대학교 국어국문학과 교수로 재직 중이며, 한국문학평론가협회 및 한국비평문학회 회장이다. 김환태평론문학상, 김달진문학상, 편운문학상 등을 수상했으며 평론집으로 『문학과 예술혼』(2007), 『디아스포라를 넘어서』(2007), 『문학의 거울과 저울』(2016) 등이 있고 『한민족 디아스포라 문학』(2015) 등의 저서와 『글에서 삶을 배우다』(2015) 등의 산문집이 있다.

방민호(方珉昊, Bang, MinHo)
서울대학교 국어국문학과에서 학사, 서울대학교 대학원 국어국문학과에서 석사·박사학위 취득, 현재 서울대학교 국어국문학과 교수로 재직중이다. 저서로 『비평의 도그마를 넘어』(2000), 『채만식과 조선적 근대문학의 구상』(2001), 『납함 아래의 침묵』(2001), 『문명의 감각』(2003), 『행인의 독법』(2005), 『감각과 언어의 크레바스』(2007), 『박태원 문학연구의 재인식』(2010) 등이 있고 시집으로 『나는 당신이 하고 싶은 말을 하고』(2010), 소설집으로 『무라카미 하루키에게 답함』(2015), 『연인 심청』(2015), 산문집으로 『명주』(2003) 등이 있다.

손유경(孫有慶, Son, Youkyung)

서울대학교 국어국문학과를 졸업하고 같은 대학 대학원에서 문학박사 학위를 받았다. 현재 서울대학교 국어국문학과 조교수로 재직하고 있다. 『고통과 동정』(2008), 『프로문학의 감성 구조』(2012), 『백 년 동안의 진보』(공저, 2015), 『슬픈 사회주의자』(2016) 등을 썼고 『지금 스튜어트 홀』(2006)을 번역했다.

신제원(申制沅, Shin, Chewon)

고려대학교 국어국문학과에서 학사, 동대학원에서 석사학위를 받았다. 동대학원 박사수료 상태이며 현재 상명대학교에 출강중이다. 주요 논문으로 「張龍鶴의 世界觀과 言語觀의 모더니티 硏究」, 「임화의 '현실'과 사회주의 리얼리즘」 등이 있다.

우한용(禹漢鎔, Woo, Hanyong)

전북대학교 교수 역임, 서울대학교 교수 역임, 현재 서울대학교 사범대학 명예교수. 소설가. 『채만식 소설담론의 시학』, 『한국 현대소설 담론연구』, 『문학교육과 문화론』, 『한국 근대문학교육사 연구』, 『창작교육론』, 『소설장르의 역동학』 등의 저서가 있고, 장편소설 『생명의 노래』 1, 2, 『시칠리아의 도마뱀』이 있다. 소설집으로 『불바람』, 『구 무덤』, 『양들은 걸어서 하늘로 간다』, 『멜랑꼴리아』, 『초연기』, 『호텔 몽골리아』, 『도도니의 참나무』가 있다. 현재는 소설 창작에 주력하고 있다.

이만영(李萬英, Lee, ManYoung)

고려대학교 국어국문학과에서 박사 과정을 수료하였으며, 2014년 계간 『실천문학』에서 평론부문 신인상을 받아 문학평론가로 활동중이다. 저서로는 『센티멘탈 이광수―감성과 이데올로기』(공저, 2013)가 있고, 주요 평문 및 논문으로는 「분열증적 서사 혹은 (탈)주체의 윤리학―윤이형론」, 「보편에 이르는 길―최재서의 국민문학론 형성과정을 중심으로」, 「염상섭의 『진주는 주었스나』론」, 「초기 근대소설과 진화론―현상윤, 양건식, 염상섭의 작품을 중심으로」 등이 있다.

정진석(鄭珍錫, Jeong, Jin Seok)

서울대학교 국어교육과에서 학사, 동대학원에서 석사·박사 학위를 받았다. 현재 강원대학교 국어교육과 조교수로 재직 중. 저서로 『소설의 윤리와 소설 교육』(2014)이 있으며 주요 논문으로 「서사적 정체성의 문학교육적 접근에 대한 비판적 고찰」, 「소설 읽기에서 장르지식의 탐구와 소설교육의 내용」, 「소설 읽기의 윤리와 소설교육의 실천 방향」, 「소설 이해로서 서술자의 신빙성 평가에 대한 연구」 등이 있다.

정하늬(鄭하늬, Jung, Hanie)

가톨릭대학교 국어국문학과에서 학사, 서울대학교 대학원 국어국문학과에서 석사·박사 학위를 받았다. 현재 카이스트, 숭실대, 세종대 등에서 문학과 글쓰기를 강의하고 있다. 주요 논문으로 「일제 말기 소설에 나타난 청년 표상 연구」, 「박태원의 『천변풍경』과 James Joyce의 Dubliners에 나타난 '도시'의 의미 비교」, 「이상(李箱)의 「失花」에 나타난 도시 '동경(東京)'의 의미 연구」, 「1930년대 후반 대중소설 속 지식인 청년상 고찰」, 「1940년 전후 가족사 소설의 세대론적 고찰」, 「'신시대' 과학기술·과학기술자의 표상」 등이 있다

진용성(陳勇成, Jin, yongseong)
교원대학교 국어교육과에서 학사, 동대학원에서 초등국어교육 전공으로 석사, 고려대학교 국어교육과 박사과정 중이다. 현재 경기 하남풍산초등학교 교사로 재직 중이다. 저서로 『인문고전과 썸타기』, 공동번역서로는 『글쓰기 동기 전략』(2015)이 있다. 주요 논문으로 「상위인지의 개념과 대학 작문 교육의 방법」, 「국어과 거꾸로 교실의 적용 가능성 탐색」, 「수업비평을 위한 관찰요소와 모형」 등이 있다.

차희정(車姬貞, Cha, Heejung)
아주대학교 국어국문학과에서 박사 학위를 받았다. 현재 아주대학교 국어국문학과에서 강의하고 있다. 주요 논문으로 「장애인 창작 소설의 주제 변모 양상」, 「해방의 선택과 소설의 선택―해방기 현경준 소설 「불사조」의 현실인식」, 「바깥의 경험과 역동하는 공동체―해방기 이주민 갈등과 통합의 한 양상」, 「장애인 소설에 나타난 '장애' 인식의 양상―장애인 창작 소설을 중심으로」 등이 있다.